KB051621

사랑의 향연
세상의 문학

Fête d'amour

김종호 지음

엘도브

사랑의 향연
세상의 문학

차례

프롤로그   10

1   첫 만남의 순간

최초의 만남   22
   밀턴, 『실낙원』

불멸의 연인, 줄리엣과 로미오   45
   셰익스피어, 『로미오와 줄리엣』
   〈로미오와 줄리엣〉 (영화)

냉정과 열정, 레날 부인과 마틸드와 줄리앙   52
   스탕달, 『적과 흑』

사랑의 빛과 그림자   64
   플로베르, 『감정 교육』

순수와 비수   72
   도스토옙스키, 『백치』

지연된 사랑   80
   레마르크, 『개선문』

슬픈 대지의 인연   87
   뒤라스, 『연인』
   〈연인〉 (영화)

2 사랑하는 여자 그리고 남자

사랑의 죽음   100
　『트리스탄과 이졸데』
　〈트리스탄과 이졸데〉(오페라)

에스메랄다, 투명한 초록빛 보석   107
　위고, 『노트르담 드 파리』
　〈노트르담 드 파리〉(뮤지컬)

샬로테, 알리사, 앙리에트, 사랑의 환상과 죽음   117
　괴테, 『베르테르의 슬픔』
　지드, 『좁은 문』
　발자크, 『골짜기의 백합』

오필리아와 사랑의 광기   129
　셰익스피어, 『햄릿』
　랭보, 「오필리아」, 「영원」

카르멘의 열정과 자유   140
　메리메, 『카르멘』
　〈카르멘〉(오페라)

마농, 나비처럼   150
　프레보, 『마농 레스코』
　보들레르, 「이국의 향기」

마그리트, 비올레타, 순수와 비애… 그리고 비비안   158
　뒤마 피스, 『동백꽃 부인』
　〈라 트라비아타〉(오페라)
　〈프리티 우먼〉(영화)

로지나, 바람처럼 자유로운 영혼의 꿈　　　　　166

　　보마르셰, 『피가로의 결혼』, 『세비야의 이발사』

　　〈피가로의 결혼〉 (오페라)

　　몰리에르, 『여성 교육』

　　〈러브 오브 시베리아〉 (영화)

에바 부인, 내 안의 여성, 세상의 완성　　　　　182

　　헤세, 『데미안』

전쟁과 남자 그리고 여자

1 마리아의 순한 미소와 가르보의 꿈　　　　　187

　　헤밍웨이, 『누구를 위하여 종은 울리나』

2 캐서린의 회색빛 눈동자　　　　　194

　　헤밍웨이, 『무기여 잘 있거라』

3 엘리자베스와 에른스트, 포화 속 정원에 핀 꽃　　　　　201

　　레마르크, 『사랑할 때와 죽을 때』

데이지와 개츠비, 위대함의 허무함　　　　　208

　　피츠제럴드, 『위대한 개츠비』

알베르틴, 바닷새와 소유의 환상　　　　　213

　　프루스트, 『잃어버린 시간을 찾아서』

페넬로페와 바닷새의 꿈　　　　　230

　　호메로스, 『오디세이아』

　　조이스, 『율리시스』, 『젊은 예술가의 초상』

대지와 바다와 하늘과 인간

1 코니, 여인과 바다　　　　　241

　　로렌스, 『채털리 부인의 연인』

2 바다와 태양과 남자 250
　카뮈, 『이방인』

3 소냐, 소녀와 대지 257
　도스토옙스키, 『죄와 벌』

4 조르바, 대지의 영혼과 자유의 춤 264
　카잔차키스, 『그리스인 조르바』

돈키호테와 아름다운 여인들, 연인들 272
　세르반테스, 『돈키호테』

3　　　　　　　　　　　　　　사랑의 죄악

랭보, 베를렌, 그리고 일곱 가지 죄 282
　랭보, 『지옥에서 보낸 한 철』, 『일류미네이션』
　베를렌, 「사랑의 죄악」

아벨라르와 엘로이즈, 거세된 사랑 294
　아벨라르, 엘로이즈, 『편지』

장검과 단검 303
　발자크, 『사라진느』

나비의 꿈과 주홍빛 삶, 엠마와 안나와 헤스터 312
　플로베르, 『마담 보바리』
　톨스토이, 『안나 카레니나』
　호손, 『주홍 글자』

영원한 젊음의 유혹   324
   와일드, 『도리언 그레이의 초상』

님펫과 불멸의 원숭이   331
   나보코프, 『롤리타』

4   사랑의 지옥과 천국

페드라, 사랑의 원죄, 죽음 같은 사랑   342
   라신, 『페드르』
   세네카, 『페드라』
   유리피데스, 『히폴리투스』
   〈페드라〉(영화)

여인과 여신, 죽음과 환생의 노래   360
   네르발, 『불의 딸들』, 『오렐리아』, 「엘 데스디차도」

정염의 지옥과 천국의 여인   386
   단테, 『신곡』, 『새로운 삶』

5   시인의 사랑

죽음을 넘어선 사랑   404
   포, 「애너벨 리」

파리의 오르페우스   412
   아폴리네르, 『알코올』, 『칼리그람』
   프레베르, 「축제」

여성 편력과 세상 정복   442
    괴테, 『빌헬름 마이스터의 수업 시대』, 『파우스트』

장미의 향연   471
    롱사르, 『사랑 시집』
    페트라르카, 『칸초니에레』
    예이츠, 『장미』
    데스노스, 『신비한 여인에게』
    뮈세, 「슬픔」
    데보르드-발모르, 「사디의 장미」

에필로그   516

일러두기

차례를 꾸며놓았지만, 모든 책이 그렇듯, 처음부터 끝까지 읽을 필요는 없다. 이 책에는 정해진 질서나 체계가 따로 없다. 문학의 반복 속성대로 모든 부분이 서로 반영한다. 읽는 순서도 따로 없다. 차례대로 쓴 글도 아니다. 어느 페이지든 내키는 대로 읽으면 된다. 관심 있는 작품에 관한 글만 읽는 것도 방법이다. 이론적인 프롤로그도 굳이 읽을 필요가 없다. 글 읽기는 감성이다.

프롤로그

> 시작의 시(始)에 여(女) 자가 있듯,
>
> 모든 것의 시작에 여자가 있다.
>
> 태초에 여자가 있었다.

세상 모든 이야기의 주제는 사랑이다. 거의 그렇다. 노래나 시도 그렇고, 소설, 연극, 음악, 미술도 그렇다. 삶과 예술의 중심에는 사랑하는 여자가 있다. 여성은 욕망의 대상이자 주체, 이야기의 시작이자 끝이고, 세상의 빛이자 어둠이다. 여성과 에로스는 "세상의 기원"이다. 모성적 어둠으로부터 빛과 세상은 잉태되었다. 대표적인 창세기, 헤시오도스의 『신통기, 신들의 탄생』은 말한다. "태초에 카오스가 있었고, 그리고 넓은 가슴의 대지 가이아가 있었고, [⋯] 그다음 거대한 대지의 심연에 자리 잡은 어둠 타르타로스가 있었고, 그리고 에로스가 있었다." 에로스는 카오스로부터 태어난 암흑 에레보스와 밤 닉스를 결합하고, 그로부터 창공 아이테르와 낮 헤메라가 탄생한다. 이후 에로스의 주관 아래 가이아로부터 온갖 생명이 나온다. 세상이 사랑의 정기로 가득한 이유다.

> 에로스는 가장 오래된 신이고, 우리의 엄청난 축복의 원천이기도 하다.
>
> 플라톤, 『향연』, 178c.

성경의 창세기는 물론 다르다. 그리스 신화의 뒤집기다. 신의 "말"

이 천지의 생성 원리, 그리고 만물의 번식 원리다. "태초에 말씀이 있었고 [⋯] 말씀이 육신이 되었다"(요한복음 1:1,14). 창세의 끝 무렵 신은 "자신의 형상(image)"대로 인간을 만든다. 먼저 남자를 만들고, 선악과나무가 있는 동산을 만들고, 그리고 남자의 동반자 여자를 만든다. 로고스의 원리는 유일신과 남성중심주의를 세우고 성적 본능을 억압한다. 그것은 창조의 모성적 원리에 대한 제한이기도 하다. 그리스도를 낳은 성모가 동정녀인 것도 같은 맥락이다. 그리스도는 신의 아들이지 인간의 아들이 아니다. 그의 존재는 신과 인간의 단절을 재현한다. 신과 인간의 교접이 빈번한 그리스 신화와 다르다.

> 빛나는 구름이 그들을 덮었다. 그러더니 하늘에서 목소리가 들렸다. "이는 내가 사랑하는, 나의 온 애정이 담긴 아들이다. 그의 말을 들어라." 제자들이 그 목소리를 듣고서, 얼굴을 땅에 대고 엎드리며, 몹시 두려워하였다.
>
> 『성경』, 「마태복음」, 17:5.

창세의 원리로서 에로스와 로고스는 서로 대립한다. 두 개념은 세계관과 인간관을 가늠하는 천칭의 양쪽 저울판이다. 어느 쪽으로 기우는가에 따라 가치관이 바뀐다. 역사는 두 개념의 시소 놀이를 통해 진행된다. 그것은 헬레니즘과 헤브라이즘의 갈등과 조화의 양상으로 나타난다. 로마제국의 붕괴에서 중세교회의 권위주의, 르네상스와 절대왕정, 계몽주의, 근대의 기독교, 현대의 다양한 해체주의에 이르기까지 지속되는 양상이다.

다시 거슬러 올라가면, 인간의 개념으로서 에로스와 로고스는 분리와 대립의 항목이 아니다. 에로스는 여성, 모성, 대지와 어둠, 성적 본능을 대변하고, 로고스는 남성, 부성, 하늘과 빛, 이성을 대변한다는 이분법 자체가 로고스의 신성 원리다. 말로써 모든 것이 태어나기 이전에 생명의 빛이 있었다. 생명의 정기는 신과 인간의 단일 원리다. 세상은 인간을 잉태했고 인간은 세상을 계측했다. 고대 그리스의 사유 원리는 인간중심주의(anthropocentrism)였다. 세상을 가늠하는 데 있어 "인간이 만물의 척도"였다. 인간을 보는 관점은 두 가지로 나뉜다. 하나는 이성과 균형을 우위에 두는 아폴론, 다른 하나는 감성과 변형을 중시하는 디오니소스의 관점이다. 태양신과 주신에서 추출된 두 개념은 낮과 밤, 규칙과 변화, 질서와 역동성으로 대변되는 인간의 양면성을 표상한다. 양면성의 핵심은 화합이다. 둘의 합을 통해 그리스식 사고는 완전한 인간, 조화로운 세상을 지향한다.

아폴론은 디오니소스 없이 살아갈 수 없었다.
니체, 『비극의 탄생』, 4.

기독교는 사유의 중심을 인간에서 신으로 전환한다. 표면적으로는 그렇다. 사실 신은 인간의 사유를 통해 구성, 정리, 기록된 개념이다. 그래서 신의 개념은 로고스에 기반한다. 로고스의 역설이다. 그 모순적 기반 위에, 억압된 에로스를 초월하는 절대적 사랑 아가페가 자리 잡는다. 그것은 이미 플라톤의 이데아가 마련해둔 자리다. 그는 결핍된 욕망으로서의 에로스를 몸에서 영혼으로, 육체의 욕망에서 선과 지혜로, 개체에서 전체로 승화하고, 아름다움 그 자체 혹은 영원한 아름다움을 궁극의 지향점으로 설정한다. 그것은 "유일무이한 실체로서 신적인 아름다움 그 자체"다(『향연』, 211e). 그러나 신적 관념화에도 불구하고, 자연의 정기로서 인간의 본성에 내재하는 에로스는 무구하다. 플라톤으로부터, 프로이트를 통해서, 풍요롭게 이어지는 현대의 성 담론이 그것을 증명한다. 로고스의 관념화는 에로스의 편재성을 재확인한다. 에로스의 역설이다. 에로스는 모두의 마음속에 있다.

> 에로스는 불멸의 신들 가운데 가장 아름다운 신으로, 팔다리를 부수고,
> 모든 신과 모든 인간의 가슴 속에서 마음과 지혜로운 의지를 길들인다.
> 『신통기』, v.120-122.

에로스와 로고스는 단순 대치 개념이 아니다. 두 힘의 갈등과 조화가 세계를 구성한다. 문학과 예술 세계를 조합하는 것도 두 요소다. 시대와 세대의 호응에 따라 세계 지형이 변한다. 도전과 응전의 원리다. 로고스의 힘이 강화되면 에로스는 잠복한다. 사회의 안정과 함께 합리성에 기반한 문예사조가 자리 잡는다. 체제가 바뀌는 전환의 시기에는 변화와 역동성을 추구하는 문학과 예술이 부흥한다. 축적된 에로스의 힘이 표출된다. 하나의 지배력이 마냥 지속되지는 않는다. 한쪽으로 기울어지지 않는 천칭의 원리다. 그렇게 절대왕정 시대에 고전주의가 형성되었고, 대혁명 이후 낭만주의가 뒤를 이었다. 사조의 패권은 표면적이고 일시적인 현상이다. 로고스와 에로스의 힘은 공존한다. 고전주의 질서 아래 변화를 추구하는 바로크 예술이 개화하고, 바로크가 로코코 양식으로 이어지는 흐름 속에 에로스는 만개한

다. 이성을 신봉하던 계몽주의 시대는 자유연애(libertinage)가 만연하던 때였다. 사드의 작품이 보여주듯 극단적 에로스의 징후까지 나타난다. 근대 낭만주의 시기는 신고전주의가 부흥하고 사실주의의 기반이 형성되던 시기다. 예술 사조는 순환한다. 고착은 예술의 끝이고 세상의 끝이다.

하나의 작품을 구성하는 것도 에로스와 로고스의 조화다. 존재의 깊이에서 솟는 성과 생의 본능적 힘이 이성과 의식의 창을 통해 형상화하는 것이 예술 작품이다. 로고스의 개념화 작업은 형체 없는 욕망과 변화하는 감정을 구현한다. 주관적 창작의 동기는 객관적 이해의 틀로 고정된다. 의식의 합리성을 초월하는 초현실주의도 언어와 표상의 합리성을 벗어날 수 없다. 소통의 원리에 기반한 기호의 합의를 파기하면 예술이 아니다. 나르시스의 유희에 그친다. 창작은 로고스의 형상에 에로스의 숨을 불어넣는 행위다. 예술 작품은 에로스와 로고스의 결합이다. 에로스는 문학과 예술의 영혼이다.

에로스는 인간의 본성이다. 사랑은 본능이다. 호모 아만스(Homo amans). 인간은 사랑하는 존재다. 인간(人)은 관계(間)를 통해 성립되고, 관계의 핵심은 사랑이다. 사랑이 인간을 만든다. 사랑이 정신을 단련한다. 에로스와 프시케의 이야기다. 에로스(아모르)는 프시케(정신)에게 즐거움과 아름다움의 관념을 불어넣는다. 그 관념의 실체를 파악한 프시케로부터 에로스는 달아난다. 정신은 에로스를 쫓는다. 에로스는 이때 결핍과 그리움이다. 프시케는 에로스를 찾느라 죽음의 고행을 무릅쓴다. 사랑의 욕구에 죽음이 도사린다. 프시케 곁에는 항상 "치명적인 독"을 품은 복수의 여신들 푸리아(Furia)가 있다. 프시케는 사랑의 수행을 위해 지하 세계로까지 내려간다. 프시케를 이끄는 에로스의 속성은 한 몸의 환상이다. 사랑으로 둘이 하나가 되면 각각의 존재는 지워진다. 넋이 앗기는 황홀(恍惚)의 상태다. 마음(心)은 사라지고(勿) 빛(光)만 가득하다. 합체는 곧 개체의 해체다. 태고의 신 에로스가 "팔다리를 부수"는 이유다. 에로스의 희열은 심연을 내포한다. 해체와 함께 임박한 분리가 만드는 공허다.

　　삶의 가장 크고 강렬한 힘이 두 존재가 서로 이끌리고 교접하고 지속하는 순간에 드러난다. 그것은 삶이고, 삶의 재생이다. 그러나 재생하면서, 삶은 넘쳐난다. 넘쳐나면서 삶은 극단의 착란에 이른다. 엉킨 두 육체는, 비틀리고 혼절하며, 관능의 과잉 속으로 빠져들어, 반대쪽 죽음으로 가고, 죽음은 그들을, 서서히, 파멸의 침묵에 바치게 된다.

　　바타유, 『에로스의 눈물』, I, 3.

　　심연의 파열은 상처에서 올 수도 있지만, 융합에서 올 수도 있다. 우리는 서로 사랑함으로 함께 죽는다. 허공으로 사라지는 열린 죽음, 공유된 무덤의 닫힌 죽음이다.

　　바르트, 『사랑의 단상』, "나는 심연으로 빠져든다…"

충만함과 공허함, 과잉과 결핍, 열림과 단절. 에로스의 양면성이다. 성과 삶의 충동은 죽음의 충동과 교류한다. 에로스와 타나토스 사이의 긴장과 이완은 삶을 지속시키는 힘이다. 두 충동의 거래 속에 삶의 굴곡과 순환이 이루어지고, 기쁨과 고통의 드라마가 이어진다. 에로스와 타나토스의 분열은 파괴나 퇴행의 징후로 나타난다. 파국을 막는 힘은 로고스에 있다. 로고스는 부정적 충동을 제어하고, 자아의 나르시스 성향을 사회와 언어 제도 속에 유지시킨다. 로고스의 적극적 역할은 에로스와 타나토스의 갈등을 승화하는 창작(poiesis)이다. 로고스는 보이지 않는 내면의 움직임에 개념과 형태를 부여한다. 구상 작용이다. 성적 욕망도, 삶의 환희와 불안도, 죽음의 두려움도 상상 없이 구성되지 않는다. 욕망의 대상은 부재하거나, 결국 타자다. 합체의 만족도 허탈도 순간이다. 죽음의 공포도 상상의 몫이 크다. 상(像)을 만드는 기능, 이미지로 생각(想)하는 힘, 상상력이 부재의 거리를 메운다. 이성적 사유도 마찬가지다. 상상 없는 사유는 없다. 상상을 통해서 정신의 모든 차원이 교류한다.

> 영혼은 결코 상(像) 없이 사유하지 않는다.
>
> 아리스토텔레스,『 영혼론』, 431a.

예술 창작은 타나토스를 포섭한 에로스, 그리고 로고스의 합작이다. 오르페우스 신화는 그 작업의 깊이를 표상한다. 오르페우스는 지하 세계로 간 프시케의 수행을 연장한다. 세상에서 가장 슬픈 일은 무엇일까. 사랑하는 사람을 잃는 것이다. 가장 기쁜 일은? 잃은 사랑을 되찾는 것이다. 오르페우스는 깊은 애도와 초혼의 소망, 그리고 두 번의 상실로 배가된 슬픔을 노래한다. 그것은 죽음 너머로 사랑의 본질을 찾는 영혼의 이야기다. 한계의 경험을 이 세상의 언어로 옮기는 작가는 오르페우스의 수행을 계속한다.

태양 아래 새로운 것은 없다.

「전도서」, 1:9.

문학은 반복이다. 글은 다른 글의 반향이다. 읽은 글은 생각이 되고 생각이 글이 된다. 작가는 문학의 코드를 읽어내고 풀어 쓴다. 작가는 다만 새로운 방식으로 옮겨 쓴다. 개별 작가의 작품은 다시 문학의 코드로 들어간다. 그렇게 문학이라는 총체는 무한 팽창한다. 수백 수천 년 전 이야기가 끊임없이 되살아나는 이유다. 고전이 늘 새로운 원리다. 글쓰기를 통해서 작가들은 끊임없이 대화한다. 문학만이 아니다. 모든 예술 장르가 창작의 양분을 주고받는다. 시, 소설, 음악, 미술, 영화 등 모든 부문의 작품들이 대화한다. 상상 세계에는 시간 개념이 없다. 문학과 예술의 세계 속에서 모든 것이, 세기와 장르 너머, 무한 상응한다. 유한한 인간이 그 속에서 자유를 구가하는 이유다.

사랑의 이야기도 무한 반복이다. 사랑의 담론은 끝이 없다. 끝없이 반복되고 변형된다. 고대의 신화에서 중세의 설화로, 궁정 연애와 고전 비극에서 낭만적 시가로, 그리고 근대, 현대의 무수한 찬가와 애가로 이어지는 사랑의 문학적 향연은 계속된다. 중세 성직자가 쓴 사랑의 우화에 나오는 장미의 숲은 오늘도 열려 있다.

거울 속, 수많은 것 가운데,
내가 고른 것은 장미꽃 가득한 나무들,
주위 길을 따라
온통 울타리로 둘러싸인 장미 나무들이었다.

너무나 가까이 가 보고 싶은 마음에

누가 그 대신 복숭아나

파리스의 사과를 준다 해도 받지 않고

그 거대한 숲을 보러 갔을 것이다.

그렇게 열정에 사로잡혀,

수많은 사람이 겪은 그 폐해를 알면서도,

장미 숲을 향해 나는 나아갔다.

Au miroir, entre mille choses,

J'élus rosiers chargés de roses

Qui se trouvaient en un détour

D'une haie enclos tout autour.

Ils me faisaient si grande envie

Qu'on m'eût en vain offert Pavie

Ou Paris, pour ne pas aller

Le plus gros buisson contempler.

Quand m'eut ainsi pris cette rage

Dont maint a subi le ravage,

Vers les rosiers me dirigeai.

Lorris, *Le Roman de la Rose.*

이 책에서 독서의 대상은 모두 고전이다. 고대 신화와 중세 설화에서 20세기 초중반 현대까지의 문학 작품이다. 오랜 시간에 의해 검증

된 고전에는 영혼의 울림이 느껴지는 깊이가 있다. 그것은 곧 세상의 깊이다. 문학을 아는 만큼 세상을 알고, 읽는 만큼 깊어진다. 대상 작품은 취향과 전공에 따라 주관적으로 선택되었다. 문학은 표현 언어에 기반한다. 언어가 모든 것을 결정한다. 세밀한 의미의 포착을 위해 특히 작품을 인용할 때 원어 텍스트를 살폈다. 프랑스어 영어 텍스트는 원전을 번역했고, 독일어 이탈리아어 스페인어 등의 텍스트는 프랑스어 영어 한글 번역본과 대조하여 원문을 옮겼다. 시와 노래는 원문을 같이 실었다. 원문은 대부분 공개 온라인에서 찾을 수 있다.

어떻게 인간이 저렇게 아름답고 순수할 수 있을까?
단테, 『새로운 삶』, XIX

와인은 입으로 들어오고
사랑은 눈으로 들어온다.
예이츠, 「술 노래」

1

첫 만남의 순간

최초의 만남

밀턴 John Milton (1608-1674)
영국 시인, 학문과 문학에 일찍부터 뛰어난 재능을 나타냈다.
사회적 혼란과 혁명 속에서 종교와 정치 제도를 비판했던 열혈 지식인.
중년에 시력과 아내를 잃고 더욱 작품 활동에 매진하여 많은 작품을 남겼다.
— 『실낙원』 (1667)

단테 Dante Alighieri (1265-1321)
— 『신곡』 (1320)

모든 남자의 머리는 그리스도, 여자의 머리는 남자,

그리스도의 머리는 하나님이다.

「고린도 전서」, 11:3.

그야말로 첫 만남이다. 최초의 남자와 최초의 여자, 아담과 이브의 만남. 성경의 서술은 간략하다. "하나님이 아담에게서 빼낸 갈빗대로 여자를 만들어 그에게 데리고 왔다. 아담이 말했다. 이는 내 뼈 중의 뼈, 내 살 중의 살이고, 남자에게서 나왔으니 여자라고 불리리라"(「창세기」, 2:22-23). 두어 마디로 함축된 이 만남을 밀턴은 『실낙원』에서 화려한 필치로 펼쳐낸다. 신의 뜻을 전하러 온 천사 라파엘 앞에서 아담이 이야기한다. 오묘한 첫 만남의 긴 회상이다.

그분이 두 손으로 갈빗대를 빚고 다듬으니

빚어내는 그 손 아래 한 생명체가 자라났다.   470

사람 같지만, 성이 다르고, 너무나 사랑스럽게 아름다워,

온 세상 아름다워 보이던 것들이 이제는

작아져, 그녀 속에 축약되고, 그녀 속에 함축된 듯 보였고,

그런 그녀의 모습이, 그때부터 내 마음속에

이전에는 느껴보지 못한, 감미로움을 불어넣었으며,   475

그녀의 숨결로부터 모든 사물 속으로

연모하는 환희와 사랑의 정기가 스며들었다.

그러다 그녀가 사라지고, 나 홀로 어둠 속에 깨어나

그녀를 찾다가, 영원히 그녀를 잃었다고

비통해하면서, 다른 기쁨들을 모두 버리려 할 때,   480

뜻밖에, 멀지 않은 곳에, 그녀를 보았으니,

그 모습은 내가 꿈에서 본 그대로,

대지와 하늘이 온 힘을 다해 가꾸어낸

사랑스러움이었다. 다가오는 그녀를

이끄는 하늘의 창조주는 보이지 않았지만,   485

그의 목소리에 인도되어 오는 그녀는

혼인의 신성함과 결혼의 의례를 모르지 않았다.

그녀의 걸음에는 우아함이, 눈 속에는 하늘이 있었고,

몸짓 하나하나에 위엄과 사랑이 있었다.

The Rib he formd and fashond with his hands ;

Under his forming hands a Creature grew,

Manlike, but different Sex, so lovly faire,

That what seemd fair in all the World, seemd now

Mean, or in her summ'd up, in her containd

And in her looks, which from that time infus'd

Sweetness into my heart, unfelt before,

And into all things from her Aire inspir'd

The spirit of love and amorous delight.

Shee disappeerd, and left me dark, I wak'd

To find her, or for ever to deplore

Her loss, and other pleasures all abjure :

When out of hope, behold her, not farr off,

Such as I saw her in my dream, adornd

With what all Earth or Heaven could bestow

To make her amiable : On she came,

Led by her Heav'nly Maker, though unseen,

And guided by his voice, nor uninformd

Of nuptial Sanctitie and marriage Rites :

Grace was in all her steps, Heav'n in her Eye,

In every gesture dignitie and love.

Paradise Lost, VIII, v.469 -489.

이브는 창조의 정점이자 아름다움의 에센스다. 그녀는 "사랑의 정기"를 품고 또 내뿜는 세상의 중심이다. 아담의 품에서 나온 그녀가 이제는 그의 품, 대지와 하늘 같은 품이다. 아담은 한순간에 사랑의 온갖 감정을 맛본다. 꿈같은 첫눈의 매혹과 환희, 순간적 상실의 비통, 재회 혹은 첫 만남, 그리고 신성한 결합의 예감까지. 어둠과 빛의 창세 이야기는 사랑의 빛과 어둠, 기쁨과 슬픔, 열정과 결핍의 이야기로 이어진다. 사랑의 역사, 혹은 역사적인 사랑의 시작이다.

사랑에 크게 눈뜬 아담의 감탄은 끝이 없다. 첫 만남의 회상만으로도 그는 다시 열광한다. 그저 그녀가 "신의 선물 가운데 가장 아름다워서"가 아니다. 그녀가 "내 뼈로 된 뼈, 내 살로 된 살", 바로 "나 자신"이기 때문이다. 그러나 같음은 다름을 전제한다. 사랑의 원리는 중복이다. 같아서 좋아하고 달라서 좋아한다. "내 뼈로 된 뼈, 내 살로 된

살"인 그녀는 "나 자신"이자 "나"와 다르다. 사랑의 열광 속에서도 아
담의 자의식은 날카롭게 작동한다. "저녁별이 밝히는 혼례의 불빛"
아래 이브와 '한몸'이 된 아담의 회상이 이어진다. 그녀 앞에서 대지
의 "다른 모든 기쁨"은 빛이 바랜다.

[…] 보기만 해도 황홀하고,

닿기만 해도 황홀해져서, 나는 처음으로 열정을 느꼈다.   530

기이한 격정이었다. 다른 모든 기쁨에서는

초연하게 동요하지 않았지만, 이번에는 그저 나약하게

아름다움의 강력한 눈빛에 매혹되었다.

어쩌면 자연이 실수로 내게 미약한 부분을 남겨

그러한 대상을 견뎌낼 만큼 강하게 만들지 못했든가,   535

아니면 내 옆구리에서 필요 이상으로 많은 것을

빼낸 탓인지도 모른다. 적어도 그녀가 부여받은

장식은 너무 많아서, 외형으로 보이는 것은

정교했지만, 내면은 덜 완성되어 보였다.

내가 잘 알고 있는 한, 자연의 최고 목적이며,   540

인간의 가장 뛰어난 부분인, 정신에 있어서

그리고 내적 기능에 있어서, 그녀는 열등하고

또한 외적으로도 그녀는 우리 둘을 만든

그분의 이미지와 덜 닮았고, 표현에서도

다른 생물들을 지배하도록 부여된 특성이   545

덜 나타난다. 그러나 그녀의 사랑스러움을

접할 때, 그녀는 너무나 완벽해 보이고,

그녀 자신의 완전함을 스스로 잘 아는 듯,

그녀가 행하고 말하려 하는 것은 최고로

지혜롭고, 고결하고, 분별 있고, 선해 보인다.   550

아무리 높은 지식도 그녀 앞에서는 그저

초라해지고, 지혜도 그녀와 나누는 대화에서는

당혹해 흔들리고, 한낱 어리석은 것처럼 보였다.

권위와 이성이 그녀를 섬기니, 그녀는

첫 번째로 의도된 사람이지, 나중에 부차적으로   555

만들어진 것이 아닌 듯했다. 그리고 무엇보다도,

마음의 위대함과 고상함이 그녀 속에 너무나

사랑스럽게 자리를 잡고, 그녀에 대해 경외감을

불러일으키니, 어떤 수호천사가 함께하는 듯했다.

[…] transported I behold,

Transported touch ; here passion first I felt,

Commotion strange, in all enjoyments else

Superiour and unmov'd, here only weake

Against the charm of Beauties powerful glance.

Or Nature faild in mee, and left some part

Not proof enough such Object to sustain,

Or from my side subducting, took perhaps

More then enough ; at least on her bestow'd

Too much of Ornament, in outward shew

Elaborate, of inward less exact.

For well I understand in the prime end

Of Nature her th'inferiour, in the mind

And inward Faculties, which most excell,

In outward also her resembling less

His Image who made both, and less expressing

The character of that Dominion giv'n

O're other Creatures ; yet when I approach

Her loveliness, so absolute she seems

And in her self compleat, so well to know

Her own, that what she wills to do or say,

Seems wisest, vertuousest, discreetest, best ;

All higher knowledge in her presence falls

Degraded, Wisdom in discourse with her

Looses discount'nanc't, and like folly shewes ;

Authority and Reason on her waite,

As one intended first, not after made

Occasionally ; and to consummate all,

Greatness of mind and nobleness thir seat

Build in her loveliest, and create an awe

About her, as a guard Angelic plac't.

v.529-559.

아담의 묘사에는 기쁨과 의혹이 교차한다. 감탄에 감탄이 더해지다가(529-533), 자신에 대한 의심(534-537), 그리고 그녀에 대한 의심(537-546)이 보태지고, 의구심은 더 강한 찬탄으로 이어진다(546-559). 그를 매혹하는 그녀의 사랑스러움은 세 가지다. 첫째는 접촉에서 느껴지는 황홀함과 열정, 환희 같은 감각적 효과(529-534), 그다음은 지혜, 고결, 분별, 선함 같은 정신적인 요소다(550). 육체적으로나 정신적으로 완벽한 그녀의 최고 덕목은 천사 같은 고귀함이다(557-559).

아담은 혼란스럽다. 그를 위해, 그로부터 비롯된, 그의 뼈와 살로 "나중에 부차적으로 만들어진" 존재가 그 자신을 능가한다. 그녀는 "너무나 완벽해 보이고", "최고로 지혜롭(게) 보인다". 그녀의 "완전함"은 "경외감"까지 부른다. 경외감의 이면은 경계심이다. 그것은 "보인다", "듯하다" 같은 유보와 비유의 반복 표현들로 나타난다. 그녀의 사랑스러움은 이성을 압도하지만, 그녀의 "내면", 창조의 정수인 "정신"은 완전하지 않다. 사랑의 매혹 속에서도 아담의 우월감은 살아 있다. 그것은 창조주의 "이미지"와 의지에 대한 그의 믿음이고, 그의 얘기를 듣는 천사와 공유되는 관점이다. 신의 말을 전하는 천사와 아담의 대화에 이브는 배제되어 있다. 아담은 신을 위해 만들어졌고, 이브는 아담을 위해 만들어졌다. 이브의 소임은 복속이다. 아름다움의 바탕은 순종이다.

[…] 그러나 두 사람은,
보기에 성이 동일하지 않듯, 동등하지 않다.

그는 사색과 용기를 위해 만들어졌고,

그녀는 부드러움과 감미롭고 매혹적인 우아함을 위해 만들어졌다.

그는 오직 신을 위해, 그녀는 그의 안에 있는 신을 위해 만들어졌다.

[…] though both

Not equal, as thir sex not equal seemd ;

For contemplation hee and valour formd,

For softness shee and sweet attractive Grace,

Hee for God only, shee for God in him.

IV, v.295-299.

이브는 신의 뜻대로 부드럽고 여리지만은 않다. 그녀는 자신의 아름다움을 잘 안다. 그녀는 스스로에 반할 만큼 아름답다. 잠에서 깨듯 태어난 이브는 물에 비친 자신의 모습에 빠져든다. 꿈에서 깨어난 아담이 "영원히 그녀를 잃었다고 비통"에 빠진 순간이다. 그녀를 일깨우는 신의 목소리가 없었다면 그녀는, 나르시스처럼, "헛된 욕망에 꽂혀" 자신의 형체만 바라보고 있었을 것이다. 목소리는 그녀를 아담에게로 인도한다. 그녀가 회상하는 첫 만남은 아담의 버전과 느낌이 다르다.

이윽고 플라타너스 아래에서 그대를 발견했다.

실로 아름답고 키도 컸지만, 내 눈에는 아름다움이,

마음을 끄는 부드러움이나, 다정한 온화함도,

그 매끈한 물의 이미지보다는 못해 보였다. 나는 뒤로 돌아섰다.
그대가 따라오며 크게 소리쳤다. 돌아오라 아름다운 이브여.

Till I espi'd thee, fair indeed and tall,

Under a Platan, yet methought less faire,

Less winning soft, less amiablie milde,

Then that smooth watry image ; back I turnd,

Thou following cryd'st aloud, Return faire Eve.

IV, v.477-481.

이브는 아담의 "부드러운 손길"에 붙잡힌다. 그녀는 "아름다움보다
남성의 우아함과 지혜가 우월하다"고 인정한다. 순종("meek surrender")
의 순간이다.

[…] 그는 기쁨에 차서
그녀의 아름다움과 순종의 매력을 동시에 느끼며
우월한 사랑의 미소를 지었다. 제우스처럼 […]

[…] he in delight

Both of her Beauty and submissive Charms

Smil'd with superior Love, as Jupiter […]

IV, v.497-499.

그윽한 우월감은 반감을 부른다. 이브의 순종은 무조건이 아니다. 그녀는 "부드럽게 설복해야만 복종"한다(IV, v.308). 상대적 우월과 열등, 지배와 복종 관계에 항구적 평화는 없다. 최초의 두 인간 사이의 불균형. 불화로 점철되는 역사의 시작이다. 인간의 원죄는 이브의 반발에서 비롯된다. 천사에게서 사탄의 접근을 경고받은 아담은 이브와 늘 함께 있기를 원한다(IX). 이브를 미혹의 위험으로부터 보호하기 위해서다. 이브는 자신의 믿음과 의지가 의심받는다는 생각에 아담의 배려를 거부한다. 아담이 부드럽게 설득해도, "열렬하게" 타일러도 통하지 않는다. 그녀는 "유순하게, 그러나 끝까지, 고집"한다. 그녀는 홀로 숲으로 들어간다.

아담처럼, 사탄도 뱀도 단번에 이브의 매력에 반한다. 인간을 타락시키기 위해 에덴으로 날아온 사탄. 그는 "들짐승 가운데 가장 교활한 뱀" 속으로 들어가, 혼자 있는 이브에게 다가간다. 가까이 다가가는 사이에 그는 낙원과 이브의 아름다움에 빠져든다. 그녀는 "최고의 지지대로부터 아주 멀리, 도움 없이 피어 있는 가장 아름다운 꽃"이다. 천상의 빛을 품은 그녀를 바라보며 그도 아담처럼 넋을 잃는다.

무엇보다 그녀의 모습에 온갖 환희가 모여 있다.
그 기쁨을 섭취하며 뱀이 바라보는
이 꽃다운 곳, 이 향기로운 먼 곳에 이브가
이른 아침, 이렇게 홀로 있다. 천상의 형태를 부여받은
그녀, 천사 같지만, 더 부드럽고, 그리고 여성적인
그녀의 우아한 순진함이, 그녀의 모든 자태,

몸짓, 사소한 움직임까지, 그의 악의를
억누르고, 감미로움으로 그의 극렬함을 사로잡아
악의에서 비롯된 극렬한 의도를 앗아갔다.
그렇게 그 자리에 사악한 존재는 자신의 사악함을
거두어들인 채로, 한동안 그대로
얼빠진 듯 선하게, 적대감도 내려놓고,
계략도, 증오도, 선망도, 복수도 잊어버렸다.

She most, and in her look summs all Delight.

Such Pleasure took the Serpent to behold

This Flourie Plat, the sweet recess of Eve

Thus earlie, thus alone ; her Heav'nly forme

Angelic, but more soft, and Feminine,

Her graceful Innocence, her every Aire

Of gesture or lest action overawd

His Malice, and with rapine sweet bereav'd

His fierceness of the fierce intent it brought :

That space the Evil one abstracted stood

From his own evil, and for the time remaind

Stupidly good, of enmitie disarm'd,

Of guile, of hate, of envie, of revenge ;

IX, v.454-466.

이 찬미의 시선은 뱀도 악마도 아닌 남자의 것이다. 뱀 같은, 악마 같은 육체적 욕망의 시선이다. "극렬한 의도"를 잃은 악마는 한순간 욕망 그 자체다. "육체의 악마." 뱀은 악마와 인간을 하나로 엮는다. 뱀은 음험한 욕망의 상징이다. 그 형상은 남녀의 성을 동시에 표상한다. 고결한 성에서 "욕정"과 "육욕의 쾌락"을 일깨우는 악마적 유혹의 매개로 뱀이 선택된 이유다. 뱀 속으로 들어간 사탄은 이브의 영혼 속으로 들어간다. 꽃다운 이브의 순결은 훼손된다("deflourd"). 나중에 아담이 이브를 타락했다고 나무랄 때 쓰는 표현이다(IX, v. 901). 그는 끝내 그녀를 "뱀"이라고까지 욕한다(X, v. 867). 짧은 순간 뱀의 형상을 한 사탄은 많은 것을 붉게 물들인다.

잠시 넋을 잃은 사탄은 인간적 욕망을 떨치기 위해 이성에 호소한다. "생각이여, 어디로 나를 이끄느냐." 그는 생각을 다잡고 "사랑이나 희망이 아니라, 증오를 위해" 왔다는 사실을 상기한다. 여전히 그녀는 아름답다. 그녀는 "신을 향한 사랑으로 만들어져, 신성하게 아름답다". 그 아름다움이 곧 사탄의 먹이, 아담의 미끼다. 악마가 아담의 부재를 택한 것은 그를 두려워하기 때문이다. 악마에게 아담은 "아주 이지적이고, 강하고, 용기 충만한 […] 강력한 적"이다. 아담처럼, 사탄이 주목하는 이브의 아름다움도 우아함, 순진함이다.

이브가 유혹에 넘어간 것이 순진하고 약해서일까? 약한 것은 그녀의 위상이다. 그녀는 압제자들에 둘러싸여 있다. 저 위 하늘에는 "위대한 금제자"(great Forbidder)가 있고, 바로 곁에는 그녀의 "인도자이자 머리"(her Guide and Head)인 아담이 있고, 또 어둠 속에는 "지옥의 뱀"이 도사리고 있다. 그녀가 금단의 과일을 "탐식"하도록 이끈 것은 반항심과 경쟁심이다. "창조주와 닮은 최고의 아름다움"을 지닌 "만물의 여왕"과 같은, 그녀를 향한 사탄의 찬사는 바로 그런 심리를 자극한다. 그녀는 "지식의 나무"에 풍성하게 달린 선악과를 "매일 아침" 가꾸고 먹으며 "모든 것을 아는 신들처럼, 원숙한 지식"을 가지리라 꿈꾼다. 신에게는 물론 아담에게도 그것을 비밀로 할 생각까지 한다.

> […] 그에게도 이런 나의 변화를
> 알려주고, 나와 함께 가득한 행복을
> 누리도록 해줄까, 아니면 차라리,
> 지식의 혜택을 나누지 말고 나의 힘으로만
> 간직할까? 그러면 여성에게 결핍된 것을
> 보태고, 그의 사랑도 더 많이 끌어들이고,
> 나 자신 더 동등하게, 또 어쩌면,
> 바람직하지 않다고 할 수 없는 일로, 언젠가
> 우월하게 되지 않을까? 열등한 자 자유로울 수 없으니까.

> […] shall I to him make known
> As yet my change, and give him to partake
> Full happiness with mee, or rather not,
> But keep the odds of Knowledge in my power
> Without Copartner? so to add what wants
> In Femal Sex, the more to draw his Love,
> And render me more equal, and perhaps,

A thing not undesireable, somtime

Superior : for inferior who is free?

IX, v.817-825.

이브의 바람은 동등함과 자유다. 그러나 차등과 예속은 정해진 신의 뜻이다. 그녀는 아담에게 속해 있다. 아담은 말한다. 그녀는 "나의 것"(my owne)이다. 아담은 이브의 아름다움을 찬양하지만, 그것에 "예속"되지는 않았다고 천사에게 밝힌다. 그럴까. 인간의 사랑에서 예속은 상호적이다. 사랑의 굴레는 이미 견고하다. 아담이 이브의 "타락"을 탓하면서도 그녀와 함께 죽음의 과일을 먹지 않을 수 없는 이유다.

자연의 접합이 나를 나의 것, 그대에게로 이끈다.

나 자신 그대 속에 있으니. 그대가 바로 나(의 것)이니까.

우리의 상태는 갈라놓을 수 없는 것이다. 우리는 하나,

한 몸이다. 그대를 잃는 것은 나 자신을 잃는 것이리니.

The Bond of Nature draw me to my owne

My own in thee, for what thou art is mine ;

Our State cannot be severd, we are one,

One Flesh ; to loose thee were to loose my self.

IX, v.956-959.

아담은 "그녀를 위해, 신의 노여움이나 죽음"까지 감수한다. 죄악의

과일을 함께 나눈 두 사람은 "불타는 욕정"에 사로잡혀 성에 탐닉한다. 그것은 "금지된 쾌락"이 인간 내면에 지핀 지옥의 불이다. 이브의 순결함도, 아담의 고결함도 음욕의 불꽃으로 인해 사라진다. 이제 심판의 시간이다.

"창조물 가운데 가장 아름답고, 신의 모든 작품 가운데 최후이자 최고"인 이브는 그렇게 "자연의 아름다운 오점"으로 전락한다. 그녀의 죄는 "섬기던 자의 이미지를 자기 것으로 삼은" 것이다(XI, v.518-9). 그녀가 섬기던 자는 아담, 그리고 "그의 안에 있는" 창조주다. 아담의 죄는 신에게만 지은 것이지만, 이브의 죄는 아담과 신 모두에게 지은 것이다. 죄를 심판하러 온 신 앞에서 "가혹한 아담"은 넌지시 그 이중의 죄를 지적한다. 이브를 내세우며 신의 섭리까지 문제삼는 그의 변명은 교묘하고 교활하다.

> [⋯] 아무리 제가 침묵을 지키더라도, 당신은
> 쉽사리 제가 숨기는 것을 알아차리실 것입니다.
> 이 여인은 당신이 제게 도움이 되도록 만드셨고,
> 당신의 완벽한 선물로 저에게 주신 것이라, 너무나 선하고,
> 너무나 적합하고, 다 받아들일 만하고, 너무나 신성해서
> 그녀의 손에서 어떤 악이 비롯될지 의심하지 못했고,
> 그녀가 하는 것은, 그 자체가 무엇이든,
> 그녀가 하므로, 그 행위가 옳아 보였습니다.
> 그녀가 그 나무의 열매를 주기에, 제가 먹었습니다.

[…] though should I hold my peace, yet thou

Wouldst easily detect what I conceale.

This Woman whom thou mad'st to be my help,

And gav'st me as thy perfet gift, so good,

So fit, so acceptable, so Divine,

That from her hand I could suspect no ill,

And what she did, whatever in it self,

Her doing seem'd to justifie the deed ;

Shee gave me of the Tree, and I did eate.

X, v.135-143.

첫 만남의 희열과 찬미는 다 어디로 갔을까. 고귀하고 신성한 빛과 환희는 사라지고 비겁하고 초라한 인간성만 남았다. 그 초라함을 잘 묘사한 그림이 있다. 독일 힐데스하임 대성당의 청동문에는 아담과 이브의 변명을 주제로 한 부조상이 있다. 죄를 묻는 신의 손짓에 아담은 뒷손가락질로 이브를 가리키고 이브는 뱀을 가리킨다. 부조상은 아름답지도 그다지 교훈적이지도 않다. 신성함도 없다. 아담과 이브는 물론 신조차도 왜소하다. 세 이미지의 거리는 같다. 키도 엇비슷하다. 자세는 조금씩 다르다. 신 앞에서 아담은 몸을 조금 숙이고 있고, 이브는 그보다 조금 더 숙이고 있다. 눈에 띄는 것은 뱀의 위치다. 악의 화신, 원죄의 원인인 뱀은 이브의 발치에, 이브와 함께 있다.

변명하는 아담 앞에서 『실낙원』의 신은 되묻는다. 다시 한번, 그의

베른바르트 청동문 〈아담과 이브를 심문하는 하느님〉, 1015, 힐데스하임 대성당

메시지는 분명하고 단호하다. "선이 굵고, 유창한" 그의 언어는 아담과 비등한 수위에, 직설적이다.

> 그녀가 너의 신이더냐, 그녀의 말을 따르고
> 신의 목소리를 간과하다니. 아니면 그녀가 네 인도자더냐.
> 너보다 우월하거나, 아니면 동등하기라도 해서, 그녀에게
> 너의 남성성과 너의 자리를 넘겼더냐.
> 그 자리는 신이 너로부터 만들어진 그녀 위에 마련한 것,
> 너를 위한 것이거늘. 너의 완성도가 훨씬 뛰어났으니까

> Was shee thy God, that her thou didst obey
> Before his voice, or was shee made thy guide,

Superior, or but equal, that to her

Thou did'st resigne thy Manhood, and the Place

Wherein God set thee above her made of thee,

And for thee, whose perfection farr excell'd

X, v.145-150.

이브에 대한 신의 신문은 한마디다. "말하라 여인아, 네가 한 일은 무엇이냐?" 이브는 "바로 참회하려" 했으나 "당황"하여 역시 한마디로만 답한다. "뱀이 저를 구슬려서 제가 먹었습니다." 아담보다 우월하기를 꿈꾸었던 이브는 정말 "참회"할 마음이 들었을까. 그녀의 위치는 늘 차석이고 논외다. 그녀는 천사 라파엘이 아담에게 악의 유혹을 경고하는 자리에 동참하지 못했고, 그리고 낙원 추방 전에 미카엘이 아담에게 인간의 미래를 보여주는 대화에도 초대받지 못한다. 높은 산에 올라 아담의 후손에 대해 이야기하기 전에 미카엘은 이브를 잠재운다. 천사와 아담의 대화가 끝나고, 잠에서 깨어난 이브는 "온화한 순종"(meek submission)의 미덕을 되찾는다. — "제2의 성"의 위상은 창세기가 이천 년째 전해지도록, 『실낙원』이 발표된 지 삼백 년이 지나서도 크게 달라지지 않았다.

이미 오래전에, 단테도 이브를 탓했다. 『신곡』에서 「연옥」의 끝 무렵에 그는 에덴동산에 이른다. 낙원의 황홀경에 잠겨 그는 새삼 인간의 근원적 상실을 아쉬워한다.

감미로운 선율이 빛 가득한 대기를 타고
흘렀다. 그로 인해, 선한 열의가 일어나
나는 이브의 대담함을 책망했다.

대지와 하늘이 순종하는 그곳에서,
여자가, 혼자서 이제 갓 만들어져서,
약간의 너울 아래 머물기를 견디지 못했다니.

그 아래 그녀가 경건하게 머물렀다면,
말로 표현할 수 없는 이 환희를
내가 더 일찍 더 오랜 기간 누렸을 텐데.

E una melodia dolce correva
per l'aere luminoso ; onde buon zelo
mi fé riprender l'ardimento d'Eva,

che là dove ubidia la terra e 'l cielo,
femmina, sola e pur testé formata,
non sofferse di star sotto alcun velo ;

sotto 'l qual se divota fosse stata,
avrei quelle ineffabili delizie
sentite prima e più lunga fiata.

La Divina Commedia, Purgatorio, XXIX, v. 22 - 30.

단테는 천하의 여성 숭배자다. 그의 표현은 부드럽다. 그는 이브의 죄가 아니라 "대담함"을 나무란다. "너울 아래 머물기를", 보호와 규제를 따르기를 못 견뎠다고 아쉬워한다. 밀턴의 시각보다 훨씬 온화하다. 그래도 책망은 책망이다.

『실낙원』은 이브의 "완벽한 아름다움"을 강조한다. 아름다움은 원죄의 인간적 책임을 부각한다. 죄의 본질은 성적 매력에 의한 신의와 이성의 마비. 죄의 소지는 여성의 아름다움이다. 아름다움에 죄의 굴레가 씌워진다. 그것이 여성의 숙명이다. 숙명의 여성, 치명적 여성상, 팜 파탈은 특정 시대에 나타난 현상이 아니다. 여성의 원형에 새겨진 속성이다.

수많은 사랑 이야기가 빛나는 첫 만남에서 어두운 결말로 이어진다. 아침에 화려하게 피어났다 저녁이면 시드는 장미 같다. 첫 만남은 그만큼 눈부시고, 그 끝자락은 그만큼 슬프고 허무하다. 『실낙원』의 비극성은 더 강렬하다. 인간 최초의 만남, 최초의 남녀의 만남이고, 인간의 운명이 연루된 만남이기 때문이다.

처음부터 어긋난 만남일까. 한 몸에서 태어나 하나가 되도록 만들어진 아담과 이브가 그러니, 모든 만남이 무의미한 것일까. 만남이 없으면 행복할까. 다시 창세의 시간으로 돌아가 본다. 아직 혼자인 아담이 우주의 창조자에게 탄원한다.

당신은 만물을 마련하셨습니다. 그러나 나와 함께
나눌 사람은 없습니다. 고독 속에

무슨 행복이 있을까요. 누가 혼자서 즐길 수 있고,
또 모든 것을 즐긴다 해도, 무슨 만족이 있을까요?

Thou hast provided all things : but with mee
I see not who partakes. In solitude
What happiness, who can enjoy alone,
Or all enjoying, what contentment find?
VIII, v.363-366.

창조된 만물의 아름다움과 즐거움을 상기시키며, 신이 반문한다.

그럼 너는 나를, 나의 이 상태를 어떻게 생각하느냐.
네가 보기에 내가 행복을 충분히
소유한 것 같으냐 아니냐? 태초부터 영원토록
나는 혼자인데. 내가 아는 그 누구도
나 버금가는 자 없고, 대등한 자는 더욱 없는데.
그러니 내가 누구와 지속적인 대화라도 나누겠느냐?
내가 만든 피조물들밖에 없고, 그들은
나보다 열등하고, 무한히 아래 항렬이라
다른 피조물들이 너한테 그런 것보다 더 못한데.

What think'st thou then of mee, and this my State,
Seem I to thee sufficiently possest

Of happiness, or not? who am alone

From all Eternitie, for none I know

Second to mee or like, equal much less.

How have I then with whom to hold converse

Save with the Creatures which I made, and those

To me inferiour, infinite descents

Beneath what other Creatures are to thee?

v.403-411.

신성한 행복, 신적인 만족은 혼자서만 가능하다는 의미인가. 밀턴
의 신의 푸념 혹은 유머가 만남의 아픔을, 사랑의 씁쓸함을 상쇄한다.

불멸의 연인,
줄리엣과 로미오

셰익스피어, 『로미오와 줄리엣』
영화 〈로미오와 줄리엣〉

셰익스피어 William Shakespeare (1564-1616)
잉글랜드 출신 시인, 배우, 극작가.
이른 나이에 연극 활동을 하며 세상을 읽고 통찰력 있는 시를 썼다.
37편의 희곡, 154편의 소네트를 쓴 영어권 최고의 작가.
―『로미오와 줄리엣』 (1597)

영화 〈로미오와 줄리엣〉 (1968, 프란코 제피렐리 감독)
―〈청춘은 무엇인가〉 (유진 월터 주니어 작사, 니노 로타 작곡)

워즈워스 William Wordsworth (1770-1850)
―「송가 – 불멸의 암시」 (1807)

불멸의 사랑을 노래한 『로미오와 줄리엣』. 첫 만남의 순간도 영원히 빛난다. 로미오가 캐플릿 집에 몰래 들어가서 줄리엣을 발견하는 순간, 세상의 모든 빛이 그녀에게로 모인다.

오, 그녀는 횃불들에게 밝게 빛나라고 일깨운다!
마치 그녀는 밤의 뺨 위로
에디오피아의 귀에 걸린 귀한 보석 같다.
쓰기엔 너무나 귀하고, 지상에 있기엔 너무나 소중한 아름다움!
눈처럼 하얀 비둘기가 까마귀 무리와 있는 듯
다른 여인들 위로 돋보이는 저 아가씨의 모습.

O, she doth teach the torches to burn bright!
It seems she hangs upon the cheek of night
As a rich jewel in an Ethiop's ear ;
Beauty too rich for use, for Earth too dear!
So shows a snowy dove trooping with crows
As yonder lady o'er her fellows shows.
Romeo and Juliet, I, 5.

아름다움은 빛이다. 횃불보다 환하고, 세상 어느 보석보다 더 빛난다. 지상의 어둠을 밝히고, 천상의 행복을 환기한다. 그 빛은 한순간에 영혼을 순화하고, 욕망을 점화한다. 순수한 환희에 열린 영혼은 기쁨의 지속을 갈망한다. 온갖 감각의 혼란과 감정의 갈등이 시작된다. 어느새 빛은 사라지고, 열정만 살아 움직인다. 첫눈의 아름다움은 그 순수함 때문에 쉽게 어둠에 침식된다. "진실한 아름다움"은 진실함으로 인해 의심과 오해를 부른다. 너무나 아름다운 것은 지속되지 않는다.

아름답고 슬픈 사랑의 이야기는 파급력이 크다. 모든 예술 장르가 로미오와 줄리엣을 부활시켰다. 영화로도 수없이 만들어졌다. 가장 뛰어난 것은 프란코 제피렐리 감독의 1968년 작품이다. 그는 각본에도 참여했다. 올리비아 핫세와 레너드 화이팅, 아름다운 두 청춘 배우의 연기는 인류 최고의 사랑을 넉넉히 재현한다. 영화의 하이라이트 역시 첫 만남, 그 "엄청난 사랑의 탄생"이다. 로미오와 줄리엣이 단숨에 자석에 이끌리듯 열정적으로 교감하는 장면은 원작의 대사를 그대로 옮겼다. 극히 연극적인 대사지만 연기와 음악, 영상 구성에 잘 녹아들어 몰입도가 높다. 가장 멋진 대목은 사랑의 노래다. 유진 월터 주니어의 가사에 니노 로타가 곡을 붙인 향기 가득한 시가(詩歌).

청춘은 무엇인가
성급한 불꽃
처녀는 무엇인가
얼음과 욕망
세상은 흘러가고

한 송이 장미 피어나
어느덧 시들어 간다
그렇게 청춘도 사라진다

그렇게 가장 어여쁜 처녀도 사라진다

What is a youth
Impetuous fire
What is a maid
Ice and desire
The world wags on

A rose will bloom
It then will fade
So dies a youth
So dies the fairest maid

노래는 가볍고 깊다. 함축이 놀랍다. 청춘, 처녀, 아름다움의 본질이
작은 단어들 속에 맺혀 있다. 처녀란 무엇인가. 완벽한 라임이 답한다.
불꽃 같은 욕망 그리고 얼음. 차가움과 열정, 혹은 순결과 갈망. 아직
자의식에 갇힌 눈빛과 저도 모르게 열리는 마음. 열림의 욕망에 저항
하는 순수의 역설이 처녀의 아름다움을 구성한다. 그것은 사랑의 아
름다움이기도 하다. "꿀보다 달고 담즙보다 쓴" 사랑은 나를 유혹하고
나를 움츠리게 한다. 사랑하는 두 사람의 만남은 개체의 저항과 합체
의 열망을 동시에 부른다. 사랑이 절정에 달하면 자아 이탈(ex-tase), 혹
은 마음속 모든 것이 사라지고 빛만 남는 — 황홀(恍惚)한 — 무아(無我)
의 상태가 된다.

사랑하는 처녀만이 아니다. 인간이 그렇다. 인간의 개체 보존 욕구
는 나르시스적 성향과 에로스적 성향으로 나뉜다. 나르시스처럼 자아
애착은 누구나 있다. 없으면 인간이기 어렵다. 인간적이지 않다. 아름
다운 자아의 정체성을 지키기 위해서 자아에 몰입하는 나르시스. 그
러나 자아의 핵은 무(無)일 뿐이다. 자아는 삶과 함께 형성되기 때문이
다. 나르시스는 무의 메타포, 죽음에 함몰된다. 나르시스는 삶을 근원
으로 되돌리는 죽음의 힘, 타나토스를 대변한다. 그에 대응하는 것이
에로스다. 에로스는 생의 원리다. 헤시오도스의 『신통기』는 말한다.
태초에 카오스가 있었고 그다음 가이아와 에로스가 있었다. 에로스로
부터 모든 것이 생겨난다. 에로스는 번식의 정령이다. 자연이 자리 잡
고 인간이 번성한 후 그 거대한 정령은 작은 피겨, 큐피드로 변한다.
자아를 지배하는 두 개의 충동, 에로스와 타나토스의 대립과 합. 그것
이 프로이트가 설파한 인간의 실체다. 그것이 삶의 진실이고 세상의
진실이다. 삶 속에 죽음이, 죽음 속에 삶이 있다.

> 자연의 어머니인 대지는 자연의 묘지,
> 자연의 매장 묘지는 곧 자연의 모태
>
> The Earth that's nature's mother is her tomb ;
> What is her burying grave, that is her womb
> *Romeo and Juliet*, II, 3.

나는 누구인가. 무엇인가. 나는 무엇을 해야 하는가. 나는 자아의 정

체성에 몰입하는 성향과 자아의 울타리를 벗어나려는 욕망 사이에서 갈등한다. 그 갈등이 가장 큰 때가 청춘이다. 그래서 청춘은 역동적이고 열정적이다. 흔들림, 방황도 그만큼 크다. 그러나 청춘은 사라진다. 너무나 아름다워 지속될 수 없다, 혹은 지속되기에는 너무나 아름답다. 청춘은 아름답다. 사라지는 속성으로 인해. 로미오와 줄리엣은 청춘의 아름다움을 극적으로 보여준다. 그것은 사랑과 죽음의 합이다.

오 제우스여, 왜 나는 덧없는 것일까요? 아름다움이 물었다.
신이 대답했다. 나는 덧없는 것만 아름답게 만드니까.

Warum bin ich vergänglich, o Zeus? so fragte die Schönheit.
Macht ich doch, sagte der Gott, nur das Vergängliche schön.
Goethe, *Vier Jahreszeiten, Sommer.*

그래도 줄리엣의 아름다움은, 청춘의 기억처럼, 영원하다. 작가는 이미 답을 마련해놓았다.

그러나 그대의 영원한 여름은 시들지 않고,
그대가 지닌 아름다움도 놓치지 않으리.
죽음도 제 그늘에서 그대 헤맨다고 내세우지 못하리,
그대가 영원한 시 속에서 시간 따라 커가는 한.

But thy eternal summer shall not fade,

Nor lose possession of that fair thou ow'st ;

Nor shall death brag thou wander'st in his shade,

When in eternal lines to time thou grow'st ;

Shakespeare, *Sonnet 18*.

또 멀리서 다른 시인이 화답한다. 청춘 예찬은 끝이 없다.

한때 그렇게도 눈부시던 그 빛이

이제 눈앞에서 영원히 사라져도,

아무것도 시간을 되돌릴 수 없어도,

초원의 빛, 꽃의 영광이던 그 시간을,

우리는 슬퍼하지 않고, 찾으리라,

남아 있는 것 속에서 견디어낼 힘을.

What though the radiance which was once so bright

Be now for ever taken from my sight,

Though nothing can bring back the hour

Of splendour in the grass, of glory in the flower ;

We will grieve not, rather find

Strength in what remains behind ;

Wordsworth, *Ode : Intimations of Immortality* ("Splendor in the grass")

냉정과 열정, 레날 부인과 마틸드와 줄리앙

스탕달, 『적과 흑』

스탕달 Stendhal (1783-1842)

프랑스를 떠나 이탈리아에서 삶과 예술의 열정을 되찾은 『연애론』의 작가.

"이 세상에서 중요한 것은 사랑과 사랑이 주는 행복뿐이다"(『파르마 수도원』).

작가 자신이 만든 이탈리아어 묘비명 : "밀라노인으로, 쓰고, 사랑하고, 살았다."

— 『적과 흑』 (1830)

정념(passion)의 어원은 고통(passio)이다.

줄리앙 소렐은 보잘것없는 목재상의 셋째 아들이다. 그는 아버지에
게 멸시당한다. 형들과 달리 연약하고 지적 성향이 있기 때문이다. 그
는 신약성서를 라틴어로 암송할 수 있다. 다른 학식은 없지만, 머리가
좋고 야망도 있다. 그는 나폴레옹을 숭배한다. 세상을 휘젓고 사라진
황제가 삶의 모델이다. 라틴어 실력 덕에 그는 가정교사가 된다. 그를
채용한 사람은 그가 사는 작은 도시의 시장 레날이다. 시장의 부인은
순진하고 내성적이고 아름답다. 모성이 지극한 그녀는 세 아이의 가
정교사로 올 사람이 거칠고 엄하지나 않을까 걱정한다. 줄리앙은 그
녀보다 더 내성적이다. 천성적인 불안과 경계심으로 새로운 세상으로
의 첫걸음이 두렵다. 감수성 강한 두 여린 영혼의 만남이 이루어진다.
그 어느 만남보다 맑은 만남의 순간이다.

　레날 부인은 남자들의 시선에서 멀리 떨어져 있을 때 자연스럽게 나타
나는 활기차고 우아한 모습으로 거실 유리문을 열고 정원으로 나오다가,
앞문 가까이 있는 한 젊은 농부를 보았다. 아직 어려 보이고 몹시 창백한
얼굴에 방금 운 듯한 모습이었다. 하얀 셔츠를 입고, 아주 정갈한 보랏빛
모직 웃옷을 팔에 끼고 있었다.
　그 어린 농부의 얼굴은 너무나 하얗고 눈길은 너무나 부드러워서, 공상
을 즐기는 레날 부인의 머릿속에는 변장한 소녀가 시장에게 어떤 부탁을
하려고 온 것이 아닌가 하는 생각이 먼저 떠올랐다. 문 앞에 멈춰서서, 분
명 초인종에 손을 올릴 엄두도 내지 못하는 그 가엾은 청년에게 연민이 느

껴졌다. 레날 부인은 가정교사가 온다는 생각이 가져온 씁쓸한 슬픔을 잠시 잊고 가까이 다가갔다. 줄리앙은 문 쪽으로 서 있어서 그녀가 다가오는 것을 보지 못했다. 그의 귀 아주 가까이 부드러운 목소리가 들렸을 때 그는 소스라쳤다.

- 청년은 무슨 일로 왔나요?

줄리앙은 흠칫 돌아보다가, 레날 부인의 우아함 넘치는 눈빛에 사로잡혀, 자신의 수줍음을 어느 정도 잊어버렸다. 곧 그녀의 아름다움에 놀라서 자신이 무엇을 하러 왔는지조차 다 잊어버렸다. 레날 부인은 질문을 반복했다.

- 저는 가정교사 일로 왔습니다, 부인.

그는 그렇게 간신히 대답하면서, 흘린 눈물이 부끄러워 열심히 닦아냈다.

레날 부인은 당황스러웠다. 두 사람은 너무도 가까이서 마주 보고 있었다. 줄리앙은 그렇게 잘 차려입은 사람을, 더욱이 너무나 눈부신 얼굴로 다정하게 말해주는 여자를 본 적이 없었다. 레날 부인은 젊은 농부의 뺨에 맺힌 굵은 눈물을 바라보았다. 처음엔 너무나 창백했던 그 뺨은 이제 아주 장밋빛이 되어 있었다. 곧 그녀는 소녀처럼 몹시도 쾌활하게 웃기 시작했다. 그녀는 자신을 비웃으며, 이루 말할 수 없는 기쁨을 느꼈다. 이렇게 생긴 가정교사인 줄 모르고, 옷도 잘 차려입지 않은 칙칙한 사제 같은 사람이 와서 자기 아이들을 야단치고 때릴까 상상했다니!

- 그럼, 선생님은 라틴어를 아시나요.

마침내 그녀가 말했다.

선생님이라는 말에 몹시 놀라서 줄리앙은 잠깐 생각에 잠겼다.

- 예, 부인.

그가 머뭇거리며 말했다.

레날 부인은 너무나 기뻐서 대뜸 줄리앙에게 말했다.

- 우리 아이들을 너무 꾸짖지는 않으시겠지요?

- 제가 꾸짖다니요? 왜요?

줄리앙이 놀라서 말했다.

- 그렇지요? 선생님.

그녀는 잠깐의 침묵 후에 순간순간 감정이 더해가는 목소리로 덧붙였다.

- 아이들한테 잘해 주시겠지요? 약속해 주시겠어요?

또다시 선생님이라고 아주 진지하게 부르는 소리를 듣게 될 줄, 그것도 너무나 잘 차려입은 귀부인에게서 듣게 될 줄은 전혀 예상하지도 못한 줄리앙이었다. 젊음의 온갖 공상 속에서도, 그가 아름다운 군복을 입게 되지 않는 한, 어떤 귀부인도 말을 걸어오지 않을 것이라고 그는 생각했었다. 한편 레날 부인은 줄리앙의 아름다운 얼굴과 커다란 검은 눈, 그리고 머리를 식히느라 공공 분수전 물에 적신 탓에 보통 때보다 더 곱슬곱슬한 그의 예쁜 머리카락에 완전히 홀린 상태였다. 그녀는 아이들한테 얼마나 엄하고 혐오스러운 모습일까 두려워했던 운명의 가정교사에게서 소녀 같은 수줍은 모습을 발견하게 되어 더없이 기뻤다. 평온한 영혼을 가진 레날 부인에게는, 그녀가 염려했던 것과 그녀가 지금 보고 있는 것의 대조가 하나의 큰 사건이었다. 이윽고 그녀의 정신은 뜻밖의 기쁨에서 깨어났다. 그녀는 이렇게 집 문 앞에서 그냥 셔츠만 입은 젊은이와 너무나 가까이 있게 되어서 새삼 놀랐다.

I, 6.

마주한 두 사람은 육체적 거리만 가까운 것이 아니다. 서로에 대한 경탄으로 정신적 거리도 사라졌다. 나이와 빈부 계급의 차이와 소심한 성격까지 잊은, 무장 해제 상태의 만남이다. 두 사람은 사회적 존재의 무게를 벗고, 소년과 소녀처럼, 서로 순수한 내면을 드러낸다. 순수의 촉매는 눈물이다. 눈물은 남성성의 가면을 벗기고 여성의 화장을 씻어낸다. 모두의 시선 밖에서, 눈물을 흘리는 남자와 그것을 보는 여자 사이에 "자연" 그대로의 교감이 이루어진다. 두 영혼은 서로에게 활짝 열린다. 그것이 두 사람이 함께 느끼는 "놀라움"의 진실이다.

놀라움의 효과는 크다. 그것은 사랑의 여러 단계를 불사른다. 신분 차이에 민감하고 지극히 소심한 줄리앙이 어느 순간 대담하게 레날 부인의 손에 입맞춤한다. 정숙한 부인은 깜짝 놀란다. 그 "충격"은 오히려 그녀의 열린 마음을 자극한다. 그녀는 줄리앙의 초라함에 대해 동정을 느끼고, 그의 가난을 생각하며 눈물까지 흘린다. 그의 "지독한 무지"조차 너그럽게 보고, 그를 좋아하는 하녀를 "연적"으로 느낀다. 그 감정들은 사랑의 다른 이름들이다. 그녀도 자각한다. "내가 줄리앙에게 사랑이라도 품은 것일까?"(I, 8) 줄리앙은 더 대담해진다. 다른 사람이 레날 부인 옆에 있는데도 몰래 그녀의 손을 잡는다. 그도 그녀도 주저하고 두려워하지만, 몸은 이미 열린 영혼의 힘에 저항하지 못한다.

그러나 두 사람의 마음은 같지 않다. 손을 잡힌 레날 부인은 "사랑한다는 행복에 들뜬" 상태지만 줄리앙은 "소심함과 자존심의 싸움"에서 자신을 이기고 상대에 대해 "우위를 쟁취"했다는 기쁨을 느낀다. 불우하게 태어나 멸시받으며 자라난 그는 사랑의 욕구보다 신분 상승의 야심이 더 크다. "동등하지 않으면 사랑도 없다"(I, 14). 그래서 그의 사랑은 전투적이다. 첫 만남에서 손등에 입맞춤을 "결행하기" 위해 그는 안색이 창백해질 만큼 격한 "내적 갈등"을 억누른다. 손을 쥐는 행위도 "자신의 명예를 걸고" 마치 "처음 결투"하듯 떨면서 필사적으로 한다. 반면 순진한 그녀는 무방비다. 그의 무례하고 거친 언행도 그녀는 "사랑이 영혼에 심어준 아량"으로 받아들인다. 그러나 동등한 관계의 성립은 어디서나, 사랑에서도, 어렵다. 사랑의 차이는 주종 관계를 낳는다. 그녀의 손처럼 그녀의 마음도 그의 것이 된다.

"승리"를 확실히 하기 위해 줄리앙은 한 번 더 경계를 넘어선다. 그는 부인에게 한밤중에 찾아가겠다고 "예고"한 뒤 사다리를 타고 그녀의 방으로 올라간다. 사다리는 수직적 등급 상승을 상징한다. 레날 부인의 방에 올라간 줄리앙은 그녀와 같은 '레벨'에서, 대등하게, 사랑을 '나눈다'. 그녀가 여전히 "열광에 휩싸여" 있는 동안, 자기 방으로 돌아온 줄리앙은 생각한다. "행복하다는 것, 사랑받는다는 것이 겨우 이것인가?"(I, 15) 그러나 사랑의 힘은 생각보다 훨씬 강하다. 시간이 흐르면서 줄리앙의 "검은 야심"도 그녀의 사랑에 녹아든다. 어느 사이 "그는 더없이 온순하게, 사랑 가득 반짝이는 눈길로 그녀를 바라보며, 그녀의 말에 귀 기울이는" 남자가 된다(I, 17). 위독한 아이에 대한 걱정과 죄의식에서 비롯된 "정신적 위기"를 함께 겪으면서, 그는 진심으로 그녀를 사랑한다.

그 커다란 정신적 위기가 줄리앙과 연인을 이어주던 감정의 본질을 변화시켰다. 그의 사랑은 더 이상 아름다움에 대한 찬미, 그 아름다운 여인을 소유하겠다는 자부심 정도에 그치는 것이 아니었다.

그들의 행복은 이제 훨씬 상위의 본질에 속하게 되었고, 그들을 삼키는 불꽃은 더 강렬해졌다. 그들은 광기 가득한 열광에 휩싸였다.

I, 19.

이 열광은 경이로운 첫 만남이 일찍이 열어놓은 것이다. 행복의 문은 두 사람의 관계를 밀고하는 익명의 편지에 의해 닫힌다. 그는 그녀를 떠나 신학교로 들어간다. 그리고 한참 후 — "14개월의 잔혹한 이별 후" — 파리로 떠나기 전 그녀를 찾아간다. 마지막으로 다시 한번 사다리를 타고 그녀 방에 잠입한다. 눈물로 그녀의 닫힌 마음을 열고, 사랑을 쏟은 후, 다시 "야심가"가 되어 완전히 그녀를 떠난다.

마틸드와의 사랑은 정반대다. 첫 만남부터 전혀 다르다. 별 의미가 없다.

모두 식탁에 둘러앉았다. 줄리앙은 후작 부인이 약간 목소리를 높여 엄하게 말하는 것을 들었다. 바로 그때 완연한 금발에 아주 잘 치장한 젊은 여자가 나타나 그의 맞은편 자리에 앉았다. 조금도 마음이 끌리는 여자가 아니었다. 그렇지만 그녀를 주의깊게 바라보면서, 그는 그렇게 아름다운 눈을 본 적이 없다고 생각했다. 그러나 그 눈은 아주 차가운 영혼을 나타내 보이고 있었다. [⋯] 식사가 끝날 무렵, 줄리앙은 마틸드 양의 아름다운 눈을 표현하기에 적당한 말을 생각해냈다. 그것은 '반짝거리는' 눈이었다. 어쨌거나 그녀는 몹시도 어머니와 닮아 보였다. 그 어머니가 점점 더 싫어지는 참이어서, 그는 그녀에게서 시선을 거두었다.

II, 2.

마틸드는 차갑고 똑똑하고 자부심이 강하다. 그녀의 "반짝거리는 눈"은 넘치는 "기지의 불꽃"이다. 살롱이 열릴 때면 그녀 주위에 많은 젊은 귀족들이 모여든다. 그러나 그녀는 뭇 남자를 경시한다. 아버지 라몰 후작의 비서인 줄리앙과 그녀의 거리는 멀기만 하다. 해가 바뀌도록 두 사람은 별다른 관심을 느끼지 못한다. 재기발랄한 만큼 주위 사람들에게 따분함만 느끼던 그녀는 어느 날 문득 "다른 남자와 똑같지 않은" 그에게 흥미를 느낀다.

> 너무나 아름다운 그 눈, 아주 깊은 권태에, 즐거움이라고는 찾을 수 없다는 절망감까지 깃든 그녀의 눈길이 줄리앙에게 멈췄다.
>
> II, 8.

그녀는 그를 무도회에 초대한다. 짐짓 무관심하던 줄리앙은 무도회에서 젊은 귀족들이 "고귀한 마틸드"를 찬양하는 얘기를 듣고 새삼 매력과 욕망을 느낀다. 유혹의 유희가 시작된다. 그것은 지적 대화 형태를 띤다. 냉담과 경멸을 가장하기도 한다. 자존심의 전쟁이다. 그는 매일 그녀를 볼 때마다 "오늘은 우리가 친구인가 적인가" 자문한다. "사형선고를 받는 명예가 남자의 최고 품성"이라 여기는 그녀는 나폴레옹처럼, 당통처럼, 혁명적인 "에너지"를 지닌 그를 좋아한다. "사회적 지위가 나와는 너무나 다른 남자를 감히 사랑한다는 것만 해도 대단하고 대담한 것 아닌가." 그것을 그녀는 사랑이라 생각한다. "이건 사랑의 기쁨이야. […] 나는 사랑을 하고 있어. 사랑이야. 분명해"(II, 11). 분명 그것은 사랑이 아니라 사랑한다는 관념이고 허영이다. 마침내 그녀의 고백 편지를 받았을 때 줄리앙이 느끼는 것도 사랑의 기쁨이 아니라 승리의 기쁨이다. 그에게 그녀는 "적"이다. 그는 "전투"를 하고 "전략"을 짠다. 이번에도 두 사람의 합은 사다리를 통해 이루어진다. 그 도구를 제안하는 것은 마틸드다. 혹시 함정일까 줄리앙은 권총까지 품고 올라간다. 방에 들어가서도 그는 "전혀 사랑을 느끼지 못하고", 포옹을 하고서도 "자존심의 기쁨"만 느낀다.

진정 그것은 레날 부인 곁에서 이따금 맛보았던 그런 영혼의 쾌감은 아니었다. 이 첫 순간 그의 감정들 속에 애정이라고는 전혀 없었다.

II, 16.

승리는 냉정한 남자의 몫이다. 그 "승리의 표정"을 보고 마틸드는 "후회"와 "고통스러운 수치"를 느낀다. 그녀는 다시 "냉담"과 "도도함"으로 무장한다. 그를 "지배자"로 만들고 자신을 "노예"로 만든 것에 "분노"한다. 그들은 "서로에 대해 더없이 격렬한 증오"를 느낀다. 그는 "영원한 비밀"을 맹세하며 절교를 선언한다. 바로 그 순간부터 그는 사랑을 인식하고 괴로워한다. 절망 끝에 그는 다시 사다리를 타고 올라가서 사랑을 쟁취한다. 그녀는 다시 스스로 "노예"라고 선언하며 "주인"에 대한 "영원한 복종"을 맹세한다. 그러나 "영원"은 또 허사다. 그녀는 바로 후회를 시작한다. 두 사람의 사랑은 "머리로 하는 사랑"이다. 가슴으로 받아들이지 않는다. 마음을 빼앗기면 자존심이 되살아난다. 굴종을 참지 못한다. 마틸드는 "아주 극단적인 경멸의 표현"으로 굴욕을 되갚는다. 이제 지배자는 그녀다.

그는 정말 사랑을 했던 것일까. 알 수가 없었다. 단지 고통에 신음하는 그의 영혼 속에 마틸드가 그의 행복과 상상력의 절대적 지배자가 되어 있다는 것을 그는 느꼈다.

II, 24.

자기혐오에 빠진 연인은 자부심을 회복할 길을 찾는다. 그는 유혹의 기술을 배우고 실행한다. 실험 대상은 라몰 후작 부인과 가깝고 지위가 높은 페르바크 부인이다. 그는 그 부인의 환심을 사고 거짓 연애편지를 보내 유혹한다. 마틸드에게는 눈길도 주지 않는다. 잦은 만남과 수많은 편지 끝에 페르바크 부인은 호의의 답장들을 보내오고, 그것을 지켜보고 있던 마틸드는 폭발한다. 그녀는 그의 품에 무너져내린다.

- 아! 용서해주세요, 친구.
그녀는 그의 무릎에 매달리며 덧붙여 말했다.
- 원한다면 나를 경멸해도 좋아요. 그렇지만 날 사랑해 주세요! 당신 사랑 없이 더는 살 수 없어요.
그리고 그녀는 완전히 정신을 잃었다.

II, 29.

이른바 "삼각형의 욕망"이다. 주체(마틸드)와 대상(소렐) 간의 자연발생적 욕망이 아니라, 동류 혹은 경쟁 관계에 있는 매개자(페르바크 부인)의 행위와 욕망이 주체에게 대상에 대한 욕망을 촉발하는 메커니즘을 말한다(르네 지라르, 『낭만적 거짓과 소설적 진실』). 더 간단한 설명도 있다. 모두가 아는 질투의 힘이다. 질투는 사랑의 갖가지 감정들 가운데 그 어느 것보다 강하다. 자존심이 강할수록 그 효과는 강렬하다. 감정의 함정에 빠진 마틸드는 "숙명적 사랑"을 받아들인다. "비로소 마틸드는 사랑했다."

줄리앙의 완전한 승리를 뒤집는 것도 질투의 힘이다. 라몰 후작에게 레날 부인의 편지가 전해진다. 그녀는 "신앙과 도덕의 신성한 동기"에 따라 진실을 밝힌다. 줄리앙의 "유일한 목적은 집주인의 마음과 재산을 제 마음대로 하는 것"이다. 그것은 온전한 진실이 아니다. 신실한 그녀의 글을 움직이는 것은 종교적 "의무감"이 아니라 질투의 감정이다. 줄리앙은 그길로 달려가 교회에서 기도하는 레날 부인에게 총을 겨눈다.

질투는 끝까지 지배한다. "여전히 아주 고통스러운 질투의 감정"에도 불구하고 마틸드는 감옥에 갇힌 줄리앙에게 헌신한다. 그러나 그녀가 보여주는 "열렬한 애정"에도 그는 스스로도 놀랄 만큼 "무심"하기만 하다. 그의 마음은 온통 레날 부인에게 가 있다. 죽음을 앞두고, 그는 그녀를 "미치도록 사랑하고 있었다". 줄리앙이 단두대에 처형된 후 두 여자의 사랑은 극명한 대조를 이룬다. 마틸드는 잘린 연인의 머리를 대리석 탁자에 올려놓고 이마에 입맞춤한다. 그리고 그가 안치되기를 원한 작은 동굴로 가져가 장례를 치른다.

마틸드의 정성으로, 그 야생 동물은 큰돈을 들여 이탈리아에서 조각한 대리석으로 장식되었다.

레날 부인은 자신의 약속에 충실했다. 어떻게든 자신의 목숨을 해하려고 하지는 않았다. 그러나 줄리앙이 죽은 지 사흘 후, 그녀는 아이들을 품에 안은 채 죽었다.

요한의 목을 취한 살로메의 허영심과 자부심이 이런 것이었을까. "머리로 하는 사랑"은 기어이 승리를 '머리'로 — 승리로 머리를 — 쟁취한다. 열린 가슴으로 시작한 사랑은 죽음까지 함께한다. 첫 만남이 결정한 사랑의 차이다.

사랑의 빛과 그림자

플로베르, 『감정 교육』

플로베르 Gustave Flaubert (1821-1880)

글쓰기 작업 자체, 언어적 완성에 모든 것을 쏟은 작가.

간결하고 예민한 서술과 문체로 현대소설에 큰 영향을 미쳤다.

—『감정 교육』(1869): 스무 살 이전부터 구상된 작품으로 1845년에 처음 발표되었고,

그것과 전혀 다른 결정판은 1864년부터 5년에 걸쳐 작성되었다.

1840년 9월. 프레데릭 모로는 열여덟 살이다. — 1821년 12월생인 작가와 같은 나이이다. — 그는 법학 공부를 위해 곧 대학에 입학할 예정이다. 그는 밝은 미래를 꿈꾼다. 그의 트인 시야에 한순간 빛이 가득 들어온다. 눈부신 사랑의 빛이다. 센 강, 어느 증기선 갑판이다.

마치 홀연히 나타난 환영 같았다.

그녀는 벤치 가운데, 홀로, 앉아 있었다. 적어도, 두 눈이 발산하는 빛에 눈이 부셔서, 그는 아무도 식별하지 못했다. 그가 지나가는 것과 동시에, 그녀가 고개를 들었다. 그는 자신도 모르게 어깨를 움츠렸다. 옆쪽으로, 좀 더 먼 곳에 이르러서, 그는 그녀를 바라보았다.

그녀는 챙이 넓은 밀짚모자를 쓰고 있었고, 모자에 달린 장밋빛 리본이 바람에 뒤로 나부꼈다. 검은색 모자 끈이 그녀의 긴 눈썹 끝을 감싸며 아래로 길게 내려와, 갸름한 얼굴을 사랑스럽게 누르는 것 같았다. 물방울무늬가 새겨진 밝은 모슬린 드레스는 수많은 주름과 함께 펼쳐져 있었다. 그녀는 무엇인가 수를 놓는 중이었다. 그녀의 반듯한 코, 턱, 그녀의 모습 전체가 파란 하늘을 바탕으로 뚜렷하게 보였다.

그녀가 계속 같은 자세로 있었기에, 그는 아무것도 않는 것처럼 여러 차례 오른쪽 왼쪽으로 돌아다녔다. 그러고는 벤치에 기대어놓은 그녀의 작은 양산 바로 옆에 자리를 잡고, 강물 위 작은 배를 관찰하는 척했다.

그렇게 빛나는 갈색 피부, 매혹적인 몸매, 햇빛이 투명하게 투과하는 섬세한 손가락들을 그는 결코 본 적이 없었다. 그는 그녀의 반짇고리를 대단한 것이라도 되는 양 경탄스럽게 살폈다. 그녀의 이름은 무엇일까, 집은 어딜까, 그녀의 삶은, 과거는 어떤 것일까? 그녀 침실의 가구들을 알고 싶었고, 그녀가 입었던 모든 옷들, 그녀가 자주 만나는 사람들을 알고 싶었다. 육체적 소유의 욕망마저도 더 깊은 갈망 아래, 끝도 없는 호기심의 고통 속으로 사라져갔다.

[…]

긴 보라색 줄무늬 숄이 그녀의 등 뒤에 있는 난간 동판에 걸쳐져 있었다. 그녀는 분명 여러 번, 배가 바다를 향해하는 동안, 습한 저녁이면 그것으로 몸을 감싸고, 발을 덮고, 그 속에서 잠을 잤을 것이다! 그런데 술 장식이 날리면서, 숄이 점점 미끄러져 내려가, 물에 빠지려는 참이었다. 프레데릭은 풀쩍 뛰어 그것을 잡았다. 그녀가 그에게 말했다.

– 감사합니다.

그들의 눈이 마주쳤다.

I, 1.

첫 마디 "홀연히 나타난 환영"이라고 번역된 표현은 사실 한 단어 (apparition)다. 나타남, 출현, 환영, 유령을 가리킨다. 성모 마리아의 현현 같은 초자연적 현상까지 내포한다. 단어 하나가 발견의 경이로움을 함축한다. "눈부심"은 그것의 수식어다. 그녀는 빛의 실체다. 밝은 드레스에 빛나는 피부와 손을 가진 그녀는 파란 하늘의 공기처럼 맑고 투명하다. 적어도 그의 눈에 그녀는 초월적 존재다. 그녀의 이름은 성모와 같은 마리(Marie)다. 천사를 연상시키는 앙젤(Angèle)이라는 이름으로 불리기도 한다. 말 그대로 하늘의 "축복" 같은 만남이다. 신성하게 빛나는 그녀를 그는 바로 바라보지도 못한다. 그의 존재는 움츠러든다. 육체적 소유보다 "더 깊은 갈망"의 심연이 그를 당긴다. 두 사람의 눈이 마주친 순간, 그녀의 빛에 그는 눈이 먼다. 그의 눈먼 사랑, 맹목적 찬미는 끝까지 지속된다.

첫 만남이 너무나 강렬해서 나머지 이야기는 그저 유성의 긴 꼬리처럼 느껴진다. 여러 겹의 이야기들, 많은 곡절이 있긴 하다. 이야기의 배경은 19세기 중반, 대혁명의 파도들이 지나가고 나폴레옹이 실각한 다음 시대다. 혁명이 계속되고, 왕당파와 공화파, 급진파의 대립은 격렬해지고, 귀족과 부르주아, 평민의 갈등이 고조된 때다. 그 격동의 시기에 입신을 꿈꾸는 청년들의 이야기가 프레데릭과 오랜 친구 델로리에를 중심으로 펼쳐진다. 배에서 처음 만난 마리의 남편인 화상(畫商) 아르누 주변의 부르주아와 기득권층의 이야기도 병행된다. 그림으로 치면 원경에 흐르는 역사가 있고, 근경에 프레데릭과 친구들의 파란 많은 삶의 이야기가 있고, 맨 앞에 프레데릭의 사랑 이야기가 자리한다. 사회를 서술하는 언어의 밀도가 높지만, 핵심은 사랑이다. 눈부신 아르누 부인의 이미지가 전편을 지배하는 원리다. 그녀를 만난 직후 프레데릭은 느낀다. "우주가 갑자기 넓어졌다. 그녀는 만물이 수렴하는 빛의 중심이었다."

프레데릭의 사랑도 시대처럼 변화가 많다. 그는 우주의 중심을 향해 바로 나아가지 않는다. 그녀의 주변을 맴돈다. 아르누의 집 아래 어둠 속에서 창에 비치는 그녀의 그림자를 바라보고, 긴 편지를 썼다가는 찢어버린다. 그녀를 그리려고 소설도 써보고 나중에 그림도 배운다. 다 그만둔다. 생각만 하다가 열정이 식기도 한다. 아르누의 초대를 받아 그 집에 가서도 몰래 그녀를 바라보기만 한다. 노래하는 그녀 앞에서 "감히 눈꺼풀을 쳐들고 똑바로 보지도 못한다". 그녀를 바라볼수록 "무기력"해진다. "그녀를 애인으로 삼으려는 시도는 어떻게 해도 헛될 것이 분명했다"(I, 5). 둘이서 연애를 화제 삼아 얘기를 나누기도 하지만, 그녀의 정숙함 앞에서 그는 고백의 열정보다 "스스로 희생하려는 열망, 즉각적인 헌신의 욕구"를 더 강하게 느낀다. "그는 아무 생각 없이, 보답에 대한 기대도 없이 그녀를 사랑했다, 절대적으로"(I, 5). 돈 문제를 구실로 아예 몇 년 동안 "죽은 사람처럼" 연락을 끊기도 한다. 다시 만난 그녀의 무관심에 한눈을 팔기도 하지만, 그의 마음은 언제나 그녀에게로 향한다. 그녀의 "깊은 눈동자"를 보며, 그는 다시 "무한한 사랑"에 사로잡힌다(II, 2). 아예 그녀의 가정에 "기식"하며 그녀와 긴밀한 시간을 보내지만, "어떤 물리칠 수 없는 조심성"이 그를 가로막는다(II, 3). 지치고 황폐해져서, 그녀의 집에 다시 가지 않기로 맹세한다. 이번엔 그녀가 찾아온다. 그는 "끝없는 애정의 물결" 속에 다시 잠긴다. 그러나 가까이 다가갈수록 그녀는 "엄숙"해지고 그는 절망한다. 정숙의 가면이 한순간 벗겨진다. 프레데릭의 결혼 소식을 전해 듣고 그녀는 몸을 떨며 자문한다. "내가 그를 사랑하는 걸까? 그래, 사랑해!… 사랑해!"(II, 5) 두 사람은 다시 마주한다. 고백과 교류가 이루어진다.

그리고 두 사람은 오로지 사랑만 가득한 삶, 아주 거대한 고독도 메울 만큼 풍요롭고, 그 어떤 기쁨도 능가하며, 모든 불행을 넘어서는 삶, 서로 끊임없이 마음을 토로하다가 시간마저 사라지고, 마치 별들의 반짝임처럼 드높이 빛나는 그 무엇을 이루어낼 그런 삶을 상상했다.

II, 6.

그 황홀한 상상의 공간은 위독한 아이가 불러일으킨 죄의식에 의해 닫힌다. 그것은 다시 열리지 않는다. 다시 심연이 둘 사이에 자리 잡는다. 시간이 흐른 후, 우연이든 필연이든, 다시 만나면, "옛사랑이 되살아"난다. 단 한 번, "긴 입맞춤"을 나누지만(III, 3), 그것은 차라리 이별의 의식이다. 그의 몸과 마음은 이미 다른 여자들에게 나누어졌고, 그녀는 영원히 다른 한 남자에게 속해 있다. 이야기가 끝나도록 두 사람 사이는 더 메워지지 않는다. 그 간격은 이미 첫 만남에서 설정되어 있다. "그녀를 바라보면 볼수록, 그녀와 자신 사이의 심연이 커지는 것을 그는 느꼈다." 그것은 시선의 심연이다. "그는 애써 온 영혼을 담은 시선을 그녀에게 보냈다. 그녀는 아무것도 못 본 듯이, 아무런 움직임 없이 서 있었다"(I, 1). 마치 화가와 모델 같은 두 사람의 자세, 바라보기만 하고 바라보이기만 하는 두 사람의 관계는 처음부터 끝까지 크게 변함이 없다. 두 사람의 심연은 작가의 언어적 심연이기도 하다.

플로베르는 여느 소설가처럼 글을 쓰지 않았다. 이야기하기, 이야기 만들기를 좋아하지 않았다. 이야기꾼이 아니었다. 이 역설적 소설가는 "무(無)에 관한 책"을 꿈꾸었다. 그것은 "거의 주제가 없는, 아니면 적어도, 가능하다면, 주제가 거의 보이지 않는 책"이다. 주제, 이야기, 줄거리, 사건이 아니라, 서술의 기법, "문체의 내적 힘", 언어 자체의 아름다움으로 빛나는 글이 그의 목표였다(1852년 1월, 루이즈 콜레에게 쓴 편지). 『마담 보바리』도, 『감정 교육』도 그런 미학적 이념에서 만들어졌다. 헛된 사랑, 덧없는 열정은 주제 아닌 주제, 이야기 없는 이야기로 최적이다. 사실 플로베르의 눈에 헛된 것은 사랑만이 아니다. 변화하는 삶과 사회는 사랑보다 부질없다. "모든 소요는 그들의 사랑과 영원한 자연에 비하면 초라한 것이었다"(III, 1). 만년에 젊은 시절을 되새기며 쓴 『감정 교육』은 작가의 허무주의가 더 크게 반영되었을 것이다. 플로베르는 15세 때 출판업자 슐레생제의 부인 엘리자를 보고 연정을 품는다. 11세 연상인 그녀는 아르누 부인의 모델이다. 그의 말 없는 열정은 35년 동안 지속된다. 슐레생제가 죽은 후에야 그는 사랑을 고백한다. 프레데릭의 무기력하고 무한정한 사랑이 이해되는 대목이다. 그의 글쓰기는 그의 사랑과 닮았다. 고행적 미학과 허무주의에 맞서는 것은 해학적 요소다. 플로베르 소설의 묘미는 유머와 냉소가 예민한 심리분석과 어우러지는 대목들에 있다. 그것은 『감정 교육』의 구도, 사랑이라는 감정의 "교육" 과정에서도 읽힌다.

프레데릭의 행동 궤적은 다람쥐 쳇바퀴를 연상시킨다. 그는 삼각, 사각 관계의 틀을 벗어나지 못한다. 그는 아르누 부인을 사랑하지만 사람 좋고 수완 좋은 그녀의 남편도 좋아한다. "그는 아르누를 더는 질투하지 않았다." 아르누 역시 질투하지 않는다. 오히려 두 사람 사이를 어느 정도 부추기고, 자신의 정부 로자네트를 프레데릭에게 소개하기도 한다. 프레데릭은 아르누의 틀에 갇혀 산다. 아르누의 집에 식객처럼 드나들며 아이도 돌봐주고 부부 싸움도 중재한다. 그는 아르누와의 우애와 아르누 부인의 정숙함에 의해 이중으로 욕망이 거세된 상태다.

그는 그녀가 스스로 몸을 허락하기를 바랐고, 그녀를 취하고자 하지 않았다. 그녀의 사랑에 대한 확신이 마치 소유의 예감처럼 그에게 환락을 안겼고, 그녀의 인성적 매력은 그의 관능보다 마음을 자극했다. 그것은 그 어떤 절대적 행복의 가능성마저 잊게 만드는 그지없는 기쁨, 더없는 황홀감이었다. 그녀에게서 멀리 떨어지면, 격한 갈망들이 그를 사로잡았다.
II, 6.

벅찬 기쁨, 억제된 관능은 곧 욕구불만이다. 더없는 사랑, 보상 없는 사랑은 미움으로도 이어진다. 그는 격한 욕망을 "즐겁고 손쉬운 사랑"의 대상 로자네트에게 쏟는다. 그는 세 사람 모두를 위해서 목숨 걸고 결투까지 한다. 자신의 허세를, 욕망의 헛됨을 그는 처음부터 알고 있다. "그는 마치 감옥 속 죄수처럼, 자신의 욕망 속에서 맴돌았다." 헛되이 맴돌다 그는 결국 욕망의 굴레에서 벗어나 자기자신에게로 돌아간다. 세월이 흐른 후 그는 자신의 삶과 사랑을 되돌아보며 "실패"의 이유를 말한다. "아마도 직선의 결여" 때문이라고(III, 7).
프레데릭에 대한 수식 가운데 많이 눈에 띄는 것은 비겁함, 무력함(lacheté)이다. 작가의 자조가 읽힌다. 그것을 표현하는 것은 관조의 힘이기도 하다. 글쓰기는 두 가지 시선의 간극, 두 마음 사이의 거리, 그 시간의 심연을 메운다.
1867년 3월, 프레데릭이 아르누 부인 곁을 떠난 지 여러 해가 흘렀다. 프레데릭의 욕망도 감각도 야망도 활력도 시들 무렵, 그녀가 찾아온다. 그녀의 검은 머리는 하얗게 변했다. 두 사람의 마음은 여전하다. 젊은 날의 지고한 사랑을 서로 확인한 후, 마지막으로 떠나기 전 그녀가 몸을 맡기려 한다. 프레데릭은 외면한다. "그는 표현할 수 없는 그 무엇, 어떤 반감, 마치 근친상간의 두려움 같은 것을 느꼈다"(III, 6). 다시 한번, 그녀의 이름은 성모와 같은 마리(아)다. 신성한 사랑의 빛은 훼손되지 않는다. 그녀는 성상, 성스러운 이미지로 남는다.

순수와 비수

도스토옙스키, 『백치』

도스토옙스키 Fyodor Dostoevsky (1821–1881)

정치적 억압과 가난과 병과 악습에 시달리며 평생 치열한 글쓰기를 지속했다.
불안정한 환경 속에서 고뇌하는 인간을 분석하는 그의 글은 강렬하기 그지없다.
— 『백치』 (1869)

이렇게 거칠고 요란한 — 반낭만적인 — 첫 만남이 또 있을까. 『백치』의 미쉬킨 공작과 나스타샤는 뜻밖의 사고처럼 부딪친다. 공작은 스위스에서의 요양 생활을 끝내고 페테르부르크로 돌아온 참이다. 오래 신경질환을 앓은 탓에 그는 백치처럼 어리숙하고 분별이 없어 보인다. 그러나 누구보다 순수하고 열정적이다. 바보 같지만 해박하고, 사람을 꿰뚫어 보는 혜안도 있다. 그는 "다른 사람이 보지 못하는 것을 알아본다"(I, 11). 나스타샤는 차갑고 오만하고 변덕스럽다. 그녀는 약혼자 가브릴라에게 모욕을 줄 작정으로 그의 가족을 찾아왔다. 공작이 가브릴라의 집에 하숙을 구한 직후 둘은 마주친다. 그녀는 남루한 차림의 그를 하인으로 오해한다.

그는 응접실과 현관을 가로질러, 자기 방으로 이어지는 복도로 가고 있었다. 층계로 나가는 출입문 옆을 지날 때, 밖에서 누군가 초인종을 울리려 애쓰는 소리가 들렸다. 초인종은 망가졌는지, 가볍게 떨리기만 할 뿐 소리가 나지 않았다. 공작은 빗장을 풀고 문을 열었다. 그는 깜짝 놀라 물러섰다. 나스타샤 필리포브나가 서 있었다. 그는 사진에서 본 그녀를 단번에 알아보았다. 그를 바라보는 그녀의 눈은 분노로 이글거렸다. 그녀는 급히 현관으로 들어서서, 어깨로 그를 밀치고, 모피 망토를 벗어 던지며, 잔뜩 화난 얼굴로 말했다.

"게을러서 초인종을 못 고친다면, 적어도 현관에 앉아 있다가 들어오려는 사람에게 문이라도 열어줘야지. 거기다 내 모피 망토까지 떨어뜨리다니, 멍청이 같으니!"

정말 코트는 바닥에 떨어져 있었다. 나스타샤는 공작이 도와줄 틈도 없이 보지도 않고 그에게 코트를 벗어 던졌지만, 공작이 놓친 것이었다.

"당신 같은 사람은 쫓겨나야지. 가서 내가 왔다고나 전해요."

공작은 뭐라도 말하고 싶었지만, 너무나 당황해서 아무 말도 못 하고, 바닥에서 코트를 집어 들고 거실로 향했다.

"아니, 이제 코트를 들고 가네! 코트는 왜 가져가요? 하하하! 미친 거야 뭐야?"

공작은 되돌아와 멍하니 서서 그녀를 바라보았다. 그녀가 웃자 그도 빙긋이 웃었지만, 아직 말은 나오지 않았다. 처음 그녀에게 문을 열어준 순간 창백했던 그의 얼굴이 이제는 아주 빨개졌다.

"아, 정말 바보 같아!" 나스타샤는 화가 나서 발을 구르며 소리쳤다. "아니, 어딜 가요? 누가 왔다고 할 건데?"

"나스타샤 필리포프나." 공작이 중얼거렸다.

"어떻게 날 알아요?" 그녀가 바로 물었다. "난 당신을 본 적이 없는데!"

I, 8.

오해든 아니든, 그녀의 언행은 거침없다. 그녀는 사람과 상황을 가리지 않는다. 언제든 마음먹은 대로 한다. 그녀는 아무도 아무것도 존중하지 않는다. "무엇보다 자기 자신을 존중하지 않는다." 공작은 반대다. 그는 모두를 존중하고 자신의 결점까지 인정한다. 신경질환으로 인해 백치처럼 보인다는 사실을 자인하지만, 낙천적인 성격에 자신의 가치와 안목에 대한 믿음도 있다. ─"사람들이 나를 백치로 여기는 것을 알고 있는데, 어떻게 내가 백치인가요? […] '그들이 날 백치로 여겨도, 난 현명하다, 그들이 잘 모른다'라고 나는 자주 생각합니다"(I, 6). — 공작의 눈은 나스타샤의 얼굴뿐 아니라 영혼의 아름다움도 본다. 그는 그녀를 고분고분 따른다. 첫 만남부터 마지막 순간까지 그녀가 하자는 대로 한다. 다른 여자에게도 순순하지만, 나스타샤의 말은 맹종한다. 여자를 좋아하냐는 실없는 질문에 스물여섯 살 해맑은 금발 청년은 답한다. "나는 여자를 전혀 모릅니다." 여자들 앞에서도 그는 밝힌다. "나는 사랑을 해본 적이 없어요."

나스타샤는 이른 나이에 남자를 겪었다. 일곱 살에 부모를 잃고 열두 살부터 "뛰어난 미인이 될 소녀"를 알아본 늙은 후견인에게 보호받는다. 십 대 후반에 그의 "정부"가 되어 조용히 살아간다. 그는 그녀가 있는 시골 영지에 찾아와 점점 더 오래 머문다. 어느 날 그의 결혼 계획 소문을 듣고 그녀는 돌변한다. 그녀는 아무 상의 없이 시골집을 떠나 그가 사는 페테르부르크로 거처를 옮긴다. 그는 "완전히 다른 여자"가 된 그녀의 모습에 놀란다. 그녀의 얼굴에는 수줍고 천진하고 활달하면서도 수심 어린 예전의 매혹은 사라지고 "표독한 비웃음"과 앙심만 가득하다. "새로운 여자"의 기세에 눌린 늙은 남자는 그녀를 결혼시켜 떠나보낼 궁리만 한다. 속속들이 모욕당한 여자의 마음은 시간과 함께 냉담해져 간다. 스물다섯 나이에 그녀는 "심장 대신에 돌덩이를 품은 듯했고, 감정은 완전히 시들어 말라버린 것 같았다"(I, 4). 차가움은 더 빛나는 매력을 발산한다. — "그녀는 무섭도록 창백해져 갔고, 그리고 — 기이하게도 — 그로 인해 점점 더 아름다워졌다." — 모든 남자가 그녀를 사모하지만, 그녀는 모두 무시한다. "무고하게 당한 소녀 시절의 치욕"으로 인해 그녀는 얼음 속에 갇힌 듯한 외로움에서 벗어나지 못한다.

공작은 이미 사진을 통해 나스타샤를 알고 있었다. 우연에 우연이 맞물려 그는 몇 차례 그녀의 이야기를 듣고 사진을 본다. 그녀를 미친 듯이 사랑하는 로고진을 열차에서 처음 만나 사연을 듣고, 먼 친척인 예판친 장군 부인 집에서 나스타샤의 약혼자 가브릴라가 지닌 그녀의 사진을 본다. 보고 또 보면서 수수께끼를 풀 듯 그녀의 얼굴을 읽는다. 그의 첫 번째 해독은 "고뇌"다. 빛나는 미모에 가린 영혼의 어둠이 그를 사로잡는다.

그 얼굴에는 한없는 자부심, 그리고 증오에 가까운 경멸이 서려 있고, 그러면서 동시에 뭔가 사람을 믿는, 놀랍도록 순수한 마음 같은 것이 있는 듯했다. 그 대조적인 특징은 보는 사람에게 어느 정도 연민을 불러일으키는 것도 같았다. 눈부신 아름다움은 견디기 어려울 정도였다. 창백한 얼굴, 움푹해 보이는 뺨과 불타는 눈동자의 아름다움, 참 기이한 아름다움이었다! 공작은 한동안 바라보다가, 문득 정신을 차리고, 주위를 둘러보더니, 그 사진을 입으로 가져가 키스했다.

    I, 7.

장군의 셋째 딸 아글라야도 나스타샤만큼 아름답다. "쳐다보기 두려울 정도로 아름답다." 다만 둘의 얼굴은 전혀 다르다. 아글라야의 얼굴을 보고 성격을 말해보라는 장군 부인의 요청에 그는 답한다. "아름다움은 판단하기 어려워요. 나는 아직 준비가 안 됐어요. 아름다움은 수수께끼입니다." 그는 끝까지 모른다. 그녀에 대해 확신하지 못한다. 나스타샤는 처음부터 혼자서 사진을 보고 속을 들여다보듯 알지

만, 아글라야의 얼굴은 잘 읽지 못한다. 어쩌면 밝은 모습 그대로 읽어
낼 것이 따로 없는지도 모르고, 아니면 그의 말대로 쳐다보는 두려움
때문인지도 모른다. 쳐다보는 쪽은 그가 아니라 아글라야다. 그녀는
그를 빤히 바라보고 놀리고 반응을 지켜보며 즐긴다. 그는 그녀의 관
찰 대상이다. 그녀도 나스타샤만큼 오만하고 변덕스럽다. 그러나 그
녀는 천진하고 교태롭다. 사랑을 부른다. 잡히지는 않지만, 나스타샤
처럼 배척하지 않는다. 그녀는 늘 그곳에 있다. 아글라야의 아름다움
은 현실이다.

미쉬킨 공작은 나스타샤를 만나러 그녀의 집으로 간다. 그녀의 생
일날, 많은 사람이 모인 그곳에서, 그는 느닷없이, 꾸밈없이, 사랑을
고백하고, 그녀는 "난생처음 진정으로 믿음을 주는 남자"인 그의 마음
을 받아들인다. — "그는 첫눈에 나를 믿어주었고, 나도 그를 믿어
요"(I, 14). — 그러나 공작의 헌신적인 청혼의 맹세를 듣던 그녀는 돌
연, 발작적으로, 로고진과 함께 사라진다. 모든 것을 버리고, 돈과 안
락의 유혹도 마다하고, 로고진이 싸들고 온 돈다발마저 던져 버리고,
자학적인 웃음과 눈물과 함께 자취를 감춘다.

나스타샤는 끝도 없이 달아난다. 그녀는 로고진에게서 도망치기를
반복한다. 결혼을 약속하고는 번번이 사라지고, 공작에게 불쑥 나타
나 구해달라 애원하고는 곧 사라지고, 다른 남자와 나타났다가 또 사
라진다. 그녀는 남자와 한곳에 머물기를 거부한다. 사랑의 거부는 집
착이 되고 광기가 된다. 그녀를 쫓아다니는 로고진의 사랑은 광기 어
린 증오가 되고, 멀리서 때로 가까이서 바라보는 공작의 사랑은 "무한
한 연민"이 된다. — "상처 입고 정신 나간 그녀는 얼마나 가련한 존재

인가"(II, 5). — 첫 만남 이후 여섯 달째, "연민의 고통"은 커간다. 그는 아글라야와 있을 때도 나스타샤를 생각한다. 나스타샤의 얼굴은 눈앞에 있는 사진처럼 생생하다. 아글라야는 곁에 앉아 한참을 바라보아도 제대로 보이지 않는다. "마치 이 마일이나 멀리 떨어진 사물처럼" 희미하다(III, 2). 서로 마주 바라볼 때조차 "그녀가 전혀 보이지 않는 것처럼" 느껴지기도 한다(III, 8). 나스타샤는, 반대로, 없어도 보인다. 그녀는 환영처럼, "기이한 유령"처럼 그의 곁을 맴돈다. 어느 순간 공작은 깨닫는다. 그의 사랑은 연민이 아니라 "공포"라는 것을.

어둠 속에 숨어 지켜보던 그녀가 어느 날 모습을 드러낸다. 스스로 "이미 이 세상에 존재하지 않는다는 것을 알고 있는"(III, 10) 그녀였지만, 연정과 질투의 마지막 유희에 참여한다. 공작을 사이에 두고, 로고진도 자리한 가운데, 다른 세상의 두 여자가 얼굴을 마주한다. 아글라야와 나스타샤의 대화는 불꽃을 튀긴다. 모욕을 주고받은 끝에 나스타샤의 광기가 폭발한다. 아글라야를 저주하며 로고진을 내쫓고 공작에게 청혼의 약속을 지키라고 요구한다. 공작은 미친 사랑의 올가미에서 벗어나지 못한다(IV, 8). 그러나 결혼식 날, 그녀는 다시 로고진의 품에 안겨 달아난다. 다음날 공작이 그녀를 되찾았을 때는 로고진의 사랑이 비수가 되어 그녀를 찌른 후였다. 두 남자는 죽은 그녀 곁에 누워 밤을 보낸다(IV, 11). 그녀는 죽은 몸이 되어서야 떠나지 않고 그들과 함께한다. 살아생전 그녀와 합치려는 남자는 로고진처럼 미치거나 공작처럼 "뇌 기관의 완전한 손상"을 입는다. 공작은 이전보다 더 "불행한 백치"가 되어 다시 병원에 수용된다(IV, 12).

처음부터 어긋난 만남이었다. 두 사람은 서로 전혀 다른 세상에 속한다. 순수한 마음을 가진 공작이 사는 곳은 선한 영향력에 대한 믿음이 있는 밝은 세상이다. 그는 나스타샤에게 다가갈수록 그녀의 눈 속에 있는 "뭔가 깊고 신비한 어둠"을 보고 놀란다. 그녀는 영혼을 침식한 어둠을 떨치지 못한다. 그녀의 영혼은 어두운 거울 속 촛불이다. 빛나는 그녀의 아름다움은 허상이다.

지연된 사랑

레마르크, 『개선문』

레마르크 Erich Remarque (1898-1970)

독일에서 태어나 1차 세계대전 참전 후 『서부 전선 이상 없다』 발표(1929).
나치 탄압을 피해 스위스, 미국에서 작품 활동을 계속하다 종전 후 귀국했다.
대부분 전쟁의 비극을 그린 작품이다.
—『개선문』(1946)

1938년 늦가을. 전쟁의 기운이 감도는 프랑스 파리. 비가 쏟아질 것 같은 밤. 개선문 근처 센강의 어느 다리. 한 남자와 여자가 엇갈리듯 만난다. 번갯불 같은 만남, 한눈에 반한 사랑이 아니다. 황홀한 빛이나 아름다움이라곤 없다. 그저 어둡고 암울하다. 무심한 눈빛. 퀭한 얼굴, 공허한 말과 몸짓은 그로테스크하기까지 하다.『개선문』의 맨 첫 부분이다.

여인은 라비크 쪽으로 비스듬히 다가왔다. 걸음은 빨랐지만, 기이하게 비틀거렸다. 그녀가 바로 옆으로 왔을 때 그는 제대로 그녀를 보았다. 창백한 얼굴에 광대뼈가 나오고 미간이 넓었다. 굳은 표정이 가면이라도 쓴 것처럼 느껴졌다. 움푹 들어간 듯한 안면에 가로등 불빛을 받은 그녀의 눈이 유리처럼 공허하게 빛나는 것을 그는 보았다.

여인은 그의 곁을 스칠 듯 지나갔다. 그는 손을 뻗어 그녀의 팔을 잡았다. 그 순간 그녀는 비틀거렸고, 그가 붙잡지 않았으면 쓰러질 뻔했다.

[…]

라비크는 그녀가 그를 전혀 보고 있지 않다고 느꼈다. 그녀의 시선은 그를 가로질러 텅 빈 밤 어딘가를 향하고 있었다. 그는 단지 그녀가 걸음을 멈추고 말을 하게 하는 그 무엇에 지나지 않았다. "날 놓아주세요."

[…]

라비크는 다리 난간에 기댔다. 축축하고 숭숭한 돌의 감촉이 손바닥에 느껴졌다. "혹시 저리로 가려는 거요?" 그는 고개로 뒤쪽 아래를 가리켰다. 센강이 회색빛으로 반짝이며 알마교의 그림자 속으로 쉼 없이 흘러들고 있었다.

여인은 대답하지 않았다.

"너무 일러요." 라비크가 말했다. "너무 일러 너무나 물이 차요, 11월은."

그는 담뱃갑을 꺼내들고 주머니에서 성냥을 찾았다. 조그만 성냥갑에 성냥 두 개비밖에 없는 것을 보고, 그는 강에서 불어오는 가벼운 바람을 막으려 두 손으로 감싼 불꽃으로 조심스럽게 고개를 숙였다.

"나도 한 대 주세요." 여인은 맥없는 목소리로 말했다.

여인의 이름은 조안. 그녀는 단역 배우다. 아름다운 여자지만 라비크의 눈에는 보이지 않는다. 그의 눈에는 모든 것이 회색빛이다. 그는 현실에 마음을 닫고 있다. 과거가 현재를 말살한다. 덮어놓은 그의 기억 속에는 고문과 형벌, 가까운 사람들의 죽음이 있다. 그는 나치 수용소를 탈출해서 파리에 숨어 사는 독일인이다. 그는 의사다. 뛰어난 의사지만 지금은 몰래 대리 수술을 하며 살아간다. 그에게 타인은 수술 대에 놓인 살덩이에 지나지 않는다. 따뜻한 마음은 삼간다. 속은 낭만주의자에 휴머니스트지만, 외투깃을 꼭 여미고 산다. 그는 술로 다 잊는다. "누가 잊지 않고 살 수 있을까? 그러나 누가 충분히 잊을 수 있을까?"(III) 독하고 강한 질감에 사과 향이 배어나는 칼바도스는 그가 좋아하는 술이다. "무엇인가 씻어내야 할 것"이 있을 때 그는 그 술을 찾는다. 두 사람은 술집으로 가서 칼바도스를 마신다. 그는 곧 그녀의 이름을 잊는다.

그런 그가 다시 사랑에 눈뜬다. 애써 부정하지만, 사랑의 환상이 차츰 차오른다. 조안은 무심한 그의 마음을 두드린다. 두 사람은 칼바도스를 마시러 다시 같은 술집으로 간다. 그녀가 "살면서 마셔본 가장 훈훈한" 술이다. 그녀의 "차갑고 밝은 얼굴"이 그의 시선을 끈다. "공허한 얼굴", 바라보며 꿈꾸는 사람에 따라 "궁전도 유곽도 될 수 있는" "아름다운 빈집" 같은 얼굴이다. 그들은 마주 바라본다. 그녀가 말한다. "당신을 기다렸어요." 그녀의 눈을 들여다보며 그가 말한다. "나는 당신을 오늘 처음 만났소." 그녀도 동조한다. 첫 만남이 재현된다.

그는 가볍게 들이쉬고 내쉬는 그녀의 숨결을 느꼈다. 그 숨결의 떨림이 보이지 않게 그에게로, 부드럽게, 무게 없이, 준비된 마음과 가득한 믿음을 전해주었다 — 기이한 밤 기이한 현존의 느낌. 갑자기 그는 자신의 피가 솟아나는 것을 느꼈다. 피가 솟고 또 솟았다. 그 이상이었다. 삶, 수없이 저주하고 맞이했던, 되풀이해서 잃고 되찾았던 삶 — 한 시간 전만 해도 헐벗은 채, 과거만 가득하고 위안거리도 없던, 메마른 풍경 — 이제는 자꾸만 솟아나 더 이상 믿지 않았던 신비에 가까워지는 순간. 그는 다시 최초의 인간이 되어 바닷가에 서 있고, 파도들 위로 하얗게 빛나며 솟아난 한줄기 물음이자 대답인 그것은 솟고 또 솟아올라 눈 위로 폭풍 같은 현기증을 일으켰다.

VIII.

그는 최초의 인간이 되어, 최초의 환희에 젖어, 다시 그녀와 밤을 보낸다. "두 번째 밤이란 결코 없다. 언제나 첫날밤이다." 다음 날 저녁에 만난 그녀에게 라비크는 장미를 건넨다. 그녀는 새로 태어난 것 같은 기쁨을 말한다.

오늘 내가 뭐 했는지 아세요? 살았어요. 다시 살아났어요. 숨을 쉬었어요. 다시 숨을 쉬었어요. 세상에 나왔어요. 다시 태어났어요. 처음으로. 다시 손이 생겼어요. 눈과 입도 생겼어요.

IX.

환하게 열린 그녀를 보며, 그는 다시 움츠러든다. 아침에 한 수술을 생각한다. 얼마 전 수술을 한 암 환자를 생각한다. 조안과 함께 호텔로 가기 전에 그는 다시 병원으로 생명이 얼마 남지 않은 그 여인을 보러 간다. 열린 마음은 혼자 있는 밤이면 흔들린다. 라비크는 다잡는다. "마음을 뒤흔드는 것은, 아무것도 안 된다. 정사, 그 이상은 안 된다." 그러나 이미 "마음속으로 스며든 무언가"가 그를 움직인다. 기억이 작동한다. 때아닌 봄 향기, "4월의 숲 냄새", "목장의 미풍"이 스쳐 지나간다.

그녀는 오지 않는다. 그는 찾아가지 않는다.

다음 날 새벽 그녀가 꽃을 들고 나타난다. 그녀는 사랑한다고 말한다. 그는 모른다고 대답한다.

그는 자문한다. "나는 왜 스스로 저항하는가." 이번에는 그가 조안을 찾아간다. 그는 말한다.

여기, 우리 앞에는 밤이 있어. 몇 시간이지만 영원이야. 아침이 창을 두드릴 때까지. 사람이 서로 사랑한다는 것, 그것이 전부야. 하나의 기적이고 세상에서 가장 자명한 것이지.

XII.

영원은 순간이다. 아름다움은 "한순간의 사랑스러운 영원"이다. 사랑이라는 "자명한" 감정도 시간이 지운다. 서로 가까이 다가가면서 이미 그들은 결별을 예감한다. 그들은 최상의 칼바도스를 마신다. 그녀가 말한다. "이 칼바도스를 마시면 다른 것은 마시고 싶지 않겠어요." 그가 말한다. "아니, 다른 것도 마시게 될 거요." 그는 이미 알고 있다. "그녀는 마실 때는 마시는 게 전부다. 사랑할 때는 사랑이 전부, 절망할 때는 절망이 전부다. 잊을 때는 다 잊는다." 그녀는 다른 남자를 들인다.

라비크는 그녀와 여행을 떠난다. 지중해 바다. 빛나는 수평선. 한가로운 햇살. 보트 탄 남자들. 카지노. 마냥 편치 않다. 라비크는 파리로 돌아가면 헤어지리라 생각한다.

파리. 라비크는 길에서 사고당한 사람을 응급조치하다가 조사를 받고 체포되어 추방당한다.

3개월 후, 다시 파리. 라비크는 조안을 찾는다. 그녀는 다른 남자와 산다. 그는 칼바도스를 들이킨다. 밤. 무작정 걷는다. "사랑의 어둠, 공상의 위력." 그녀의 집. 불 켜진 창을 바라보며 날카로운 고통을 느낀다. 질투인지 자기혐오인지 모른다. 갑자기 천둥이 치고 비가 쏟아진다.

비가 노래하기 시작했다. 굵은 빗방울이 그의 얼굴을 따갑게 두드렸다. 그러자 갑자기 그는 자신이 어리석은지 비참한지, 괴로운지 아닌지, 더는 알 수가 없었다 — 단지 살아 있다는 것만 알았다. 나는 살아 있다! 나는 여기 있다. 존재가 다시 그를 붙들고, 흔들었다. […] 행복한지 불행한지는 별 상관없었다. 그는 살아 있었고, 그는 자신이 살아 있다는 것을 충만하게 느꼈고, 그리고 그것으로 충분했다.

XXIII.

내리는 빗속에서 솟아나는 삶의 희열과 함께 그는 질척한 사랑을 씻어낸다. "그는 삶 자체의 단순한 힘으로 다시 태어났다." 그러나 소생의 기쁨도 사랑처럼 순간이다.

"세상의 멸망"이 다가온다. 피난민들은 떠난다. 이제 더 달아날 곳이 없는 사람들은 남는다. 라비크는 파리에 남는다. "이제 끝이라 해도, 그것으로 충분했다. 그것으로 좋았다. 그는 한 사람을 사랑했고, 그 사람을 잃었다." 상실감과 충만감은 현실로 나타난다. 그에게 총상을 입은 조안의 소식이 전해진다. 그녀는 죽어간다. 그는 그녀를 병원으로 옮겨 직접 수술을 해보려 하지만 수술조차 불가능하다. 죽음을 막을 수 없다. 죽음 앞에서 두 사람은 첫 만남을 다시 이야기한다. 그녀는 가득한 사랑을 이야기한다. 사랑한다고 거듭 말한다. 그는 답한다. "당신은 나의 삶이었소. [···] 당신은 나를 살게 해주었소, 조안." 사랑도 삶도 사라지고 죽음만 남는다.

슬픈 대지의 인연

뒤라스, 『연인』
영화 〈연인〉

뒤라스 Marguerite Duras (1914-1996)
프랑스 식민지 사이공에서 태어나 유년기와 사춘기를 보낸 소설가, 영화작가.
자전적 이야기에 감각적이고 관능적인 주제를 독특한 서술 기법으로 풀어냈다.
—『연인』(1984)

영화 〈연인〉 (1992, 장 자크 아노 감독, 시나리오)

『연인』은 아름다운 소설이다. 서술과 문체가 더없이 아름답다. 뒤라스의 글쓰기는 지나간 소녀 시절의 이미지를 복원한다. "아직도 나 혼자서만 보는 그 이미지는 […] 늘 같은 침묵 속에서, 환하게 빛난다." 그 이미지는 아름답게 빛나지만, 그 시절 자체는 그렇지 않다. 버겁고 어둡다. 그래서 "나"의 이미지 복원은 쉽지 않다. 망설임과 두려움이 글을 휘감는다. 글은 많은 단락으로 나누어지고 단락들 사이에는 침묵 같은 여백이 자리한다. 나의 "연인"의 복원은 더 어렵다. 그의 등장이 지연되는 이유다. 첫 만남의 이야기를 시작하는 순간부터 그 "남자"가 나타나 내 곁에 서기까지 삼십 페이지가 넘어간다. 이야기는 배에서 기숙사로, 집으로, 만남에서 가족 이야기로, 나의 옷과 모자에서 어머니에게로, 늙은 나에게서 소녀에게로, 그 시절에서 긴 삶의 이야기로, 현재에서 다시 과거로, 또 다른 시간으로, 마치 물결처럼 겹겹이 흐른다. "흐르는 글쓰기" 속에서 지연되는 그 시간은 곧 나와 그의 거리다. 나는 백인 소녀, 그는 중국인 남자, 나는 열다섯, 그는 스물일곱이다.

다시 말하지만, 내 나이 열다섯 살 반이다.

나룻배로 메콩강을 건너간다.

그 이미지는 강을 가로지르는 동안 내내 지속된다.

열다섯 살 반. 그 나라에는 계절이 없다. 우리는 덥고, 단조롭고, 유일한 계절 속, 대지의 기나긴 습지대 속에 있다. 봄도 없고, 되살아나는 것도 없다.

[…]

열다섯 살 반. 강을 가로지른다. 사이공으로 돌아갈 때, 특히 버스를 탈 때는, 여행하는 것 같다. 그날 아침도, 어머니가 운영하는 여학교가 있는 사택에서 버스를 탔다. 어느 방학인지 모르겠지만, 방학이 끝나는 날이다. 어머니의 작은 사택에서 방학을 보내러 갔다. 그리고 그날, 나는 사이공으로, 기숙사로 돌아가고 있다.

[…]

나는 버스에서 내린다. 뱃전으로 간다. 나는 강물을 바라본다. […] 버스가 나룻배에 오르면, 밤에도, 나는 항상 버스에서 내린다. 늘 겁이 나서, 밧줄이 풀어져서, 바다로 떠내려갈까 겁이 나서 그렇다. 무섭게 흐르는 물속에 내 삶의 마지막 순간이 보인다. […]

나는 비단 원피스를 입고 있다. 낡아서, 속이 다 비치는 옷이다. 예전에 어머니가 입던 옷이었다. 어느 날 너무 밝다고 입지 않더니, 그 옷을 나에게 주었다. 소매가 없고, 깃이 많이 파인 옷이다. 낡아서 거뭇한 색이 도는 옷이다. 바로 그 옷이 기억난다. 나에게 어울리는 옷 같다. 허리는 아마도 오빠들의 허리띠였을 가죽 띠로 졸라매고 있었다. 그 당시 신었던 신발들은 모르겠지만 몇몇 원피스는 기억난다. 대개 나는 맨발에 천으로 만든 샌들을 신었다. 사이공 중등학교에 다니기 이전 얘기다. 그다음부터는 물론 늘 구두를 신었다. 그날 나는 분명 금실 무늬가 있는 굽 높은 그 구두를 신었을 것이다. 그날 신었을 다른 어떤 신도 생각나지 않는다. 그러니까 나는 그 구두를 신고 있다. 어머니가 바겐세일 때 사준 것이다. 나는 금실 무늬 구두를 신고 학교에 간다. […]

그날, 소녀의 차림에서, 색다른, 희한한 것은 구두가 아니다. 그것은 그날 소녀가 쓴 남자 중절모, 큰 검은 리본이 달린 장밋빛 나무색의 펠트 모자다.

이미지의 결정적 모호함은 그녀가 그 모자 속에 있다는 것이다. […]

[…]

나룻배 위, 버스 옆에, 커다란 검은색 리무진이 있고 하얀색 면으로 된 제복을 입은 운전기사가 타고 있다. […]

운전기사와 주인 사이에는 칸막이 유리창들도 있다. 접이의자들도 있다. 그래도 방만큼이나 크다.

그 리무진 속에서 아주 우아한 남자가 나를 바라본다. 백인이 아니다. 그는 유럽 스타일 옷을 입고 있다. 사이공 은행가들이 입는 밝은색 명주 옷감 양복 차림이다. 그가 나를 바라본다. 누가 나를 보는 것에 나는 이미 익숙하다. 식민지 사람들은 백인 여자들을 바라본다. 열두 살짜리 백인 여자아이들도 마찬가지다. 3년 전부터 백인 남자들도 길에서 나를 바라보고, 어머니의 남자 친구들은 아내들이 스포츠 클럽에서 테니스를 치는 시간에 자기들 집에 간식이라도 하러 오지 않겠느냐고 상냥하게 묻는다.

[…]

우아한 남자가 리무진에서 내려 영국 담배를 피운다. 그는 남자 펠트 모자에 금빛 구두를 신은 소녀를 바라본다. 그가 천천히 그녀에게로 온다. 분명 겁먹은 모습이다. 그는 먼저 웃지도 않는다. 먼저 그는 그녀에게 담배를 권한다. 그의 손이 떨린다. 인종이 달라서다. 그는 백인이 아니다. 차이를 이겨내야 한다. 그래서 그는 떤다. 그녀는 그에게 고맙지만 담배를 피우지 않는다고 말한다. 다른 아무 말도 하지 않는다. 그녀는 혼자 있게 해달라고 말하지 않는다. 그러자 그가 덜 겁낸다. 그러자 그가 꿈꾸는 것 같다고 말한다. 그녀는 대답하지 않는다. 굳이 대답할 것이 없다. 뭐라고 대답하겠는가. 그녀는 기다린다. 그러자 그가 묻는다. 어디서 오는 건가요? 그녀는 사덱 여학교 교사의 딸이라고 말한다. 그는 생각하더니, 그 부인, 그녀의 어머니 얘기를 들은 적 있다고, 캄보디아에서 개간지를 사려다 실패했다는 얘기를 들었다고 말했다. 그렇지 않나요? 그래요, 맞아요.

그는 이 배에서 그녀를 만나서 참으로 놀랍다고 거듭 말한다. 이렇게 이른 아침, 그녀처럼 아름다운 소녀를, 생각 좀 해봐요, 아주 뜻밖이에요, 원주민 버스를 탄 백인 소녀를 보다니.

그는 그녀에게 말한다. 모자가 잘, 아주 잘 어울린다고, 참신하다고… 남자 모자라… 왜 안 되겠냐고, 그녀가 너무 예쁘니까, 그녀는 뭘 해도 된다고.

그녀가 그를 바라본다. 그에게 누구냐고 묻는다. 그는 파리에서 공부를 마치고 왔다고, 그도 사덱에 산다고, 바로 강가에, 커다란 테라스에 파란색 세라믹 난간이 있는 커다란 집에 산다고 말한다. 그녀가 그에게 어느 나라 사람이냐고 묻는다. 그는 중국인이라고, 가족이 중국 북부 푸슈앙 출신이라고 말한다. 사이공에 있는 집까지 내가 데려다줘도 괜찮겠어요? 그녀는 좋다고 한다. 그는 운전기사에게 버스에 있는 소녀의 짐들을 챙겨서 검은 자동차에 넣으라고 말한다.

중국인. 그는 식민지에 있는 모든 개인 소유 부동산을 차지한 중국계 소수 재력가 집안에 속한다. 그는 그날 메콩강을 건너 사이공으로 가는 참이었다.

그녀는 검은 자동차 안으로 들어간다. 차문이 닫힌다. 어렴풋한 비탄이 갑자기 생겨난다. 강물 위에서 흐려지는 빛, 어떤 피로감이 스친다. 아주 가볍게 귀가 먹먹한 느낌도 있고, 사방이, 안개다.

"연인"에게로 가는 글의 길이 참 멀다. 그가 나타날 시점에서 나는 다른 나, 다른 곳, 다른 사람, 다른 것들로 눈을 돌린다. 이처럼 우회적인 만남도 드물다. 대개의 첫 만남은 섬광처럼 묘사된다. 운명적인 사랑은 프랑스어 관용 표현처럼 "벼락같은 만남"(coup de foudre)의 순간을 선사한다. 사랑의 글쓰기는 그 순간의 빛을 연장한다. 『연인』의 글쓰기는 반대다. 한정 없이 떠돈다. 지연된 시간만큼 확장되는 것은 나르시시즘의 공간이다. 이만큼 자의식 넘치는 첫 만남도 없을 것이다.

소설 『연인』은 지극히 자기애적이다. 단순히 일인칭 시점에 자전적인 이야기를 담고 있어서가 아니다. 자서전적 소설의 위험을 작가가 모르는 것이 아니다. 오히려 그것을 즐긴다. 만남의 기억 이미지에 대해 그녀는 말한다. "그것은 누락되었다. 그것은 잊었다." 그녀는 그 "공백"을 "덕목" 삼아 "절대의 창조자", 완전한 창작자의 지위를 누린다. "누구에게도 말하지 않고 혼자서만" 간직한 소녀 시절 이미지를 되살리는 뒤라스의 작업은 단순한 재현이 아니라 재생이다. 열다섯 살 반, 열다섯 살 반, 강, 배, 차… 반복되는 말들은 초혼의 주문이다. 그녀는 부재하는 이미지를 불러들이고 옷을 입힌다. 낡은 비단 원피스를 입히고, 닳은 금실 무늬 구두를 신기고, 남자 허리띠를 묶이고, 모자를 씌운다. 옷과 신은 점점 생생해지고, 남자 모자는 두드러진다. 열다섯 살 소녀의 이미지는 생기를 띠고 욕망에 부푼다. 욕망은 옷을 통해 보이고, 구두에서 빛나고, 남자용 허리띠와 모자로 짐짓 감추어진다. 감춤을 통한 강조다. 모자는 많은 것을 의미한다. 처음 그 남자 모자를 쓴 순간부터, 그녀는 "몸매의 초라한 가냘픔"을 벗고 "다른 사람"이 된다. "갑자기 내가 다른 여자처럼, 마치 바깥에, 모든 사람의 처분에, 모든 시선에, 도시와 길과 욕망의 순환 속에 놓인 어떤 다른 여자처럼 보인다." 모자의 의미는 역설적이다. 모자는 보호의 이미지로 보호의 결여를 드러낸다. 아버지의 부재와 가난한 사춘기 소녀의 결핍을 드러낸다. 모자가 부르는 또 다른 보호의 상징은 자동차다. 검은 리무진은 소녀를 보호하고 욕망을 일깨운다. 그것은 소녀를 학교나 기숙사에서 사랑의 밀실로 실어 간다. 그 어두운 방에서 소녀는 몸속의 욕망을 불태우고, 깊은 "쾌락"의 바다, "형체 없는, 그저 이를 데 없는 바다" 속으로 빠져든다. 사랑을 나눈 후 느끼는 것은 "슬픔", "비탄"이다. 그가 말한다. "낮 동안, 한창 더운 시간에 사랑을 나누어서" 슬픈 것이라고, "끝나면 항상 비참한" 것이라고. 그녀는 말한다. "슬픔은 내가 기다렸던 것이고, 바로 내게서 비롯되는" 것이라고. "그 슬픔은 너무나 나를 닮아서 내 이름을 붙여주어도 될 정도"이고, 이제는 그 슬픔 속에서 "충만함"을 느낀다고. 『연인』의 자기애는 자기연민이다. "연인"은 슬픔의 다른 이름이다.

영화는 그 점에 주목한다. 영화의 재현 작업은 삭제된 기억, 부재의 이미지를 실사로 전환한다. 서술하는 나의 존재는 제한되고, 나의 연인의 과장된 왜소함은 교정된다. 아노 감독은 단언한다. "그녀는 열다섯, 그는 서른둘이다. 그녀는 백인, 그는 중국인이다. 그녀는 가난하고, 그는 부자다. […] 문제가 다 나와 있다. 성, 돈, 아시아. 그것은 지탱하기 힘든 방정식, 요소들이 서로 끌어당기는 동시에 밀어내는 방정식이다"(『누벨 옵세르바퇴르』, 1992,1). 원래 소설에서 그는 스물일곱이다. "그는 나보다 열두 살 더 많고, 그것이 그를 두렵게 한다." 나이 차이를 더 벌린 의도는 모호하지만, 감독의 소신은 뚜렷하다. 그것은 캐스팅에서 나타난다. 중국인 연인을 맡은 배우는 양가휘(토니 룽)이다. 그는 무협 영화의 주연을 맡을 정도로 건장한 체구다. 〈연인〉에 출연하던 무렵 그는 〈신용문객잔〉(1992)의 무사 역할, 〈수호지〉(1993)의 임충 역할도 했다. "마르고 힘없고 근육 없고", "아주 연약"하다는 소설의 묘사와는 거리가 멀다. 소설과 달리 큰오빠의 도발에 대꾸하는 그의 표정은 위압적이다. 가족에게 모욕당한 그는 둘만 있을 때 그녀를 난폭하게 대하기도 한다.

소설과 영화의 충돌은 "고집 센" 두 작가의 만남에서 이미 시작되었다. 아노와의 첫 대면 후 뒤라스는 제작자에게 말한다. "그 젊은이 괜찮더라. 영화 이야기도 무척 잘하고. 마치 자기 영화라도 되는 것처럼 이야기하더라." 기자가 묻는다. "이 영화는 뒤라스의 『연인』인가 아노의 〈연인〉인가?" 아노의 대답은 단호하다. "이것은 그녀의 이야기이고, 나의 영화다. [⋯] 나는 소설이 내게 유발한 감정들에 충실했다." 아노의 해석이 뒤라스를 불편하게 한다. 나르시스 공간이 파괴된다. 무의식적 미화는 부정된다. 사랑의 회상은 행위의 묘사가 되고, 몽환적 이미지는 실재가 된다. 어쩔 수 없는 장르의 차이다. "말은 환기하고, 이미지는 보여준다." 아노의 말이다. 소설의 상상을 실사로 옮기면서 그는 "점진적으로, 점점 더 사실적인 이미지"로 나아간다. 조금 많이 간다. 그는 금기의 경계를 두드린다. 칠천 명의 후보, 백오십 번의 카메라 테스트에서도 여주인공 역할을 맡을 배우를 못

구한 그는 우연히 청소년 잡지의 표지 모델인 제인 마치를 발견한다. 나이 열일곱, 영화라고는 모르는 소녀다. 그는 그녀를 이야기의 주인 공과 동화시키는 데 공을 들인다. 직접 분장도 해준다. 치장한 그녀의 모습은 뒤라스의 어릴 적 모습과 많이 닮았다. 주간지 편집자가 두 사람의 사진을 혼동할 정도다. 영화의 1/4에 해당하는 정사 장면들은 몽마르트의 스튜디오에서 제작 막바지 두 달 동안 집중적으로 촬영되었다. 실제 정사라는 소문도 돌았다. 영화를 찍고 십여 년이 지난 뒤 제인 마치는 술회한다. 그녀는 감독이 그 소문을 조장했다고 탓한다. "그에게 이용당한 느낌이었다"(『데일리 메일』, 2004.3.20). 현실에서 일어나고 소설에서는 상상되는 일이 영화에서는 금기일 수 있다. 실사와 상연으로 성립되는 장르의 법도다. 영화는 에로티시즘의 한계를 넘어선다.

미학적으로 영화는 수작이다. 소설과 다른 아름다움이 있다. 글의 함축미에 영상미가 대응한다. 남녀 주인공이 처음 만나서 함께 차를 타고 가는 대목은 소설에서 서너 줄에 불과하다. 어렴풋한 비탄, 물 위의 흐린 빛, 피로감, 먹먹함, 안개… 은밀한 감각 세계로의 입문이다. 물안개 속으로 사라지는 그 느낌을 영화는 생생하게 되살린다. 함께 자동차를 타고 가는 오륙 분의 시간 중에서 대화를 나누는 시간은 삼사 분이다. 나머지는 침묵 속에서 두 사람이 교감하는 시간이다. 요동치는 차, 흔들리는 눈빛, 머뭇거림, 접촉, 손의 애무, 감기는 눈, 그리고 아라베스크 음악이 관능의 문을 열어젖힌다. 첫 만남만큼 의미 있는 장면이다. 영화의 도입부도 인상적이다. 극단적 클로즈업으로 책상 전등, 빛, 펜의 움직임, 종이에 새겨지는 글자, 보풀이 이는 듯한 화면과 곡선들이 신비하게 어우러지며 글쓰기와 관능을 동시에 환기한다. 첫 장면과 마찬가지로 마지막 장면도 늙은 작가의 목소리가 화면을 장악한다. 첫 장면처럼 마지막 장면도 책의 서술을 재생한다. 괄호는 영화에서 생략된 부분이다.

전쟁이 끝나고, 결혼을 하고 아이들을 낳고 이혼을 하고 책들을 펴낸 지 몇 년 후, 그가 아내와 함께 파리에 왔었다. 그가 그녀에게 전화했었다. (나요. 그녀는 목소리를 듣고 바로 그라는 것을 알았다. 그가 말했었다. 그저 당신의 목소리가 듣고 싶었소. 그녀가 말했었다. 나예요. 잘 지냈어요.) 그는 움츠러들었다. (예전처럼 두려워했다. 갑자기) 그의 목소리가 떨리고 있었다. 떨림과 함께, 갑자기, 중국식 억양이 느껴졌었다. 그는 그녀가 책들을 쓰기 시작했다는 것을 알고 있었다. 사이공에서 다시 만난 어머니를 통해서 그 사실을 알게 되었었다. 작은오빠 소식도 듣고, 그녀 생각에 슬펐었다고 했다. 그러고는 더 이상 할 말을 잃었었다. 그러고는 그는 그녀에게 말했었다. 예전과 똑같다고, 그녀를 여전히 사랑한다고, 결코 사랑을 멈출 수 없다고, 죽을 때까지 사랑한다고.

대과거 서술은 소멸을 표상한다. 첫 만남의 이미지를 현재형으로 불러내던 초혼 의식과 반대다. 모든 것은 먼 과거 속으로 사라진다. 사랑한다는 목소리도 글 속으로 사라진다. 영원한 사랑은 허망한 말이다. 남은 것은 종이와 글뿐이다. 소녀 자신도 잘 알지 못했던 그 사랑은, 그녀가 배를 타고 그를 떠났을 때, 홀로 밤바다 한가운데서 그의 부재를 실감했을 때, "하늘의 지령처럼" 울려 퍼지는 쇼팽의 음악을 들으며 울음을 터뜨렸을 때, 이미 끝났다. 그녀의 눈물과 함께, "물이 모래 속으로 사라지듯 그는 이야기 속으로 사라졌다".

그해, 여름은 찬란했다.
지드, 『좁은 문』

사랑은 그저 미친 짓일 뿐.
셰익스피어, 『뜻대로 하세요』

2

사랑하는 여자
그리고 남자

사랑의 죽음

『트리스탄과 이졸데』
오페라 〈트리스탄과 이졸데〉

『트리스탄과 이졸데』
중세 켈트족의 전설로 12세기 음유시인들의 노래가 기록으로 남았고 여러 판본이 있다.
무수한 단편 기록을 모아 현대 프랑스어로 옮긴 중세 문학 문헌학자
조제프 베디에의 판본(1900)이 미덥다.
여러 연극, 영화로 옮겨졌다.

오페라 〈트리스탄과 이졸데〉 (1865, 바그너)

『트리스탄과 이졸데』는 수많은 사랑 이야기의 원천이다. 운명적인 사랑의 기쁨과 고통, 희망과 갈등, 슬픔과 죽음 등 주요 요소들이 극적으로 조합되어 있다. 짧게 널리 알려진 이야기지만, 원전은 시적인 묘사와 곡절 있는 일화로 가득하다. 아버지가 죽은 직후 태어난 트리스탄. "세상에서 가장 아름다운" 아들을 낳고 어머니도 바로 죽는다. 이름부터 슬픈(triste) 이유다. 그는 아름답고 강하게 자라나 삼촌인 마크 왕의 뛰어난 기사가 된다. 그의 칼은 나라를 지키고, 적을 만든다. 이웃나라 공주 금발의 이졸데는 그가 죽인 적장의 조카다. 그는 그녀의 원수가 된다. 트리스탄의 기지와 용맹함은 적국의 괴물마저 죽이고 이졸데를 구한다. 원수는 구원자가 된다. 그녀의 마음을 정복한 트리스탄. 그러나 그의 임무는 제비가 물고 온 "금발"의 계시에 따라 왕비가 될 이졸데를 왕에게 데려가는 것이었다. 그녀는 모멸감을 느낀다.

금발의 이졸데는 수치와 번민으로 전율했다. 그렇듯 트리스탄은, 그녀의 마음을 사로잡고서는 그녀를 무시했다. 아름다운 금발 이야기는 거짓일 뿐이고, 그는 그녀를 다른 사람에게 넘기는 것이다.

III. 금발 미녀를 찾아서.

배가 떠나기 전, 이졸데의 어머니는 딸의 하녀에게 여러 가지 풀과 꽃과 뿌리를 포도주에 섞은 "미약" 단지를 주며 이른다.

첫날밤, 결혼한 두 사람만 남게 되면, 이 향초 포도주를 잔에 따라서, 마크 왕과 이졸데 왕비가 함께 비우도록 건네주어라. […] 이것을 함께 마시는 사람은 온 감각과 온 마음이 다하도록, 항상, 살아서나 죽어서나 서로 사랑하게 될 것이다.

IV. 미약.

배에서 그 잔을 나눠마시는 사람은 이졸데와 그녀를 수행하던 트리스탄이다. 잘못 마신 미약의 효과는 대단하다.

아니, 그것은 포도주가 아니었다. 그것은 열정이었다. 쓰라린 환희와 끝없는 번민, 그리고 죽음이었다. [⋯] 트리스탄은 날카로운 가시들과 향기로운 꽃들이 달린 살아있는 덤불이 심장의 피 속에 뿌리를 내리고, 강한 줄들로 아름다운 이졸데의 육체에 그의 육체와 모든 마음, 그리고 모든 욕망을 얽어매는 느낌이었다. [⋯] 이졸데는 그를 사랑했다. 그렇지만 그를 미워하고 싶었다. 그는 비열하게 그녀를 무시하지 않았던가? 그녀는 그를 미워하고 싶었지만 그럴 수가 없었다. 증오보다 더 고통스러운 애정이 마음 속에서 그녀를 자극했다. [⋯] 그들은 먹을 것, 마실 것, 원기를 되찾아줄 것들을 다 마다하고, 서로를 찾아 눈먼 사람처럼 더듬어 걸어가고, 떨어져서는 번민하며 불행해지고, 다시 함께할 때는 첫 고백의 공포 앞에서 몸을 떨며 더욱 불행해졌다. [⋯] "저주의 잔으로 그대들이 마신 것은 사랑과 죽음." [⋯] 연인들은 꺼져갔다. 그들의 아름다운 몸 속에서 욕망과 생명이 전율하고 있었다.

아니, 이것은 미약의 효과가 아니다. 그저 사랑의 효과다. 미약은 구실이다. 포도주일 뿐이다. 모든 것이 사랑의 힘이다. 서로를 이끄는 자력, 하나가 되는 환희와 헤어지는 아쉬움, 그리움과 번민, 두려움, 애증, 고통, 불같은 욕망… 모두 강렬한 사랑, 그 열병의 속성이다. 이졸데가 왕비가 된 후에도 두 연인의 사랑은 계속된다. 은밀한 만남 속에 사랑은 더 타오른다. "슬프게도! 사랑은 감출 수가 없다." 어긋난 사랑의 운명은 정해져 있다. 사람들로부터의 도피, 고립, 운명에의 저항 혹은 굴복, 맹세와 이별, 그리고 끝없는 그리움. 무엇을 해도 온몸에 퍼진 사랑의 독은 사라지지 않는다. "서로가 없이는 살 수도 죽을 수도 없었던" 그들은 함께 죽음을 맞는다.

> 그녀는 동쪽을 향해서 신에게 기도했다. 그리고 죽은 연인의 몸에 덮인 천을 조금 들추고, 그 곁에 나란히 누워, 그의 입과 얼굴에 입맞춤하고, 그를 꼭 껴안았다. 몸과 몸, 입술과 입술을 맞댄 채, 그녀는 숨을 거두었다. 그렇게 그녀는 연인의 곁에서 고통을 나누며 죽었다.
> XIX. 죽음.

바그너는 굴곡 많은 이야기를 명료하게 재단한다. 그의 오페라는 3막으로 이루어진다. 배를 타고 가던 트리스탄과 이졸데가 갈등 끝에 미약을 나눠마시는 I막, 몰래 만난 두 사람이 사랑의 환희와 고통을 함께 노래하다가 발각되어 트리스탄이 칼에 찔려 쓰러지는 II막, 그리고 죽어가는 트리스탄의 기다림에 이어 뒤늦게 도착한 이졸데가 죽음을 함께하는 III막. 문학적 소양이 높았던 바그너는 가사의 운 맞춤과 밀도 있는 수사법을 통해 대본을 시화한다. 고전 비극처럼 절제된 구성을 바탕으로 한없이 자유롭고 끝없이 강박적인 "음악극"이 펼쳐진다. 강박적인 드라마의 주요소는 빛과 어둠이다. 낮과 밤은 단순 배경이 아니라 사랑을 심화하고 죽음을 쉼 없이 환기하는 역할을 한다. 깊은 밤의 어둠은 "순수하고 성스러운" 사랑의 환희를 감싸고, "냉혹한" 낮의 빛은 태양이 사라진 뒤에도 "횃불"로 남아 불명예와 고통, 죽음을 일깨운다. 사랑과 죽음, 어둠과 빛, 두 가지 주제의 합과 변주는 "무한선율"을 타고 전편에 흐른다. 그 끝자락에 〈사랑의 죽음〉("Liebestod")이 있다. 죽은 연인을 보고 혼절했다가 다시 일어난 이졸데 혹은 그녀의 영혼이 부르는 마지막 아리아는 빛으로 가득하다. 사랑은 죽음을 통해 빛을 발한다.

보이지 않는가?
점점 더 밝게
빛나며,
별빛에 감싸여
높이 떠오르는 그의 모습이
[…]
느껴지지 않는가 보이지 않는가?
나에게만 들리는가 이 선율이,
경이롭게 그윽하게,
기쁨의 탄식으로,
무한한 언어로,
부드럽게 달래며
그로부터 흘러나와,

나에게로 스며들어,

서서히 차오르며,

사랑스러운 울림으로

나를 휘감고 퍼져나가는 이 선율이?

점점 더 맑게 울려 퍼지며

나를 감싸는―

이것은 파동인가

감미로운 바람인가?

넘실대는 파도인가

환희의 향기인가?

Seht ihr's nicht?

Immer lichter

Wie er leuchtet,

Stern-umstrahlet

Hoch sich hebt

[…]

Fühlt und seht ihr's nicht?

Hör ich nur diese Weise,

die so wundervoll und leise,

Wonne klagend,

alles sagend,

mild versöhnend

aus ihm tönend,

in mich dringet,

auf sich schwinget,

hold erhallend

um mich klinget?

Heller schallend,

mich umwallend —

Sind es Wellen

sanfter Lüfte?

Sind es Wogen

wonniger Düfte?

사랑의 승화, 결국은 죽음인가. 사랑은 시차를 두고 죽도록 사랑하는 사람들을 죽인다. 그 사랑의 이름은 그리움이다. 강렬한 사랑일수록 그리움은 힘겹다. 죽을 만큼 힘들어 죽은 연인을 쫓아간다. 이졸데처럼, 줄리엣과 로미오도 앞다퉈 죽음을 따르고, 콰지모도도 에스메랄다를 따라 죽는다. 다시 하나가 되기 위해 연인은 함께 죽는다. 죽음으로 건너간다. 헤어져 있는 것은 사는 것이 아니라서.

연인들은 서로가 없이는 살 수도 죽을 수도 없었다. 헤어져 있는 것은 삶도 죽음도 아니었고, 동시에 삶이자 죽음이었다.

XV. 하얀 손의 이졸데.

죽지 못한 연인은 떠돈다. 그렇게, 삶과 죽음의 경계를, 오르페우스는 떠돈다. 오르페우스의 영혼과 함께 사랑의 시인들, 사랑하는 연인들도 한없이 떠돈다.

에스메랄다,
투명한 초록빛 보석

위고, 『노트르담 드 파리』
뮤지컬 〈노트르담 드 파리〉

위고 Victor Hugo (1802~1885)
프랑스를 대표하는 시인, 소설가이자 문학 운동과 현실 정치에 참여한 지성인.
그의 작품은 낭만적인 서정시, 정치적 풍자시, 웅장한 서사시, 희곡 및
『레 미제라블』 같은 대하소설에 이르기까지 모든 장르에 걸쳐 있다.
—『노트르담 드 파리』 (1831)

뮤지컬 〈노트르담 드 파리〉 (1997, 뤽 플라몽동, 리카르도 코치안테)

영화 〈노틀담의 꼽추〉 (1996, 디즈니 애니메이션)

어두운 욕망의 이야기 『노트르담 드 파리』. 어둠 속 에스메랄다는 보석처럼 빛난다. 그 투명한 아름다움은 모두에게 노출되고 모든 시선을 흡수한다. 드넓은 광장에서 춤추는 그녀는 단번에 모든 사람을 사로잡는다.

군중과 장작불 사이의 빈 거대한 공간에서 한 젊은 여자가 춤추고 있었다. 그 여자가 사람인지 요정인지 천사인지, 회의적인 철학자이자 빈정대는 시인인 그랭구아르도 첫눈에 분간할 수 없었다. 그 눈부신 형상은 그만큼 매혹적이었다.

키는 크지 않았지만 크게 보였다. 자유분방하게 뻗는 몸매가 너무나 늘씬했다. 그녀의 피부는 갈색이었지만, 낮이라면 안달루시아나 로마 여자들의 피부처럼 아름다운 금빛 반사광이 돋보였을 것이다. […] 그녀는 발치에 아무렇게나 펼쳐놓은 낡은 페르시아 양탄자 위에서, 춤추며 돌고 맴돌았다. 그녀의 빛나는 형체가 사람들 앞에서 선회하며 지나갈 때마다, 그녀의 검은 큰 눈은 섬광을 발했다. […] 주위의 모든 시선은 그녀에게 고정되어 있었고, 입은 모두 헤벌어져 있었다.

『노트르담 드 파리』, II, 3.

넋을 잃을 만큼 "초자연적인" 에스메랄다의 아름다움에 가장 놀란 사람은 "엄격하고 근엄하고 음울한 성직자" 프롤로다. 그는 욕망의 지옥, 그 희열과 고통을 예감한다. 차가운 그의 머릿속에 용암이 들끓는다. "저주받은 자의 사랑"이 시작된다. 훗날 프롤로가 에스메랄다 앞에서 하는 고백은 그 고뇌가 얼마나 엄청난 것인지 알려준다.

어느 날, 나는 내 작은 방 창가에 기대어 있었다. […] 그곳, 길 한가운데, 정오의 커다란 태양 아래, 한 피조물이 춤추고 있었다. 너무나 아름다운 인간이라서, 신이라도 성모보다 그녀를 택했을 것이다. 인간으로 만들어질 때, 그녀가 만일 존재했더라면, 그녀를 어머니로 삼아 그녀에게서 태어나고 싶었을 것이다. 그녀의 검은 눈은 눈부셨고, 검은 머리 한가운데 햇빛이 스며든 머리칼은 금실처럼 황금빛으로 빛났다.

VIII, 4.

후광 속의 성모처럼 태양 빛에 감싸인 에스메랄다는 "여신" 그 이상이다. 프롤로의 묘사 혹은 작가의 서술은 신성모독에 가깝다. 그것은 삼위일체의 개념을 비튼다. 신을 인간 욕망의 차원으로 옮겨놓고 남성을 신성에 투사한다. 신을 섬기던 자가 욕망의 노예가 되는 순간이다. 성당을 가리키는 소설의 제목이 새롭게 읽힌다. "노트르담"(Notre-Dame)은 성모 마리아란 뜻이다. 세속 파리의 성모 마리아, 에스메랄다.

또 하나의 뒤틀린 사랑은 콰지모도의 것이다. 그의 마음은 일그러진 외모만큼 비뚤다. 짓눌린 그의 눈에 보이는 세상은 왜곡된 것이었고, 그의 기형과 추함은 조롱과 혐오를 불러일으켰다. 그는 고립 속에서 증오와 적의만 키워왔다. 그의 내면은 어둠으로 가득하다. 그 어둠 속에도 에스메랄다의 빛이 스며든다. 형구에 묶여 분노와 원한에 질식하던 그에게 그녀가 건넨 물은 그의 마음속 어둠을 씻어낸다.

에스메랄다의 사랑도 올곧은 것이 아니다. 태양처럼 빛나는 그녀가 정작 좋아하는 사람은 태양신(포이보스)의 이름을 딴 페뷔스다. 잘생긴 기병대장인 그는 허울뿐이다. 약혼녀를 두고 한눈팔 기회만 찾는 진심 없는 남자다. 에스메랄다는 그 헛된 사랑에 목숨을 건다. 그녀는 열여섯 살이다. "순진하면서도 정열적이고, 아무것도 모르면서 아무것에나 열광하고, 여자와 남자 차이도 아직 모른다." 그녀는 "대단하면서 아무것도 아닌" 여자, "천상의 피조물"이자 길거리 무희, "천사" 같은 집시다. 부랑 시인 그랭구아르의 묘사다. 그는 어쩌다 에스메랄다의 도움으로 목숨을 건지고 그녀의 남편 행세를 하게 되지만, 그녀에게 별다른 욕망은 없다. 그는 일반 사람의 시선을 대신하고, 이야기를 풀고 사건의 맥락을 짚고, 작가의 목소리를 대변한다. 위고의 페르소나인 셈이다. 시인, 성직자, 장교, 그리고 성당의 종지기, 이렇게 네 명의 남자가 태양의 행성처럼 에스메랄다를 맴돈다.

뮤지컬 〈노트르담 드 파리〉는 색다른 욕망을 가진 세 남자와 에스메랄다의 관계를 압축해서 보여준다. 그녀를 가운데 두고 세 남자가 노래를 부른다. 삼중창 〈미녀〉(Belle)의 합창 부분이다.

　내 시선은 그녀 집시의 옷 아래로 향해 있다
　성모에게 기도하는 것이 이제 무슨 소용인가?
　그 누가 먼저 그녀에게 돌을 던질까?
　그런 인간은 이 땅에 있을 수 없으니
　오 루시퍼!
　오! 한 번만이라도 내게 허락해다오
　에스메랄다의 머리카락을 내 손가락들이 쓸어내리게
　에스메랄다

J'ai posé mes yeux sous sa robe de gitane

À quoi me sert encore de prier Notre-Dame?

Quel est celui qui lui jettera la première pierre?

Celui-là ne mérite pas d'être sur terre

Ô Lucifer!

Oh! Laisse-moi rien qu'une fois

Glisser mes doigts dans les cheveux d'Esmeralda

Esmeralda

시선과 욕망의 대상일 뿐인 그녀의 존재가 부각되는 장면이다. 그녀에게 돌을 던진다? 돌을 던져야 하는 것은 오히려 그녀다. 성직자의 추악함에 대해, 종지기의 추함, 장교의 저속함에 대해. 비난의 돌도, 욕망의 돌도 그녀는 던지지 않는다. 순결함으로 인해 오히려 에스메랄다는 찬미만큼 박해받는다.

뮤지컬은 원전에 충실하다. 해석의 깊이가 있다. 대본 작가가 원작 소설을 수없이 읽고 깊이 분석한 흔적이 보인다. 표현은 전혀 다르다. 소설의 장려한 서술에 비해, 대사 없이 노래와 춤으로만 이루어진 뮤지컬은 함축적이다. 서정적인 아리아로 구성된 뮤지컬 〈노트르담 드 파리〉는 한 편의 시처럼 아름답다. 원전의 주제를 그대로 살리면서 다른 장르로 꽃피운 좋은 작품의 예다.

디즈니의 애니메이션 뮤지컬 영화 〈노틀담의 꼽추〉는 완전히 다른 작품이다. 무엇보다 인물의 변화가 크다. 에스메랄다는 수동적인 여자가 아니다. 당당하고 자유로운 주체다. 그녀는 부당하게 고통받는 콰지모도의 밧줄을 풀어주고 칼을 높이 쳐들며 "정의"를 외친다. 페뷔스도 다른 모습이다. 이름에 걸맞게 밝고 정의롭고 점잖다. 그의 얼굴은 〈라이온 킹〉(1994)의 성장한 심바, 고귀한 사자의 얼굴을 연상시킨다. 프롤로는 여전히 욕망의 감옥에 갇혀 괴로워한다. 그는 더 큰 권력을 가지고 악의 축을 담당한다. 사악한 그의 모습은 강렬하다. 그가 혼자 커다란 벽난로의 화염을 바라보며 부르는 〈지옥의 불〉은 멋진 장면이다.

성모 마리아여, 나는 올바른 사람입니다
나의 덕을 자부합니다
성모 마리아여, 나는 정말 순결합니다
평범하고 천하고 나약하고 음탕한 저 군중들보다 훨씬 깨끗합니다
그런데 왜 마리아여, 저기 그녀가 춤추는 것을 보는 나를
왜 그녀의 이글거리는 눈길이 내 영혼을 태우는 것인가요
나는 그녀를 느낍니다, 그녀를 봅니다
검게 빛나는 그녀의 머리가 품은 태양빛이
나를 억누를 수 없이 활활 타오르게 합니다

Beata Maria, you know I am a righteous man
Of my virtue I am justly proud
Beata Maria, you know I'm so much purer than
The common, vulgar, weak, licentious crowd
Then tell me, Maria, why I see her dancing there

Why her smoldering eyes still scorch my soul
I feel her, I see her
The sun caught in her raven hair
Is blazing in me out of all control

디즈니의 콰지모도도 고립과 고통 속에 산다. 그러나 죽지 않는다. 그는 에스메랄다와 페뷔스의 매개자가 된다. 프롤로 신부의 추락 직후, 떨어지는 콰지모도를 페뷔스가 붙잡아 올리는 장면은 상징적이다. 괴물 같은 콰지모도와 잘생긴 페뷔스가 하나가 되는 순간, 야수가 저주를 풀고 다시 왕자로 변신하는 순간이다. 반복되는 미녀와 야수의 신화다.

왜 야수는 미녀에게 꼼짝하지 못하는가. 야수를 만든 것이 미녀이기 때문이다. 욕망의 메커니즘이 그렇다. 나는 너를 사랑한다. 사랑할수록 너는 더 아름답게 보인다. 그만큼 나는 더 초라해진다. 상대적 초라함의 단계다. 많은 시와 노래가 증언한다. "그대 앞에만 서면 나는 왜 작아지는가"(〈애모〉). "너는 눈부시지만 나는 눈물겹다"(이정하). 나의 초라한 느낌은 너의 아름다움 때문이다. 콰지모도조차 에스메랄다 앞에서 새삼 추함을 느낀다. 그는 그녀에게 말한다.

당신은 너무나 아름다워요, 당신은! […] 지금처럼 내가 추하다고 느낀 적이 없어요. 당신과 비교하면, 정말 불쌍하게도, 나는 가엾고 불행한 괴물이에요! ― 내가 짐승처럼 보이겠지요. 당신은, 당신은 햇빛, 이슬방울, 새의 노랫소리에요! ― 나는 그저 끔찍한 것, 인간도 동물도 아니고, 돌멩이

보다 더 단단하고, 더 발에 짓밟히고, 더 일그러진 것이에요!

『노트르담 드 파리』, IX, 3.

다음 단계는 거칢이다. 초라한 나와 눈부신 너의 거리는 더 멀어지고 나는 좌절하거나 거칠어진다. 나의 욕망은 점점 더 사나워진다. 야수는 바로 내 모진 욕망의 화신이다. 더없는 아름다움도 야수성도 나의 욕망과 상상의 산물이다.

『노트르담 드 파리』에서 야수는 콰지모도와 프롤로다. 한쪽은 외모, 다른 쪽은 내면이 야수다. 에스메랄다의 빛은 바라보는 시선에 따라 다르게 작용한다. 그것은 순화 혹은 악화의 힘이다. 그녀를 통해서, 괴물 같은 콰지모도는 순수함을 되찾고, 잠재된 야수성이 밝혀진 프롤로는 불타오르고 무너져내린다. 프롤로가 높은 곳에서 추락하는 사이, 콰지모도의 영혼은 죽은 에스메랄다를 따라 하늘로 오른다. 뮤지컬은 그 승화의 순간을 인상 깊게 표현한다. 콰지모도가 에스메랄다를 부둥켜안고 마지막 아리아를 부르는 동안, 무대 뒤쪽에는 높은 곳으로 오르는 영혼들의 모습이 연출된다.

나의 영혼이 날아가게 하라

대지의 불행으로부터 멀리

나의 사랑이 합쳐지게 하라

우주의 빛에

[…]

춤추라 나의 에스메랄다

노래하라 나의 에스메랄다

너와 함께 떠나게 해다오

너를 위해 죽는 것은 죽는 것이 아니니

Laissez mon âme s'envoler

Loin des misères de la terre

Laissez mon amour se mêler

À la lumière de l'Univers

[„]

Danse mon Esmeralda

Chante mon Esmeralda

Laisse moi partir avec toi

Mourir pour toi n'est pas mourir

Danse mon Esmeralda.

소설의 마지막 장 제목은 "콰지모도의 결혼"이다. "결혼"은 단순히 영혼의 결합을 의미하는 것이 아니다. 육체와 육체, 죽은 여자와 산 남자, 죽음과 삶의 결합이다. 그 신비한 결합이 이야기의 끝매듭이다. 에스메랄다가 죽고 콰지모도가 사라진 지 한두 해가 지난 후, 처형대 지하실이다.

사람들은 온갖 끔찍한 해골들 속에서 한 해골이 다른 해골을 기이하게 껴안고 있는 것을 발견했다. 하나는 여자의 것으로, 하얀색이었던 천 옷조각이 남아 있었고, 목 주위의 멀구슬나무 열매 목걸이에는 초록색 유리 장식이 있는 빈 비단 주머니가 달려 있었다. […] 그 해골을 꼭 껴안고 있는 다른 해골은 남자의 것이었다. 척추는 휘어지고, 머리는 어깨뼈에 파묻히고, 한쪽 다리가 다른 쪽보다 짧았다. 척추 목 부분에 아무런 파열이 없는 것으로 보아 교수형 당하지 않은 것이 분명했다. 그러니까 해골이 된 그 남자는 그곳으로 와서, 그곳에서 죽은 것이다. 사람들이 그 해골이 껴안고 있는 다른 해골로부터 그 해골을 떼어내자, 그것은 먼지로 부스러져 내렸다.

XI, 4.

흔한 사랑의 맹세, "죽도록 사랑한다"를 말 그대로 실천한 콰지모도. 그의 사랑은 "죽음이 갈라놓을 때까지"라는 결혼 서약의 한계도 넘어선다. 프롤로가 "아무도 못 갖는다" 선언한 에스메랄다를 그는 죽음을 통해 영원히 소유한다.

샬로테, 알리사, 앙리에트.
사랑의 환상과 죽음

괴테, 『젊은 베르테르의 슬픔』
지드, 『좁은 문』
발자크, 『골짜기의 백합』

괴테 Johann Wolfgang von Goethe (1749-1832)

천부적 재능으로 20세 이전부터 80세가 넘도록 무수한 작품을 발표했다.
정치적 역량도 발휘하며, 다양한 경험과 여행을 하고, 많은 사랑을 했다.
삶을 폭넓게 탐구한 거인, 독일 문학을 대표하는 거장이다.
—『젊은 베르테르의 슬픔』(1774)

지드 André Gide (1869-1951)

엄격한 종교적 가정에서 내면적 갈등을 통해 세상을 성찰하는 힘을 키웠다.
19세기 말과 20세기 초의 비관론과 낙관론을 아우르는 독자적 세계관으로
프랑스 현대소설의 새로운 방향을 제시했다.
—『좁은 문』(1909)

발자크 Honoré de Balzac (1799-1850)

30세에 첫 소설 발표 후 20년 만에 초인적 창작력으로 90편의 장편과 중편,
30편의 단편 등을 써냈고, 그 소설들을 묶어 대혁명 이후 19세기 전반의 프랑스 사회 전체를
조망하는 대작 『인간 희극』의 완성을 꿈꾸었다.
—『골짜기의 백합』(1835)

발레리 Paul Valéry (1871-1945)

—「젊은 파르카」(1917)

아름다움이 죽음이 아니라면…
말라르메, 「에로디아드」

샬로테는 환상이다. 처음 그녀는 생생한 존재감으로 다가온다. 그녀는 "너무나 순박하고, 너무나 이해심 깊고, 아주 온화하면서도 아주 단호하고, 마음은 차분하고 삶은 활동적이다". "천사" 같은 그녀는 차츰 베르테르의 상상 세계로 자리를 옮긴다. 상상은 커가고 주위 세계는 사라진다. 변화는 처음 만난 날부터 시작된다. "그날 이후, 해, 달, 별들이 운행을 계속하고 있겠지만, 나는 낮인지 밤인지 알지를 못한다. 온 세상이 나에게는 아무것도 아니다." 그녀가 이제 온 세상이다. 베르테르의 사랑은 "고귀한 영혼의 소유"를 원하지만, 그 바람은 이루어질 수 없다. 가질 수 없는 그녀는 그의 영혼을 사로잡는다. "나는 그녀에게 보내는 기도 외에는 할 수가 없다. 나의 상상은 오직 그녀만을 본다." 나는 상상 속에서만 행복하다. 현실의 그녀와 함께할 때 나는 이미 죽음을 느낀다.

그녀 곁에서 몇 시간을 보낼 때면, 그녀의 모습, 그녀의 우아함, 그녀의 생각을 표현하는 그 신성함에 완전히 흡수되는 듯 느껴지고, 나의 마음은 차츰 흥분되어 과잉의 최고 상태까지 이른다. 시야는 희미해지고, 청각은 혼란에 빠지고, 호흡은 마치 살인자의 손에 짓눌리는 듯하여, 고동치는 나의 가슴은 고통스러운 감각들을 안도시키려 애쓴다. 나는 때때로 내가 실제로 존재하는 것인지 알 수가 없다.

『젊은 베르테르의 슬픔』, I, 8월 30일.

베르테르는 육체적 결합 없이도 죽음 같은 절정을 느낀다. 상상 속 사랑의 깊이는 "무서운 공허"다. 그 공허를 메우기 위해서 그에게 남은 것은 자신을 죽임으로써 사랑을 죽이는 방법뿐이다. 가장 거친 형태의 "사랑의 죽음"이다.

"인간을 행복하게 만드는 것이 되돌아 불행의 원천이 되어야만 하는가?" 베르테르 혹은 괴테의 탄식이다. 『좁은 문』의 지드가 성서를 인용해서 맞받는다. "인간에게 믿음을 두는 인간은 불행하리라." 한 사람을 죽도록 사랑한 베르테르와 달리 『좁은 문』의 알리사는 신에 대한 사랑으로 죽는다. 동기는 다르지만 알리사도 욕망을 누르고 고행 같은 사랑을 한다. 다만 그 고행은 혼자만의 것이 아니다. 그녀를 사랑하는 제롬, 그리고 제롬을 사랑하는 줄리엣도 함께 나누는 고통이다. 줄리엣은 제롬과 알리사를 위해, 제롬은 알리사를 위해, 알리사는 더 높은 사랑을 위해 인고한다. 알리사는 제롬을 누구보다 사랑하지만, 기다린다. 동생 줄리엣을 위해 시작된 그 기다림은 점점 자발적인 것이 된다. 만남을 간절히 기다리면서도 만남을 한없이 지연시키고 편지에만 마음을 쏟는다. 기다림은 그리움을 키우고, 그리움은 재회의 희망을 키운다. 예감하는 사랑의 환희는 부재의 고통과 함께 커간다. 기다림은 기도가 되고 사랑은 다른 차원으로 옮아간다. 지연된 사랑은 모든 것을 파괴한다. 기다림은 "두려운" 것이 되고 만남은 "슬픈" 것이 된다. 그리고 이어지는 이별의 편지는 십 년에 걸친 사랑을 헛것으로 돌린다.

나는 절망에 빠져, 너에게… 다시는 편지를 쓰고 싶지 않았는데… 이별의 편지를 쓴다… 결국 우리의 편지 전부가 커다란 환상이고, 슬프게도! 우리 각자 자신에게 글을 쓰는 것일 뿐이라는 사실을 절감했기 때문이다. 그리고… 제롬! 제롬! 아! 우리는 항상 떨어져 있었는데! […] 오! 내가 너를 덜 사랑하는 것은 아니다. 나의 친구! 오히려 내가 너를 얼마나 깊이 사랑하는지 이렇게까지 느껴본 적이 없다. […] 그렇지만 또 얼마나 절망적인지… 왜냐하면, 고백하자면, 나는 너를 멀리서 더 사랑했으니까. […] 안녕, 너무나 사랑하는 나의 형제여. 신이 너를 지켜주고 인도해주기를! 오직 신에게만 우리 벌 받지 않고 다가갈 수 있으니.

『좁은 문』, VI.

모든 것이 환상이고 독백이었다는 자각 혹은 착각. 알리사는 "덕(德)이라는 함정"에 빠져 사랑을 부정한다. 그녀는 "성스러움"을 위해 자신의 사랑을 희생한다. 그녀는 "사랑을 통해, 사랑보다 더 좋은 것"을 추구한다. 지상의 행복을 버리고 "다른 행복"을 구하는 그녀는 자기애의 함정에 빠진 나르시스와 크게 다르지 않다. 그녀의 가슴에 가득한 "말로 표현할 수 없는 사랑"은 타인을 향한 것이 아니다. 이별의 편지 후에 알리사가 보낸 또 다른 편지의 마무리는 이렇다. "이렇게 신의 사랑이 시작된다." 그렇게 인간의 사랑은 끝난다.

시작부터 잘못된 사랑이었다. 제롬의 영혼을 사로잡은 알리사의 모습은 샬로테와 전혀 다르다. 베르테르가 사랑한 것은 생기 넘치는 샬로테의 온 마음, 온몸이다. 제롬을 사랑에 빠뜨린 것은 알리사의 눈물이었다. 어두운 방의 문을 열고 혼자 울고 있는 소녀를 발견한 열네 살

소년은 결심한다.

나는 지금 알리사의 방문 앞에 있다. 한순간 기다린다. […] 나는 문을
민다. 문은 소리 없이 열린다. 방이 너무 어두워 나는 알리사를 바로 알아
보지 못한다. 그녀는 침대 머리맡에, 십자형 유리창을 등진 채, 무릎을 꿇
고 있다. 유리창에는 죽어가는 햇빛이 내리고 있다. 그녀가 몸을 돌린다.
[…] 그녀의 얼굴은 눈물에 젖어 있다…
　그 순간이 나의 삶을 결정지었다. 지금도 번민 없이는 그 기억을 떠올릴
수 없다. 나로서는 알리사를 비탄에 빠뜨린 것이 무엇인지 어렴풋이 짐작
할 수 있을 뿐이었다. 그러나 떨고 있는 그 가련한 영혼, 흐느낌으로 온통
흔들리는 그 가녀린 육체에 그 비탄은 너무 가혹하다는 것을 강렬하게 느
꼈다. […] 내 가슴의 이 새로운 격정을 뭐라고 표현해야 할지 나는 몰랐다.
나는 사랑, 연민, 그리고 열광, 희생, 덕행이 어렴풋이 뒤섞인 감정에 취해
서, 온 힘을 다해 신에게 호소했고, 내 삶의 목적은 두려움과 악과 삶으로
부터 이 아이를 보호해주는 것밖에 없다고 생각하며, 나 자신을 바쳤다.
　『좁은 문』, I.

많은 사랑이 환하게 열리는 감각의 경험으로 시작된다. 제롬은 반
대다. 그의 사랑은 어둠과 슬픔에서 시작된다. 알리사의 표현에 따르
면 "머리로 하는 사랑, 애정과 충실함의 지적인 고집"이 되어버리는
그 사랑은 어두운 방의 "좁은 문"을 통해 그녀가 떠나면서 끝난다.
　샬로테의 아름다움이 에로스의 얼굴이라면 알리사의 아름다움은
죽음의 가면이다. 사랑이 시작된 "찬란한 여름"의 어느 아침, 제롬이

죽은 꿈을 꾸었다는 알리사의 이야기는 우연한 것이 아니다. 그녀는 말한다. 죽음이 우리를 갈라놓는 것이 아니라 "오히려 삶에서 갈라져 있던 것을 다시 가까워지게 하는 것 같다". 사랑이 끝난 후 제롬이 알아차린 "그녀의 미묘한 가장(假裝)", "아주 부자연스러운 그 외양의 포장 아래" 숨겨져 있는 것은 그의 말처럼 "아직도 고동치는 사랑"이 아니다. "성스러움"의 옷을 입은 죽음이다. 그렇게 서로를 간절히 바라면서도, 가까워지면 "두려움"과 "영혼의 위축"을 느끼는 것은 그 때문이다. 알리사의 영혼은 슬픔으로 가득하다. 그녀는 "자신의 슬픔을 분석"하기 위해 일기를 쓴다. "두려움", "불안", "우울"이 그녀를 움직인다. 까닭 모를 "기이한 우울"이 이미 "오래전부터", "마음속 깊이" 자리 잡고 있다는 것을 그녀는 안다. 그것은 그녀에게 "너무나 인간적인 기쁨"을 버리고, "희생을 완수"하고 "덕의 절정"으로 나아가라고 요구한다. 우수를 품은 성스러움. 알리사는 그래서 아름답다. 허상의 아름다움. 비너스처럼 죽음의 여신도 아름답다.

우수는 아름다움과 함께 산다 — 죽어야만 하는 아름다움과 함께,

키츠, 「우수에의 송가」

죽음의 아름다움을 구현하는 여인이 또 있다. 『골짜기의 백합』의 모르소프 부인이다. 그녀도 알리사처럼 신앙이 깊다. 알리사처럼 그녀도 말한다. "천상의 지대에 살고자 하는 사람에게는, 오직 신만이 가능한 길이다." 그녀도 성스러움으로 인해 죽는다. 그녀의 죽음 앞에서, 그녀를 목숨처럼 사랑하는 — "신보다 더 숭배하는" — 청년 펠릭

스는 말한다.

잠시 후, 그녀의 호흡이 엉키고, 흐린 빛이 그녀의 눈에 번졌다. 그녀는 곧 다시 눈을 뜨고, 나에게 마지막 시선을 던졌다. 그리고 모두가 보는 앞에서 죽었다 [⋯] 그녀가 마지막 숨을, 기나긴 고통이었던 삶의 마지막 고통을 내쉬는 순간, 내 심신의 모든 기능이 타격을 받은 느낌이었다. [⋯] 죽은 그녀는 자신의 침대 밑판 위에서, 그토록 고통스러워했던 그곳에서, 이제는 평온히 누워 있었다. 그것이 내게는 죽음과의 첫 소통이었다. 나는 그날 밤 내내 앙리에트에게서 눈을 떼지 못했다. 나는 그 모든 폭풍이 가라앉은 후의 그 순수한 표현, 내가 여전히 수많은 애정을 주입하는, 그러나 더 이상 내 사랑에 대답하지 않는 그 얼굴의 순결함에 매혹되어 있었다. 이 침묵과 이 차가움은 얼마나 장엄한가! 무수히 많은 성찰을 표현하고 있지 않은가? 이 절대적 휴식에 담긴 것은 얼마나 아름다운가. 이 부동성은 얼마나 압제적인가. 모든 과거가 아직 그 속에 있고, 또 미래가 거기서 시작된다. 아! 나는 살아 있는 그녀를 사랑한 만큼, 죽은 그녀를 사랑했다.

모르소프 부인의 긴 고통은 결혼한 여인의 덕목, 인내와 정절이다. 그 고통은 결혼 한참 후에 만난 청년 펠릭스에 의해 일깨워졌지만, 그녀의 죽음은 이미 결혼과 함께 시작되었다. 망명 귀족이었던 그의 남편은 프랑스로 귀국한 후 시골에서 무력감과 자괴감으로 아내만 괴롭히며 죽음을 향해가는 노인이다. 결혼할 때 이미 그는 "서른다섯 나이의 병약하고 노쇠한 남자"였다. 그의 이름 모르소프(Mortsauf)는 죽음(mort)과 제외(sauf)의 합성어다. 삶의 여백에서 그저 숨만 붙어 있다는 의미, 혹은 아내의 배려가 아니라면(sauf) 죽은 목숨이나 마찬가지라는 의미다. "천성적으로 쾌활한 처녀"였던 그녀는 결혼과 함께 그 죽음의 굴레를 덮어썼다. 그들의 두 아이, 자크와 마들렌이 그녀의 지극한 보살핌에도 병마에서 벗어나지 못하는 것도 그 때문이다. 그들은 죽음을 품고 태어났다. 모르소프 백작은 이름 그대로 가족을 죽음으로 이끄는 사자다. 그는 부인을 블랑슈(Blanche)라는 애칭으로 부른다. 그 이름은 죽은 그녀의 얼굴에 나타나는 그 백색의 순결함을 의미한다. 블랑슈의 백합 같은 순수함, 빛나는 성스러움은 죽음의 어둠에 뿌리내리고 있다. 골짜기에 홀로 핀 백합, "향기 가득, 고독한 백합"은 바로 나르시스의 수선화다. 펠릭스가 그녀의 성스러운 아름다움을 찬양하면서도 그녀의 다른 애칭 앙리에트(Henriette)에 집착하는 이유다. 앙리에트라는 이름은 집, 화덕(heim)과 왕(rix)을 의미하는 게르만어에서 비롯된 앙리(Henri)의 여성형이다. 곧 집의 중심, 안주인, 모성의 표상이다. 앙리에트가 아이들뿐 아니라 펠릭스까지 모성적 사랑으로 보듬는 이유다. 그녀는 무람없이 달려드는 그의 욕망을 — 그리고 자신의 절개를 — 모성애로 무마하며 은밀한 사랑을 공유한다. 펠릭스(Félix)의 라틴어 어원은 행복을 뜻한다. 블랑슈와 앙리에트. 타나토스와 에로스의 갈등이다. 모르소프 백작은 그녀를 죽음으로 몰고, 펠릭스는 그녀를 삶과 사랑의 기쁨으로 이끈다. 안팎에서 그녀를 잡아당기는 그 두 힘의 충돌 때문에 그녀는 "그토록 고통스러워"한다. 그녀의 운명은 에로스를 대변하는 다른 여인의 등장과 함께 죽음으로 기운다. 펠릭스에게 육체적 사랑의 기쁨을 일깨우는 그 여인은 레이디 아라벨(Arabelle)이다. 그녀의 이름은 화려함과 합을 상징하는 잉꼬

류(ara)와 아름다움(belle)의 합성어다. 소설 전체가 이름으로 표상된 알레고리의 역할극 같다. 에로스와 타나토스의 인형극 같기도 하다.

펠릭스와 백작 부인의 만남은 필연이다. 두 사람 모두 모정의 결핍 속에 자라났다. 그들은 "똑같은 유아기를 거쳤다". 똑같이 어머니의 차가움으로 인한 불행을 겪었다. "한순간 똑같은 위안 속에서 우리의 영혼은 결합했다." 그녀의 넘치는 모성애는 자신의 결핍에 대한 보상 작용이다. 펠릭스의 행동은 반대로 나타난다. 그는 더 갈구한다. 그녀를 "어머니처럼 은밀하게 욕망"하고 "성모 마리아처럼 성스럽게 사랑하는" 그는 그녀로 인해 구원받는다. 그녀의 사랑으로 그는 "저주받은 아이"의 허물을 벗는다. 그녀의 배려로 그는 출세하고 사교계에서 성공하고 명예와 부와 다른 사랑을 얻는다. 그녀는 자기 자신을 구원하지는 못한다. "마음속의 아이" 펠릭스에게 "신성한 사랑의 무한하고 무구한 빛을 쏟았던" 그녀는 마지막 희망을 잃고 다시 결핍된 모성애의 늪으로, 모태적 어둠 속으로 빠져든다. 그녀가 죽음 직전에 퇴행적 징후를 보이는 것은 그 때문이다. 그녀는 그에게 "응석"을 부리고, 그는 "마치 어머니가 자기 아이에게 하듯" 응대한다. 그는 더없이 숭고했던 그녀에게서 "아이의 천진난만한 무지"를 발견하고 놀란다.

펠릭스는 자신에게 예정된 구원을 알았을까. 그에게는 예지력이 있다. 어린 시절 그는 냉대와 고립 속에서 "사물들의 내밀한 혼을 보는 기능"을 갖게 되었다. 자신에 대한 그의 믿음은 굳다. "나의 마음은 나를 속이는 법이 없었다." 우연히 한번 보았을 뿐 이름도 사는 곳도 모르는 "미지의 여인", 마치 깊은 골짜기에 숨은 백합 같은 그녀를 되찾아낸 것도 그런 영혼의 감식안 덕분이다. 그랬기에, 구원의 가능성을 예감했기에, 그렇게 격렬하게 그녀에게 달려들었나 보다. 무도회에서 백작 부인을 처음 보는 순간, 그는 어머니를 찾은 아이처럼 그녀 품에 파고든다.

약한 나의 외모 때문에, 나를 어머니가 오기를 기다리며 졸고 있는 아이로 착각한 한 여인이, 둥지에 내려앉는 새와 같은 몸짓으로 내 곁에 자리 잡았다. 그 즉시 내 영혼 속에, 마치 동양의 시로부터 빛이 나듯, 여인의 향기가 빛나는 것이 느껴졌다. 나는 곁에 앉은 여인을 바라보며 축제보다도 더 그녀에게 현혹되었다. 그녀가 온통 나의 축제가 되었다. […] 갑자기 내 눈은 하얗게 도드라진 어깨에 사로잡혀, 그 위에 감겨들고 싶었다. 옅은 장밋빛을 띤 그 어깨는 마치 처음으로 노출되어 수줍어하는 듯했다. 영혼을 가진 정숙한 그 어깨의 매끈한 피부는 빛을 받아 비단처럼 반짝였다. 양쪽 어깨를 나누는 선을 따라, 나의 시선은 손보다 더 대담하게, 흘러내렸다. […] 아무도 나를 보지 않는다는 것을 확인하고, 어머니의 품에 달려드는 아이처럼, 나는 그녀의 등에 얼굴을 묻고 머리를 둥글리며 그녀의 온 어깨에 입을 맞추었다. 그 여인은 날카로운 비명을 질렀고, 그 소리는 음악에 묻혔다. 그녀는 몸을 돌려, 나를 보았다. […] 성스러운 분노가 어린 눈빛, 회색 머리띠 왕관을 두른 숭고한 얼굴, 사랑스러운 등과 너무나 어울리는 그 얼굴을 보며, 나는 화석처럼 굳어버렸다. 모욕과 수치심에 물든 그녀의 얼굴이 주홍빛으로 반짝였다. […] 그녀는 여왕 같은 몸짓으로 사라졌다.

이처럼 격한 첫 만남, 격렬한 표현이 또 있을까. 공상에 그칠 생각을 펠릭스는 실행한다. ― 작가의 실행, 실사가 놀랍다. ― 이 터무니없는 행동은 머나먼 두 사람을 단번에 연결한다. 덜 자란 아이 같은 청년과 지나치게 모성적인 정숙한 부인. 두 남녀 사이의 거리는 골짜기만큼 깊다. 이후의 이야기는 그 깊이를 메워가는 과정이다. 만남을 거듭하면서 "상호적 수치"는 공모의 감정으로 바뀌고, 주홍빛 모욕은 은밀한 기쁨으로 변모한다. 비밀스러운 사랑의 공유, 그 기쁨과 고통과 위안은 한순간 균형을 잃는다. 백작 부인의 무한한 사랑을 흡수한 펠릭스는 삶의 기쁨을 구가하고, 모든 것을 쏟은 그녀는 "영원한 백합"의 환상과 함께 사라진다.

저 멀리 — 똑같이 불가능한 사랑을 한 펠릭스와 베르테르의 운명을 가른 것은 또 무엇일까. 믿음의 차이일까. 펠릭스는, 베르테르와 달리, 자신을 믿고, "희망 없이 사랑하는 것도 행복"이라고 믿는다. 그는 환상의 백합을 찾아내고, "꽃의 정수"를 품는다. 베르테르에게 꽃은 그저 헛것이다. "삶의 꽃들은 환영일 뿐이다"(I, 8월 28일).

다시, 알리사.

알리사의 불가능한 사랑은 가슴 답답할 만큼 여운이 깊다. 도덕과 욕망의 갈등, 성의 정체성, 종교와 제도의 억압에 시달린 작가의 고통이 투영된 것일까. 지드와 친밀했던 발레리가 그에게 헌정한 「젊은 파르카」는 운명의 여신의 아름다운 고뇌를 그린 시다. 여신은 인간의 운명을 대신해서, "젊은" 여인으로 육화하여, — 알리사처럼 — 성과 속, 무한과 육신, 영원과 관능, 불멸과 욕망, "조화로운 자아"와 "필사의 자아" 사이에서 갈등한다.

값을 매길 수 없는 그 장미를 죽음이 들이마시려 한다
장미의 고통은 죽음의 어두운 완성에 중요한 것이라서!
[…]
빛이여!… 아니면 너, 죽음이여! 더 재빠른 것이 나를 취하라!…

La mort veut respirer cette rose sans prix
Dont la douleur importe à sa fin ténébreuse!
[…]
Lumière!… Ou toi, la mort! Mais le plus prompt me prenne!…

장미는 젊음과 욕망, 생명과 사랑을 상징한다. 죽음과 대비되는 그 귀한 장미, 곧 어둠 혹은 빛 속으로 사라질 그 장미는 알리사의 아름다운 삶이다. 그 아름다움은 줄리엣의 것이었고, 오필리아의 것이었고, 멀리 중세 시인 롱사르의 여인 엘렌의 것이었고, 그리고 모든 젊은 연인의 것이다.

오필리아와 사랑의 광기

셰익스피어, 『햄릿』
랭보, 「오필리아」, 「영원」

셰익스피어 William Shakespeare (1564-1616)
— 『햄릿』(1599-1601)

랭보 Arthur Rimbaud (1854-1891)
— 「오필리아」(1870) — 「영원」(1872)

왕인 형을 죽이고 왕이 된 남자. 새로 왕이 된 시동생과 재혼한 왕비. 그리고 그녀의 아들 햄릿. 혼란과 비탄에 빠진 그에게 아버지의 혼령이 나타나 말한다. 복수하라. 숙부를 죽여라. 어머니는 해치지 마라, 회한 속에 살도록. 햄릿은 복수를 결심한다, 그러나 주저한다. "마음먹은 일은 마음먹었을 때 해야 한다. 마음이란 변하고 약해지고 지연하니까"(IV 7). 그런 마음을 그는 안다. 그러나 삶과 죽음의 사념에서 벗어나지 못한다. "죽음의 잠 속에서 꾸게 될 꿈"까지 걱정하는 그는 존재와 비존재, 행위와 생각 사이에서 분열되고, "활짝 핀 젊음은 광기로 시들어간다". 더 큰 혼돈에 빠진 것은 그를 사랑하는 오필리아다. 광기의 칼날은 그녀의 아버지를 찌르고 그녀에게까지 가 닿는다. 그녀는 아버지와 사랑을 동시에 잃는다. 이중의 상실은 그녀를 비탄과 죽음의 늪으로 들이몬다. 그녀는 죽일 수 없는 왕비 대신, 죽는다. 햄릿은 비난한다. 어머니는 "순수한 사랑의 고운 이마에서 장미를 뽑아냈다"(III 4). 부도덕한 왕비가 버린 정숙은 오필리아의 덕목이다. 장미는 순수한 사랑을 품고만 있던 오필리아의 혼이다. 그녀의 죽음을 왕비가 전한다. 왕비의 묘사는 회한 어린 죽음의 찬가처럼 들린다.

그러다 그녀는 풀꽃으로 만든 화관과 함께
개울물 위로 떨어졌다. 그녀의 옷이 활짝 펼쳐져,
그녀를, 인어처럼, 떠받쳤다.
그 사이 그녀는 옛 찬가를 한마디씩 읊조리고 있었다.
마치 자신의 고통을 인지하지 못하는 사람처럼,
혹은 물에서 태어나 그 원소와

하나가 된 것처럼. 그러나 얼마 지나지 않아

그녀의 긴 옷은, 물을 먹고 무거워져,

그 가련한 아이를 끌어갔다, 아름다운 노래로부터

진흙의 죽음으로.

When down her weedy trophies and herself

Fell in the weeping brook. Her clothes spread wide ;

And, mermaid-like, awhile they bore her up :

Which time she chanted snatches of old tunes ;

As one incapable of her own distress,

Or like a creature native and indued

Unto that element : but long it could not be

Till that her garments, heavy with their drink,

Pull'd the poor wretch from her melodious lay

To muddy death.

IV, 7.

물에서 태어나 다시 물로 돌아간 오필리아, 그 "원소"의 동질성에
대해서 상상력의 철학자 바슐라르는 설명한다. "물은 젊고 아름다운
죽음, 꽃다운 죽음의 '원소'다. […] 물은 고통에 그저 눈물짓고 눈은
너무도 쉽게 '눈물에 잠기는' 여자의 깊은 생체적 상징이다"(『물과
꿈』). 살아 있을 때도 오필리아는 물의 실체였다. 그녀는 "얼음처럼 순
결하고, 눈처럼 순수한" 여자였다(『햄릿』, III, 1). 그녀의 죽음은 순수한
환원이다.

오필리아는 순결한 죽음으로 인해 더 아름답다. 그 아름다움은 여러 세기를 거치며 신화가 된다. 많은 시와 노래, 그림이 그 아름다움을 찬양한다. 가장 유명한 그림은 존 밀레이의 작품(1852)이다. 그 그림을 지배하는 것은 죽음의 어둠이 아니라 생명의 색 초록이다. 하얀 오필리아의 얼굴에도 여린 붉은 빛이 남아 있다. 머리칼은 물결 따라 흩어지고 옷자락은 물과 함께 투명해져 간다. 그녀는 여러 가지 꽃에 감싸여 있다. 원작에 묘사된 대로 버드나무와 함께 화관을 구성하는 미나리아재비, 쐐기풀, 그리고 『동백꽃 부인』(1848)의 마거리트 꽃도 있고, 〈라 트라비아타〉(1853)의 비올레타를 연상시키는 보랏빛 난초 혹은 제비꽃도 있다. 이 꽃과 풀들은 울음, 고통, 순수, 그리고 성, 비애, 이른 죽음 혹은 숨겨진 사랑 등을 상징한다. 그 외에 붉은 개양귀비와 장미도 그려져 있다. 세밀한 분석에 따르면, "오필리아의 오른손 밑 개양귀비는 죽음을 의미하고, 마거리트는 순수, 장미는 젊음, 팬지는 함께 나누지 못한 사랑, 오른쪽 아래 물 따라 흐르는 백합과의 여러해살이풀은 슬픔을, 그리고 오필리아 목 주위의 제비꽃은 변함없는 사랑을 나타낸다"(줄리아 토마스, 『낭만주의 시대의 백과사전』). 꽃말은 사실 의미의 폭이 넓고 문맥에 따라 다양하게 해석될 수 있다. 중요한 것은 갖가지 꽃들이 손 모아 가리키는 커다란 꽃, 죽음의 물 위에 핀 꽃이다. "오월의 장미"였던 오필리아는 물 위에 펼쳐진 옷자락과 함께 수선화가 되었다.

오딜롱 르동의 〈오필리아〉(1903)는 더 환상적이다. 꽃과 잎들이 큰 자리를 차지하고, 오필리아는 얼굴과 상체 일부만 보인다. 푸른 물이 꽃과 오필리아를 둥글게 감싸고 있다. 그 밖은 옅은 여백이다. 흰색,

존 에버렛 밀레이, 〈오필리아〉, 1852, 테이트 브리튼

오딜롱 르동, 〈오필리아〉, 1903

노란색, 주황색 꽃들은 생생하고 아름답지만 어쩐지 위협적이다. 그 꽃들을 붙들고 있는 검은 꽃잎들 때문이다. 마치 죽음의 물속에서 피어난 꽃들 같다. 검은 꽃잎들과 그 그림자들은 그들에 감싸인 푸른 물빛과 대조를 이룬다. 삶과 죽음이 맞닿은 곳. 오필리아의 눈은 감겨 있다. 눈도 입도 두 손도 하늘을 향해 열려 있는 밀레이의 오필리아와 다르다. 눈을 감았지만 죽은 것 같지 않다. 죽은 표정이 아니다. 눈을 감은 오필리아의 시선은 꿈을 향해 열려 있다. 푸른 물은 꿈의 거울이다. 잠과 부재의 공간 속에서 오필리아는 영원히 살아 있다.

달리의 판화 〈오필리아의 죽음〉(1973)은 또 다른 환상을 보여준다. 발은 물에 잠겼지만 흩날리는 머리칼과 함께 오필리아는 하늘로 오르는 듯하다. 풀어 헤쳐진 머리와 옷자락, 옷과 육체, 그리고 물결의 선들은 서로 구별되지 않고 투명하다. 녹색 잎들은 바닥에서 위로 곧게 오르고 꽃들은 별처럼 휘날리며 올라간다. 목이 젖혀진 것인지, 얼굴은 없다. 아래쪽 발치에 따로 그려진 큰 얼굴은 이미 죽음의 마(魔)에 씐 듯 젊고 아름다운 오필리아의 것이 아니다. 얼굴 묘사에 대한 유보와 보충은 죽음에 대한 화가의 오랜 강박증에서 나온 것이 아닐까.

익사한 오필리아는 애도의 대상이자 승화의 매개다. 작가는 오필리아를 꿈꾸며 자신의 강박관념을 투사한다. 그것은 죽음이나 에로스와 관련된 것일 수도 있고, 멜랑콜리아나 심리적 고착, 혹은 이념적 지향성을 나타내는 것일 수도 있다.

별들이 잠든 고요하고 검은 물결 위에
하얀 오필리아가 커다란 백합처럼 떠돈다,

살바도르 달리, 〈오필리아의 죽음〉, 1973

아주 천천히 떠다닌다, 긴 드레스 입고 누운 채…
— 멀리 숲에서 사냥꾼의 뿔피리 소리 들린다.

이제 천년이 넘도록 슬픈 오필리아는
하얀 유령이 되어, 검고 긴 강물 위를 흐른다,
이제 천년이 넘도록 그녀의 부드러운 광기는
저녁 산들바람에 연가를 속삭인다.

Sur l'onde calme et noire où dorment les étoiles
La blanche Ophélia flotte comme un grand lys,
Flotte très lentement, couchée en ses longs voiles…
— On entend dans les bois lointains des hallalis.

Voici plus de mille ans que la triste Ophélie
Passe, fantôme blanc, sur le long fleuve noir ;
Voici plus de mille ans que sa douce folie
Murmure sa romance à la brise du soir.

랭보가 열여섯 무렵에 쓴 시 「오필리아」다. 그가 투사하는 것은 광기 어린 자유다. 오필리아의 "부드러운 광기", 그 사랑의 광기는 곧 격정적인 자유의 꿈으로 화한다.

하늘! 사랑! 자유! 그 무슨 꿈인가, 오 가엾은 광녀여!
너는 그에게 불 앞의 눈처럼 녹았다.

너의 거대한 환각들이 네 언어의 목을 조르고
—무시무시한 **무한**(無限)이 너의 푸른 눈을 질리게 했다!

Ciel! Amour! Liberté! Quel rêve, ô pauvre folle!
Tu te fondais à lui comme une neige au feu :
Tes grandes visions étranglaient ta parole
—Et l'Infini terrible effara ton oeil bleu!

오필리아에게 투사된 이 광기는 몇 년 동안 랭보를 사로잡아 시를 쓰게 하는 힘이고, 곧이어 그를 방랑과 침묵과 죽음으로 모는 힘이다. 저항 없이 자연스럽게 자신의 원소로 되돌아간 오필리아의 광기와는 전혀 다르다.

물의 거울처럼 투명한 오필리아는 모든 것을 받아들인다. 그녀의 이미지는 꿈꾸는 예술가의 파토스를 자극하고 온전히 품는다. 이것이 그녀가 "천년이 넘도록" 떠도는 이유다. "영원히 익사한 오필리아"는 말라르메의 표현처럼 "흠 하나 없는 보석"이다.

오 계절들, 오 성(城)들이여!
흠 없는 영혼이 어디 있으랴?

O saisons, ô chateaux!
Quelle âme est sans défauts?

랭보의 반문이다. 흠 없는 오필리아의 영혼에서 광기의 절규를 끌어내는 랭보는 흠 많은 영혼이었다. 아버지의 부재와 어머니의 청교도적 엄격함과 작은 시골 마을에 갇힌 그는 문학 속에서 길을 찾는다. 상상 속 그가 갈구한 것은 계절들과 성들이 가리키는 시공간 저 너머의 '무한', '영원'이다.

되찾았다!
무엇을? — **영원**을.
그것은 태양과 함께
가버린 바다.

Elle est retrouvée!
Quoi? — L'Eternité.
C'est la mer allée
Avec le soleil.

L'Eternité.

그는 햄릿과 달리 무작정 행동한다. 떠난다. 존재의 흠결을 지우고 "'영원'을 되찾기" 위해서 랭보는 어머니의 품을 벗어난다. 그가 "어둠의 입"이라 불렀던 그녀를 떠나 모성적 바다(la Mer-Mère) 혹은 모성적 자연(Nature-Mère, Mother Nature)을 향한다. 가는 길은 파리, 벨기에, 런던, 독일… 그는 혼자 혹은 베를렌과 함께 유럽을 떠돈다. 그는 왜곡된 사랑과 옹색한 현실에 한없이 좌절한다. 길마다 그는 하나씩

버린다. 가족, 친우, 사랑, 그리고 문학까지. "바람 구두를 신은 남자"
는 멀리 떠난다. 지중해, 인도, 인도네시아, 스코틀랜드, 북유럽, 알프
스, 키프로스를 거쳐 이집트, 아라비아, 아프리카로 간다. 그는 말한
다. "한곳에 머무는 삶은 불가능하다"(1890년 11월 편지). 그러나 그는
그 불모의 땅에서 십여 년을 머문다. 그는 사막의 삶에 갇힌다. "자유
로운 자유", 절대적 자유를 좇다 되돌아가는 길을 잃은 것이다. 그는
그곳에서 병을 얻고 오랜 시간 고통을 견디다 모국으로 이송된다. 그
러나 곧 죽는다. "태양의 아들"이 되려 했던 랭보, 항상 목말라했던 그
의 '원소'는 오필리아와 반대로 불과 공기였을 것이다. 바슐라르가 다
시 설명한다. "죽음은 하나의 여행이고 여행은 하나의 죽음이다. 떠나
는 것은 조금 죽는 것이다"(『물과 꿈』). 하나하나 떠날 때마다 랭보는
조금씩 죽어갔다. 처음부터 랭보가 향한 어머니 자연은 죽음의 품이
었다.

자연의 어머니인 대지는 자연의 묘지,
자연의 매장 묘지는 곧 자연의 모태

The Earth that's nature's mother is her tomb ;
What is her burying grave, that is her womb

Romeo and Juliet, II, 3.

카르멘의 열정과 자유

메리메, 『카르멘』
오페라 〈카르멘〉

메리메 Prosper Mérimée (1803–1870)
법학, 고고학 및 여러 나라의 언어 문학에 정통하고 정치인으로도 활동했다.
단편소설에 뛰어났으며, 낭만적인 주제를 절제된 문체로 표현했다.
—『카르멘』(1845)

오페라 〈카르멘〉 (1875, 비제)

나 카르멘은 언제까지나 자유로울 거야.
보헤미안으로 태어나 보헤미안으로 죽을 테니까.

『카르멘』의 강렬한 여성은 프랑스 작가 메리메의 창조물이다. 그것은 비제의 음악을 통해 불멸의 여성상이 된다. 카르멘은 팜파탈의 전형이다. 남자를 파멸시키는 치명적인 여자. 그 개념은 물론 남성 위주의 시각이다. 관점을 바꾸면 카르멘에 대한 집착으로 그녀를 죽음으로 몰아가는 호세가 치명적인 남자, 옴파탈이다. 어느 편이든 이데올로기는 아무것도 설명하지 못한다. 예술의 의미는 이념 너머 있다. 카르멘은 자유의 화신이다. 자유가 그녀의 숙명이다. 오페라 〈카르멘〉의 메인 아리아 〈하바네라〉는 자유의 찬가다.

사랑은 반항하는 새
누구도 길들일 수 없어,
[…]
사랑은 보헤미안 아이,
법이라곤 전혀 알지 못해.

L'amour est un oiseau rebelle
Que nul ne peut apprivoiser,
[…]
L'amour est enfant de Bohême,
Il n'a jamais, jamais connu de loi ;

I, 5.

니체는 〈하바네라〉에 대해 에로스의 "악마적" 유혹이라고 했다. "누구도 이길 수 없는" 사랑의 매혹을 이만큼 명료하게 표현한 노래도 없다. 카르멘은 단순히 사랑하는 행위의 자유나 사랑의 붙잡을 수 없는 속성을 노래하는 것이 아니다. 그녀에게 사랑의 자유는 삶의 자유 그 자체다. 원작 소설은 그 자유를 원초적인 것으로 묘사한다. "기이하고 야성적인 아름다움"을 지닌 카르멘은 "아주 큰 눈"에 "관능적이면서 야생적인 표정"을 담고 있다. 기이하게 아름다운 카르멘이 호세와 하루를 보낸 후 말한다. "넌 악마를 만났어." 악마라 해도 감춘 의도는 없다. 그녀는 "여섯 살 아이처럼" 순수하다. 그녀는 본능을 따른다. 장난치고 춤추고 노래하고, 맘대로 싸우고 속이고 훔치고, 욕망대로 유혹하고 놀고 버린다. 호세는 그녀를 따라 모든 것을 버리고 울타리를 벗어난다. 그녀는 〈하바네라〉의 노래처럼 마음대로 "왔다, 갔다, 또 오고", 잡으려면 "날개를 치고 날아가"지만 그가 다쳤을 때는 즉시 달려와서 온 마음으로 간호하기도 한다. 그러나 처음 그녀의 경고대로 "개와 늑대는 오랫동안 잘 지내지는 못한다". 호세는 야생에서 길을 잃고 그녀도 잃는다. 카르멘의 자유로운 본질은 그녀를 삶의 본질, 즉 죽음으로 이끈다.

우리는 아무도 없는 협곡에 이르렀다. 나는 말을 멈췄다.
"이곳인가?" 그녀가 말했다.
그러고는 훌쩍 뛰어내렸다. 그녀는 머릿수건을 벗어 발치에 던지고, 주먹을 허리춤에 댄 채 나를 뚫어지게 바라보았다.
"날 죽이고 싶지, 다 알아." 그녀가 말했다. "그렇게 되겠지. 그래도 넌 날

굴복시키진 못해."

"제발 생각 좀 해봐." 내가 말했다. "내 말을 들어봐. 과거는 다 잊었어. 그렇지만 알잖아, 나를 파멸시킨 것은 바로 너야. 너를 위해서 나는 강도가 되었고 살인자가 되었어. 카르멘! 나의 카르멘! 너를 구하고 나를 구할 수 있게 해줘."

"호세, 넌 내게 불가능한 것을 요구하고 있어." 그녀가 대답했다. "난 널 더 이상 사랑하지 않아. 넌 아직 나를 사랑하지, 그래서 죽이려는 거지. 너한테 좀 더 거짓말을 할 수도 있겠지만, 그렇게 애쓰고 싶지도 않아. 우리 사이는 다 끝났어. 넌 남편으로서 네 아내를 죽일 권리가 있지. 그러나 카르멘은 언제까지나 자유로울 거야. 보헤미안으로 태어나 보헤미안으로 죽을 테니까." "그러니까 루카스를 좋아하는 거지?" 내가 물었다. "그래, 그를 좋아했어. 널 좋아했듯, 한동안. 아마 너보단 덜 좋아했겠지만, 이제는 아무것도 좋아하지 않아. 널 좋아했던 내가 싫어."

난 그녀의 발치에 몸을 던졌다. 그녀의 두 손을 잡고 눈물로 적셨다. 그녀에게 둘이 함께 보냈던 모든 행복의 순간들을 상기시켰다. 그녀가 좋다면 계속 강도로 살아가겠다고 말했다. 모든 것을, 그녀에게 모든 것을 바치겠다고 했다. 그녀가 여전히 날 사랑해준다면!

그녀가 말했다.

"너를 더 사랑하는 건, 불가능해. 너랑 같이 사는 건, 내가 원하지 않아."

분노가 나를 사로잡았다. 나는 칼을 꺼냈다. 그녀가 겁을 먹고 나에게 빌기를 바랐지만, 그녀는 악마였다.

나는 소리쳤다. "마지막으로, 제발 나와 함께 있어줘!"

"싫어, 싫어! 싫어!" 그녀는 발을 구르며 말했다. 그러고는 내가 주었던 반지를 손가락에서 빼서 가시덤불 속으로 던졌다.

나는 그녀를 두 번 찔렀다. 그 칼은 애꾸눈 가르시아의 것이었다. 내 칼이 부러져 대신 그것을 가지고 있었다. 두 번째 칼에 그녀는 소리 없이 쓰러졌다. 아직도 그녀의 커다란 검은 눈망울이 나를 뚫어지게 쳐다보는 것 같다. 나는 그 시체 앞에 한동안 멍하니 서 있었다. 그러다 카르멘이 숲에 묻히고 싶다는 얘기를 종종 했던 것이 기억났다. 나는 내 칼로 구덩이를 파고 그 속에 그녀를 뉘었다. 나는 오랫동안 애써서 그녀의 반지를 찾아냈다. 나는 그것을 구덩이 속 그녀 곁에 십자가와 함께 내려놓았다. 아마도 내가 잘못한 것인지 모르겠다. 그런 다음 나는 말에 올라 코르도바까지 달려가 첫 번째 보이는 경비대에 자수했다. 나는 카르멘을 죽였다고 말했지만, 그녀의 몸이 어디 있는지는 말하지 않았다.

『카르멘』, III.

"아마도 내가 잘못한" 것은 무엇일까? 카르멘을 죽인 것일까. 그녀가 벗어 던진 반지를 되돌려준 것일까. 자유로운 그녀를 반지로 붙들려 했던 나의 집착일까. 그녀의 영혼과 십자가가 상징하는 나의 영혼의 결합을 믿은 것일까. 보헤미안 영혼을 십자가로 구원하려는 믿음, 그저 속박일 뿐인 그 믿음일까. 욕망의 주체인 나와 대상인 그녀의 결합을 믿은 것일까. 글은 골이 깊다. 작가의 정신이 투사된 문학 텍스트는 작가처럼 자의식과 무의식을 지닌다.

완전한 사랑의 결합은 오직 죽음의 상상 속에서 이루어진다. 호세가 카르멘을 죽이기 이전에 이미 모든 것이 사랑의 죽음을 가리킨다. 그들이 다다른 계곡은 성적 긴장이 고조된 곳이다. 두 사람, 두 성의 대립은 협곡과 말, 반지, 가시덤불, 칼, 구덩이 등 사물 속에도 잠재한다. 칼 찌르기, 눈물 흘리기, 구덩이 파기 등의 행위에도 성적 함의가 있다. 그 상징들은 불가능한 현실의 합일을 대신한다. 죽음은 불완전한 욕망의 해소를 의미한다.

　카르멘에 대한 호세의 사랑은 과녁을 향한 화살, 표적을 향한 칼과 같다. 『카르멘』은 칼의 노래다. 꽃과 칼의 이중창. "불꽃색" 리본이 달린 붉은 구두, 붉은 치마 차림의 카르멘이 처음 만난 호세의 이마에 아카시아꽃을 던진 이후 그의 영혼은 그 불꽃, 그 여자를 향해 달린다. 말다툼 끝에 같이 일하던 여자의 뺨에 "성 안드레의 십자가"를 칼로 새긴 카르멘. 그녀를 체포 호송하던 호세는 유혹에 넘어가 그녀의 탈주를 돕고 대신 감옥에 들어간다. 곧 사랑의 감옥이다. 갇힌 그에게 카르멘은 몰래 금화 한 닢과 작은 줄칼이 든 빵을 넣어준다. 그 줄칼은 탈주와 자유의 작은 상징이다. 그것은 차츰 속박과 죽음의 칼로 변한다. 출소 후 그녀를 찾아간 호세는 붉은 정념의 유희와 유혹으로 강도가 되고 살인자가 된다. 그의 머릿속에는 항상 "달콤한 말로 그녀를 꾀려는 경박한 것들의 배를 모조리 칼로 찌르려는" 충동이 도사린다. 그는 카르멘과 함께 있는 같은 부대의 중위를 칼로 찌르고 달아나 밀수업자가 된다. 그는 탈옥한 카르멘의 남편 가르시아를 시비 끝에 칼로 찔러 죽인다. 그는 카르멘의 애인 노릇을 하던 영국 장교도 해치운다. 카르멘이 새로 사귄 투우사 루카스는 호세 "대신 복수를 맡은" 황소의 뿔에 쓰러진다. 칼은 결국 카르멘을 향한다. 호세는 그녀를 두 번 찌른다. 그 칼은 자신의 것이 아니라 전 남편의 것이다. 그의 욕망은 끝내 충족되지 않는다. 욕구불만 가득한 『카르멘』은 가슴을 찌르는

(perçant, piercing) 이야기다.

어둡고 가슴 아픈 이야기를 화려한 "태양의 음악"으로 옮긴 비제는 초연 실패 후 석 달 뒤 심근경색으로 죽었다. 당시의 유명 대본 작가 메이약(Meillac)과 알레비(Halévy)가 함께 쓴 리브레토는 원작과 아주 다르다. 등장인물부터 다르다. 가르시아는 사라지고 투우사 에스카미요가 전면에 등장한다. 무엇보다 다른 것은 고향에서 온 약혼녀 미카엘라의 존재다. "파란 치마를 입고 머리를 땋은" 그녀는 오페라의 순수 창작이다. 첫 장면부터 모습을 보이는 그녀는 카르멘에 대응한다. I막 카르멘의 유혹 〈하바네라〉가 끝난 직후 나타나 어머니의 편지와 키스를 전하는 그녀는 III막 산속에 다시 나타나 카르멘의 변심에 낙심한 호세에게 위독한 어머니의 소식을 전한다. 소프라노 미카엘라는 메조소프라노 카르멘을 보완한다. 음역 편성에서 꼭 필요한 미카엘라의 존재는 다른 인물들의 관계와 성격을 변화시킨다. 청순함을 도맡은 그 처녀는 호세를 중심으로 대칭점에 있는 카르멘의 성격을 악녀로 고정한다. 카르멘은 고운 여성성의 반대일 뿐이다. 미카엘라는 호세의 성격도 변화시킨다. 오페라의 호세는 욕망의 불꽃 속으로 거침없이 달리는 남자가 아니다. 약혼녀가 있고 고향의 어머니를 그리워하는 평범한 남자다. 카르멘이 던진 꽃에 "총알 맞은 것처럼"(I, 5) 혼이 나가지만 그의 사랑은 운명적이기보다 우발적이다. 주인공들의 역동성이 약화하면서 주제도 변화한다. 사랑 속으로, 죽음 속으로, 일직선으로 치닫는 욕망과 자유의 이중주는 그다지 특별하지 않은 삼각 사각 관계의 통속극으로 변질된다. 그러나 음악은 모든 것을 구원한다.

[…] 우울하여라

오케스트라 없이 추는 춤… 영원하리라

하늘에서 내려오는 음악이여!

[…] il est mélancolique

De danser sans orchestre… et vive la musique

Qui nous tombe du ciel!

II, 5.

〈카르멘〉은 뛰어난 아리아들의 집합이다. 카르멘의 아리아 〈하바네라〉(I, 5)와 〈세기디야〉("세비야 성벽 근처", I, 10), 〈보헤미아 노래〉("시스트럼 소리 울리고", II, 1), 에스카미요의 〈투우사의 노래〉(II, 2), 호세의 〈꽃 노래〉("그대가 내게 던진 꽃", II, 5), 미카엘라의 노래("나 이제 아무것도 두렵지 않아", III, 5) 등 아름다운 곡이 넘친다. 고유의 매력을 지닌 아리아들의 대비와 조화도 멋지다. 〈하바네라〉가 무심한 듯 단호하게 사랑의 자유를 노래한다면 〈세기디야〉는 사랑의 굴레와 굴곡을 보여준다. 유혹의 선율이 뱀처럼 넝쿨처럼 몸을 감는다. 〈하바네라〉는 모두의 합창이 뒷받침하고 〈세기디야〉는 호세와의 은밀한 화답으로 이어진다. 그 두 아리아 사이에 위치하는 미카엘라와 호세의 이중창 "어머니의 얘기를 들려주오"(I, 6)는 전혀 다르다. 카르멘의 세 아리아 〈하바네라〉, 〈세기디야〉, 〈보헤미아 노래〉처럼 스페인 혹은 보헤미아 스타일이 아니라 맑고 우아한 선율과 리듬으로 짜여 있다. 그 이중창은 카르멘의 노래처럼 상대를 지배하고 종속시키는 것이 아니라 두 사람의 완벽한 화음을 추구한다. 절묘한 것은 그 화음 속에 도사린 카르멘의 그림자다. 호세는 미카엘라와 하나 되어 노래하다가, 툭 떨어지는 불길한 음과 함께, 혼잣말을 내뱉는다. "내가 어떤 악마의 먹이가 될 뻔했는지 누가 알까." "어떤 악마? 어떤 위험?"이냐고 묻는 미카엘라에게 호세는 "아무것도 아니"라고 넘기며 노래를 이어간다. 실제 공연에서 생략되기도 하는 이 뒤틀림은 오페라 〈카르멘〉의 중요한 맥점이다. 아름다움 속에 감춰진 악마의 미소, 사랑 속에 숨어 있는 죽음의 함정. 비제의 음악은 그런 맥을 꼭꼭 짚어준다. 밀도 높은 작품 구성의 비밀이다. 그의 음악은 한 방향으로 흐르지 않는다. 사랑의 새처럼 오고 가고 되돌아온다. 미카엘라의 청순한 노래와 대비되는 〈세기디야〉는 마녀의 숨결을 되살려낸다. 카르멘의 그 노래는 호세의 불안한 열정을 지피고 〈하바네라〉의 반향으로 마무리된다(I, 11).

〈카르멘〉 전편에 긴장감이 넘치는 것은 대조와 갈등, 불화와 화합의 지속적 변주 때문이다. 〈아이들의 합창〉(I, 2)에 이어지는 〈담배 피우는 여인들의 합창〉(I, 3)은 젊은이들과 병사들의 합창과 어우러진다. 플루트의 조용한 음과 함께 서정적으로 시작되는 〈보헤미아 노래〉는 점차 관능적 호흡으로 바뀌어 격해지고 빨라진다. 그 뒤를 잇는 것은 남성적 활력이 넘치는 〈투우사의 노래〉다. 카르멘의 가벼운 유혹의 춤과 노래, 캐스터네츠 소리는 군대의 점호 나팔과 부딪히다가 호세의 가슴 벅찬 〈꽃 노래〉로 마무리된다. 에스카미요가 산속에서 호세와 만나 싸운 후 득의에 차서 떠날 때 잠시 흐르는 〈투우사의 노래〉의 느린 변주는 어느덧 호세의 아픔을 대변한다. 미카엘라를 따라 호세가 카르멘을 떠날 때 같은 선율이 반복되는 이유다(III, 6). 그 선율은 마지막 장면에서 호세가 카르멘을 찌를 때 다시 나타나 열정과 비애, 사랑과 죽음의 합을 표상한다(IV, 2).

모든 대립은 3분 20초 남짓한 짧은 전주곡에 이미 요약되어 있다. 전주곡은 선율과 리듬이 전혀 다른 두 부분으로 나눠진다. 투우장의 화려한 분위기를 연상시키는 경쾌하고 역동적인 첫 부분은 곧바로 바이올린과 첼로의 강렬하고 애절한 전율로 이어진다. 가슴 저미는 현악기의 긴 흐느낌, 열정의 비극을 암시하는 그 선율은 작품 전체를 관통한다.

카르멘의 말이 계속 맴돈다. "넌 아직 나를 사랑하지, 그래서 죽이려는 거지." 사랑과 죽음은 같은 값이다. 사랑하는 행위는 죽음을 내포한다. 사랑의 황홀은 사랑하는 주체를 해체한다. 프랑스어로 "황홀"을 의미하는 단어(extase, ravissement)는 어원적으로 영혼의 이탈 혹은 앗김을 나타낸다. 같은 라틴 어원을 가진 영어 단어(ecstasy, rapture)도 마찬가지다. 황홀(恍惚), 마음(忄, 心)과 빛(光)과 없음(勿)으로 이루어진 한자도 같은 것을 암시한다. 마음속 모든 것이 사라지고 빛만 가득하다. 나는 너에게 마음을 빼앗기고 내 속에는 너만 있다. 나는 너와 결합하면서 나를 잃는다. 자아를 벗어난 나와 너는 하나를 이루는 두 요소일 뿐이다. 사랑은 살아서 죽음을 경험할 수 있는 유일한 길이다.

에로티시즘은 죽음 속에서까지 삶을 찬양하는 것이다.

바타유, 『에로티시즘』.

사랑과 죽음의 등식은 예술의 깊은 곳곳에 있다.

마농, 나비처럼

프레보, 『마농 레스코』
보들레르, 「이국의 향기」

프레보 Abbé Prévost (1697-1763)
사제 수련 중 입대, 탈영, 재입대 후 유랑 생활을 거쳐 성직자가 된 작가.
방황하는 젊음의 자전적 기록이 대표작이 되었다.
—『마농 레스코』(1731)

보들레르 Charles Baudelaire (1821-1867)
—「이국의 향기」, 『악의 꽃』(1857)

카르멘이 자유로운 새라면 마농은 나비 같다. 마농은 하늘하늘 날 아다니며 안락과 쾌락을 찾는다. 호세는 칼을 들고 카르멘을 향해서 가지만 데그리외는 무장 해제 상태다. 그는 빈손이다. 그에게 필요한 것은 돈이다. 친구들에게 계속 돈을 빌리고 도박과 사기로 돈을 벌지만 늘 바로 다 없어진다. 그가 가진 것은 그녀를 향한 "경이로운 애착" 뿐이다. 잡힐 듯 달아나는 그녀를 쫓아 데그리외는 가족과 종교와 미래를 버린다. 그의 사랑이 그의 종교다. 첫 만남의 순간부터 그녀는 그의 "영혼의 절대적 주인"이 된다.

> 그녀는 너무나 매혹적이어서, 남녀 차이를 생각해본 적도 없고 여자를 관심 있게 쳐다본 적도 없으며, 모든 사람이 사려있고 신중하다고 탄복하던 나였지만, 단숨에 열광에 이르도록 불타오르는 것을 나 스스로 느꼈다. 내겐 극도로 수줍어하고 쉽게 당황하는 결함이 있었지만, 그 약점 때문에 멈추기는커녕 내 마음의 주인을 향해 나는 다가갔다. […] 나의 마음은 상상도 못 해본 수천 가지 쾌락의 느낌에 빠져들었다. 감미로운 열기가 온 혈관을 타고 퍼졌다. 나는 한동안 내 목소리의 자유를 빼앗고 내 눈을 통해서만 표현되는 열광에 사로잡혀 있었다.
>
> 『마농 레스코』, I.

이만큼 열렬한 만남이 또 있을까. 열광의 불꽃은 그러나 불행의 원천이다. 최고의 가문에 훌륭한 교육을 받고 모범적 품성을 지닌 데그리외는 "일찍이 나타난 쾌락에의 성향" 때문에 부모의 강압으로 수녀원에 입학하게 된 마농을 보자마자 그녀의 자유와 행복을 위해 삶을 바치기로 약속한다. 남자는 열일곱 여자는 열여섯이다. 한 세기 전의 불멸의 연인 로미오와 줄리엣보다 각각 한 살, 두세 살 많은 나이다. 무작정 두 사람은 삶의 궤도에서 벗어나 불꽃 같은 사랑으로 몇 주일을 보낸다. 그러나 마농은 "배신의 눈물"과 함께 그를 버린다. 그는 가족에게 붙들려 집으로 돌아와서도 "불충실한" 그녀를 잊지 못한다. 오랜 시간에 걸친 아버지의 애정 어린 억류와 헌신적인 친구의 회유도, 그리고 거듭된 성찰과 다짐 끝에 되찾은 신앙의 열정도 그의 "마음의 우상"을 향한 열정을 끝내 지우지 못한다. 2년 후 나타난 그 "매력적이고 불성실한 피조물(créature)"은 한순간에 그를 다시 사로잡는다.

아! 그녀의 출현에 얼마나 놀랐는지! 마농이 거기 있었다. 그녀였다. 그 전보다 더 아름답고 더 빛나는 그녀였다. 그녀는 열여덟 살이었다. 그녀의 매력은 그 어떤 묘사도 이를 수 없는 것이었다. 너무나 세련되고, 너무나 감미롭고, 너무나 매혹적인 그 모습은 사랑의 신 그 자체였다. 그녀의 온 형상이 내게는 마법이었다.

그는 다시 "그녀를 즐겁게 하고 그녀에게 복종하는 기쁨" 속으로, 그녀의 마력 속으로 빠져든다. 또다시 "짧은 환희와 긴 고통들"이 반복된다. 끝없이. 그의 열정은 그녀를 향하고, 그녀의 열정은 쾌락을 향한다. 그녀는 사랑하는 사람을 "희생할 만큼 풍요와 향락을 사랑했다".

호세를 막아서는 것은 무수한 남자들이었지만 데그리외의 사랑을 방해하는 것은 끊임없이 변하는 마농의 마음이다. 그의 막막함은 정작 겨냥할 것이 없다는 데 있다. 함께 있을 때 그녀는 "감미로움과 배려 그 자체"지만, 조금만 떨어지면 그의 애정은 의구심으로 변한다. 들뜬 열정과 애착, 헛된 맹세와 믿음뿐, 그의 사랑은 형체가 없다. 어쩌면 대상조차 없는 사랑이다. 나는 그녀만 바라보지만 그녀는 다른 곳을 본다. 그녀는 다른 곳에 있다. 나의 시선을 받아들이기만 하는 그녀는 내 사랑의 심연, 내 욕망의 블랙홀이다. 그녀는 허상이다. 보이지 않는 사랑은 상실의 순간에 이르러서야 "징표"를 남긴다.

나는 그녀를 잃었다. 나는 그녀가 숨을 거두는 바로 그 순간 그녀로부터 사랑의 징표를 받았다. […] 나는 하루가 넘도록 사랑하는 마농의 얼굴과 두 손에 입술을 댄 채 그대로 있었다. 그렇게 죽을 작정이었다. […] 결국 나는 그녀를 묻고 그 무덤 위에서 죽음을 기다리기로 결심했다. […] 나는 땅을 파는 데 쓰기 위해 내 칼을 부러뜨렸다. 그러나 칼보다는 손이 더 유용했다. 나는 커다랗게 구덩이를 팠다. 나는 모래가 닿지 않도록 그녀의 몸을 내 옷으로 온통 감싼 후 내 마음의 우상을 구덩이에 내려놓았다. 그 상태로 가장 완벽한 사랑의 열성을 다하여 그녀를 수없이 포옹한 후에야 그녀를 놓았다. 나는 계속 그녀 곁에 앉아 있었다. 오랫동안 그녀를 바라보았다. 구덩이를 덮을 엄두가 나지 않았다. 결국, 나는 다시 힘이 빠져 마무리도 하기 전에 소진될까 두려워져서, 대지가 이제까지 품어본 무엇보다 더 완벽하고 더 사랑스러운 것을 대지의 품에 영원히 묻었다. 그러고 나서 무덤 위에 엎드려 모래 쪽으로 얼굴을 향한 채, 결코 다시 뜨지 않을 생각으로 눈을 감고서, 신의 구원을 기원하며 간절히 죽음을 기다렸다.

『마농레스코』, II.

사랑으로 하나가 되기를 바랐던 마음은 죽음에까지 이어진다. 완전한 사랑은 죽음으로 완성된다. 묘혈과 봉분, 대지의 품은 사랑의 죽음과 영원을 표상한다. 『카르멘』에서 본 적 있는 부러진 칼의 상징이 흥미롭다. 욕망의 불완전한 해소일까. 최초의 열광은 소진되지 않고 죽음의 기원만 남는다. 그는 "간절히 죽음을 기다리"지만 죽지 않고 살아남아 "사랑의 징표"를 이야기한다.

무덤에 함께 누운 두 사람의 이미지는 『파리의 노트르담』의 마지막을 연상시킨다. 처형대 언덕의 지하실에서 발견된 두 개의 해골, 에스메랄다의 시신을 껴안고 함께 죽음으로 건너간 콰지모도. 사랑의 죽음의 완성형이 아닐까. 애꾸에 불구의 몸이지만 콰지모도의 영혼은 순수한 사랑의 승화를 표상한다. 어쩌면 사랑에 눈멀어서 그 외 모든 것을 파괴하는 데그리외나 호세의 영혼이 불구일까. 찬미와 숭배와 애착은 괴물 같은 사랑과 맞닿아 있다.

데그리외는 왜 그렇게 집착했을까. 마농이 더없이 아름답지만 "한없이 변덕스럽고 매정한 연인"이라는 사실을 그는 잘 안다. 그녀는 거리낌 없이 속이고 "악의 없이 죄를 짓는다". 규범도 신의도 없는 그녀를 향한 "치명적 애정 속에서" 그가 "찾아 마지않는 그 행복"은 어떤 것일까. 가장 혼란스러운 이야기의 한 대목에서 마농은 그와 만나기로 한 장소에 자신을 대신할 여자를 보낸다. 그녀의 부재를 대신해서 그를 "위로해주기 위해" 고른 "파리에서 가장 예쁜 여자 중 하나"다. 격한 분노와 고통 속에서 한순간 그는 생각한다. "지극히 예쁜" 그 여자에게서 "못된 바람둥이 애인" 마농에 대한 복수의 위로를 잠시 구할 수 있지 않을까.

그러나 나는 그녀에게서 섬세하고 번민에 찬 그 눈길, 그 신성한 안식처 (port), 사랑의 신이 빚어낸 그 얼굴빛, 한마디로 자연이 불충실한 마농에게 아낌없이 부여한 그 무궁무진한 매력의 자산은 발견할 수 없었다.

한없이 불안정한 마농의 사랑 속에서 그가 갈구한 것은 바로 이 안식이다. 배신과 도피로 얼룩진 사랑의 역설이다. 신성한 자연만이 베풀 수 있는 영혼의 안식. 마농의 품, 그리고 마농을 안은 어머니-대지의 품 밖에서는 구할 수 없는 영원한 안식. 그것은 물론 삶 속에서는 얻을 수 없는 불가능한 꿈이다.

멀리서, 또 다른 기이한 사랑의 이야기가 담긴 발자크의 소설 『사라진느』의 남자 주인공이 절망 속에서 외친다.

여자의 마음은 나에게 안식처(asile)요, 모국이었다.

또 다른 곳에서 울리는 목소리도 있다. 이번에는 톤이 다른 시인의 목소리다. 누구 못지않게 현실에서 기괴한 사랑을 살았던 보들레르. 지옥 같은 사랑 속에서 그가 꿈꾼 것도 안식향 가득한 영혼의 항구 (port)다.

어느 따스한 가을 저녁, 두 눈을 감고,
너의 따뜻한 가슴의 향기를 들이마실 때,
내 앞에 펼쳐져 보이는 것은 행복한 해안,
단조로운 태양의 불빛으로 눈부신 그곳.

그리고 게으른 섬 하나, 자연이 부여하는
기이한 나무들과 향미 있는 과일들,
몸이 날씬하고 힘찬 남자들과
놀랍도록 순박한 눈빛의 여자들이 있는 그곳.

너의 향기에 이끌려 매혹적인 지방으로 향해가는
나에게 보이는 것은 돛과 돛대들 가득한 항구,
바다의 물결에 여전히 지쳐 있는 그들.

어느결에 초록 타마린드 나무들의 향기가
허공에 떠돌다 내 콧방울을 부풀리며
내 영혼 속에서 선원들의 노래와 뒤섞인다.

Quand, les deux yeux fermés, en un soir chaud d'automne,
Je respire l'odeur de ton sein chaleureux,
Je vois se dérouler des rivages heureux
Qu'éblouissent les feux d'un soleil monotone ;

Une île paresseuse où la nature donne
Des arbres singuliers et des fruits savoureux ;
Des hommes dont le corps est mince et vigoureux,
Et des femmes dont l'œil par sa franchise étonne.

Guidé par ton odeur vers de charmants climats,

Je vois un port rempli de voiles et de mâts

Encor tout fatigués par la vague marine,

Pendant que le parfum des verts tamariniers,

Qui circule dans l'air et m'enfle la narine,

Se mêle dans mon âme au chant des mariniers.

Parfum exotique, Les Fleurs du mal.

사랑을 나눈 후 나른한 몽상 속에 보이는 것은 먼 낙원의 풍경이다. 모성적 품과 향기 속에서 남자는 휴식하며 원천의 힘을 되찾는다. 그리고 돛을 세우고 다시 떠난다. 사랑 혹은 삶과 죽음의 파도 속으로, 뜨거운 태양 속으로, 빛으로 사라진다.

마그리트, 비올레타, 순수와 비애…
그리고 비비안

뒤마 피스, 『동백꽃 부인』
오페라 〈라 트라비아타〉
영화 〈프리티 우먼〉

뒤마 피스 Alexandre Dumas fils (1824-1895)
『몬테 크리스토 백작』, 『삼총사』 등을 쓴 알렉상드르 뒤마의 사생아.
주로 불행한 여성과 도덕, 사회 문제를 이야기의 주제로 삼은 소설가이자 극작가다.
—『동백꽃 부인』(1848)

오페라 〈라 트라비아타〉 (1853, 베르디)

영화 〈프리티 우먼〉 (1990, 게리 마샬 감독)

비운의 여인 비올레타. 오페라 〈라 트라비아타〉의 여주인공이다. 원작 소설에서의 이름은 마그리트. 소설은 프랑스 작품이고 오페라는 이탈리아 작품이다. 언어의 차이가 있긴 해도 주인공 이름이 크게 바뀐 경우다. 작품 제목도 다르다. 오페라 제목은 '길잃은 여자' 혹은 '타락한 여자'라는 뜻이다. 원작 소설의 제목은 『동백꽃 부인』이다. 오래된 일본식 한자 제목 『춘희』(椿姬)로 더 잘 알려져 있다. 서글픈 번역 제목이다. 원작 소설을 바탕으로 1907년부터 백 년이 넘도록 많은 영화가 만들어졌다. 가장 유명한 것은 그레타 가르보 주연의 영화 〈카밀(카미유)〉(Camille, 1936). 역시 〈춘희〉라는 제목으로 옮겨졌다. 원작 소설은 한국 영화에도 씨를 뿌렸다. 라디오로 먼저 발표된 드라마(1953)를 각색한 〈동백 아가씨〉(1954)는 한국 영화의 고전이 되었다. 같은 제목의 파란 많은 주제가도 유명하다.

한겨울에도 꽃을 피우는 동백꽃의 꽃말은 절조와 기다림, 그리고 겸허한, 애타는, 진실한 사랑이다. 프랑스 꽃말도 아주 다르지 않다. 지조, 장생, 지극한 열정이다. 소설에서 꽃의 의미는 대담하다. 마그리트는 코티잔이다. 코티잔(courtisane, courtesan)은 교양과 세련미를 갖추고 상류층 남자의 돈으로 살아가는 사교계의 여성이다. 공연을 좋아하는 그녀가 극장에 갈 때면 좌석 앞에는 항상 동백꽃 다발이 놓인다. "한 달 중 25일은 하얀색, 5일은 붉은색 꽃이다." 꽃의 색은 사랑을 나눌 수 있고 없는 날들을 상징한다. "동백꽃 부인"이라는 명칭은 거기서 비롯된다. 그러나 색의 대조가 성적 함의만을 갖는 것은 아니다. "마그리트에게서 동백꽃 외의 다른 꽃은 결코 볼 수 없었다"(『동백꽃 부인』, II). "고상한 젊은이들"의 "자랑스러운" 애인이었던 그녀는 순진한 열정을 지닌 아르망을 만나 차츰 진실한 단 하나의 사랑을 알아간다. 그녀의 동백꽃은 원래의 꽃말인 지조와 지극한 사랑의 의미를 되찾는다. 붉고 하얀 두 가지 색의 결합, 이야기의 핵심은 그것이다.

실화 소설인『동백꽃 부인』의 모델은 마리 뒤플레시스(Marie Duplessis, 1824-1847), 본명은 로즈 알퐁신 플레시스다. 그녀는 농촌의 가난한 집에서 태어났다. 아버지는 폭력적인 알코올 중독자였다. 일곱 살에 어머니를 잃고 아버지에게 버림받아 불우한 어린 시절을 보낸 그녀는 열다섯 살에 파리로 가서 어렵게 생계를 이어가던 중 부유한 후원자를 만난다. 그녀는 글과 피아노를 배우고 예술을 익히고 교양을 쌓는다. 그녀는 타고난 총기와 매력, 보기 드문 미모와 우아함으로 단번에 파리 사교계의 유명한 코티잔이 된다. 그녀 나이 겨우 열여섯이다. 그녀가 여는 사교 모임에는 많은 유명 인사들, 작가들, 부유한 귀족들이 드나든다. 그녀를 사랑한 남자들은 수없이 많다. 그 가운데 첫 번째는 그라몽 공작(Agénor de Gramont)이다. 그는 그녀의 이름을 귀족적이고 우아한 것으로 바꿔주고 그녀의 정신을 문학과 예술로 고양한다. 두 사람의 사랑은 집안의 개입으로 끝이 난다. 그의 가족은 그를 외지로 보낸다. 뒤마 피스와 뒤플레시스의 사랑은 1844년 9월부터 다음 해 8월까지 1년간이다. 그녀를 혼자서 품을 수 없었던 그는 좌절하고 떠난다.『동백꽃 부인』의 이야기는 뒤마 피스와 드 그라몽의 사랑이 중첩된 것으로 보인다. 마리 뒤플레시스는 작곡가 리스트와도 한동안 사랑을 나누지만, 그도 순회공연에 동행하기를 원하는 그녀를 거절하고 떠난다. 그녀는 또 다른 찬미자인 젊은 백작을 만나 결혼까지 하지만 백작 부인으로서의 삶은 이어지지 않는다. 다시 사교 생활로 돌아온 그 "길잃은 여자"는 폐결핵에도 불구하고 축제에 빠져 살다가 스물셋의 나이에 숨을 거둔다. 몇 달 후 그녀의 죽음 소식을 접한 뒤마 피스는 3주 만에 『동백꽃 부인』을 써낸다. 소설의 성공에 고무된 그는 몇 년 후 소설을 연극으로 각색해서 무대에 올린다.

베르디가 그 연극을 본 것은 파리에 체류하던 1852년이다. 애인 지우세피나(Giuseppina)와 함께였다. 아내와 사별 후 만난 그녀는 1843년 스칼라 극장에서 상연된 〈나부코〉의 가수였다. 그녀는 사생아를 여럿 출산할 만큼 애정 관계가 복잡했다. 지탄받는 그녀와의 관계로 베르디는 오랫동안 힘들어했다. 뒤플레시스의 남자들처럼 금지된 사랑을 앓던 그는 연극을 보고 감동에 젖어 곧바로 오페라 작업에 들어간다. 베르디가 작품 스케치를 할 당시 여주인공은 원작의 이름을 이탈리아어로 옮긴 마르게리타(Margherita)였다. 어느 순간 그것은 비올레타로 바뀐다. 마르게리타는 죽은 아내의 이름이다. 그녀는 두 살이 되기 전에 죽은 두 아이를 따라 병으로 세상을 떠났다. 열여덟 살에 만나 십 년을 함께했던 그녀를 잃었을 때 베르디는 절망했다. 나중에 두 번째 아내가 될 지우세피나와의 사랑이 투영된 작품에 그 이름을 쓰는 것은 분명 힘든 일이었을 것이다. 마르게리타와 비올레타. 두 이름의 차이는 동백꽃의 흰빛과 붉은빛만큼 크다. 원작 소설과 오페라의 차이도 그렇다.

마그리트와 비올레타는 모두 꽃 이름이다. 하얀 마거리트 꽃과 보랏빛 제비꽃. 두 꽃은 청초함과 화려함으로 대조된다. 소설이나 오페라나 같은 이야기지만 관점이 다르다. 『동백꽃 부인』은 남자의 지순한 사랑 이야기다. 아르망의 절절한 설명과 해명이 전부다. 마그리트는 대상이다. 아르망은 그녀를 생각하고 그린다. 기억으로 다듬고 미화한다. 피그말리온처럼 사랑의 조각상을 만든다. 〈라 트라비아타〉의 비올레타는 생생한 주체다. 사랑을 택하고 희생을 결심하고 죽음을 맞는 모습이 작품 전체를 구성한다. 소설과 달리 오페라는 여자의 비애가 주제다. 둘의 차이는 마거리트와 제비꽃만큼 크다.

작가가 마그리트를 "시화"(poétiser)하고 순화하는 과정을 요약하는 소품이 『마농』이다. 이야기의 실마리가 되는 그 책은 작가를 대리하는 화자와 소설 속의 화자 아르망을 잇고, 아르망과 마그리트를 잇고, 마그리트와 마농을 잇는다. 작가는 명시한다.

> 마농이 사막에서 죽은 것은 사실이다. 그러나 그녀는 온 영혼의 힘으로 그녀를 사랑했던 남자의 품에 안겨서 죽었다. 그는 영혼이 소진된 채로 무덤을 파주고 눈물로 그녀를 적시고 자신의 마음을 함께 묻었다. 마농처럼 죄가 많고, 아마도 그녀처럼 회개하였을 마그리트는, 내가 본 바에 따르면, 화려한 호사품 속에서, 자신의 과거가 담긴 침대에서 죽었다. 그러나 그것은 마농이 묻혔던 사막보다 훨씬 더 건조하고, 더 거대하고, 더 무정한 마음의 사막 한가운데였다.
>
> 『동백꽃 부인』, III.

『마농』은 여러 형태로 나타난다. 아르망은 후원자의 돈을 이용하려는 마그리트의 이야기에 마농과 데그리외의 사기 행각을 떠올리며 "얼굴을 붉히기"도 하고, 마그리트의 "눈물에 젖은" 그 책을 넘기며 그녀의 변화를 읽기도 한다. 아르망을 설득하는 아버지까지 그녀를 마농에 비유한다. 『마농』은 마그리트의 눈물과 희생을 자아낸다. 둘만의 사랑으로 가장 행복한 순간, 눈물로 정화된 그녀는 순수하고 "진실한 삶"을 되찾는다.

그 여자는 사소한 것에도 경탄하는 아이의 마음을 지니고 있었다. 어떤 날은 열 살 난 소녀처럼, 나비나 잠자리를 따라 정원을 뛰어다니곤 했다. 온 가족이 기쁨을 누리며 사는 데 필요한 것보다 더 많은 돈을 다발로 쓰게 하던 그 코티잔이, 이따금 잔디에 앉아, 한참 동안 자신과 똑같은 이름을 가진 소박한 꽃을 살펴보기도 했다.

바로 그맘때 그녀는 『마농 레스코』를 아주 자주 읽었다. 그녀가 책에 노트하는 것도 여러 번 보았다. 여자가 사랑한다면 마농 같은 행동은 할 수 없다고 그녀는 늘 말했다.

XVII.

"마농을 마그리트에게, 겸손." 아르망이 마그리트에게 준 책 『마농』의 첫 페이지에 그가 쓴 글이다. 이 암시적인 헌사는 일종의 부적이다. 여자를 악마로부터 지키는, 여자의 악행을 막는, 팜파탈의 치명적 독소를 제거하는 주술적 문구. "겸손"을 가장하는 혹은 강요하는 이 남자는 무엇인가. 마농의 승화는 누구의 희망인가. 이중의 화자 뒤에 숨은 작가는 마그리트를, 마리를 얼마나 사랑했을까. 마리 뒤플레시스와 뒤마 피스의 사랑은 어느 정도였을까. 실화의 밀도는 어느 정도일까. 갓 작가의 길로 들어선 그는 화려하고 유명한 코티잔의 후광을 예감했을 것이다. 사랑을 과장하고 포장하고 파는 것도 글쓰기의 몫이긴 하다. 『마농 레스코』에서는 느낄 수 없는 의구심. 『동백꽃 부인』의 남자는 참으로 사랑에 눈먼 사람은 아니다.

구원은 역시 음악이다. 절세의 오페라 〈라 트라비아타〉는 『동백꽃 부인』의 박제된 사랑을 생생하게 되살린다. 특히 알프레도의 고백 직후, 비올레타 혼자서 흔들리는 마음을 노래하는 I막 5장은 음악적으로나 극적으로나 빼어난 대목이다. "이상하여라…"로 시작하는 독백에 이어지는 아리아 〈아, 그이였던가〉(Ah, fors'è lui)와 〈언제나 자유롭게〉(Sempre libera)의 대조적 파트는 사랑과 자유, 순정과 환락의 갈등을 눈부시게 표현한다. 멀리서 메아리치는 알프레도의 음성("사랑은 우주의 심장 박동…")도 아름다움에 아련한 깊이를 더한다. 전체적으로도, 줄거리는 단순하지만, 음악적 구성은 밀도가 높다. 앞부분의 화려한 〈축배의 노래〉와 마지막 죽음의 노래의 대조는 오페라의 비극적 본질, 혹은 사랑의 비극적 본질을 함축한다.

사랑의 비극은 해피엔딩을 좋아하는 현대에는 극적으로 전환된다. 20세기 말에 제작된 영화 〈프리티 우먼〉은 〈라 트라비아타〉의 음악을 효과적으로 사용한다. 사랑이 피어오를 무렵, 이야기의 맥점이다. 남녀 주인공이 비행기를 타고 날아가 오페라를 관람한다. 이탈리아 가사를 어떻게 알아듣느냐고 묻는 비비안에게 돈도 교양도 많은 에드워드가 대답한다. 음악은 매우 강력한 것이라서, 이해할 것이라고. 비비안은 오페라에 푹 빠져 눈물까지 흘린다. 오페라 관람 후 사랑은 깊어지지만, 두 사람은 신분의 차이를 극복하지 못하고 헤어진다. 비비안이 도시를 떠나려는 순간, 에드워드가 청혼하러 꽃을 들고 찾아온다. 오페라에서 비올레타가 알프레도를 위해 떠나기로 결심하고 사랑에 북받쳐 드높이 부르던 노래가 울려 퍼진다. "날 사랑해주오, 알프레도, 내가 그대를 사랑하는 만큼…"(Amami, Alfredo, quant'io t'amo) 비비안이 거리의 여인이라는 허물을 벗는 순간이다. 눈물에 씻긴 그녀는 이제 신데렐라다. 비올레타의 영혼이 승화하는 순간이다.

로지나,
바람처럼 자유로운 영혼의 꿈

보마르셰, 『피가로의 결혼』, 『세비야의 이발사』
오페라 〈피가로의 결혼〉
몰리에르, 『여성 교육』
영화 〈러브 오브 시베리아〉

보마르셰 Pierre Beaumarchais (1732-1799)
프랑스 대혁명기의 극작가, 음악가, 사업가, 외교관.
다방면에 재주가 많았다.
자유로운 정신으로 파란 많은 삶을 살고 혁신적인 생각을 작품에 담았다.
—『세비야(세빌리아)의 이발사』 (1775) —『피가로의 결혼』 (1784)

몰리에르 Molière (1622-1673)
—『여성 교육』 (1662)

오비디우스 Ovidius (BC43 – 17AD)
—『변신』 (8)

엘뤼아르 Paul Eluard (1895-1952)
—「사랑하는 여인」 (1926)

오페라 〈피가로의 결혼〉 (1786, 모차르트)

오페라 〈세비야의 이발사〉 (1816, 로시니)

영화 〈쇼생크 탈출〉 (1994, 프랭크 다라본트 감독)

영화 〈러브 오브 시베리아〉 (1998, 니키타 미할코프 감독)

『피가로의 결혼』의 중심은 피가로가 아니다. 그의 신부 수잔나 (Suzanne, Susanna)와 백작 부인 로지나(Rosine, Rosina), 두 여성이다. 두 사람은 피가로의 결혼을 이용해서 초야권(初夜權)이라는 중세 풍습을 행사하려는 알마비바 백작에 맞선다. 처음 그들은 피가로와 함께 계략을 짜지만, 극의 진행과 함께 그도 점차 배제된다. 귀족 대 하인의 대립은 남성 대 여성의 대결 구도로 이행된다. 그 혁신적 이념에 보마르셰는 신랄한 에스프리를 담고, 모차르트의 음악은 생기를 불어넣는다. 모차르트의 생애를 그린 영화〈아마데우스〉(1984)를 보면 그가『피가로의 결혼』을 오페라로 기획하면서 잔뜩 흥분한 모습이 나온다. 천재 작곡가의 가벼움은 다소 과장된 것이겠지만, 그의 열정은 분명해 보인다. 오페라 전체를 구성하는 아름다운 음악이 그것을 증명한다. 그 가운데 두 여인이 함께 부르는 편지 이중창("Che soave zeffiretto…") 은 음악적으로나 극의 구성에 있어서나 하이라이트에 해당한다.

부드러운 산들바람
부는 오늘 저녁
숲속 소나무 아래

Che soave zeffiretto
Questa sera spirerà
Sotto i pini del boschetto
Le Nozze di Figaro, III, 10.

날씨 좋은 오늘 저녁

큰 마로니에 나무 아래…

(원작 희곡, IV, 3)

Qu'il fera beau ce soir

sous les grands marronniers…

Le Mariage de Figaro, IV, 3.

백작에게 보내는 거짓 유혹의 편지 내용은 이 두세 줄뿐이다. 그 정도면 "그가 알아들을" 테니까. 가사는 돌림으로 반복된다. 이 단순하고 감미로운 아리아가 아주 인상 깊게 쓰인 영화는 〈쇼생크 탈출〉이다. 주인공 앤디(팀 로빈스)가 죄수들을 위해 몰래 튼 음악은 불시에 교도소 하늘에 울려 퍼진다. 음악 위로 레드(모건 프리먼)의 멋진 독백이 흐른다. "나는 아직도 두 이탈리아 부인이 무엇을 노래했는지 알지 못한다. 사실 알고 싶지도 않다." 사실, 노래 가사와 영화 내용은 아무 관계가 없다. 음악 그 자체가 자유의 바람이다. "아주 짧은 순간 동안 쇼생크에 있는 모두가 자유를 느꼈다." 음악이 흐른 시간은 몇 분에 지나지 않는다. 그리고 그것으로 충분하다. 두 여인의 아리아는 어두운 감옥 이야기에 스며든 자유의 영혼이다.

『피가로의 결혼』이 보여주는 성 관념의 혁신성은 인물 하나로 압축된다. 케루비노(Chérubin, Cherubino)는 존재 자체가 혁신이다. 그는 귀족 출신의 시동이고, 여자 같은 남자이며, 아이도 어른도 아닌, 천진 가련한 바람둥이다. 그의 성은 혼성이다. 그의 정체성은 인간의 범주를 벗어난다. 그의 이름은 성경에 나오는 케루빔(Cherubim, "그룹", 지품천사들)에서 유래한다. 그것에 착안해서 2006년 잘츠부르크 음악제에서 공연된 〈피가로의 결혼〉에는 케루비노와 함께 그의 분신 같은 천사(Cherub)가 모습을 나타낸다. 노래하는 케루비노는 소프라노 여성, 말없이 춤추는 천사는 남성이다. 더 파격적인 것은 케루비노가 로지나, 수잔나와 함께 연기하는 사랑의 행위다. 셋은 동성애와 혼음을 몸으로 표현한다. 모차르트의 오페라가 초연된 지 220년 지난 시점이다. 보마르셰의 희곡에 잠재된 성적 해방의 실연(實演)이다.

성의 정체성이 모호하고 인간의 여러 위상을 아우르는 케루비노는 백작과 피가로, 여인들, 하인들을 연결하는 구심점이다. 그가 부르는 사랑의 아리아("Voi che sapete…")는 〈피가로의 결혼〉의 백미다. 연극에서도 케루비노가 두 여인 앞에서 노래를 부른다. 그가 직접 가사를 썼다는 연가(Romance)는 순진하고 비장하고 익살스럽다. 대본가 다 폰테(Da Ponte)가 단순하게 옮긴 그 노래 가사를 모차르트는 지극히 자연스럽고 아름다운 선율로 풀어낸다. 보마르셰는 그 음악을 들었을까. 음악가이기도 했던 그가 오페라를 접했다면 얼마나 감동했을까.

사랑이 무엇인지 아는 그대 여인들이여
내 마음속에 그것이 있는지 보시오
내가 경험한 것을 얘기하리다
그것은 새로운 것, 이해할 수 없는 것
그것은 욕망으로 가득한 감정
때로는 즐거움, 때로는 고통

얼어붙다가도 영혼이 불타오름을 느끼고

그러다 금방 또 얼어붙으니

내 몸 밖에서 행복을 찾고

누군지 무엇인지도 모르면서 구하고

원치 않게 한숨짓고 신음하고

나도 모르게 두근거리고 떨리고

밤이나 낮이나 마음 편치 않으나

그래도 이렇게 번민하는 게 좋으니

사랑이 무엇인지 아는 그대들…

Voi, che sapete che cosa è amor,

donne vedete, s'io l'ho nel cor.

Quello ch'io provo, vi ridirò,

è per me nuovo, capir nol so.

Sento un affetto pien di desir,

ch'ora è diletto, ch'ora è martir.

Gelo, e poi sento l'alma avvampar,

e in un momento torno a gelar.

Ricerco un bene fuori di me,

non so chi 'l tiene, non so cos'è.

Sospiro e gemo senza voler,

palpito e tremo senza saper ;

non trovo pace notte, né dì,

ma pur mi piace languir così.

Voi, che sapete che cosa è amor…

II, 2.

　케루비노는 보마르셰의 피가로 3부작 가운데 『피가로의 결혼』에만 등장하지만, 그의 존재감은 『죄지은 어머니』에도 나타난다. 그는 백작 부인 로지나의 아들 레옹의 친부다. 그는 그녀의 "죄"를 표상한다. 피가로가 보마르셰의 페르소나라면, 케루비노는 천상의 음악을 만든 모차르트의 묘한 상징 같다. 비엔나 외곽 지역(St. Marxer Friedhof)에는 모차르트의 옛 가묘가 있다. 그 비석에 기댄 근심 어린 천사상은 케루비노와 작곡가를 동시에 연상시킨다.

　『피가로의 결혼』은 『세비야의 이발사』의 후속편이다. 『세비야의 이발사』는 알마비바 백작의 결혼 이야기다. 그는 『피가로의 결혼』에서와 다르게 순수한 사랑을 추구하는 남자다. 그가 사모하는 로지나는 새장에 갇힌 "예쁜 새"처럼 늙은 의사 바르톨로에게 붙잡혀 있다. 백작은 신분 때문이 아니라 있는 그대로 사랑받기를 원한다. 그로 인해 줄거리가 만들어진다. 백작은 랭도르(린도로)라는 이름의 가난한 학생으로 로지나에게 접근한다(I). 술 취한 군인(II), 음악 교사(III)로 변장해서 나타나기도 한다. 백작은 바르톨로의 집에 기거하면서 이발사 등 갖은 일을 하는 피가로의 도움을 받는다. 귀족을 돕고 늙은 주인을 조롱하고 세태를 풍자하는 피가로의 재치가 연극의 포인트다. 그의 에스프리는 대혁명 시대를 예고한다. 연극의 시대성을 초월하게 만드는 것은 음악이다. 원래 보마르셰는 『세비야의 이발사』를 오페라 코

믹으로 기획했다가 공연이 어려워 연극으로 수정했다. 희곡 속 노래가 많은 부분을 차지하는 것은 그 때문이다. 그 잠재적 음악은 로시니 작품의 원천이 된다. 로시니 오페라의 힘은 경쾌한 선율과 조화로운 중창 및 역동적인 템포다. 독창에서 이중창, 사중창, 합창으로 이어지는 "로시니 크레셴도"는 〈세비야의 이발사〉의 극성을 강화하고 구성적 통일성을 부여한다. 피가로의 노래("Largo al factotum…"), 바질로의 노래("La calunnia…") 등 독창곡도 유명하다. 그 가운데 로지나가 부르는 카바티네("Una voce poco fa…")는 감미롭고 생기롭고 다채롭다. 원전 희곡에는 "아무래도 매력적인 랭도르를 / 언제나 사랑하게 될 것 같아"(I, 6)라는 두 줄 가사뿐이지만, 카바티네는 주제를 포함해서 많은 내용을 담고 있다.

조금 전 그 목소리
지금 내 마음에 울리네
내 마음을 파고든
그것은 린도로의 것
그래, 린도로는 이제 나의 것
맹세코 쟁취하리라
후견인은 거부하겠지만
내가 마음을 다잡으면
결국 그도 어쩔 수 없으리
나는 행복하게 될 거야
그래, 린도로는 이제 나의 것

나는 온순하고

존중하고

순종적이고

상냥하고, 애정 넘치네

나는 지배받고

이끌린다네

그러나 날 해친다면

내 약점을 건드리면

독사가 되고

무수한 함정이 되어

굴복하기 전에 혼내주리라

Una voce poco fa

qui nel cor mi risuonò.

Il mio cor ferito è già

e Lindoro fu che il piagò.

Si, Lindoro mio sarà,

Io giurai, la vincerò.

Il tutor ricuserà,

io l'ingegno aguzzerò,

alla fin s'accheterà,

e contenta io resterò.

Si, Lindoro ecc.

Io sono docile,

son rispettosa,

sono obbediente,

dolce, amorosa,

mi lascio reggere,

mi fo guidar.

Ma se mi toccano

dov'è il mio debole,

sarò una vipera, sarò,

e cento trappole

prima di cedere farò giocar

I, 1.

안단테로 시작해서 콜로라투라로 이어지는 화려한 선율 속에 온갖 사랑의 감정이 공존한다. 사로잡힌 마음과 쟁취의 의지, 수동과 능동, 순종과 적극성, 온순함과 표독함 등의 대립이 두드러진다. 사랑에 빠지는 사람은 누구나 열정과 불안, 이끌림과 두려움을 동시에 느낀다. 로지나처럼, "노예"처럼 "새"처럼 갇힌 순진한 처녀가 느끼는 감정의 진폭은 더 클 수밖에 없다. 그러나 사랑의 함정은 벗어날 수 없다. 사랑하는 마음은 방어 기제보다 더 크다. 후견인 바르톨로가 예상하지 못한 순수의 역설이다. 로지나는 목소리에 꽂혀(ferito) 단번에 사랑에 빠진다.

순수의 환상을 가진 남자의 욕심은 오래된 주제다. 가깝게는 17세기 프랑스 작가 스카롱(Paul Scarron, 1610-1660)의 『무용한 경계심』

(1655)이 표본이다. 『무용한 경계심』은 스페인 소설(*El prevenido engañado*, 1637)을 번안 각색한 작품이다. 잘난 귀족이 여자에게 배신당하지 않기 위해 17년간 순진한 여자를 찾아다니지만, 마냥 실망만 한다는 이야기다. 몰리에르는 『여성 교육(아내들의 학교)』에서 그 주제를 이어받는다. 『여성 교육』은 바르톨로처럼 헛된 욕심에 사로잡힌 늙은 귀족 아르놀프의 이야기다. 그는 어린 여자아이를 맡아 키운다. 그에게 "사랑의 영감"을 준 그 아이의 나이는 네 살, 이름은 순한 어린 양 같은 아녜스(Agnès)다. "복종하는, 완전히 종속된" 아내로 만들기 위해서 그는 아녜스를 "사람 접촉이 전혀 없는 작은 수도원"에 넣고 양육한다(I, 1). 그의 바람대로 그녀는 "희고 깨끗한 백합" 같은 영혼을 지닌 여자가 된다. 그렇게 "13년 동안 애지중지" 키운 그녀는 그러나 "지나친 순진함"으로 인해 처음 만난 청년 오라스와 단번에 사랑에 빠진다. 허욕을 부리는 늙은 남자와 ― 공주처럼 탑에 ― 갇힌 여자, 그리고 ― 왕자처럼 나타난 ― 젊은 연인의 도식은 그대로 『세비야의 이발사』의 것이 되었다. 보마르셰는 "무용한 경계심"이라는 부제를 통해서 작품의 계보를 밝혀놓았다(*Le Barbier de Séville ou la Précaution inutile*).

거슬러 올라가면, 순수의 환상은 "태초에" 이미 시작되었다. 창세기의 선악과 이야기는 성과 죄악을 결부시키고 원죄 이전의 순수 상태를 설정한다. 성적 욕망의 화신인 뱀과 함께, 뱀의 유혹을 전한 이브는 단죄된다. 이브의 벌은 출산의 고통과 남편에의 복속(服屬)이다. "너는 남편을 사모하고 남편은 너를 다스릴 것이니라"(3:16). 선악과 이야기는 순수의 제약을 가하려는 남성적 시각의 반영이다. 『여성 교육』에서 아르놀프가 아녜스에게 하는 말도 다르지 않다.

당신의 성은 종속을 위해서만 존재하오
전권(全權)은 수염 쪽에 있다오
III. 2.

순수한 여성의 환상은 그리스 로마 신화에도 있다. 대표적인 것이 널리 알려진 피그말리온 이야기다. 피그말리온은 여자들의 "태생적 악행"에 혐오를 느끼고 독신으로 지낸다. 그는 "눈처럼 흰 상아"로 "자연이 탄생시킬 수 없는 아름다운 여인"의 조각상을 만든다. 그는 "살아있는 처녀" 같은 그 여인상과 사랑에 빠진다. "불타오르는 마음"으로 그는 "자신의 조각상을 애무하고" 찬미한다. 비너스가 그의 기도에 응답하여 조각상에 생명을 부여한다.

그는 집으로 돌아와 자신의 여인상 곁으로 갔다.
그녀 옆에 누워 입을 맞추자 온기가 느껴졌다.
그는 다시 입을 맞추며 손으로 가슴을 만졌다.
그의 손이 닿자 상아가 경직성을 벗고 부드러워졌다.
손길 따라 몸이 들어가고 휘어져, 마치 밀랍처럼,
햇빛에 녹으며, 엄지손이 빚는 대로, 다양한 형태로
변했다가 또 언제든 새롭게 빚어지는 것 같았다.
[…]
살아있는 육체, 엄지 아래 맥박 뛰는 것이 느껴졌다.
[…]
이제 그의 입술이 누르는 것은 가짜 입술이 아니었다.

그녀는 그의 입맞춤을 느끼고 얼굴을 붉혔다.

그러고는 빛을 향해 고개를 들고 수줍은 시선으로

하늘과 자신의 연인을 동시에 알아보았다.

오비디우스, 『변신』, X, 280-294.

사랑하는 남자와 하늘을 "동시에" 본다는 표현이 흥미롭다. 사랑의 생기를 불어넣은 남자는 하늘과 동격이다. 순수한 여성의 환상은 하느님의 꿈이다. 그것은 천지창조의 신에게도 꿈일 뿐이다. 선악과는 따서 먹으라고 만든 과일이다. 순수는 순종의 다른 말일 뿐이다. 피그말리온 같은 남자가 원하는 것은 그에게만 반응하는 여자다. "눈처럼" 희고 순결해서 그의 눈길에만 녹고 그의 애정에만 타오르는 여자다. 일방적인 관계는 순수한 사랑이 아니다. 사랑의 순수는 상호의 화합 속에 있다.

다시 몰리에르, 『여성 교육』. 아르놀프의 교육은 두어 마디로 요약된다. 그는 늙은 피그말리온이다.

내가 원하는 대로, 그녀의 영혼을 다듬으리라

그녀는 내 두 손에 있는 밀랍 덩이와 같아서

내가 원하는 대로 형태를 만들 수 있지

III, 3.

원하는 대로 여성의 영혼을 빚을 수 있다는 생각은 드문 것이 아니다. 현실보다 상상 속, 사랑의 환상 속에 사는 작가가 곧잘 꾸는 꿈이다. 몰리에르의 운문은 사랑의 시인 엘뤼아르의 유명한 시구를 떠오르게 한다.

그녀는 내 눈썹 위에 서 있다
그녀의 머리칼은 내 머리칼 속에 있다,
그녀는 내 손의 형태를 지니고,
그녀는 내 눈의 색과 같다,
그녀는 내 그림자 속으로 삼켜진다
마치 하늘 위로 던져진 돌처럼.

Elle est debout sur mes paupières
Et ses cheveux sont dans les miens,
Elle a la forme de mes mains,
Elle a la couleur de mes yeux,
Elle s'engloutit dans mon ombre
Comme une pierre sur le ciel.

L'Amoureuse.

상상 세계에는 중력이 없다. 그녀는 어디에나 있다. 그녀의 형체는 내 손길과 눈길에 순응한다. 시인의 연인은 그가 빚는 대로 보는 대로 존재한다. 물론 시적 환상 속에서만이다. 실제의 삶에서 시인의 종속성은 그의 여인들보다 더 크다. 사랑하는 여인과 헤어질 때마다 그는 죽음 같은 절망에 빠져 글을 쓰지 못한다. 사랑하는 여인에게 그는 자신의 사랑을 온전히 다 쏟는다. 자신의 사랑을 다 받을 용량을 가진 여성을 원한다. 무한한 사랑을 품은 엘뤼아르의 여성관은 아르놀프와 바탕이 다르지 않다. 넘치는 사랑의 역설이다. 시인의 역설은 한 단계 더 간다. 제목 "사랑하는 여인"은 대상이 아니라 주체다. 내가 사랑하는 여인이 아니라 나를 사랑하는 여인이다. 내용은 사랑하는 나, 제목은 사랑하는 그녀. 크게 열린 사랑의 공간에서 사랑은 상호적, 동시적이다.

엘뤼아르만 그럴까. 피그말리온의 환상은 사랑을 갈구하는 많은 시인의 이상 아닐까. 현실보다 상상을 즐기는 시인들의 심장에는 이미 7세기 전에 페트라르카가 심어놓은 인자가 있다. 여인의 "아름다운 두 눈에 사로잡혀" 평생 갈망하고 결코 얻지 못한 사랑의 고행 끝에 그는 탄식한다.

> 피그말리온, 그대 얼마나 기뻤을까
> 그대가 빚은 영상과 함께. 천 번이나
> 내가 단 한 번 원한 것을 가졌으니.

> Pigmalïon, quanto lodar ti dêi
> de l'imagine tua, se mille volte
> n'avesti quel ch'i' sol una vorrei.
> *Canzoniere*, 78.

보마르셰의 피가로 삼부작이 이어지는 17년 동안 로지나는 많이 변

했다. 그녀는 아네스처럼 순진한 처녀에서(『세비야의 이발사』) 남편의
외도에 대항하며 사랑의 유희를 즐기는 아내가 되고(『피가로의 결혼』),
그리고 사생아를 낳은 죄를 고백하고 용서받는 어머니가 된다(『죄지은
어머니』). 그녀의 변화는 여러 세기에 걸친 여성의 위상 변화를 함축한
다. 보마르셰의 연극은 시대를 뛰어넘는다.

피그말리온의 환상과 함께, 자유로운 여성의 꿈도 지속된다. 1998년
발표된 러시아 영화 〈러브 오브 시베리아〉는 보마르셰 연극의 인물
관계를 재현한다. 원제는 "시베리아의 이발사"(The Barber of Siberia),
바탕 구도는 『피가로의 결혼』이다. 사관학교 연극에서 피가로 역을 맡
게 될 주인공 안드레이 톨스토이(올렉 멘시코프)는 이름처럼 문학 예술
적 감성을 지닌 순진한 청년이다. 그는 우연히 기차에서 미국인 로비
스트 제인(줄리아 오몬드)을 만나 첫눈에 반한다. 그녀는 "시베리아의
이발사"라고 명명된 벌목기를 팔기 위해 사관학교 교장과 접촉한다.
교장과 생도는 백작과 피가로처럼 한 여자를 두고 대립한다. 이야기
의 압권은 액자구조(mise en abyme)로 삽입된 〈피가로의 결혼〉 상연
대목이다. 상연되는 부분은 피가로가 입대할 케루비노의 머리를 깎으
며 놀리는 장면이다. 안드레이가 부르는 아리아는 자신의 이름
(Andrei)이 내포된 "이제는 나다니지 못하리, 사랑의 나비야"(Non più
andrai, farfallone amoroso). 제인 앞에서 신나게 노래한 안드레이는 막
간에 우연히 교장과 제인이 나누는 얘기를 엿듣는다. 그녀는 질투하는
교장 앞에서 전날 밤 안드레이와 나눴던 사랑을 부정한다. 나를 모욕
하나요. 장군은 어떻게 스무 살 먹은 철부지 아이를 질투하나요. Ⅱ막
이 시작되지만 모욕당한 안드레이는 혼이 나간 상태다. 그는 간신히

피가로의 대사를 읊는다. 백작이 내 신부를 좋아한다네. 그는 분노를 누르지 못하고 무대를 벗어나 첼로 활로 장군을 내리친다. 그는 중노동 형에 처해진다. 처형장으로 떠나는 기차로 달려와 눈물로 노래로 환송하는 동료들에게 그가 목메어 부르는 노래는 "이제는 나다니지 못하리…" 20년 후 제인은 아들에게 숨겨두었던 사랑의 비밀을 전한다. 아버지를 꼭 빼닮은 아들의 이름은 안드레이의 미국식 이름 앤드류다. 사관생도인 그는 모차르트를 부정하라는 상사의 명령을 거부하고 벌을 받는다. 끈질긴 그의 고집에 결국 굴복한 상사가 대신 외친다. 거듭 외친다. 영화의 마지막 대사다. "모차르트는 위대한 작곡가다."

에바 부인, 내 안의 여성, 세상의 완성

헤세, 『데미안』

헤세 Hermann Hesse (1877-1962)

신학자 집안 태생으로 사춘기에 신학교 기숙사 생활을 견디지 못하고 퇴학했다.
격랑의 시대에 문학을 통해 일생 내내 자아 성찰과 완성의 길을 추구했다.
―『데미안』(1919)

에바 부인은 아주 드문 여성상이다. 단순하면서 복합적이고, 관념적이면서 환상적이다. 보편적 모성과 다양한 인간성이 중첩된 형상이다. 그녀는 소설 뒷부분에 등장하지만, 전편을 지배한다. 우리는 그녀를 만나기 전에 그녀를 예감한다. 데미안 때문이다. 그의 얼굴은 "소년이 아니라 어른의 얼굴"이며, 남자와는 또 다른 "여성적 모습이 담긴" 얼굴이다. 그는 그녀의 분신이다.

나 싱클레어는 "사랑에 대한 강렬한 갈망, 절망적인 갈망"으로 "몽유병자처럼" 밤낮없이 꿈을 꾼다. 꿈 혹은 환상 속에 거듭 나타나는 어머니는 미지의 여인이다. 그녀는 "키가 크고 강하고 데미안과 닮은 모습"이다. 나는 어느 봄날 공원에서 아름다운 소녀를 만난다. 그녀는 "키가 크고 날씬하고 소년 같은 얼굴"이다. "나보다 나이가 많지 않지만 훨씬 더 성숙하다." 나는 그녀를 베아트리체라 이름 짓고 환상으로 치환한다. 나는 그녀와 접촉하지 않는다. 그녀를 숭배한다. 성적 욕구의 "고통"은 영적인 것(spiritualität)으로 승화한다. 나는 그녀의 그림을 그리고 또 그린다. 그림은 점차 실물을 버리고 "나의 잠재의식"을 반영한다. 어느 날 "완성된 그림"이 만들어진다.

그것은 일종의 신의 영상 혹은 신성한 가면 같았다. 반은 남자 반은 여자이고, 나이를 초월한 듯, 결연하면서도 꿈꾸는 것 같고, 차가우면서도 신비롭게 생기 넘치는 모습이었다. […] 그것은 기이하게도 익숙한 얼굴이었고, 나의 이름을 부르는 것 같았다. 그 눈은 내가 사는 동안 내내 나를 지켜본 듯, 마치 어머니처럼 나를 아는 것 같았다.

『데미안』, IV.

베아트리체의 영상(靈像)은 또 다른 에바 부인의 전신(前身)이다. 당연히 그것은 데미안을 닮았다. "나의 내면의 자아"를 반영하는 그 그림은 멀리 있던 데미안에게로 나를 다시 이끈다. 나의 삶을 이끄는 데미안은 나의 안팎에 존재한다. 그는 나의 지도자, 나의 우상인 동시에 "나의 운명, 나의 정령(dämon/daimon)"이다. 그의 이름은 그의 영적인 본질을 암시한다. 처음부터 나는 잘 알고 있다. 그의 목소리는 "나 자신으로부터만 나올 수 있고, 나보다 더 잘, 더 명확히 모든 것을 아는 목소리"다(II). 그를 따르는 것은 나의 깊은 내면으로 향하는 것이고, "자기 자신과 하나가 되는" 것이다. 내면의 자아를 향한 앎의 수행은 곧잘 길을 잃고 "심연 같은 어둠"에 빠진다. 그럴 때 나타나는 빛은 나의 인도자 데미안의 영상, "나의 운명이 적힌 그의 눈"이다. 보이지 않는 그를 향한 나의 "작은 기도"는 그에게로, 그의 어머니에게로 나를 이끌어간다. "나의 운명이 나를 끌어당긴다"(VII). 에바 부인을 만나기 전, 나는 그녀의 사진부터 접한다.

그 작은 사진을 보는 순간 내 심장이 멈췄다. 그것은 내 꿈의 영상이었다! 그녀였다. 키가 크고, 거의 남성 같은 여성의 얼굴, 아들과 닮았지만, 어머니다운 표정, 엄격하고 깊은 열정을 지닌 표정이었으며, 아름답고 매력적이고, 아름답고 근접하기 어려운 모습이었다. 정령이자 어머니, 운명의 신이자 연인이었다. 그녀였다!

VII.

모든 것은 그녀에게로 귀결된다. 그녀는 모든 것의 시작이자 끝이다. 그녀를 직접 만난 후 싱클레어는 데미안에게 얘기한다. "에바 부인이라! 이름이 완벽하게 어울려. 모든 존재의 어머니 같아." 이름(Eva, Eve)이 나타내듯 그녀는 최초의 여성, 모든 인간의 어머니다. 상징은 좀 더 나아간다. 그녀는 원죄 이전의 인간, 선악과로 징계받기 이전의 여성을 표상한다. 『데미안』은 선악으로 분리된 세계를 복원한다. 성경의 역사에서 사라져간 카인의 후예를 복권시키고(II), 예수의 십자가 옆에서 회개하지 않은 도둑의 죄를 사한다(III). "내 꿈의 영상" 속에 "희열과 전율, 남자와 여자가 뒤섞이고, 신성함과 공포가 서로 얽혀 있는" 것은 그 때문이다. 에바 부인은 선악을 초월한 완전한 "사랑의 영상"이다.

　　사랑은 천사상이며 사탄이고, 하나가 된 남자와 여자, 인간이자 동물, 지고한 선이자 극단적 악이었다.

　　V.

　　그녀는 모든 생명의 근원이자 죽음까지 내포하는 운명의 여신이다. 그녀 곁에서 "사랑의 행복"(Liebesglück)을 느끼면서도, "슬픔"과 "죽고 싶은 간절한 소망"에 사로잡히는 것은 그 때문이다. 그녀는 운명의 성취, 충만함(Ergüllung)이다.

　　태초의 어머니 에바의 가호 아래 모든 것은 공존한다. 선과 악, 천사와 사탄, 성과 속, 순수와 죄악, 희열과 고통, 사랑과 죽음. 그 공존의 인간적 표상은 양성이다. 소년 같은 베아트리체, 소년이면서 남자와 여자의 얼굴을 함께 가진 데미안, 그리고 남자 같은 그의 어머니 에바 부인, 모두 헤르마프로디테의 표징이다. 헤르메스와 아프로디테의 아들이자 남녀동체가 된 그 신은 영혼과 사랑, 지(知)와 에로스, 기예와 아름다움의 합을 상징한다. 둘로 나누어진 세계에서 갈등하던 나는 "어머니"이자 "연인"이자 "운명"인 그녀의 포옹으로 완전한 하나의 세계에 편입된다.

모든 것은 하나다. 나, 데미안, 에바 부인, 그리고 그녀가 깃든 세상 모든 것. "나에게는 모든 것이, 중요한 것 그리고 운명이, 그녀의 형체를 띠고 있었다. 그녀는 내 생각 하나하나로 변모했고, 내 생각은 하나하나 그녀로 변모했다"(VII). 전쟁이 시작되고, 그녀는 작별의 입맞춤과 함께 사라진다. 그러나 그녀는 편재한다. 포화에 싸인 하늘에도 땅 위에도 있고, 그리고 내 마음속에도 있다. 마지막으로 병상에 있는 나에게 에바의 입맞춤을 전해주며 데미안은 "그녀와 나의 합일(Vereinigung)"을 다시 한번 확인해준다. "나는 네 안에 있다." 에바 부인은 자기 자신을 찾는 모든 사람의 마음속에 있다.

전쟁과 남자 그리고 여자

1. 마리아의 순한 미소와 가르보의 꿈

헤밍웨이, 『누구를 위하여 종은 울리나』

헤밍웨이 Ernest Hemingway (1899~1961)

1차 세계대전과 스페인 내전 등 여러 전쟁에 참여했고
특파원으로 유럽에서 오랜 시간 머물며 문학적 교류와 창작을 했다.
세대의 상실감과 존재의 허무를 거침없는 문체로 담아냈다.
―『누구를 위하여 종은 울리나』(1940)

아름다운 여인이여,

나 그대를 보았으니, 이제 그대는 나의 것입니다.

그대가 누구를 기다리든,

내가 그대를 다시는 보지 못하든,

그대는 나의 것이고, 파리 전부가 나의 것이고,

나는 이 노트와 이 연필의 것입니다.

헤밍웨이, 『움직이는 축제』

헤밍웨이는 파리와 유럽을 사랑한다. 이른 나이부터 그는 유럽의 여러 전쟁에 뛰어든다. 1918년 세계대전 중 이탈리아 전선에 적십자사 소속 운전 요원으로 참전하고, 1937년 스페인 내전에 특파원으로 참여한다. 그의 대표작 『무기여 잘 있거라』와 『누구를 위하여 종은 울리나』는 두 전쟁의 경험에서 나온 작품이다. 전쟁에 대한 글쓰기는 남성성을 촉진한다. 『무기여 잘 있거라』의 프레더릭 헨리와 『누구를 위하여 종은 울리나』의 로버트 조던은 그런 심리가 반영된 인물이다. 작가의 두 아바타는 강한 남성의 표본이다. 상대 여성은 그만큼 순하다.

『누구를 위하여 종은 울리나』는 사나흘 동안 벌어지는 전쟁과 사랑 이야기다. 로버트 조던은 대학에서 스페인어 과목을 강의하는 미국인이다. 그는 스페인 공화국 정부군에 자원하여 다리 폭파 임무를 맡는다. 일군의 게릴라가 현지에서 그를 돕는다. 그들 가운데 마리아가 있다. 그녀는 반란군에게 잡혔다가 게릴라군에게 구출되어 산속에서 함께 살고 있다. 로버트가 뜻밖의 아름다움을 발견하는 순간이다.

그녀가 미소 지으며 말했다. "안녕하세요, 동지." 조던도 "안녕하시오"라고 말하며 빤히 쳐다보지도 않고 눈을 떼지도 않은 채 조심스럽게 그녀를 보았다. 그녀는 판판한 쇠 팬을 그 앞에 내려놓았고, 그는 그녀의 아름다운 갈색 손을 바라보았다. 이제 그녀가 그의 얼굴을 똑바로 보면서 미소 지었다. 갈색 얼굴에 이가 하얗고 피부와 눈동자는 똑같이 금빛 황갈색이었다. 광대뼈가 볼록하고 웃는 눈, 일자 입에 입술은 도톰했다. 그녀의 머리는 햇볕에 탄 곡식밭의 황금빛 갈색이었지만, 전체적으로 짧아서 비버 털보다 조금 더 긴 정도였다. 그녀는 조던의 얼굴을 보고 미소 지으며 갈색 손을 들어 머리를 쓸어올렸다. 눌린 머리칼은 손이 지나가자 다시 일어섰다. 아름다운 얼굴이다, 조던은 생각했다. 머리를 짧게 깎지 않았으면 미인인데.

"난 이렇게 머리를 빗어요." 그녀가 로버트 조던에게 말하며 웃었다. "어서 식사하세요. 날 쳐다보지 말고. 발라돌리드에서 사람들이 이렇게 내 머리를 잘랐어요. 이제 좀 자란 거예요."

그녀는 그의 맞은편에 앉아 그를 바라보았다. 그도 그녀를 바라보자 그녀가 미소 지으며 무릎에 두 손을 포갰다. 그녀가 두 손으로 무릎을 감싸고 앉으니 바지의 트인 자락으로부터 길고 매끈한 다리가 비스듬히 드러나 보였다. 그는 회색 셔츠 아래 봉긋이 솟은 그녀 가슴의 형태를 보았다. 로버트 조던은 그녀를 바라볼 때마다 목구멍에 어떤 두툼한 것이 느껴졌다.

Ⅱ.

마리아의 세심한 묘사 가운데 두드러지는 것은 미소다. 그것은 환하게 열린 그녀의 마음을 나타낸다. 마리아는 처음부터 로버트를 따른다. 두 손을 무릎에 모으고 바라보는 그녀의 모습은 다소곳하다. 짧게 깎은 머리도 사연이 어떠하든 순종의 표현이다. 얼마 전 그녀는 적군의 포로가 되어 머리를 깎이고 폭행을 당했다. 이제 조금 머리가 자랐지만, 그녀의 여성성은 아직 비무장 상태다. 그런 그녀를 로버트는 욕망하기 시작한다. 목 막힘은 돌아오르는 욕정의 표현이다. 이후 그 느낌은 마리아를 보거나 만지거나 생각할 때면 나타난다.

로버트는 마리아와 거침없이 사랑을 나눈다. 사흘 밤을 함께 잔다. 첫날 밤 그의 잠자리에 그녀가 찾아든다. 그녀를 침구 안으로 이끌며 그가 말한다. "들어와요, 작은 토끼." 그는 번번이 그녀를 "토끼"라고 칭한다. "토끼"라는 단어는 텍스트를 통틀어 58번 나온다. 사냥이나 음식, 비유나 다른 사람의 호칭을 제외하면, 로버트가 마리아를 "토끼"라고 부르는 것은 45번이다. 애정과 유순함을 불어넣는 표현이겠지만, 경멸의 뉘앙스는 남아 있다. 목의 부풀림이 남성을 상징하듯, 토끼는 여성을 함축한다. 토끼(rabbit)의 스페인어 단어(conejo)에는 성적 함의(coño)도 있다. 처음 마리아가 쇠 팬에 내온 음식도 토끼 고기였다. "그것은 양파와 피망으로 요리한 토끼였고, 레드와인 소스에 병아리콩(chick peas)을 넣은 것이었다." 토끼는 식욕과 성욕이 교착된 단어다. 로버트는 무한정 먹고 마시고 사랑한다.

로버트의 남성성은 마리아를 온전히 품는다. 그의 사랑은 전지적이다. 사랑에서 그는 모든 것을 알고 지시한다. 그녀는 그의 말대로 움직인다. 그녀는 그가 하는 모든 것을 좋아한다. 그는 그녀의 머리를 쓰다듬고 그녀는 "새끼 고양이처럼" 그 애무를 즐긴다. 그녀는 말한다. "당신이 하루 종일 이렇게 해주었으면 좋겠어요"(VI). 그녀는 무엇이든 어디로든 그를 따르려 한다. "당신을 위해 무엇이든 하겠어요." "만일 당신을 위해 할 일이 없으면, 당신 곁에 앉아서 당신을 바라보고, 그리고 밤에는 사랑을 나누겠어요"(XIII).

마리아는 내 마음대로 꾸는 꿈에서나 나올 여인이다. 로버트는 그녀를 보며 생각한다.

저런 여자는 우연히 만날 수도 없다. 그런 일은 일어나지 않는다. 아마 전혀 없었던 일 같다. 그는 생각했다. 아마 그런 꿈을 꾸거나 상상을 했을지는 몰라도, 결코 없었던 일이다. 아마도 영화에서 본 누군가가 밤에 침실로 와서 아주 다정하고 사랑스럽게 구는 그런 꿈 같은 것이다.

XI.

꿈속의 그 누군가는 그레타 가르보다. 긴 머리칼에 "부드러운 울 스웨터를 입은" 그녀는 "아주 사랑스럽게 안겼고 다정하고 사랑스러웠다". 실제 가르보의 이미지는 그렇지 않다. 그녀는 마리아처럼 순순하지 않다. 〈크리스티나 여왕〉에서 보듯 카리스마 넘친다. 여왕이 아니라 스파이나(〈마타 하리〉) 코티잔이어도(〈카미유〉(동백꽃 부인)) 고고한 신비로움을 잃지 않는다. "그녀는 항상 그녀 자신이고, […] 한결같이 눈처럼 희고 고독한 얼굴을 하고 있다." 그녀는 "여신"이다(바르트, 『신화』). 작가는 그런 신성한 이미지를 나긋한 여성으로 치환한다. 한껏 부풀린 남성성의 산물이다.

로버트에게 마리아는 "손을 뻗어 만져볼 수 있는" 꿈이다. 피그말리온의 조각상처럼. 그녀는 "세상에서 가장 사랑스러운 몸"을 가졌다. 그는 말한다. "고운 몸에는 마법이 있다." 그녀는 답한다. 그것은 "당신을 위해서, 언제나 당신을 위해서, 오직 당신을 위해서" 있는 것이라고. 오직 그를 위한 몸, 마법이 깃든 몸으로부터 로버트가 원하는 것은 열락(悅樂)이다. 그것은 육체적 쾌락을 통해서 유한한 존재의 굴레를 벗어나는 순간, 육체와 정신이 산화하는 순간이다. 한순간이지만, 영원에 이르는 순간이다. 어차피 그에게 삶은 얼마 남지 않았다. 그는 죽음을 예감하고 있다. 죽음의 불안이 그의 자의식을 들쑤신다. 원래도 그는 생각이 많다. 머릿속이 생각투성이다. 혼잣말이 끊이지를 않는다. "걱정 그만해, 너 말 많은 놈, 그는 자신에게 말했다"(III). 그래서 그는 그녀를 생각한다. 그녀를 생각하면 생각이 사라진다. "전쟁에서는 자아를 제거해야 한다"(XLIII). 그는 자신과 주변, 모든 것을 잊기 위해 그녀에게 열중한다. 자아를 버리고 현재에서 벗어나기 위해 현재의 순간에 몰입한다. 그는 자아를 벗고 그녀의 몸속으로 들어간다. 대지 속으로, 세상이 사라지는 곳으로, 장소도 자아도 사라지는 무소무아(無所無我)의 경지로 들어간다.

그에게 그것은 망아(忘我, nowhere)로 이어지는 어두운 통로였다. 망아에서 망아로, 그리고 또 망아로, 다시 또 망아로, 여전히 영원히 망아로, 무겁게 팔꿈치를 땅에 묻고 망아로, 어둠 속, 결코 끝도 없는 망아로, 내내 여전히 매달린 채 알지 못하는 망아로, 이번에도 또 계속 여전히 망아로, 이제 견디어내지 못하며 다시 또 여전히 망아로, 이제 온 힘으로 저 너머 견디어 올라, 올라, 올라, 망아 속으로, 순간, 뜨겁게, 잡아채듯 망아는 온통 사라지고 시간은 완전히 정지되고, 그리고 그들은 함께 그곳에 있었고, 멈추었던 시간과 함께 그는 대지가 그들 아래로부터 저 멀리 움직여 나가는 것을 느꼈다.

XIII.

자아를 벗어나 타자와 하나가 되는 순간의 환상은 시간이 지나도 몸과 마음에 남는다. 연인들이 영원한 사랑을 믿는 이유다. 마리아도 로버트도 그것을 믿는다. 마리아는 말한다. "나는 당신이고 당신은 나예요"(XX). 로버트도 말한다. 죽음을 앞두고 그녀를 혼자 떠나보내는 순간이다. "우리 둘 중 하나가 있는 한 우리 둘 다 있는 거요. [⋯] 나도 이제 당신이오. [⋯] 이제 당신도 나요"(XLIII). 너는 나다, 나는 너다, 너는 내 안에 있다. 다른 어떤 말이 있을 수 있을까. 어떤 생각이 사랑의 상실을 메울 수 있을까.

전쟁과 남자 그리고 여자

2. 캐서린의 회색빛 눈동자

헤밍웨이, 『무기여 잘 있거라』

헤밍웨이 Ernest Hemingway (1899-1961)

—『무기여 잘 있거라』 (1929)

프레더릭 헨리는 이탈리아 군대에 자원한 미국인 의무 장교다. 그는 세상일에 무심하다. 아무도 아무것도 믿지 않는다. 신도 사랑도 믿지 않는다. 뭐든 그는 "별로 사랑하지 않는다". 그는 사랑을 쉽게 생각한다. 휴가에서 돌아온 다음 날 그는 친구가 사귀려고 마음먹은 여자를 소개받는다. 그녀의 이름은 캐서린 바클리, 영국인 간호 봉사원이다. 그녀는 지난해 죽은 약혼자의 유품을 간직하고 있다. 다음날 그는 혼자 그녀를 찾아가 유혹한다. 그녀에게 대뜸 키스하려다 뺨을 맞는다.

우리는 어둠 속에서 서로를 보았다. 나는 그녀가 아주 아름답다고 생각하며 그녀의 손을 잡았다. 그녀는 가만히 있었고, 나는 손을 잡은 채 팔을 둘러 그녀를 안았다.

"안 돼요." 그녀가 말했다. 나는 팔을 빼지 않았다.

"왜 안 돼요?"

"안 돼요."

"아니, 하게 해줘요." 내가 말했다. 어둠 속에서 그녀에게 키스하려고 얼굴을 기울이는 순간 예리하게 찌르는 듯한 섬광이 번쩍였다. 그녀가 나의 얼굴을 세차게 때린 것이었다. 그녀의 손이 내 코와 눈을 쳐서, 눈에서 저절로 눈물이 나왔다.

"정말 미안해요." 그녀가 말했다. 나는 뭔가 유리해졌다고 생각했다.

V.

갑작스러운 입맞춤에 놀라고 때리고 미안해하는 순간 그녀의 마음은 이미 열렸다. 그는 곧 다시 그녀에게 "세차게" 키스한다. 그녀는 몸을 떨다가 그의 어깨에 기대어 울며 말한다. "내게 잘해 줄 거지요?" 그녀는 불안하다. 그만큼 믿음도 강하다. 종교를 믿듯 사랑을 믿는다. 캐서린은 금발에 피부가 황갈색이다. 『누구를 위하여 종은 울리나』의 마리아와 피부색이 같다. 눈 색깔은 다르다. 마리아는 피부와 같은 금빛 황갈색이고, 캐서린은 회색이다. 머리도 마리아와 다르게 길지만, 약혼자를 잃고서는 마음을 닫고 머리를 깎으려고 했었다. 사랑하는 사람의 죽음을 겪은 여인, 회색빛 눈동자, 뭔가 마음에 걸린다. 지나간 아픔, 다가올 슬픔이 엿보인다.

믿음이 없는 남자 프레더릭은 그녀를 사랑하지 않는다. 그는 사흘 후 그녀를 다시 만나러 간다. 그녀를 사랑한다고 말한다. 거짓말이다. "나는 캐서린 바클리를 사랑하지 않았고 사랑할 생각이 조금도 없었다"(VI). 그는 그녀와의 만남을 "아주 가볍게" 생각한다. 그는 마음이 없다. 이탈리아인 친구가 그에게 말한다. "너는 정말 이탈리아인이야. 온통 화염에 덮여 있지만, 속에는 아무것도 없어"(X).

그는 마음도 머리도 텅 빈 것이기를 바란다. 빈 것을 채우듯 그는 쉼 없이 먹고 마신다. "나는 생각하려고 태어난 사람이 아니다. 나는 먹으려고 태어났다. 정말로, 그렇다. 먹고 마시고 캐서린과 잠자려고 태어났다"(XXXII). 그는 맨날 술이다. 온갖 술을 다 마신다. 식사 때마다 와인을 병으로 마시고, 동료나 신부와 얘기할 때도 마신다. "신부는 좋은 사람이지만 따분했다. 장교들은 좋은 사람들이 아니지만 따분했다. 왕은 좋은 사람이지만 따분했다. 와인은 형편없지만 따분하지 않았다"(VII). 전선에서 공격을 기다리면서 장교들과 럼주를 마시고, 대피호에 숨어 포격 소리를 들으면서 치즈와 파스타에 와인을 병사들과 나눠 먹고 마신다. 그러다 포탄을 맞아 옆에 있던 병사 하나가 죽고 그는 다리에 심한 부상을 입는다(IX). 병실에서도 친구가 가져온 코냑을 두고 마신다(X). 병문안 온 신부와 베르무트를 나눠 마시고(XI), 찾아온 친구들과 브랜디를 취하도록 마신다(XII). 밀라노에 있는 미군 병원으로 후송된 뒤에도 병실에 술을 들여와 몰래 마시고(XIII) 몸이 나아서 레스토랑에 갈 때는 온갖 고급 화이트 레드 와인을 마신다(XVIII). 병실에 감춰둔 빈 병들이 한아름 발각될 즈음에는 지나친 음주로 황달에 걸린다(XXII). 일상의 저녁에도 위중한 상황에도, 좋은 음식을 즐길 때도 빵으로 끼니를 때울 때도, 늘 와인이나 브랜디를 곁들인다. "와인은 대단한 물건이야. 나쁜 것들을 다 잊게 해주니까"(XXIII). 그에게 술은 음식과 삶의 소화제다.

먹고 마시기 바쁘도록 속이 허하고, 진심이라곤 없던 그가 사랑에 차츰 빠져든다. 사랑은 그도 모르게 속에서 차오른다. 짧고 긴 이별을 통해 누적된 "외롭고 허전한 느낌"은 허기처럼 채우고 달랠 수 있는 것이 아니다. 밀라노 병실에서 그녀를 다시 만났을 때 그는 믿지 않던 사랑의 위력을 느낀다.

그녀가 병실로 들어와 침대 쪽으로 왔다.

"잘 있었어요," 그녀가 말했다. 그녀는 생기 있고 젊고 무척 아름다워 보였다. 이렇게 아름다운 사람을 본 적이 없다는 생각이 들었다.

"잘 있었소," 내가 말했다. 그녀를 보고 나는 사랑에 빠졌다. 모든 것이 내 속에서 뒤집혔다. 그녀는 문 쪽을 바라보더니, 아무도 없는 것을 보고는, 내 침대맡에 앉아서 몸을 기울여 나에게 키스했다. 나는 그녀를 끌어당기고 키스하며 그녀의 심장이 뛰는 것을 느꼈다. [⋯] 나는 그녀가 미치도록 좋았다. 그녀가 정말 여기 있다는 것이 믿기지 않아 그녀를 힘껏 껴안았다.

그녀가 묻는다. "나를 정말 사랑해요?" 그가 답한다. "정말로 사랑하오." 사랑한다는 말, 이번에는 진심이다. 서로의 사랑을 확인하고 사랑을 나누고 그녀는 병실을 나간다. 그는 담당 간호사가 들어올 때까지 사랑의 경이로움에 잠긴다.

그녀는 나갔다. 신에게 맹세코 나는 그녀와 사랑에 빠지기를 원하지 않았다. 나는 어느 누구와도 사랑에 빠지기를 원하지 않았었다. 그러나 신에게 맹세코 나는 원했었고 나는 밀라노 병원의 병실 침대에 누워 있었고 그리고 별의별 생각이 머리를 스쳐 갔지만 기분이 너무나 좋았고 그리고 마지막으로 게이지 양이 들어왔다.

XIV.

새삼 사랑을 깨달은 그와 달리, 캐서린은 처음부터 진심으로 그를 사랑했다. 그녀를 밀라노로 옮겨온 것도 사랑의 힘이다. 그녀는 그를 위해 뭐든지 한다. "착한" 그녀는 말한다. "나는 당신이 원하는 걸 원해요. 이제 더 이상 나라는 건 없어요. 그저 당신이 원하는 것만 있을 뿐"(XVI). 이제는 그도 그녀 못지않다. 그녀를 몹시 사랑하고 결혼할 생각까지 한다. 그녀는 전시에 굳이 힘들게 결혼하지 않아도 된다며 다시 말한다. "나라는 건 없어요. 내가 당신이에요. [⋯] 나는 이미 당신과 결혼한 거예요"(XVIII). 두 사람은 그곳에서 신혼부부처럼 행복한 몇 달을 보낸다. 여름이 가고 가을이 온다. 전선으로 복귀할 시간이 다가온다. 프레더릭은 복귀 명령과 캐서린의 임신 소식을 같은 날 접한다. 두 사람은 기차역 건너편 호텔을 잡고 와인과 함께 좋은 식사를 하고 그리고 헤어진다. 비가 내리는 날이었다.

두 사람이 다시 만나는 것은 프레더릭이 죽음의 고초를 겪고 난 다음이다. 그는 후퇴 행렬에서 이탈한 뒤 갖가지 전쟁의 참상을 목도하고 간신히 사지에서 벗어나 그녀를 찾아온다. 삶과 사랑에 대한 갈구가 그 어느 때보다 크다. 사랑하는 그녀와 함께 있는 삶 외의 다른 것은 모두 "비현실적"이다. 그는 그녀에게 말한다. "이제 당신이 곁에 없으면 이 세상에 내가 가진 건 하나도 없어. […] 당신을 너무 사랑해서 다른 할 일은 아무것도 없어"(XXXV). 이제 그도 그녀다. 그녀처럼 그에게도 '나'라는 개체는 의미가 없다. 오로지 함께 있기 위해 그들은 국경을 넘어 스위스로 탈출한다. 그는 작은 보트에 브랜디와 와인, 샌드위치를 챙겨 넣고 폭풍우 속에서 밤새 노를 저어 호수를 건넌다.

그들은 스위스의 한적한 마을에 머물며 그들이 바라던 대로 한 몸처럼 산다. 그도 그녀도 "그저 아주, 아주, 아주 행복"하기만 하다. 겨울이 지나고 봄이 온다. 출산일이 다가온다. 그들은 작은 마을을 떠나 병원이 있는 도시로 간다. 출산은 그러나 행복의 결실이 아니라 죽음의 절단이다. 그는 다 잃는다. 아기도 산모도 죽는다. 사랑으로 채워졌던 그의 존재는 다시 비워진다. 삶과 사랑에 대한 믿음도 소멸한다. 죽음이라는 무기를 가진 세상의 품(arms)에서 그는 다시 벗어난다.

사람들이 이 세상에 너무 많은 용기를 가지고 나오면 세상은 그들을 꺾기 위해 그들을 죽여야 하고, 그래서 당연히 그들을 죽인다. 세상은 모든 사람을 꺾고 그 후 그렇게 꺾인 곳에서 대부분이 강해진다. 그러나 꺾이지 않는 사람들은 세상이 죽인다. 아주 선한 사람과 아주 온화한 사람과 아주 용감한 사람을 가리지 않고 죽인다. 당신이 그런 부류에 속하지 않더라도 분명히 세상은 당신도 죽이겠지만 특별히 서두르지는 않을 것이다.

XXXIV.

전쟁과 남자 그리고 여자

3. 엘리자베스와 에른스트, 포화 속 정원에 핀 꽃

레마르크,『사랑할 때와 죽을 때』

레마르크 Erich Remarque (1898-1970)

—『사랑할 때와 죽을 때』(1954)

『누구를 위하여 종은 울리나』는 자원하여 전쟁터에 뛰어든 폭파 요원의 이야기다. 레마르크의 『사랑할 때와 죽을 때』는 반대로 격전지를 벗어난 휴가병의 이야기다. 죽음의 공간에서 빠져나와 고향으로 가는 독일 군인 에른스트 그래버에게 주어진 삶의 시간은 삼 주일이다. 전쟁은 그에게 "위장을 찌르는 듯 예리한 공포"의 연속이었다. 포화 속에서도 치즈와 와인을 먹으며 한담하던 프레더릭 헨리와 다르다. 두려움에 사로잡힌 에른스트는 위장조차 없는 느낌이다. "어머니. 나는 텅 비었어요. 이제 머리도 위장도 남아 있지 않아요"(VII). 그의 빈 속을 채워줄 수 있는 것은 "음식보다 희망"이다. 희망의 빛이 고향에 남아 있을까.

안전, 고향, 기대 그리고 청춘의 잊힌 꿈.
IX.

고향, 안전, 피난처, 위안?
X.

공습이 이어지는 고향은 전쟁터와 다르지 않다. 매일같이 폭격이 이어지고 사람들이 죽어 나간다. 폐허가 된 그곳에서 그는 부모의 생사조차 알지 못한다. 집은 파괴되어 잔해만 남아 있다. 무덤 같은 돌더미를 내려다보며 그는 다시 절망에 빠져든다.

왜 나는 저 밑에 누워 있지 않은 걸까?
VII.

고향에서 찾은 유일한 빛은 어릴 적 알던 엘리자베스다. 그는 부모의 소식을 찾아다니다 그녀를 만난다. 그녀는 혼자다. 어머니는 일찍 죽고 아버지는 강제 수용소에 있다. 고독한 두 영혼의 만남이다. 빛이 그들을 감싼다.

그래버는 그대로 있었다. 스무 살 정도 된 처녀가 마치 강물을 헤치듯 빛줄기를 헤치고 그에게로 다가왔다. 한순간 그는 둥근 눈썹, 검은 눈, 그리고 어깨까지 물결쳐 흐르는 적갈색 머리칼을 보았다. 그녀는 복도의 희미한 어둠으로부터 모습을 드러내고 그의 앞에 와서 섰다.

[…]

그는 그녀를 따라 불빛이 흘러나오는 방으로 들어갔다. 그녀는 몸을 돌려 얼핏 그를 살피듯 바라보았다. 그녀의 눈은 이제 짙은 색이 아니라, 회색빛에 아주 투명해 보였다.

IX.

기억의 어둠에서부터 나타난 듯한 엘리자베스. 그녀도 그도 금방 서로의 예전 모습을 기억해낸다. 고립무원의 상황에서 두 사람은 시간을 가로질러 가까워진다.

엘리자베스의 눈빛은 때에 따라 변한다. 그녀의 눈은 삶의 빛과 어둠을 반영한다. 외로움과 절망 속에서 어두워지고, 무기력 속에서 옅어지고, 삶의 열망 속에서 다시 "열정적인 힘으로 가득한" 검은색이 된다. 공습이 끝나면 "눈동자에 깃든 검은 그림자는 사라져" 버린다 (IX). 슬픔과 희망 사이에서 "회색빛 투명한 유리처럼 빛나는" 순간도 있고(XV), 체념 속에서 "아주 투명하여 거의 색이 없는" 순간도 있다 (XXIV).

그녀의 눈빛처럼, 두 사람의 삶은 변화한다. 어두운 무채색 삶이 빛깔을 띠기 시작한다. "어릴 적 그녀를 별로 좋아하지 않았던" 그였지만, 어둠 속에서 빛을 찾듯 그는 그녀를 찾아간다. 그들은 집에서, 거리를 걸으며, 그리고 언덕의 벤치에 앉아, 이야기를 나누고 술을 마신다. 그들은 도시 저편의 숲과 산을 바라보며 잠시 전쟁을 잊고 밤의 침묵 속에 잠긴다. 고요, 평화, 그리고 "더없이 아늑하고 온화한 잠". 곁에 앉아서 따로/함께 나눈 "투명한 잠"의 "놀라움", 오랜만에 느낀 일상의 "부드러운 평온함"은 둘을 하나로 묶는다(XI). 다음날 밤 그들은 "아주 밝은 곳"으로 간다. 에른스트는 하사관 정복을 빌려 입고, 엘리자베스는 금빛 드레스를 차려입고, 장교들이 드나드는 호텔 와인 바로 간다. 그들은 고급 와인과 음식을 먹으며 두 사람만의 축제를 즐긴다.

이것은 단순히 호사가 아니야. 그 이상이지. 평화이고 안전이고 기쁨이고 축제,— 저 바깥에는 없는 그 모든 것이지.

XII.

불안과 죽음이 지배하는 바깥에도 생명의 징후는 있다. 폐허 속에서 "빛을 붙들기 위해 초록빛 손을 내뻗는" 보리수나무, 봄기운과 함께 부서진 나무 몸통 위로 피어나는 하얀 꽃들을 보면서 에른스트는 어둠을 뚫고 솟아나는 "내면의 생명"을 감지한다. 그것은 "자명하고, 의문도 비애도 절망도 없는 현존"의 순수한 힘이다. 그 생명력은 무엇보다 누구보다 엘리자베스 속에 가득하다.

　그녀의 피부는 그림자 없이 기이하게 빛났고, 그녀의 얼굴은 한순간 마법에 걸린 듯, 움트는 봉오리의 비밀과 파괴의 비밀, 그리고 생성의 확고한 의지의 비밀을 드러내는 듯 보였다. 그녀는 마치 스포트라이트에서 벗어나듯 빛에서 걸어 나와서, 그의 곁 어둠 속에서 따뜻하고 짙은 숨을 내쉬며 생기를 발했다. 그는 그녀를 끌어당겨 뉘었고, 거기 나무가 갑자기, 붉은 하늘을 향해 뻗은 나무가 커졌고, 꽃들은 아주 가까이 있었고, 그리고 대지는, 둥글게 휘어져, 밭이 되고 하늘이 되고 엘리자베스가 되었고, 그리고 그는 그녀 안으로 들어갔고, 그녀는 그를 받아들였다.

　XIV.

이제 그녀는 그의 "온전한 현재이자 생명"이다. "자신보다 더 따뜻하고 더 풍요롭고 더 다채롭고 더 가벼운 제2의 자신"이다. 그녀로 인해 그는 "여기 살아 있음"을, 그로 인해 그녀는 "아직 죽지 않았음"을 느낀다(XV). 붙들고 싶은 현존의 기쁨은 결혼의 결심으로 이어진다. 그녀가 연금을 받을 수 있도록, 자신의 생명인 그녀가 삶을 지속할 수 있도록 그는 그녀와 결혼한다.

　실제 삶의 시간은 며칠 남지 않았다. 연이은 공습으로 잘 곳조차 잃은 그들 앞에 기적처럼 조금도 손상되지 않은 집과 정원이 나타난다. "기적은 언제나 절망 가까이에서 기다린다." 폐허 한가운데 "마치 신기루처럼" 서 있는 그 집에서 그들은 남은 시간을 함께 보낸다.

한순간 그는 집과 정원과 아내와 식탁과 음식 그리고 안전과 평화를 다 가진 것 같았다.

XXII.

정원 있는 집은 소박한 — 더없이 귀중한 — 일상의 환상이다. 정원은 세상 안에 있는 세상 밖 공간이다. 드넓은 세상에 작은 울타리를 만들어 생명을 가꾸고 소멸과 소생의 계절을 지켜보며 끝없는 순환을 꿈꾸는 내면의 공간이다. 그 마법의 정원 안에서 에른스트는 엘리자베스와 마지막 밤과 낮을 보내고 떠난다.

그는 모든 것이 하나임을 깨달았다. 이별과 귀환, 소유와 상실, 삶과 죽음, 과거와 미래 모두 하나였다.

XXIV.

전선으로 복귀한 에른스트는 게릴라로 의심되는 러시아 포로들을 감시하는 임무를 맡는다. 위급한 상황에서 그는 사살될 그들을 풀어주다가 그들의 손에 죽는다.

극한 상황에서도 에른스트 그래버가 지키려 한 것은 "소박한 소망을 가진 소박한 인간"의 품격이다. 그 소박함은 로버트 조던에게는 없다. 그는 휴머니스트의 이념도 신의 관념도 인간의 존엄도 믿지 않는다. 그 품성은 유럽에 내재한다. 두 번의 거대한 다국적 전쟁의 폐허에서 되찾은 공리일 수도 있다. 이상하게도 미국인 조던이 "영국 사람"

이라 불리고 그것을 그가 굳이 교정하지 않는 이유, — 헤밍웨이가 유럽을 좋아했던 이면적 이유가 거기 있는지 모른다. 품격은 실존의 허무주의를 덮는 유일한 답이다. 신의 죽음과 생존의 공포를 겪은 작가들이 찾던 가치다. 희망처럼 막연하지만 헛된 삶을 이끄는 빛이다.

데이지와 개츠비, 위대함의 허무함

피츠제럴드 Francis Scott Fitzgerald (1896-1940)

1920년대 미국 "재즈 시대"의 화려함과 향락, 환멸을 재현한 작가.

24세에 첫 소설의 성공과 함께 원했던 여인과 결혼하지만, 열정이 식은 뒤였다.

후속작의 실패와 낭비로 재정적 어려움을 겪고 술에 빠져 일찍 생을 마감했다.

—『위대한 개츠비』 (1925)

『위대한 개츠비』. 제목은 질문한다. 소설이 발표된 지 백 년이 되도록 지속되는 질문이다. 위대한? 무엇이 위대한가. 미련한 것 아닐까. 사랑하는 여자를 위해 모든 것을 희생하는 남자, 돈과 안락만 쫓는 여자의 죄까지 뒤집어쓰고 죽는 남자. 목숨 바쳐 사랑한 여자는 그의 장례식에 조문도 보내지 않는다. 헛된 사랑을 한 개츠비가 왜 위대한가. 혹시 냉소적이거나 반어적인 표현일까. 작가도 여러 제목을 두고 망설였다. 그가 선호한 제목은 "웨스트에그의 트리말키오". 웨스트에그는 소설의 배경이고, 트리말키오는 고대 로마의 풍자소설 『사티리콘』의 주인공 이름이다. 트리말키오는 벼락부자가 된 허세 가득한 젊은이다. 개츠비처럼 연일 호화로운 연회를 여는 그의 이름은 소설에 인용되어 있다. "트리말키오로서의 그의 경력은 끝났다"(VII). "위대한 개츠비"를 제목으로 제안한 편집자가 없었다면 소설은 풍자적인 색채로 덧씌워졌을 것이다. 작가도 확신이 없었던 셈이다. 작가의 의문까지 품은 제목은 작품 이해의 돋보기다.

데이지는 보석 같다. "슬프면서 사랑스러운 빛을 품은" 얼굴에 "빛나는 눈과 열정으로 빛나는 입"을 가진 여자다. 생기 넘치는 그녀의 목소리는 삶의 기쁨을 발산한다. 태생적인 풍요로움에서 비롯된 그 빛을 개츠비는 탐했다. "그녀는 그가 난생처음 알게 된 '멋진'(nice) 여자였다"(XIII). 아무런 배경도 없는 "몹시 가난한 청년"이었기에 욕망은 더 컸다. 그러나 가까워질수록 두 사람의 거리는 더 멀게 느껴진다.

개츠비는 부유함이 가두고 보존하는 젊음과 신비를, 그 많은 옷들의 신선함을, 그리고 가난한 사람들의 치열한 몸부림과 동떨어진 높은 곳에서 안전하고 자랑스럽게, 은처럼 반짝이는 데이지의 면모를, 절실하게 깨달았다.

한 달 동안의 만남 후 개츠비는 해외로 파병되고, 얼마 후 데이지는 "엄청나게 부유한" 집안의 남자와 결혼한다. 부를 향한 개츠비의 달음질이 시작된다. 그는 온갖 수단으로 돈을 모아 데이지가 사는 곳 건너편 연안에 거대한 저택을 마련하고 여름 내내 주말 밤 휘황찬란한 파티를 연다. 오직 그녀가 불나비처럼 찾아들게 하기 위해서다. 어느 날 그녀가 날아든다. 오 년만의 만남이다. 그는 그녀만 바라본다. 그녀는 그가 가진 것, 그의 집, 그의 허울만 본다. 그의 값비싼 셔츠들을 보고 울음까지 터뜨린다. "슬퍼요, 이제껏 이렇게 — 이렇게 아름다운 셔츠를 본 적이 없어요"(V).

개츠비의 꿈은 그가 입고 있는 양복처럼 분홍빛이다. 데이지의 꿈은 은빛, 금빛이다. 그도 안다. 그가 말한다. "그녀의 목소리는 돈으로 가득 차 있어요"(VII). 그는 만남의 이유가 흘러간 시간의 결핍을 메우는 존재의 완성이라고 믿었다. 만남의 결과는 허무였다. 그녀의 집이 있는 맞은편 연안 부두의 초록 불빛은 이제 의미를 잃었다. 혼자서 바라보던 그 해안을 그녀와 함께 보며 그는 말한다.

"안개만 아니라면 만 건너편 당신 집이 보였을 겁니다." 개츠비가 말했다. "당신 집 부두 끝에는 언제나 밤새 초록색 불이 켜져 있더군요."

데이지가 불쑥 그의 팔짱을 끼었지만, 그는 방금 자기가 한 말에 잠겨 있는 것 같았다. 아마도 그 불빛의 거대한 의미가 영원히 사라져버렸다는 생각이 들었던 모양이었다. 그를 데이지와 떨어뜨려 놓았던 그 큰 거리와 비교하면 그 불빛은 그녀와 아주 가까이, 거의 닿을 듯 보였었다. 그것은 별에서 달만큼 가까워 보였었다. 이제 그것은 다시 부두에 있는 초록 불빛이었다. 마법에 걸린 사물의 숫자가 하나 줄어든 것이었다.

V.

분홍빛 초록빛, 금빛 은빛으로 빛나는 데이지. 어쩌면 그녀는 소설의 여주인공 가운데 가장 초라한 여자다. 부도덕하고 비겁하고 돈만 알고 진심도 없다. 카르멘의 자유도, "동백꽃 부인" 마그리트의 희생심도 없다. 콰지모도를 감복시킨 에스메랄다의 순수함도 없고, 샬로테의 우아함은 전혀 없다. 안락과 쾌락에 이끌리면서도 사랑에 감응하고 몰입하는 마농 같지도 않다. 그녀의 모든 아름다움은 개츠비가 부여한 상상의 산물이다. 그러나 아름다움이 무엇인가. 사랑하는 주체가 대상에 부여하는 가치 아닌가. 사랑받는 사람은 아름답다. 데이지는 개츠비의 사랑으로 인해 빛나는 꽃이다.

아름다움을 꿈꾸는 사람도 아름답다. 콰지모도의 영혼도 아름답다. 꿈과 상상은 현실의 결핍을 초월한다. 개츠비의 "창조적인 열정"은 자신마저 탈바꿈한다. 초라한 농부의 아들이었던 제임스 개츠는 제이 개츠비로 이름을 바꾼다. 개츠비는 "자신의 이상적인 관념에서 솟아난" 인물이다(VI). 창조된 이미지가 존재를 쇄신한다. 그는 "환상의 엄청난 활력"으로 모든 것을 일군다. 그는 잃어버린 시간까지 되찾으려 한다. 그는 "과거를 반복할 수 있다"고 믿는다. 사라진 사랑을 되살리고, 첫 만남의 덧없는 순간을 영원한 것으로 되돌린다. "단 하나의 꿈으로 너무나 오래 살아온" 대가는 허무한 죽음이지만, 허무는 어차피 삶의 본질이다. "운명이 인간에게 준 유일한 선물은 죽음이다." 시인 발레리의 말이다. 그래도 개츠비는 타고난 "낭만적 감응"으로 꿈과 미래를 믿었다. 소멸하는 사랑의 지속을 믿는 우직함, 그것이 개츠비의 위대함이고 소설의 위대함이다. 위대한 연인의 마음속에는 영원히 살아 숨 쉬는 꽃이 있다. 그 꽃은 순수한 영혼의 화신, 신성한 사랑의 현현이다.

데이지의 하얀 얼굴이 그의 얼굴에 가까워지자 그의 심장은 점점 더 빨리 뛰었다. 이 아가씨와 입맞춤하고, 곧 소멸해버릴 그녀의 숨결에 말로 표현할 수 없는 그의 환상을 영원히 결합하면, 그의 마음은 결코 다시는 신의 마음처럼 마냥 뛰놀지 못하게 될 것을 그는 알았다. 그래서 그는 어느 별에 부딪힌 소리굽쇠 소리에 잠깐 더 귀를 기울이며 기다렸다. 그러고는 그녀에게 입맞춤했다. 그의 입술과 접촉하자 그녀는 그를 위해 한 송이 꽃처럼 피어났고, 그렇게 화신(incarnation)이 완성되었다.

VI.

알베르틴, 바닷새와 소유의 환상

프루스트, 『잃어버린 시간을 찾아서』

프루스트 Marcel Proust (1871-1922)
사교계 한량으로 시간을 흘려보내다 허약한 몸에 죽음이 임박했음을 깨닫고
온 마음을 쏟아 지나간 삶의 시공간을 세밀한 글쓰기로 재구성했다.
—『잃어버린 시간을 찾아서』(1913-1927) : 총 7편으로 이루어진 방대한 소설.
1. 「스완네 집 쪽으로」 2. 「꽃핀 소녀들의 그늘에서」 3. 「게르망트 쪽」
4. 「소돔과 고모라」 5. 「갇힌 여인」 6. 「사라진 알베르틴」 7. 「되찾은 시간」

첫날 저녁, 누구에게도 관심 없이, 모래를 밟던 그녀는,

갈매기 같은 바다 소녀였다.

곧바로 나는 그녀를 사랑했다.

「되찾은 시간」

사랑하고 사랑받는 것이 가장 좋아하는 일이고 덕목이라 답했던 마르셀 프루스트. 그의 대작 『잃어버린 시간을 찾아서』는 사랑 이야기로 가득하다. 작가이자 화자인 마르셀은 세심한 감각과 치밀한 사유로 온갖 사랑을 분석하고 기록한다. 그것은 기억과 상상과 현실이 뒤섞인 환상적 사랑의 역사다. 많은 사람의 애정 관계가 다루어진다. 부유한 집안의 스완과 화류계 여인 오데트, 귀족 생루와 사창가의 여배우 라셀, 샤를뤼스 남작과 그의 남자들, 귀족들과 부르주아들, 그리고 여성 남성 동성애자들의 다채로운 이야기가 이어진다. 가장 큰 줄기는 마르셀 자신의 사랑 담론이다. 어릴 적부터 어머니의 사랑에 민감했던 마르셀은 성장하면서 무수한 여성을 만나고 바라본다. 첫사랑 질베르트와 그녀의 어머니 "장밋빛 부인" 오데트, 바닷가에서 만난 알베르틴과 소녀들, 게르망트 공작부인, 그리고 스쳐가는 숱한 여성들을 욕망한다. 그 가운데 가장 큰 사랑은 알베르틴이다. 그녀의 존재는 마르셀의 시간과 의식을 지배한다.

알베르틴을 만나기 전, 마르셀이 좋아했던 소녀는 질베르트다. 그녀의 부모 스완과 오데트의 사랑은 모든 사랑의 전범이다. 스완의 사랑은 욕망의 역설적 구조를 드러낸다. 그의 이야기는 어린 마르셀에게도 큰 영향을 끼친다. 사교계의 총아였던 스완은 비천한 출신의 오

데트와 "형편없는 결혼"을 한다. 처음 그는 "빼어난 아름다움"을 지닌 오데트에게 매력은커녕 "일종의 육체적 반감"마저 느낀다. 그가 "본능적으로 선호하는" 아름다움이 아닌 까닭이다. 만남이 잦아져도 실망감만 더한다. 그녀는 정숙하지도 지성적이지도 않다. 그러나 그녀의 교태로운 유혹은 차츰 그의 마음을 연다. 모든 여인에 대한 몽상이 "보잘것없는" 그녀로 수렴된다. "오데트의 이미지가 그 모든 몽상을 흡수"한다. 몽상이 육체로 옮겨가고, 관계가 깊어지자, 유혹의 형태가 변한다. 사랑의 유희, 기쁨과 고통의 숨바꼭질이 시작된다. 그는 그녀를 찾아다니고, 그녀는 다른 곳으로 옮겨 다닌다. 그는 그녀에게 빠져들고, 그녀는 틈틈이 빠져나간다. 그는 그녀만 생각하고, 그녀는 몰래 다른 남자 여자도 본다. 그는 불 꺼진 그녀의 집 주위를 서성이기도 한다. 질투와 고뇌가 깊어 간다. 그녀는 점점 더 가벼워진다. 그녀가 무심해 보일수록 그의 애착은 강해진다. 추궁과 거짓 고백이 반복된다. 그녀는 결코 손에 잡히지 않는다. 그녀는 그로부터 멀리, 오래 떠나는 일도 두려워하지 않는다. 그도 매일 먼 곳으로 떠나기를 꿈꾼다. 잠 속에서도 떠나는 꿈을 꾼다. 떠나지는 못한다. 차라리 그녀가 사고로 고이 죽어주기까지 바란다. 불안과 고통의 끝에서, 그녀의 첫인상을 떠올리며, 그는 깨닫는다.

"내 마음에 들지도 않았고, 내 취향도 아니었던 여자 때문에, 내 인생의 여러 해를 망치고, 죽을 생각을 하고, 가장 큰 사랑을 품었다니!"

『잃어버린 시간을 찾아서』, 「스완네 집 쪽으로」, II. 스완의 사랑.

그는 마침내 사랑을 잊는다. 잊었다고 생각한다… 그리고 그녀와 결혼한다. 결혼과 함께 고통은 사라진다. 사랑의 욕망도 말소된다. 스완은 사교계에서 소외되고, 그의 재력과 명성의 날개옷을 입은 오데트의 장밋빛 삶이 시작된다.

어느 날 '나'는 할아버지와 아버지와 함께 스완네 정원 옆 산책길을 걷다가 분홍빛 산사나무 꽃향기가 가득한 울타리 너머로 한 소녀와 눈길이 마주친다. 지금까지 "모호한 이미지"에 지나지 않던, 스완의 — "내게는 거의 신화적인, 그 이름"의 — 딸 질베르트와의 첫 만남이다.

갑자기, 나는 멈춰 섰다, 더 움직일 수가 없었다. 마치 어떤 환영이 나타나 시선만 사로잡는 것이 아니라, 더 깊은 인식을 요구하며 온 존재를 붙잡는 것 같았다. 붉은빛 금발의 소녀가, 산책에서 돌아온 듯한 모습으로 한 손에 꽃삽을 든 채, 장밋빛 주근깨 가득한 얼굴을 들어, 우리를 바라보고 있었다. 그녀의 검은 눈이 반짝였다 […] 할아버지와 아버지가 그녀를 보지 못하고 계속 걸어서 나를 앞질러 가는 동안, 그녀는 내가 있는 방향으로 길게 눈길을 흘리면서도, 특별한 표현을 하거나 나를 보는 티를 내지는 않았지만, 무표정에 감춰진 그 미소는, 내가 받은 좋은 교육의 개념에 따르면, 무례한 경멸의 표시라고 해석할 수밖에 없었다.

「스완네 집 쪽으로」, I. 콩브레.

무심한 듯 빛나는 그녀의 시선은 무언의 유혹이다. 나도 그녀를 바라본다. 나의 시선은 "불안하고 경직된 온갖 감각"이 실린 시선, — "보이는 육체를, 영혼과 함께, 만지고 붙잡아 데려가고 싶은" 갈망이 담긴 시선, ─ 그리고 어느새 "나를 눈여겨보고 알아봐 주기를 억지로 애쓰는, 무의식적 애원"이 내포된 시선이다. "모욕당한 내 마음"은 저도 모르게 사랑을 갈구한다. 그녀의 "앙큼하고 무표정한 긴 시선"은 나를 구속하고, 나를 멀리한다. 그것은 쉽게 메울 수 없는 거리다. 그렇게 내 가슴에는 "접근할 수 없는 행복의 첫 번째 유형"이 새겨진다.

샹젤리제에서 나는 다시 그녀를 본다. 그녀가 친구들과 노는 곳을 맴돈다. 그러다 함께 어울려 술래잡기도 하고 숨바꼭질도 한다. 둘이서 수풀 속에 숨어 장난치다 뒤엉키며 "땀방울처럼 발산되는 쾌락"의 어렴풋한 향기를 맡기도 한다. 그녀 집에도 자주 놀러 간다. 그녀에게 편지를 보내고, 그녀의 아버지 스완에게도 잘 보이려 편지를 쓴다. 귀한 물건을 팔아 스완 부인에게 많은 꽃을 보내기도 한다. 질베르트를 보지 않고는 하루도 못 견딘다. 멀리 있어도 그녀만 생각한다. 그녀만 보인다, 혹은 그녀를 그려보려고 애쓴다.

질베르트와 멀리 있는 시간 내내, 나는 그녀를 봐야만 했다. 끊임없이 그녀의 이미지를 떠올리려고 애썼지만, 끝내 떠올리지 못했고, 그래서 내 사랑이 무엇에 부합하는지 더 이상 정확히 알 수가 없었다.

「스완네 집 쪽으로」, III. 고장의 이름 - 이름.

차츰 나는 깨닫는다. "그녀의 이미지"는 그녀와 다르다는 사실을. ─ 그녀를 만날 때면, "그녀와 내 꿈의 대상인 소녀는 서로 다른 두 존재 같았다". ─ 나는 그녀를 생각하며 편지를 쓰고 글을 쓰지만, 정작 눈앞에 나타나는 그녀는 내 머릿속의 그녀와 다르다. 그녀의 이미지는 그녀를 볼 때마다 교정된다. 그녀의 이미지는 늘 변하고, 그녀는 늘 다른 모습이다. 그녀의 실체는 어디에도 없다. 최초의 표징인 첫눈의 기억조차 불확실하다. 반짝이던 그녀의 "검은" 눈은, "선명한 하늘색"에서, 수정된 이미지다. ─ "아마도 그녀의 눈이 그처럼 검지 않았다면 ─ 처음 보면 너무나 뚜렷한데도 ─ 내가, 실제로 그랬던 것처럼, 그녀의 눈이 푸른색이라 생각하며, 그렇게 유별나게 사랑에 빠지지는 않았을 것이다." ─ 한 주만 못 보면, 그녀의 얼굴조차 기억하지 못한다. "기억나는 것은 그녀의 미소뿐"이다.

질베르트의 이미지는 나의 상상이다. 내 사랑은 허상이다. 그녀의 미소에 감춰진 "미지의 삶"은 영원히 인지할 수 없는 것이다. "질베르트를 통한 행복"은 "도달할 수 없는 행복"이다. 그 불가능성에, 나는 지레 물러선다. "나는 갑자기 용기를 내어 더 이상 그녀를 보지 않기로 결심했다." 나는 이별의 편지를 쓴다. 그리고 여러 날을 울며 보낸다. "나는 이미 질베르트를 잃었고, 그리고 더 사랑했다."

불가능한 행복의 빈자리에 알베르틴이 들어온다. 그녀의 이미지는 아예 처음부터 불확실하다. 질베르트를 단념한 지 몇 년 후, 나는 요양차 노르망디의 휴양지 발베크에 머문다. 어느 날 햇빛 가득한 바닷가 저 멀리서 "특이한 얼룩"이 아른아른 다가온다. 한 무리 새 같은 소녀들이다.

점점 다가오는 대여섯 명의 소녀들은, 외모나 행동이 발베크에서 흔히 볼 수 있는 사람들과 아주 달라 보여서, 어디서 내려앉았는지 몰라도, 한 무리 갈매기들이 느릿한 걸음걸이로 해변에서, ─ 뒤처지면 날개를 파닥여 따라붙기도 하며 — 산책하는 듯했고, 산책의 목적은 그녀들 눈에 보이지도 않는 것 같은 해수욕객들에게는 모호하지만, 새 같은 그녀들의 정신에는 분명하게 결정된 것처럼 보였다.

그 낯선 소녀들 가운데 하나는 손으로 자전거를 밀고, 다른 둘은 골프 "클럽"을 들고 있었다. 그녀들의 기이한 옷차림은 다른 소녀들과 뚜렷한 대조를 보였다. 사실 발베크에 스포츠에 빠진 다른 소녀들도 있었지만, 그렇다고 특별한 복장을 갖춘 소녀들은 없었다.

「꽃핀 소녀들의 그늘에서」, II. 고장의 이름 – 고장.

현대 문명과 스포츠를 좋아하는 소녀들은 활달하고 자유롭다. 야생적이고 개방적인 그녀들은 점잖은 사람들의 시선에 아랑곳하지 않는다. 그녀들은 지나는 길에 약한 노인을 조롱하는 일도 서슴지 않는다. 귀족적이고 현학적인 사람들, 교양과 격식을 갖춘 사교 모임에 익숙한 나에게 그녀들은 그만큼 이질적이다. 지적이고 병약한 나의 눈에 그녀들은 새처럼 다른 생물이다. 그녀들의 낯섦이 한꺼번에 나를 사로잡는다.

그녀들은 이제 내게서 멀지 않은 곳에 있었다. 각자 서로 완전히 다른 유형이었지만, 모두 다 아름다웠다. 사실을 말하자면, 내가 그녀들을 본 것은 몇 초밖에 되지 않았고, 대놓고 뚫어지게 바라보지도 못했기에 그녀들 각각을 아직 개별화하지 못했다.

개별화되지 않는 그녀들의 얼굴은 부분부분 인식된다. 누구는 "반듯한 코"와 "갈색 피부"가 두드러지고, 누구는 "강하고, 고집스럽게 웃는 눈", 또 누구는 "구릿빛 감도는" 장밋빛 뺨이 돋보인다. "하얀 계란형 얼굴", "검은 눈", "초록색 눈" 등도 분리되어 보인다. 그 낱낱의 특징들은 각각의 인물에게 고정되지 않고 한데 어우러져서, "온갖 색상들을 모아놓은" 그림 혹은 "식별되었다가 바로 잊히며" 이어지는 악절처럼 "경이로운 전체"를 이룬다. 그 "집합적이고 유동적인, 유체의 아름다움" 속에서 나는 차츰 개체를 분류해낸다. 한순간 생경하고도 익숙한 "검은" 눈빛이 나를 사로잡는다.

한순간, 갈색 피부에 뺨이 통통한 자전거 미는 소녀를 스쳐 지나갈 때, 나는 그녀의 비딱한 웃음 어린 시선과 마주쳤다. 그 시선은 그 소집단의 삶을 둘러싼 저 비인간적 세계, 나 같은 존재의 관념은 도저히 도달할 수도 자리 잡을 수도 없는 접근 불가능한 미지의 세계 밑바닥에서 나온 것이었다. 이마까지 아주 낮게 드리운 폴로 모자를 쓴 그녀가, 친구들 얘기에 정신이 팔려, 그녀의 눈에서 방사된 검은 광선이 나에게 닿은 순간 나를 보기라도 했을까? 보았다면, 나는 그녀에게 어떤 모습으로 나타났을까? 어떤 우주의 내부로부터 나를 식별했을까?

그녀의 시선에 내포된 "미지의 세계"는 질베르트의 "미지의 삶"과는 또 다른 차원이다. 질베르트의 "미지"가 다른 동네 다른 삶의 내밀함이라면, 알베르틴의 "미지"는 다른 우주의 막연함이다. 알베르틴은 "다른 종족"이다. 그녀는 내가 끝까지 풀지 못할 신비의 세계에 속한다. 나는 또 "미지"의 매혹에 이끌려 불가해한 그녀를 욕망한다.

자전거 소녀의 눈에 담긴 것까지 소유하지 못하면 그녀를 소유하지 못하는 것이라는 사실을 나는 알았다. 그러니까 그녀의 삶 전체가 나에게 욕망을 불러일으키는 것이었다. 그것은 실현 불가능하다고 느껴졌기에 고통스러운 욕망이었지만, 지금까지의 내 삶이 갑자기 나의 총체적 삶이기를 멈추고, 내 앞에 펼쳐진, 내가 열렬히 메우고 싶은 공간의 작은 일부에 지나지 않으며, 그 공간은 저 소녀들의 삶으로 이루어져 있고, 그로써 나 자신의 연장과 증식을 가능하게 하는 행복이라는 것이 내 삶에 제시되었기에, 황홀한 욕망이기도 했다.

사랑하는 사람과의 조합은 삶의 영역을 확장한다. 두 존재의 조율과 조화는 행복의 공간을 팽창시킨다. 그것이 사랑과 행복의 환상이다. 알베르틴에 대한 나의 꿈은 더 크다. 그녀가 친구들과 공유하는 "미지"의 삶은 내 삶의 무한한 "증식"을 예시한다. 그녀들은 "삶에서 가능한 미지의 행복을 나타내는, 너무나 감미롭고 완벽한 표본"이다. 덧없이 나를 스쳐 지나간 수많은 미지의 소녀들, 여인들을 나는 꿈꾸고 그려왔다.

나는 머지않아 그녀들의 집단적 삶에 합류한다. 나는 꿈의 그림 속으로, "바다를 배경으로 하는 그림 속 인물들"의 품으로 들어간다. 그녀들과 함께 온종일 시간을 보낸다. "태양과 바람에 익은 금빛 장밋빛 처녀들"을 따라 농장이나 바닷가로 산책도 하고 피크닉도 간다. 유치한 놀이도 하고 의미 없는 대화도 한다. 그녀들 사이에 그저 말없이 누워 있어도, 나는 그 어디서도 느끼지 못한 "충만함"과 "물결치는 행복"을 맛본다. ─ "꽃핀 소녀들"에게서 "내 시선이 찾은 색채와 향기의 감미로움은 드디어 내 몸과 하나가 되었다". — 나는 그들 모두를 사랑한다. "동시에 여러 소녀에게 나눠진 사랑의 상태"는 그러나 그렇게 오래가지 않는다. 내 시선은 다시 검은 눈빛의 알베르틴에게로 초점이 맞춰진다. — "오직 알베르틴의 이미지만이 내 마음에서 솟아올라 빛나기 시작했다." — 은근한 심리 싸움 끝에 어느 저녁 그녀의 호텔 방에 초대받는다. 나는 "장밋빛 육체라는 귀중한 실체가 감춰진 방"으로 들어간다. 그녀는 — 마치 잠자는 숲속의 미녀처럼 — 침대에 누워 있다. 그녀가 미소 짓는다. 창으로 흘러드는 달빛에, "너무나 장밋빛으로 빛나는 뺨"에 취해서, 나는 "그 미지의 장밋빛 과일이 지닌 향과 맛을 알기" 위해, 그녀의 경고에도 불구하고, 입맞춤을 시도한다. 초인종이 울리고, 감미로운 꿈은 깨진다. 알베르틴이 떠나고 "꽃들의 계절"도 끝난다. 끊임없이 변화하는 알베르틴의 이미지는 다시 신비 속으로 사라진다. (「꽃핀 소녀들의 그늘에서」, II. 고장의 이름 – 고장.)

오랜 시간이 지난 후 어느 날 파리의 집으로 알베르틴이 불쑥 찾아온다. 예전에도 "매일 변하던" 그녀의 얼굴은 이제 "알아보기 힘들" 만큼 다르다. 바다의 후광이 사라진 그녀의 모습은 "아주 초라한 장미" 같다. "몸의 풍만함 속에, 발베크에서 보낸 나날을 담고 있는" 그녀를, 오로지 추억의 빛 때문에, 나는 다시 욕망한다. — "그녀를 껴안기 전에, 바닷가에서 그녀가 나에게 발했던 신비로움을 다시 그녀에게 채워줄 수 있었으면 했다." — 그녀는 순순히 몸을 맡긴다. 순간순간 변화하는 그녀가 "이전에 본 적이 없는, 그지없이 온순하고, 거의 유아적인 순수한 모습"을 보여준다. "짧은 관계"가 끝나고 그녀를 보낸 후, 나는 굳이 그녀를 찾지 않는다. 그녀는 다시 찾아오지만, 나의 마음은 다른 데 있다. 사랑은 이제 사라졌다고 생각한다. 그러나 사랑은 잔인한 형태로 되돌아온다. ― "내가 머지않아 품게 될 커다란 사랑"을 나는 아직 몰랐다. (「게르망트 쪽」, II.)

사랑을 되살린 불씨는, 스완의 사랑이 그랬듯이, 불안과 질투심이다. 하루는 "그저 관능적인 욕망"으로 그녀를 부른다. 나의 욕망에 온순히 응했던 그날 이후 "쉬운 여자"라 생각했던 그녀가 늦도록 오지 않는다. 기다리는 동안, 욕망하는 대상의 부재로 인해 "잔인한 정신적 고통"이 되살아난다. 지금 "다른 곳"에서 "분명히" 더 큰 즐거움을 느끼고 있을 그녀에 대한 상상이 번민을 불러일으킨다. 아주 늦은 시간에 전화가 걸려 오고 긴 실랑이 끝에 그녀가 온다. 나는 그녀에게 키스하고 그녀는 곱게 받아들인다. ― "그녀가 그렇게 예뻐 보인 적은 없었다." ― 그녀는 오렌지주스 같은 "신선함"으로 나의 불안을 가라앉히고 간다. 그녀는 부르면 또 오지만, 그녀가 "다른 곳"에서 누구와 무엇을 하는지는 알 길이 없다. 그녀의 수상한 행적과 거짓된 변명은 의혹을 부른다. 그녀가 누구보다 까다롭고 믿을 수 없는 여자라는 것을 또 깨닫는다. 어쩌면 나는 그녀를 조금도 모른다. 그녀의 삶이 나로부터 먼 거리에 있다고 느낄수록 나는 초조해진다. 그녀를 내 옆에 붙잡아두지 않는 한 나는 영원히 그녀를 가질 수 없다.

알베르틴에 관해서 나는 결코 아무것도 알지 못하리라는 것을, 실제 사실들과 거짓된 행적들이 복잡하게 뒤엉킨 틈에서 결코 헤어나지 못하리라는 것을 감지했다. 그녀를 감금하지 않는 한 (달아나겠지만) 마지막까지 계속 그러리라는 것을 알았다. 그날 저녁, 그런 확신에 이어 얼핏 불안감이 내 마음을 스쳐 갔을 뿐이지만, 그 순간 나는 긴 고통의 예견 같은 전율을 느꼈다.

「소돔과 고모라」, I.

감금의 상상은 현실이 된다. 전율 어린 예감은 틀림이 없다. 꽃피는 계절에 나는 다시 휴양지 발베크에서 그녀를 만난다. 그곳에서 그녀의 기이한 행각이 나를 혼란에 빠뜨린다. 그녀의 "고모라 족 성격", 즉 동성애적 성향에 대한 나의 "고통스러운, 끝이 없는 의혹"이 시작된다. 예전의 "꽃핀 소녀들"도 더 이상 아름답게만 보이지 않는다. "잔인한 의혹"은 나날이 커간다. 그녀가 눈앞에 있어도 멀리 있어도 거짓말만 들리고 거짓된 이미지만 보인다. 이제 남은 것은 "온갖 탐문과 다양한, 무수한 감시의 무시무시한 길"뿐이다. 그 길로 들어서지 않기 위해 이별을 생각한다. 이제껏 나는 사랑하다 그만두고, 사랑을 나누고 버리고, 다시 사랑하고 헤어질 결심을 지속해왔다. 누적된 사랑은 늪이다. 동성애에 대한 짙은 의혹과 질투가 나를 광기 어린 사랑으로 다시 몰아넣는다. 그녀는 "나를 불태우는 독약"이자 "유일한 치료제"다. "알베르틴과의 결혼은 미친 짓"이라고 생각하면서도, 나는 그녀를 파리에 있는 내 집으로 데려가기 위해 — 나 자신은 스완과 다르다고 생각하면서 — 스완처럼 — 결혼 의사를 내비친다. (「소돔과 고모라」, I, II.)

나와 알베르틴은 "한 지붕 아래" 산다. 그녀는 아침이면 내 방으로 오고, 늦은 밤이 되면 복도 끝 자기 방으로 간다. 그녀와 함께 살면서 내가 느끼는 것은 "기쁨이라기보다 고통의 진정"에 따른 "평온함"이다.

그녀는 이제 별로 예뻐 보이지도 않았고, 같이 있으면 권태롭기도 했고, 분명히 그녀를 사랑하지 않는다는 느낌이었고, 반대로 그녀가 곁에 없을 때 기쁨을 맛보았다.

「갇힌 여인」, I.

그녀가 곁에 보이는 것보다 보이지 않는 저편에서 그녀의 노랫소리, 휘파람 소리가 들리는 것이 더 좋다. 그녀의 실재보다 부재가, 그녀보다 그녀의 이미지가 더 아름답다. 그러나 그녀가 멀리 집 밖으로 나가 부재가 길어지면 나의 불안은 되살아난다. 나의 의심과 질투는 "고질병"이고, 그녀의 "쾌락 취향" 역시 마찬가지다. 어쩌면 그녀는 나름대로 쾌락을 맛볼 기회만 찾고 있는지 모른다. "그런데 파리는 발베크만큼이나 많은 기회를 제공한다." 고질병은 기회만 되면 재발한다. 그녀도, 나도, 절대 변하지 않을 것이다. "결국 나의 고통은, 생각해보면, 알베르틴이나 나의 삶과 함께 끝날 수밖에 없었다."

감금은 상호적이다. 그녀만 갇힌 것이 아니다. 나 스스로 불신과 의혹의 감옥에 갇혀 있다. "꽃핀 소녀들" 가운데 "가장 아름다운 장미를 꺾어" 왔는데, 그 아름다움은 나날이 빛을 잃고 있다. 나 역시 "권태로운 집착"에서 벗어나, "병에서 회복되어, 밖으로 나가서, 알베르틴 없이, 자유롭게", 욕망의 거리를 나다니고 싶고, 저 멀리 베네치아로 꿈의 여인들을 찾아가고도 싶다. 불행하게도 나의 집착은 자유의 바람보다 강하다. 그녀가 안 보이면 부재의 행적에 골몰하고, 바로 눈앞에 있으면 보이지 않는 마음의 비밀에 열중한다. "밀봉된 봉투" 같은 가슴 속에 숨겨진 욕망이 나를 자극한다. 나의 "집요한 감정"은 "알고 싶

어 하고, 그렇지만 알면 괴로워하고, 그러고는 더 많이 알아내려"한
다. 예전에 "쉽사리, 또 기꺼이 고백하던" 그녀는 이제 다 숨기려 한다.
"그녀는 언제나 나를 질투하는 자, 심판하는 자로 느꼈을 것이다."

바닷가 새처럼 자유롭던 그녀는 지금 "새장에 갇혀" 있지만, "지칠
줄 모르는 움직임과 생명력으로" 나를 몹시도 피곤하게 한다. 내가 가
장 좋아하는 것은 그녀가 꾸밈없이 자연스럽게, "마치 식물처럼" 잠든
때다. 자아의 분열을 멈추고 잠든 그녀의 모습은 완전한 소유의 환상
을 불러일으킨다. 나는 가만히 그녀를 바라보며 "꿈꾸는 힘"을 되찾는
다. 그녀가 부재할 때만 작동하던 그 힘이 그녀의 온 존재를 앞에 두고
순수한 사랑의 신비를 펼쳐 보인다.

그녀의 자아는, 우리가 이야기를 나눌 때처럼, 숨겨진 생각과 시선의 통
로로 달아나지 않았다. 그녀는 그녀 밖에 있던 모든 것을 자기에게로 불러
들였다. 그녀는 자신의 몸속에 숨어들어, 갇히고, 요약되었다. 내 시선 아
래, 내 손안에 그녀를 잡아두고서, 나는 그녀가 깨어 있을 때 느껴보지 못
한 온전한 소유의 감동을 느꼈다. 그녀의 삶이 나에게 순종하며, 나를 향해
가벼운 숨을 내쉬고 있었다. 나는 바다의 미풍처럼 감미롭고, 달빛처럼 몽
환적인, 잠이라는 그 신비로운 속삭임의 발산에 귀 기울였다. 잠이 지속되
는 한, 나는 그녀를 꿈꾸고, 그러면서 바라볼 수 있었고, 그리고 잠이 더 깊
어지면, 그녀를 만지고, 껴안을 수 있었다. 그렇게 내가 경험한 것은, 무엇인
가 너무나 순수하고, 비물질적인 감각에, 너무나 신비로워서, 자연의 아름
다움이라는 생명 없는 피조물 같은 것 앞에서나 느낄 수 있는 사랑이었다.
「갇힌 여인」, I.

완전한 사랑은 순수한 꿈이다. 소유의 환상은 일시적이고 일방적이다. "우리는 완전히 소유하지 못하는 것만 사랑한다." 소유할 수 없어서 사랑하고, 사랑하는 만큼 질투하고, 질투하는 만큼 번민한다. 소유를 꿈꿀수록 결핍의 고통은 커진다. 나의 질투, 나의 집착, "만성적 광증 같은 나의 사랑"은 그녀를, 나를, 사랑 그 자체를 숨 막히게 한다. 사랑은 "상호적 형벌"이다. "고뇌를 멈추든가, 사랑을 멈추든가, 선택해야만 한다." 선택은 지연된다. 질투의 광기가 나 자신도 두려워서, 그녀를 내보내지 못한다. 그녀 스스로 내가 모르는 곳으로 떠나주기를 바란다. 나도 모르게 죽어주기까지 바란다. 그녀는 더 이상 눈부신 해변의 알베르틴이 아니다. 도도한 검은 눈빛의 발베크 소녀는 사라지고, "따분하고 순종적인 포로"만 남았다.

이제는 바닷바람에 그녀의 옷이 부풀어 오르지 않으니까, 무엇보다 내가 그녀의 날개를 잘랐으니까, 그녀는 이제 승리의 여신이 아니었고, 그저 내쳐버리고 싶은 짐스러운 노예가 되었으니까.

「갇힌 여인」, II.

나는 수없이 이별을 결심한다. 한편으로 그녀가 언제라도 떠날지 모른다는 생각에 불안해한다. 함께 있어서 불행하지만, 혼자 남아서 느끼게 될 불행도 두렵다. 날아가는 비행기를 함께 바라보며 그녀도 나도 "잃어버린 자유"를 그리워한다. 어느 봄날 아침 하녀가 전한다. 알베르틴이 떠났다고. 두어 계절에 걸친 사랑의 감금은 그렇게 끝난다.

나는 숨이 막혀, 갑자기 땀에 잔뜩 젖은 두 손으로 가슴을 움켜쥐었다
[…]

견딜 수 없는 고통 속에서, 나는 그녀와 둘이 나눈 삶이 "그저 나의
온 삶"이었음을 깨닫는다. 번민 끝에 그녀에게 편지 쓸 생각을 한다.
다만 애원하거나 집착하는 모습을 보이지 않기 위해 편지를 미룬다.
그 전에 돈과 결혼으로 회유하기 위해서 그녀 집으로 친구를 보낸다.
실망한 알베르틴의 전보를 받고서야 편지를 보낸다. 반드시 그녀를
되찾겠다는 열망에도 불구하고, 여전히 자존심 때문에 말을 돌리며
속마음을 감춘다. 진작에 "돌아와요" 한마디면 충분했을 일이다. 뒤늦
게, "원하는 것은 무엇이든 할 테니 돌아와 달라"고 전보를 보낸다. 돌
아온 답신은 그녀가 낙마 사고로 죽었다는 소식이다.

죽음으로 인해 변하는 것은 없다. 알베르틴은 그녀를 잊지 못하는
마르셀의 마음속에 여전히, "이전보다 더 생생하게", 살아 있다. "존재
는 기억의 영역에 속하기" 때문이다. 사랑하는 존재는 더욱 그렇다.
마르셀은 한동안 "더 이상 취미도 재능도 없다고" 생각한 문학에 다시
몰입한다. 무엇보다 알베르틴의 기억을 글로 옮기기 위해서다.

존재는 기억의 영역에 속하고, 어느 한순간의 기억은 이후에 생긴 일을
전혀 모른다. 그래도 기억이 기록한 순간은 여전히 지속되고, 여전히 살아
있으며, 그 순간과 함께 떠오르는 존재 또한 마찬가지다. 이러한 기억의 분
산은 죽은 여인을 살릴 뿐 아니라 증식한다. 마음을 달래기 위해 내가 잊어
야 할 것은 하나가 아닌, 수없이 많은 알베르틴이다. 그녀를 잃은 슬픔을 마

침내 견디어내도, 또 다른 그녀와, 수많은 그녀와 다 다시 시작해야 했다.

「사라진 알베르틴」.

마르셀은 수없이 되살아나는 순간들을 그저 잊어버리는 대신 낱낱이 기록한다. 그녀의 지나간 삶을 되짚는다. 의심스러웠던 그녀의 "잘못"까지 파헤친다. ─ "그녀가 생생하게 살아 있는 추억 속에서 […] 그녀 생각만 해도 질투가 되살아나서, 그녀의 배반은 결코 죽은 자의 것이 아니었다." ─ 그녀의 "타락 행위", "이중생활"도 조사한다. 그녀의 "죄"로 인해 그녀의 고장 발베크의 "신비로움"이 "지옥"으로 상상되기도 한다. 그녀는 "방탕한 알베르틴"에서부터 "선한 알베르틴"에 이르기까지 온갖 이미지로 분열한다. ─ "특히 알베르틴이 이렇게 수많은 파편, 수많은 알베르틴으로 분열하는 것이 그녀가 내 마음속에 존재하는 유일한 방식이었다." ─ 그 "수많은 파편"은 알베르틴과 더불어 되살아나는 다른 수많은 순간과 공간 속에 재배치된다. 그녀의 이미지는 글쓰기로 재구성된 마르셀의 삶 속에 편재한다. "그의 영혼이 그녀에 대한 사랑으로 구성되어" 있는 한, 그녀의 존재는 모든 "되찾은 시간"의 원동력이다. 그 존재의 힘은 영원히 닿지 못하고 사라지지도 않는 "미지"의 신비다. 알베르틴에게서 ─ 그전에 질베르트에게서 ─ 첫눈에 보았던 바로 그 "검은" 눈빛이다.

페넬로페와 바닷새의 꿈

호메로스, 『오디세이아』
조이스, 『율리시스』, 『젊은 예술가의 초상』

호메로스 Homeros (BC 8세기)

고대 그리스의 전설적 시인.
그의 작품으로 알려진 『일리아스』와 『오디세이아』는
서양 문학과 문화예술의 근간이다.
—『오디세이아』(BC 8세기 말)

조이스 James Joyce (1882–1941)

아일랜드 출생. 전위적인 문체와 서술로 현대소설의 지평을 넓힌 작가.
난해함, 반윤리와 반종교, 음란성 등에 대한 비판을 피해
조국을 떠나면서까지 글쓰기 실험을 계속했다.
비난과 판금은 사후 찬미로 바뀌었다.
—『율리시스』(1922) —『젊은 예술가의 초상』(1916)

호메로스의 『오디세이아』는 십 년 동안의 트로이 전쟁 후 오디세우스가 집으로 돌아가는 길에 겪는 모험 이야기다. 그의 귀향은 또 십 년이 걸린다. 온갖 고난과 불운이 그를 가로막는다. 포세이돈의 분노가 일으키는 파도는 그를 하염없이 내친다. 그 어떤 역풍과 역경도 그의 일념을 꺾지 못한다. 사랑의 유혹과 죽음의 위협에도 그는 굴복하지 않는다. 그는 여신 키르케의 융숭한 대접과 애정에도 오래는 머물지 않는다. 세이렌의 치명적인 유혹도 쉬이 벗어난다. 영원한 젊음을 약속하는 요정 칼립소의 칠 년에 걸친 억류와 구애도 끝내 뿌리친다. 여신처럼 미모가 뛰어난 나우시카 공주의 흠모에도 무심하다. 멀리서 그를 이끄는 등불은 누구보다 아름다운 아내 페넬로페의 존재다.

페넬로페는 아무것도 모른다. 모른 척한다. 그녀의 궁전은 남편의 부재를 틈타 모여든 드센 구혼자들로 들끓는다. 이미 오래전 남편이 죽었다는 소문이 떠돈다. 그녀는 귀를 막고 산다. 걱정 가득한 아들이 아버지의 소식을 찾아 떠나는 것도 알지 못하고, 구혼자들이 아들을 죽이려 한다는 알림에도 속수무책이다. 그녀는 아테네 여신에게 기도할 뿐이다. 초라한 나그네로 위장한 남편이 눈앞에 나타나도 알아보지 못한다. 남편이 구혼자들을 모조리 척살하느라 궁내가 소란해도 그녀는 모른다. 그녀는 중요한 순간마다 잠을 잔다. 아테네가 그녀를 재운다. "잠자는 숲속의 미녀"처럼, 그녀는 요란한 궁전의 규방에서 홀로 잠잔다. 무지와 잠으로 그녀는 온전한 여체를 유지한다. 그녀는 미와 정숙의 완전체다. 그녀는 고이 간직한 몸과 마음을 마침내 되찾은 남편의 품에 안긴다.

그녀의 말은 그의 마음을 흔들어 더 큰 눈물의 욕망을 불러일으켰다. 그는 사랑스럽고 충실한 아내를 꼭 껴안고 울었다. […] 그녀는 그를 바라보며, 그의 목을 휘감은 하얀 팔을 풀 줄 몰랐다.

『오디세이아』, XXIII, v.231-240.

조이스의 소설 『율리시스』는 『오디세이아』를 바탕글로 삼는다. 율리시스(Ulysses)는 그리스명 오디세우스의 라틴어(Ulixes) 표기를 영어로 옮긴 것이다. 『율리시스』에서 페넬로페에 해당하는 인물은 네오폴드 블룸의 아내 마리온이다. 마리온은 페넬로페처럼 정숙하지는 않다. 개방적이다. 가수인 그녀는 많은 남자를 안다. 다중적인 그녀의 성격에는 열정적인 칼립소, 유혹의 노래를 부르는 세이렌, 그리고 마법으로 남자들을 부리는 키르케의 이미지도 투영되어 있다. 그녀는 변모한 페넬로페다.

오디세우스의 모험이 페넬로페의 품으로 귀결되듯, 『율리시스』도 마리온의 이야기로 끝난다. 『율리시스』의 마지막 장 「페넬로페」(III, 18)는 온전히 마리온의 몽상으로 이루어져 있다. 「페넬로페」라는 제명 아래 페넬로페와 반대되는 마리온의 품성이 드러난다. 그녀는 자는 듯 깨어 있고 꿈꾸는 듯 생각한다. 그녀의 몽상은 쉼 없이, 쉼표도 하나 없이 이어진다. 긴 몽상 가운데 보이는 구두점, 마침표는 단 하나뿐이다. 몽상은 자유분방하고 분열적이다. 육체마저 분열의 대상이다. 그녀는 자신의 성과 민감한 신체 부위에 대해, 남녀의 성징에 대해 집요하게, 음란하게 생각한다. 신체의 파편적인 묘사와 내면적 상념이 뒤섞인다. 몽상은 과거와 현재를 떠돈다. 여러 남자의 추억이 성적 욕망 속에 되새겨진다. 되새김은 극히 혼란스럽다. 모든 남자가 단일한 대명사 "그"로 수렴되고, "그"에 대한 생각은 다른 "그"들로 번져간다. 남편 블룸은 정부 보일런과 중첩되고, 또 다른 남자들에 대한 상념으로 이어진다. "왜 결혼하지 않으면 키스하지 못하는 걸까 [..] 어떤 때는 누구든 곁에 있는 그가 나를 품에 안고 키스해주면 좋겠어 그저 길고 뜨거운 키스가 저 아래 내 영혼까지 닿아 마비시킬 정도로". 회상은 이런저런 그들을 거쳐 첫사랑 멀비에게 닿는다. 몽상 속 유일한 마침표가 나타나는 대목이다. "그는 나에게 키스한 첫 남자였다". 처음으로 키스한 남자, 그리고 처음으로 그녀를 버린 남자. 마리온의 나이 열다섯 무렵, 군인이었던 그는 그녀와 바닷가 바위에서 사랑을 나눈 뒤 배를 타고 멀리 떠났다. 거의 이십 년 전 일이다. 오디세우스가 귀향에 걸린 것과 같은 세월이다. 오디세우스와 달리 그는 돌아오지 않는다. "오월 그가 떠나기 전날 그래 오월이었어 스페인의 어린 왕이 태어난 달 봄이면 나는 항상 그래 해마다 새로운 남자가 나타났으면 좋겠어". 지금 그녀의 곁에 있는 "그"는 블룸과 보일런이다. "새로운 남자"가 나타난다. 스티븐 데덜러스. 남편이 집으로 데려온 그는 이십 대 초반이다. 그녀는 꿈꾼다. 남편이 아들처럼 생각하는 그를 사랑하는 꿈. 그녀는 그를 나르키소스 조각상에 비유한다. "그는 아주 기품이 있어 저런 남자와 만나고 싶어 정말 […] 그가 사준 저 작고 예쁜 조각상처럼 그를 하루 종일이라도 쳐다볼 수 있을 텐데 곱슬머리와 그의 어깨 들어보라고 날 위해 쳐든 그의 손가락 저기 진짜 날 위한 아름다움과 시가 있어 난 종종 키스하고 싶었어 그의 온몸에 그리고 그의 예쁘고 젊은 그것에 […] 내 나이에 잘생긴 젊은 시인과 어울린다면 정말 아주 멋질 텐데".

그녀도 처음 블룸의 청혼을 받았을 때는 그를 열렬히 받아들였다. 바닷가에서. 첫사랑 멀비를 떠올리면서. 결혼을 승낙하면서 그녀는 그를 — 페넬로페가 오디세우스를 껴안듯 — 꼭 껴안았다. "처음으로 나는 그를 내 팔로 감싸 안았다 그래요 그리고 그를 내게로 내려 당겼다 그가 내 젖가슴을 온 향기를 느낄 수 있도록 그래요 그의 가슴은 미친 듯 뛰었다 그래요 내가 말했다 그래요 좋아요 그래요". 이제는, 가슴이 차갑다. 그녀도 그도. 그는 이제 "너무나 냉정"하다. 남편의 존재를 의식할수록 그녀의 욕망은 다른 모든 남자에게로 열린다.

물론 여자는 젊어 보이기 위해서 하루에 스무 번이라도 안기고 싶지 누구든 상관없어 누군가 사랑하거나 사랑받는 한 원하는 남자가 곁에 없다면 때때로 정말로 생각도 했어 어느 어두운 저녁에 저기 아무도 나를 모르는 부두에 들러서 바다에서 막 나와 그것에 굶주린 선원을 하나 골라 볼까

마리온의 분방함은 끝이 없다. 열다섯 살 먹은 딸 밀리도 그녀를 닮았다. 그녀가 첫사랑을 나눈 때와 같은 나이이다. 밀리도 남자아이들과 잘 놀고 인기가 많다. 그녀뿐 아니다. 다른 여자들도 대개 개방적이다. 『율리시스』의 여자들은 성적 욕망과 상념으로 가득하고 별 스스럼없이 성적 언사나 행위를 표출한다. 마리온은 모든 여자를 대표한다.

페넬로페의 기호 아래 놓인 마리온이 왜 이렇게 정숙하지 못할까. 모형과 변형이 전혀 다르다. 페넬로페의 정절은 그저 풍자의 대상이었을까. 정조는 여성에 대한 남성의 환상일 뿐이라는 의미일까. 아내

와 정부에게 죽임을 당한 아가멤논의 원혼이 스며든 것일까. 그의 부정적 여성관이 오디세우스-블룸-조이스에게 투영된 것일까. 수천 년 된 고전적 여성상의 현대적 변주일까.

마리온의 몽상은 그저 육체적 성에만 빠져 있지 않다. 그것은 남녀와 사회, 인간과 세상에 대한 상념도 내포한다. 마리온은 여성성을 대변한다.

남자들은 모두 미친 듯이 자기들이 나온 곳으로 도로 들어가려고 하지 두고 보면 그렇게 깊이까지 결코 닿지도 못하면서

거짓말만 하는 남자들 그들의 거짓말을 담으려면 주머니가 스무 개라도 모자라 그러니 왜 우리가 그들에게 말해줘야 해 진실인들 믿지도 않는데

세상은 여자들이 지배하는 것이 훨씬 나을 걸 가서 서로 죽이고 학살하는 그런 여자들은 없으니까 […] 우리가 없다면 남자들은 이 세상에 있지도 못할 거야 그들은 여자가 어머니가 뭔지도 몰라 어떻게 알겠어 어디에 있겠어 그들 모두 돌봐주는 어머니가 없다면 나는 없었지만

신은 알지 그거 별거 아니야 누군 안 하나 단지 그들은 감추는 거지 내 생각엔 그게 여자가 이 세상에 있는 이유야 아니면 신이 이렇게 만들지 않았겠지 남자들에게 너무나 매력 있게

그래 우리는 꽃이야 여자의 몸 전부가 그래

성적 욕망의 해소와 존재의 해방, 사회적 굴레로부터의 자유는 마리온의 꿈이고 조이스의 염원이다. 작가의 분신인 스티븐과 마리온의 결합에 대한 몽상의 속뜻이 거기에 있다. 어머니가 없었다고 고백하는 마리온처럼 조이스도 모성의 결핍에 — 어쩌면 과잉에 — 시달렸다. 사춘기 때 어머니의 존재는 종교와 모국의 개념적 억압과 같았다. 그는 죽어가는 어머니가 부탁하는 기도를 거부하고 죄책감에 시달린다. 어머니의 이미지는 강박관념이 되어 작품 곳곳에 출몰한다. 오디세우스가 저승에 가서 어머니의 혼령을 만나듯 스티븐은 환상 속에서 어머니의 망령을 마주한다.

(스티븐의 어머니가, 수척한 모습으로, 홀연히 바닥을 뚫고 솟아난다 […])

스티븐 : (놀라움과 회한과 공포로 숨이 막힌다) 사람들이 내가 당신을 죽였다고 해요, 어머니. […] 암 때문이지, 내 탓이 아니에요. 운명이지요. […]

어머니 : […] 회개하라, 스티븐.

스티븐 : 악귀! 하이에나!

II, 15. 「키르케」.

꿈속에서, 소리 없이, 어머니가 그에게로 왔다. 쇠약한 몸에 헐렁한 수의를 걸친 채 밀랍과 자단 냄새를 풍기며, 그에게 몸을 숙이고 들리지 않는 비밀스러운 말을 할 때 젖은 재 냄새가 어렴풋이 났다.

그녀의 희미한 눈빛이, 죽음으로부터 뻗어 나와, 나의 영혼을 흔들고 꺾으려 한다. 오직 나만을 향한 눈빛. 악귀 쫓는 촛불이 그녀의 고뇌를 밝힌다. 유령 같은 불빛이 고통으로 일그러진 얼굴을 비춘다. 모두 무릎 꿇고

기도하는 동안, 공포에 사로잡힌 그녀의 쉰 숨소리가 크게 거칠어진다. 나를 쓰러뜨리려 바라보는 눈빛. […]

악귀! 시체를 곱씹는 놈!

아니요, 어머니! 나를 이대로 살게 해주세요.

I, 1. 「텔레마코스」.

어머니가 표상하는 모든 속박으로부터 스티븐은 달아난다. 죄의식이 그를 뒤쫓는다. 회한과 반항, 공허와 희망 사이에서 그는 방황한다. 갈등하지만 되돌아가지 않는다. —"그의 운명은 사회적 종교적 질서에서 벗어나는 것이었다"(『젊은 예술가의 초상』, IV). — 자유를 향한 그의 갈망은 꺾이지 않는다. 다만 변형되고 왜곡된다. 세상 여자들과 남자들의 일그러진 초상화는 내적 갈등과 투쟁의 반영이다.

자유를 향한 도약 과정은 『젊은 예술가의 초상』에 기록되어 있다. 자유를 추구하는 영혼은 새로운 탄생, 새로운 모성을 맞이한다. 세상 끝에서 만난 바다, 다른 세상의 꿈을 고취하는 바다는 "우리의 위대하고 다정한 어머니"다(『율리시스』 I, 1). 바다는 스티븐에게 신비로운 비상의 이미지를 보여준다.

한 소녀가 그의 앞쪽 흐르는 물 가운데 서서, 혼자 조용히, 바다를 바라보고 있었다. 그녀는 마법에 걸려 기이하고 아름다운 바닷새의 모습으로 변한 것처럼 보였다. 그녀의 길고 가녀린 맨다리는 학처럼 우아했고, 에메랄드빛 해초 자국이 살 위에 기호처럼 남겨진 부분 외에는 순결했다. 그윽하고 상앗빛이 감도는 그녀의 허벅지는 거의 엉덩이까지 드러나 보였고,

속바지의 하얀 술 장식은 부드러운 하얀 깃털 같았다. 그녀의 청회색 치마
는 대담하게 허리춤까지 치켜졌고 뒤쪽은 비둘기 꼬리처럼 내려져 있었
다. 그녀의 가슴은 새처럼, 연하고 여리고, 여리고 연하여, 깃털 검은 비둘
기의 가슴 같았다. 그러나 그녀의 긴 금발 머리는 소녀다웠다. 소녀답고,
그리고 치명적인 미의 경이로움이 느껴지는 얼굴이었다.

　　그녀는 혼자 조용히, 바다를 바라보고 있었다. 그의 존재와 시선의 숭배
가 느껴지자 그녀는 그에게로 눈을 돌려 그의 눈길을, 부끄러움이나 불순
함 없이, 조용히 받아들였다. 오래, 오래, 그녀는 그의 눈길을 받아들인 뒤,
조용히 시선을 그로부터 거둬들여 물길 쪽을 바라보면서, 가만히 발로 여
기저기 물을 휘저었다.

　　『젊은 예술가의 초상』, IV.

보기 드문 탈바꿈 현상이다. 바다를 바라보며 소녀는 새로 변하고
땅에서 하늘로 향한다. 흙과 물과 공기, 자연과 새와 인간, 여성과 남
성, 천상의 시선과 지상의 존재가 조응하는 경이로운 순간이다. "야성
의 천사"인 소녀-새는 하늘을 가리키는 화살표 같은 존재다. 그녀를
바라보며 그는 열광한다. "하느님! 그의 혼은 신성 모독적 기쁨의 분
출에 사로잡혀 외쳤다." 그의 하느님은 이제 기독교의 신이 아니다.
그녀로부터 전이된 비상의 예감이 그의 혼에 불어넣은 것은 무한한
신적 자유다. "영원히 그의 영혼 속으로 들어온 그녀의 이미지"는 그
의 천분을 다시 일깨운다. 스티븐 데덜러스(Dedalus), 그는 그리스의
신 다이달로스(Daedalus)의 후예다. 그는 자유롭게 상상하고 사유하
고 새로운 아름다움을 만들기 위해 태어났다.

그는 영혼의 자유와 힘으로부터 자랑스럽게 창조해내야 한다, 그와 같은 이름을 지닌 그 위대한 명장처럼, 살아 있는 것, 새롭고 드높고 아름다운 것, 더없이 미묘한, 불멸의 것을.

영혼의 자유는 물론 지속적인 것이 아니다. 다이달로스의 아들 이카로스가 표상하듯, 자유로운 비상은 추락의 위험을 내포한다. 스티븐의 무의식 속에는 무수한 비상과 추락의 기억이 새겨진다. —"이카로스. 아버지, 그는 말했다. 해저로 첨벙, 떨어져, 허우적"(II, 9). —"아니, 난 날았어. 적들은 내 아래. 영원히 거기 있으리. 끝없는 세상. (그는 외친다) 아버지! 자유!"(II, 15) — 바닷새 소녀의 기이함도 그 때문이다. 그녀는 희망과 좌절, 자유의 욕구와 과거의 속박 사이의 갈등을 반영한다. 그녀의 이미지는 신앙과 관습의 제약으로 부화하지 못한 여러 사랑의 회한까지 내포한다.

"젊은 예술가"의 깨달음 이후에도 "율리시스"의 방황은 이어진다. 스티븐은 밤의 미로를 벗어나지 못한다. 블룸은 겉돌기만 하고, 마리온은 헛꿈만 꾸고, 페넬로페는 잠만 잔다. 그래도, 누구에게서도, 자유에의 지향성은 퇴화하지 않는다.

다시 페넬로페.

페넬로페는 무슨 생각을 할까. 정말 아무 생각 없이 잠만 잘까.

오디세우스는 온 바다를 떠다닌다. 페넬로페는 궁 안에 갇혀 꿈을 꾼다. 온갖 꿈을 다 꾼다. 그 속에는 하늘 높이 나는 바닷새의 꿈도 있다. 페넬로페도 다이달로스와 이카로스처럼 비상하는 꿈을 꾼다. 미지의 세계를 꿈꾸고 상상하는 것은 인간의 보편적 속성이다. 고대인도 젊은 현대인도, 떠도는 남자도 잠자는 여자도, 몽상가도 예술가도 다른 세상을 꿈꾼다. 나는 꿈꾼다, 고로 존재한다.

대지와 바다와 하늘과 인간

1. 코니, 여인과 바다
로렌스, 『채털리 부인의 연인』

로렌스 David Herbert Lawrence (1885-1930)

영국 출신 소설가. 가정불화, 가난, 병으로 불안정한 사춘기를 보내고,
힘든 결혼을 하지만 정착할 수 없어서 세상을 떠돌며 글을 썼다.
그의 소설은 성 윤리와 외설 문제로 비판받곤 했다.
―『채털리 부인의 연인』 (1928)

코니(콘스탄스)는 생기발랄한 처녀였다. 그녀는 구속 없는 환경에서 자라났다. 파리, 피렌체, 로마 등지를 다니며 예술을 흡수했고, 십대 후반에는 드레스덴에서 음악 공부를 하며 열정적으로 생활했다. 남학생들과 어울려 자유롭게 토론하고 연애했다. 스스럼없이 사랑을 나눴지만 "내면의 자유"는 중요하게 여겼다. "절대적이고, 완벽하고, 순수 고상한 자유" 없이는 삶도 없다는 것을 알았다. 스무 살이 되어 그녀는 런던으로 돌아왔다. 그녀의 삶은 삼 년 후 클리포드 채털리와 결혼하면서 굳어졌다. 그는 결혼 직후 전쟁에서 하반신 불구가 되어 귀국했다. 그녀는 그의 결함을 받아들였다. 그에게는 "성관계를 넘어서는 친밀함"이 있었다. 그들은 채털리의 고향 영지에 정착했다. 탄광촌 부근, 산림이 우거진 언덕에 자리 잡은 적막한 저택이었다. 삶은 그 적막 속에서 굳어갔다. 그의 신체적 마비는 불안과 공포를 마음에 심었고, 심적 마비는 그녀에게까지 번져갔다. 그들은 차츰 "거대한 공허" 속으로 빠져들었다. 그녀가 느낀 친밀감은 몇 년 사이에 "육체적 혐오감"으로 변했다. 그녀는 메말라갔다.

그녀의 몸은 무의미한, 흐리고 불분명한, 너무나 하찮은 물질이 되어가고 있었다. 그녀는 한없이 우울하고 절망스러웠다. 이제 무슨 희망이 있는가? 그녀는 늙었다, 스물일곱에 늙어버렸다. 그녀의 살에는 희미한 빛도 어떠한 생기도 없었다.

VII.

굳은 몸에 숨이 트인 것은 산지기 올리버를 만나면서부터다. 그를 처음 본 순간 그녀는 알 수 없는 부끄러움을 느낀다. 마주치는 시선에 호기심이 인다. 새로운 삶의 신호다. 무심한 눈빛의 그가 그녀의 마음속에서 점점 커간다. 그녀는 숲속 산지기의 오두막 쪽으로 혼자 산책을 나간다. 어느 날 우연히 엿본 그의 "완벽하고, 하얗고, 고독한 나체"의 이미지가 그녀의 몸에 들어와 머문다. 그녀의 몸은 차츰차츰 그에게 열린다.

첫 번째 열림은 평화다. 코니는 틈만 나면 숨 막히는 저택을 벗어나 숲으로 간다. 그녀의 발길은 오두막을 향한다. 꽃과 풀의 향기가 피어나고 새들이 부화하는 봄날, 그녀는 오두막에서 올리버의 품에 안긴다.

그녀는 그저 가만히, 잠자는 듯, 꿈꾸는 듯, 누워 있었다. 그러다 옷 속으로, 부드럽게, 그러나 기묘하게 머뭇거리며 서투르게, 그녀를 더듬는 손길을 느끼고 몸을 떨었다. […] 예리한 기쁨에 몸을 떨며 그는 따뜻하고 부드러운 몸을 만지다 한순간 그녀의 배꼽에 키스했다. 그는 곧바로 그녀 속으로 들어가, 그녀의 부드럽고 고요한 몸속, 이 세상의 평화 속으로 진입했다. 여자 몸속으로의 진입은 그에게는 순수한 평화의 순간이었다.

그녀는 가만히, 잠자는 듯, 여전히 잠자는 듯, 누워 있었다. 움직임, 오르가슴은 그의 것, 온전히 그의 것이었다. 그녀 혼자 힘으로는 이제 어쩔 수도 없었다.

X.

꿈결 같지만, 그녀는 내면의 변화를 실감한다. 무거운 짐과 같은 육체를 내려놓은 느낌, 세상의 억압에서 벗어난 느낌이다. ― "그것이 커다란 구름을 그녀에게게서 걷어치우고 그녀에게 평화를 준 것은 어째서일까?" — 절정감은 없었지만, 그녀도, 남자처럼, "평화"를 느낀다. 그녀도, 그도, 미리 마음먹고 사랑을 나눈 것은 아니었다. 오히려 그도, 그녀도 서로의 이끌림에 저항했었다. 사랑의 굴레가 두려워서였다. "그것"은 기쁨이 아니라 슬픔에서 비롯되었다. 그것은 "세상과, 모든 끔찍한 사람들, 육체가, 썩어가는 고기 같은 사람들"에 대한 혐오와 자기 연민과 공감이었다. 그들을 움직인 것은 순수한 몸과 본능, 자연의 힘이었다. 그녀가 본 "그의 가늘고 하얀 몸은, 보이지 않는 꽃의 외로운 암술 같았다"(VIII). 그가 "순수한 평화"를 느낄 수 있었던 것도, 그녀가 그를 통해 "평화"를 느낄 수 있었던 것도 그 때문이다. 사랑의 나눔을 통해 그녀는 새로운 육체적 개화, 재생의 가능성을 예감한다. — "너희들은 다시 태어나야 한다"(VIII, 요한복음).

두 번째 정사에서도 그녀는 내내 움직이지 않는다. 변화는 몸속에서 나타난다. "그녀는 속 깊은 곳에서 새로운 파동, 새로운 맨살이 돋아나는 것을 느꼈다." 재생의 신호다. 남자가 "순수한 평화"의 숨을 내쉴 때, 여자는 눈물을 흘린다. "그녀는 가만히 누워 있었다. 서서히 눈물이 차오르더니 주르르 흘러내렸다"(X). 존재의 무게가 빠져나가는 순간이다.

세 번째 관계는 자연 속에서 이루어진다. 숲속에서 두 사람은 우연히 만난다. 격정에 찬 그의 손에 이끌려 그녀는 숲 깊은 곳으로 간다. 이번에는 그녀도 "가만히" 있지는 않는다.

그가 그녀 속으로 들어오자 그의 맨살이 밀착되는 것이 느껴졌다. 잠시 그는 가만히 그녀 안에서, 부풀어 올라 떨고 있었다. 그러다 그가 움직이기 시작하자, 참지 못할 급격한 오르가슴 속에, 새롭고 기이한 전율이 일어나 그녀 내부에서 물결쳤다. 넘실, 넘실, 넘실, 마치 부드러운 불꽃이, 깃털처럼 부드럽게, 포개지며 너울거리듯, 물결이 번져나가, 빛나는 지점으로 강렬하게, 강렬하게 밀려가더니, 그녀를 몸속까지 온통 녹여버렸다. […] 그때 그녀의 자궁이 활짝 열리며 부드럽게, 물결 아래 말미잘처럼 부드럽게 아우성치며, 그에게 다시 들어와 그녀를 가득 채워주기를 갈구하고 있었다. 그녀는 저도 모르게 열정적으로 그를 붙잡았다. 그때까지 그는 그녀에게서 빠져나가지 않고 있었다. 곧 그의 부드러운 봉오리가 그녀 속을 휘젓는 것이 느껴졌고, 기이한 리듬들이 그녀 안으로 솟구쳐올라 기이한 리듬의 움직임으로 커지며, 부풀고 부풀어 온통 쏠린 그녀의 의식을 가득 채우더니, 이루 말할 수 없는 동작을 다시 시작했다. 그것은 사실 동작이 아니라, 깊어 가는 순수한 감각의 소용돌이였고, 그것은 더 깊이 더 깊이 휘돌아 그녀의 온 세포와 의식을 통과하여, 그녀를 하나의 완전한 동심원적 감정의 유동체로 만들었고, 그녀는 그대로 누운 채 무의식적으로 나오는 알 수 없는 소리를 내질렀다. 극한의 밤으로부터 나오는 목소리, 생명의 소리였다!

X.

절정의 순간, 물질은 원소로 변한다. 살은 물과 불과 깃털 같은 공기, 그리고 빛이 된다. 모든 것이 운동과 에너지로 전환된다. 모든 움직임은 생명의 힘을 품는 가이아의 본질을 지닌 여성의 중심을 향한다. 이 열정의 순간, 그 대지의 속성은 액체로 바뀐다. 온몸이, 중심에서부터, 물과 불이 되어 녹아내린다. 온 존재가 넘실거리는 물결 아래로, 물의 소용돌이 속으로 깊이 빠져든다. 대지는 굽이치는 강이 되고, 육신은 감각의 유체가 된다. 그 궁극의 깊이에서 내지르는 삶의 외침과 함께, 그녀는 자신의 중심을 통해 — "세상의 기원"으로부터 — 새롭게 태어난다.

네 번째 접합에서 강물은 바다에 이른다. 그녀는 커다란 물살이 되어 깊은 어둠 속에서 자신을 되찾는다. 재탄생의 신음은 커다란 외침이 된다.

그리고 그녀는 욕망의 불꽃과 같은, 그러나 부드러운, 그의 감촉을 느꼈고, 그녀 자신이 불꽃 속에서 녹아드는 것을 느꼈다. 그녀는 자신을 그대로 내맡겼다. [⋯] 그녀는 대담하게 모든 것을, 자신의 전부를 내맡긴 채 넘치는 물살에 실려 갔다.

그러자 그녀는 마치 바다처럼, 그저 어두운 파도가 되어, 일었다 내리는 것 같았다. 거대한 너울이 되어 오르내리다가, 서서히 그녀의 어두움 전체가 움직이더니, 곧 그녀는 대양이 되어 어둡고 먹먹한 물 더미를 굴리고 있었다. 오, 그녀의 내부 저 아래, 깊은 대양의 부분들이 갈라지고 흩어져 구르며, 멀리 아스라이 퍼져갔고, 그렇게 끝도 없이, 그녀의 살 속, 깊은 부분들이 갈라지고 흩어져 굴러서, 부드러운 요동의 중심으로부터, 요동질이 더 깊고 깊어져, 더 아래로 가닿을수록, 그녀는 더 깊이 더 깊이 더 깊이 드러나고, 퍼지는 그녀의 물살은 더 세차게 굴러가 어느 먼 기슭에 이를 만큼, 그녀를 한껏 드러내고, 곧 닿을 듯한 그 미지의 것이 더 가까이 더 가까이 요동칠수록. 그녀의 파도는 더 멀리 더 멀리 굴러가 그녀로부터 저 멀리 그녀를 실어 가더니, 어느 순간, 부드럽고도 오싹한 경련 속에서, 그녀의 원형질 전체가 속속들이 감전되었고, 그녀는 자신이 감전되었다는 것을 알았으니, 사랑의 완성이 그녀에게 왔고, 그리고 그녀는 사라졌다. 그녀는 사라졌고, 존재하지 않았고, 그리고 그녀는 태어났다, 여자로.

XII.

힘과 원소로 환원된 육체의 묘사는 그 표현마저 원시적이다. 남성은 요동의 움직임이고, 여성은 퍼져가는 파동의 중심이다. 요동하는 남성, 그 "미지의 것"의 반복적 움직임에 따라 물살과 파동과 감동이 발생하고 증폭한다. 그녀의 몸은 유동체, 원형질, 플라스마가 되어 중심에서부터 한없는 에너지를 발산한다. 그녀는 바다의 무수한 파도가 되고 흐르는 어둠이 되고 깊고 넓은 대양의 움직임이 된다. 그 넓고 깊은 어둠이 빛으로 화하는 순간, "감전"의 순간, 유체 같은 그녀의 몸은 사라진다. 유체가 기화한 자리에 남은 육체는 더 이상 허울뿐인 삶이 아니다. 새로운 삶, 생생한 삶이다. 절정의 순간은 "몸을 바쳐, 새로운 것으로 태어나는" 순간이다. 다시 "여자"로 태어난 기쁨과 함께, 코니는 고착된 존재의 굴레를 벗고 타고난 "내면의 자유"를 되찾는다.

이후 그녀의 사랑은 거침이 없다. 둘의 결합은 아예 물속에서 이루어지기도 한다. 어느 날 그들은 비가 쏟아지는 숲에서 사랑을 나눈다.

그녀는 문을 열고, 마치 철의 장막처럼 세차게 내리쏟는 비를 바라보다가, 문득 빗속으로 뛰어들어 멀리 달아나고 싶은 욕망을 느꼈다. 그녀는 일어나서 재빨리 양말과 옷, 속옷을 벗었고, 그는 숨을 죽였다. [⋯] 그녀는 얼핏 야생적인 웃음소리를 지르며, 쏟아지는 비에 가슴을 내밀고 달려 나가서, 두 팔을 펼치고 오래전 드레스덴에서 배웠던 경쾌한 춤을 추면서 뿌연 빗속을 뛰어다녔다. 기이하고 희미한 그녀의 형상이 올라갔다 내려갔다가 수그러지면서, 두드리는 비에 젖은 엉덩이가 풍만하게 빛났고, 다시 흔들리며 올라갔다 배를 내밀며 비를 뚫고 다가오더니 다시 굽혀지자, 풍만한 음부와 둔부가 오롯이 그에 대한 찬양으로 바쳐지는 듯했고, 그렇게 야생적인 순종이 반복되었다.

그는 쓴웃음을 짓고, 옷을 벗어 던졌다. 정도가 지나친 것이었다. 그는 하얀 나체로, 몸을 부르르 떨며, 세차게 내리꽂히는 빗속으로 뛰어들었다.

XV.

"야생적인" 웃음은 자연과 본능의 세계로의 복귀를 알리는 신호탄이다. 모든 것을 씻어내듯 세차게 내리는 비는 순수의 회복을 지시한다. 그녀는 허울을 벗는다. 체면과 수치심, 신분과 자의식이 옷과 함께 벗겨진다. 나체로 추는 춤은 원초적 삶의 힘과 리듬을 불러들인다. 원시적 의식이 되살아난다. "야생적인 순종". 숭배하는 것을 위해 그녀는 자신을 봉헌한다.

— 다시 "여자로" 태어난 뒤로 그녀는 그의 "은밀하고, 예민한 물건"을 숭배한다. 그 "사랑스러운 모든 것의 뿌리, 모든 충만한 아름다움의 원초적 뿌리"를 그녀는 찬미한다. 신비로운 그 "미지의 것"에 이름이 붙여진다. "존 토마스". 그녀의 것에도 이름이 붙는다. "레이디 제인". 두 개의 새로운 이름은 두 사람이 근원적 생명력으로 환원되었음을 의미한다. —

이제 사랑은 그저 쾌감과 감정의 문제가 아니다. 존재의 문제, 근원적 자유의 문제다. 완전한 자유를 찾아 두 사람은 험난한 길을 떠난다. 사회 제도의 구속력은 그들을 옥죈다. 그러나 그들은 더 강하다. 원초적 힘으로 결속되었으니까.

대지와 바다와 하늘과 인간

2. 바다와 태양과 남자

카뮈, 『이방인』

카뮈 Albert Camus (1913–1960)

알제리 태생의 프랑스 작가.
서정적인 영혼과 철학적인 사유가 공존하는 그의 글은
부조리한 세상에서의 자유로운 삶과 인간적 유대 가능성을 탐구했다.
감정과 이념을 배제한 "백색 문체"로 주목받았다.
—『이방인』(1942)

『이방인』은 흡인력이 강하다. 작가의 무심한 어투는 독자의 감정 몰입을 부른다. "부재의 문체"라 불리는 글쓰기의 힘이다. 그 힘은 "투명한 언어"로 어머니의 죽음을 기술하는 첫머리부터 느껴진다.

> 오늘, 엄마가 죽었다. 어쩌면 어제였는지 모르겠다. 요양원에서 전보를 받았다. "모친 사망. 장례 내일. 경배." 의미 없는 말이다. 아마 어제였을 것이다.
> I, 1.

『이방인』이 주는 첫인상은 낯섦 혹은 답답함이다. 주인공 뫼르소는 감정이 없는 듯이 말하고 행동한다. 해야 할 말은 않고 실없는 말은 술술 한다. 느낌을 말해야 할 듯한 대목에서 무덤덤하게 넘어간다. — 작가의 표현은 다르다. "그는 거짓말하기를 거부한다. […] 그는 자신을 있는 그대로 얘기하고, 자신의 감정을 숨기는 것을 거부한다"(영어판 서문, 1955). — 일인칭 소설이지만 관점은 제삼자 같다. 사실 일인칭도 아니고 거의 무인칭이다. 그는 이 세상에 마음이 없는 사람이다. 삶에도 죽음에도 무심하다. 어머니가 죽어도, 여자가 사랑을 물어도, 그에게는 다 "의미 없는" 것일 뿐이다. 그는 무감각하게 세상을 바라본다. 내면 의식을 표출하는 법이 없다 — 죽기 직전까지. 그는 안에도 밖에도 없다. 세상 어디에도 속하지 않는 사람, 그래서 "이방인"이다.

그가 예전 직장동료인 마리를 만나는 것은 어머니의 장례를 치른 다음 날이다. 그녀는 이방인의 세계에서 유일하게 조금쯤 의미 있는 존재다. 감옥에 갇힌 후, 면회하러 온 그녀를 보고 느끼는 욕망은 그의 유일한 "희망"이다(II, 2). 마지막에 그가 죽음을 받아들이면서 유일하게 보고 싶어하는 것도 마리의 얼굴이다. "태양의 색깔과 욕망의 불꽃을 지닌 얼굴"(II, 5). 마리는 작은 형상 안에 큰 바다의 빛을 숨기고 있는 존재다.

태양 가득한 토요일, 그는 바다에서 그녀를 만난다. "물속에서" 그녀는 나타난다.

나는 전차를 타고 항구 해수욕장으로 갔다. 거기서 나는 물길로 뛰어들었다. 젊은이들이 많았다. 나는 물속에서 마리 카르도나를 만났다. 이전 직장의 타이피스트인데, 당시 나는 그녀에게 마음이 있었다. 그녀도 그랬던 것 같다. 그러나 그녀는 곧 일을 그만두었기에 우리는 만날 시간이 없었다. 나는 그녀가 부표 위로 올라가는 것을 도와주었고, 그러다 그녀의 젖가슴을 스쳤다. 나는 아직 물속에 있었고 그녀는 부표 위에 엎드려 있었다. 그녀가 내게로 몸을 돌렸다. 머리칼이 눈에 흘러내린 채로 그녀는 웃었다. 나는 부표 위 그녀 곁으로 기어올랐다. 날씨가 좋았고, 나는 장난치듯 머리를 뒤로 밀어 그녀의 배에 올려놓았다. 그녀가 아무 말이 없어서 나는 그대로 있었다. 눈에 하늘이 가득 들어왔다. 푸른 금빛 하늘이었다. 목덜미 아래, 마리의 배가 부드럽게 울렁이는 것이 느껴졌다. 우리는 반쯤 잠든 채, 부표 위에 오래 머물렀다. 태양이 너무 강해지자, 그녀는 물로 뛰어들었고, 나는 그녀를 따라갔다. 그녀에게 따라붙어, 손으로 그녀의 허리를 감았다. 그리고 우리는 함께 헤엄쳤다. 그녀는 계속 웃고 있었다.

I, 2.

어머니가 죽고 나타난 마리는 모성의 빈자리를 메운다. 뫼르소가 베고 누운 배는 "부드럽게" 그를 흔들어 재운다. 깊이 그를 품고 있는 것은 자연의 어머니, 바다다. 프랑스어로 바다(mer)와 어머니(mère)는 발음이 같다. 마리의 이름이 성모 마리아와 같은 것도 우연이 아니다. 그녀는 영성과 관능, 태양과 욕망, 그리고 바다를 함유한다. 뫼르소가 느끼는 안온함이 몸속 가득, 하늘까지 가득한 이유다. "푸른 금빛 하늘" 아래, 푸른 바다 위, 파도와 함께 일렁이는 여인의 배 위에서 뫼르소는 세상의 평화를 호흡한다. 그에게 드문 행복의 순간이고, 나중에 그가 살인으로 깨뜨릴 "낮의 균형"이다.

그 전에 균형은 태양에 의해 깨진다. 태양은 어디서나 뫼르소를 내몬다. "넘쳐나는" 태양이 장례식에서 그를 정신 없이 몰아치고, "너무 강한" 태양을 피해서 그는 바다로 뛰어들고, "짓누르는" 태양을 떨쳐 내려 총을 쏜다. 태양이 지배하는 그의 운명은 이미 그의 이름 속에 있다. 뫼르소(Meursault)는 죽음(meur, mourir, meurtre)과 태양(sault, sol, soleil)을 내포한다. 『이방인』과 함께 구상되었던 미완성작 『행복한 죽음』의 주인공이 메르소(Mersault)였던 것을 감안하면 바다(mer)까지 포함된 이름이다.

바다 위 가득한 태양은 부성을 상징한다. 태양이 아버지 신을 표상하는 것은 오랜 문학 전통이다. 『이방인』의 태양은 부성의 부재까지 함축한다. 뫼르소는 아버지를 모른다. 본 기억이 없다(II, V). 그의 아버지는 부재한다 ─ 마치 원래부터 그러한 것처럼, 이 세상의 신처럼. 그 이중의 부재를 태양이 대변한다. 있는 듯 없는 듯, 무심한 듯 아닌 듯, 불타는 태양신은 "무신론자"(II, 1) 뫼르소를 억압하고 자극한다.

해변의 모래밭 위에 이글거리는 태양은, 침묵 속에, 그를 죽음의 길로 몰아간다. 뫼르소가 친구의 싸움에 말려 아랍인들과 대적하고, 결국 혼자 뜨거운 모래밭을 떠돌다 살인을 하게 되기까지 태양은 집요하게 그를 추궁한다. 태양은 그의 존재를 휘젓고, 죽음의 도구까지 시사한다.

햇빛은 거의 수직으로 모래 위에 쏟아지고 있었고, 바다에 반사되는 그 강렬한 빛은 견디기 어려웠다. 해변에는 이제 아무도 없었다. […]

우리는 오랫동안 해변을 걸었다. 이제는 태양이 짓누르는 듯했다. 햇빛이 모래와 바다 위로 산산이 부서져 내렸다. […]

레몽이 내게 권총을 주었을 때, 햇빛이 그 위로 스며들었다. […]

붉게 작열하는 빛은 한결같았다. 모래 위로, 바다는 작은 파도를 뿜으며 질식할 듯 가파르게 숨을 몰아쉬고 있었다. 나는 천천히 바위를 향해 걸어가면서 태양 아래 이마가 부풀어 오르는 것을 느꼈다. 그 모든 열기가 나를 억누르며 내 발길을 가로막았다. 얼굴에 거대한 뜨거운 숨결이 느껴질 때마다, 나는 이를 악물고, 바지 주머니 속 두 주먹을 움켜쥐고서, 태양과 태양이 내게 쏟아붓는 멍멍한 취기를 이겨내기 위해 온몸을 팽팽하게 당겼다. 모래에서, 하얀 조개껍데기나 유리 조각에서 빛살이 솟구칠 때마다, 턱이 부르르 떨렸다. 나는 오랫동안 걸었다.

[…] 이글거리는 태양의 열기가 내 뺨을 덮쳐 눈썹에 땀방울이 뭉치는 것이 느껴졌다. 엄마를 묻었던 날과 똑같은 태양이었다. 그때처럼 머리가 몹시 아팠고, 피부 아래 모든 혈관이 함께 고동치고 있었다. 더 이상 견딜 수 없는 열기 때문에, 나는 앞으로 한 발짝 걸음을 떼었다. 어리석은 짓이라는 것을, 한 발짝 옮긴다고 태양을 벗어날 수 없다는 것을 나는 알고 있

었다. 그러나 나는 한 발짝, 단 한 발짝 앞으로 내디뎠다. […] 바로 그 순간, 내 눈썹에 쌓인 땀이 한꺼번에 눈꺼풀 위로 흘러내려, 뜨듯하고 두툼한 막이 눈을 덮었다. 눈물과 소금의 장막에 가려 아무것도 보이지 않았다. 느껴지는 것은 이마 위에 심벌즈처럼 울리는 태양, 그리고 희미하지만, 여전히 정면에서 칼이 발산하는 날카로운 섬광뿐이었다. 불타는 칼날 같은 빛이 눈썹을 파고들어 고통스럽게 눈을 들쑤셨다. 모든 것이 흔들린 것은 바로 그때였다. 바다는 짙고 뜨거운 바람을 실어 왔다. 하늘은 온통 열려 불의 비를 쏟아내는 것 같았다. 나의 온 존재가 팽팽히 당겨졌고, 나는 권총을 움켜잡았다. 방아쇠가 당겨졌고, 매끈하고 불룩한 손잡이의 감촉이 느껴졌다. 바로 거기, 메마르고도 먹먹한 그 소리 속에서, 모든 것이 시작되었다. 나는 땀과 태양을 떨쳐버렸다. 나는 낮의 균형을, 내가 행복했던 해변의 예외적인 침묵을 깨뜨렸다는 것을 깨달았다. 그러고서 나는 움직이지 않는 몸을 향해 네 번을 더 쏘았고, 총알은 보이지 않게 박혔다. 그것은 마치 불행의 문을 두드리는 네 발의 짧은 총성 같았다.

I, 5.

"낮의 균형"이 무엇일까. 생명을 낳고 거둬들이는 모성적 대지 혹은 바다를 지배하는 태양의 힘일까. 거대한 밤, 무 혹은 무한, 침묵의 세계를 덮고 있는 현상계의 빛일까. 행복과 공허의 공존, 삶과 죽음의 암묵적 공조를 뫼르소는 단 한 번의 총성으로 깨뜨린다. 그는 햇빛의 장막 아래 도사린 어둠의 힘을 일깨운다. 그는 이름에 새겨진 태양의 숙명을 죽음으로 떨쳐낸다. 네 발 더 총을 쏘는 행위는 — 그 자신도 해명할 수 없지만(II, 1) — 운명에 저항하는 — 스스로 운명의 문을 두드리는 — 의식의 확고한 표현이다. "태양 때문에" 살인을 저질렀다는 그의 법정 진술은 "터무니없는" 것이 아니다.

목숨을 담보로 그는 태양에서 벗어난다. 빛이 차단된 감옥은 오히려 편안한 휴식 공간이다. 닫힌 세상은 감옥 안이나 밖이나 같다. 해수욕하고 싶은 생각, "여자에 대한 욕망", 담배 피는 욕구를 해소할 수 없어서 아쉬운 정도다. "그런 불편을 제외하면, 그다지 불행하지도 않았다"(II, 2). 작은 감방에 갇혀 그는 태양을 잊는다. 가끔 어머니와 바다, 마리 생각을 한다. 차츰 다 잊는다. 삶에 대한 무관심과 함께 임박한 죽음을 받아들인다. 그를 다시 자극한 것은 고해성사를 권하러 온 신부(神父)다. 신부는 보이지 않는 태양신의 대리인이다. 헛된 설득과 설교 끝에, 그는 왜 다른 사람들처럼 자신을 "나의 아버지"(Mon Père)라고 부르지 않느냐고 묻는다. 뫼르소는 폭발한다. 그는 소리친다, 마치 처음처럼, 고함과 분노를 쏟아낸다. 그는 다시 한번 "땀과 태양을 떨쳐" 낸다.

태양의 그림자가 사라지고, 그는 밤의 균형을 되찾는다. "밤, 흙, 소금 냄새"를 호흡하며, 그는 "잠든 여름의 놀라운 평화"를 맞아들인다. 그리고 죽은 어머니를 생각하며 공감한다. "죽음을 눈앞에 두고, 엄마는 해방감과 삶을 다시 살아볼 용의를 느꼈을 것이다." 해방감과 함께, 그는 "처음으로 세상의 다정한 무관심에 마음이 열림"을 느낀다. 이 세상이나 저세상이나 인간에게 무심하긴 마찬가지이므로(II, 5).

대지와 바다와 하늘과 인간

3. 소냐, 소녀와 대지
도스토옙스키, 『죄와 벌』

도스토옙스키 Fyodor Dostoevsky (1821–1881)
—『죄와 벌』(1866)

『죄와 벌』의 서사적 상상력은 강렬하다. 냉혹한 범죄 논리와 행위
는 격렬한 관념과 감정 대립, 급격한 심리와 상황 변화로 숨 가쁘게 이
어진다. 야성과 간계, 광기가 소용돌이치는 이야기 속에서 소냐의 존
재는 미약하기만 하다. 열여덟 어린 나이에 가정은 극빈하고 하는 일
은 비천하다. 그녀는 "금발에 예쁜 편"이지만 가난과 불행에 짓눌려 왜
소하고 보잘것없어 보인다(II, 7). "너무나 맑은 푸른 눈"에 비치는 "순
박함"은 불안과 수치로 그늘져 있다(III, 4). 소냐의 처량함은 라스콜
니코프의 열정과 대비된다. 그 역시 가난하지만, 그는 세상과 맞서기
를 두려워하지 않는다. 그는 되뇐다. "모든 것은 인간 손에 달려 있다.
겁이 나서 제대로 하지 못할 뿐이다"(I, 1). 머리가 좋고 잘생긴 스물세
살 청년, 그는 옷차림만 초라할 뿐이다. 학비와 생활비가 없어 가난한
어머니의 도움에 의존하는 그는 자존심과 모멸감에 시달린다. 내면의
갈등은 세상 사람들에 대한 혐오와 경멸로, 때로는 반대로 연민과 동
정으로 나타난다. 범죄의 사유는 두 가지 감정의 혼동 속에 생겨난다.
무가치하고 남에게 해만 끼치는 한 사람을 희생시켜 다른 사람들에게
도움을 줄 수 있다면, 아무 쓸모 없는 한 인간의 목숨과 돈을 빼앗아
수많은 인간을 구제한다면, "하나의 사소한 죄는 수천의 선행으로 속
죄되는 것이 아닐까?"(I, 6) 흉악한 범행을 "선행"으로 착각하는 그의
논리는 편집증으로 굳어진다. 그는 자신의 계획이 "범죄가 아니라서"
실행의 순간에도 "이성과 의지가 손상되지 않을 것"이라고 믿는다. 그
는 도끼로 전당포의 늙은 여주인 알료나를 살해한다. 그리고 의도치
않게 그녀의 착한 동생 리자베타도 죽인다. 예상과 달리 그의 마음은
심하게 흔들린다. 두려움이 그를 사로잡는다. "자신이 한 일에 대한

공포감과 혐오감"은 그를 정신 이상과 분열로 내몬다(I, 7).

그의 마음에는 사랑이 머물 자리가 없다. 자의식만 가득하다. 타인에의 관심이나 동정심도 그저 일시적이다. 상대에 대한 거부감이 다른 감정보다 선행한다. "전반적으로 인간은 비열"하다고 그는 생각한다(I, 2). 가족에 대한 애정조차 자존심의 문제다. 그의 자의식 과잉은 작가의 전형이다. 도스토옙스키의 작품에는 강한 자의식 때문에 자발적 애정 결핍을 겪는 인물이 많다. 대부분의 일그러진 사랑 이야기는 거기서 비롯된다. 라스콜니코프의 이야기에는 애초부터 사랑이 없다. "그는 아무도 사랑하지 않으며 아마도 결코 사랑하지 못할 것이다"(III, 2). 그와 소냐의 관계는 불균형 그 자체다. 그녀에 대한 그의 마음은 단순한 연민이다. 가족을 위해 모든 것을 희생하는 그녀의 처지에 대한 값싼 동정심이다. 그 여린 감정은 그러나 살인으로 인해 마음의 문이 닫히면서 점점 강해진다. 그의 마음은 그녀에게만 열린다. 그리고 깨닫는다. 모두가 그녀처럼 희생자라는 것을. 그의 어머니도, 어머니와 오빠를 위해 원치 않는 결혼을 하려는 여동생 두냐도, 그리고 소냐의 계모와 어린 동생들도, 비참하게 죽는 소냐의 아버지도, 아무런 이유 없이 살해당한 리자베타도, 그리고 알료나도… 그리고 그들을 동정하는 그 자신도 그들과 다르지 않다는 것을 그는 자각한다.

소냐가 말없이 일깨우는 것은 희생의 미덕이다. 그녀는 그처럼 세상에 대항하지 않는다. 희생과 인내를 통해서 오히려 베푼다. 소냐와 리자베타를 생각하면서 라스콜니코프는 자문한다.

왜 그녀들은 울지 않을까? 왜 신음하지 않을까?… 모든 것을 내주면서… 유순하고 온화해 보인다… 소냐, 소냐! 온화한 소냐!

III, 8.

소냐의 온화함은 열에 들뜬 그의 영혼을 가라앉힌다. 어느 날 밤늦게 그가 무엇엔가 이끌리듯 그녀를 찾아가는 것은 그 때문이다. 그는 느닷없이 엎드려 그녀의 발에 키스한다. 놀라며 자신은 "불결한" 여자라고 말하는 그녀에게 그는 말한다. "인류의 모든 고통 앞에 고개를 숙인 것"이라고. 그녀가 품고 있는 "위대한 고통"과 "신성한 감정"에 바치는 경의라고(IV, 4). 그녀는 막달라 마리아의 후예다.

결국 그는 그녀에게 죄를 고백한다. 그를 염려하는 그녀의 눈빛에서 "사랑"이 읽혔기 때문이다. 놀라움도 잠시, 그녀는 격하게 그를 껴안는다. 그리고 "이 세상 누구보다도 불행한" 그와 함께하겠다고 맹세한다. 그녀는 그를 참회의 길로 이끈다. 어쩔 줄 몰라 번민하는 그에게 그녀는 말한다.

지금 당장 나가서, 네거리에 서서, 절하고, 우선 당신이 더럽힌 대지에 입맞추고, 그런 다음 온 세상을 향해 절하고, 그리고 모든 사람에게 큰 목소리로 '나는 살인자다'라고 말하세요.

V, 4.

라스콜니코프는 저항한다. 자신은 나약한 희생자가 아니라며 고백을 후회하기도 한다. 그러나 그를 포용하는 그녀의 사랑은 크다.

참회의 과정이 시작된다. 그는 어머니를 찾아간다. 어머니의 발에 입맞춤하고 눈물로 작별을 고한다. 그리고 소냐를 다시 찾아가서 그녀가 건네주는 십자가를 목에 걸고 그녀의 청에 따라 성호를 긋는다. 그는 삶도 신도 믿지 않지만, 소냐의 마음은 믿는다. 다만 여전히 사랑은 믿지 않는다. "나는 그녀를 사랑하는가? 아니, 아니다." 따라나서는 그녀를 뿌리치고, 그는 홀로 사람 많은 광장으로 간다. 그리고 그녀의 말을 떠올리며 격정에 사로잡힌다.

 마음속 모든 것이 한꺼번에 누그러들고, 눈물이 솟기 시작했다. 그는 땅바닥으로 무너져 내렸다…
 그는 광장 한가운데 무릎을 꿇고, 엎드려 절하며, 행복과 희열에 젖어 더러운 대지에 입을 맞췄다. 그는 일어서서 또다시 절했다.
 VI, 8.

살인자라는 고백의 외침까지는 못하지만, 그는 그길로 경찰서로 향한다. 멀리서 몰래 지켜보는 그녀의 모습을 발견하는 순간, 그는 "소냐가 영원히 그와 함께하고, 땅끝까지 그를 따를 것"임을 직감한다.
 진정한 참회는 한참 후에 이루어진다. 재판에서 8년 형을 받고 시베리아 감옥에 갇힌 지 일 년쯤 지난 시점이다. 그동안 어머니는 병으로 죽고, 그 소식을 그는 ─ 소냐가 보기에 "겉으로는" ─ 큰 동요 없이 받아들인다. "그는 자기 내면에 갇혀서, 말하자면, 모든 사람과 담을 쌓고" 지낸다. "의외로" 삶에 대한 애착이 강한 다른 죄수들은 그들과 다른 그를 기피하고 멸시한다. 반대로 유배지까지 그를 따라와서 조용히 뒷바라지하는 "가련한" 소냐를 죄수들은 더없이 공경한다. 그녀는 그들의 작은 "어머니"다. "당신은 우리의 다정한 어머니입니다." 그는 여전히 그녀를 경원한다. 지울 수 없는 부끄러움과 자존심 탓이다. 결국 그는 "상처 입은 자존심으로 인해 병에 걸려" 눕는다. 사순절 무렵부터 부활절이 지날 때까지 그는 병상에서 지낸다. 같은 기간 소냐 역시 병을 앓는다. 어느 따스한 봄날 아침, 건강이 회복된 그는 작업을 나갔다가 소냐를 본다. 그녀는 혼자 잠시 쉬고 있는 그의 곁에 와서 앉는다. 단둘이서 그들은 손을 잡고 말이 없다. 그의 시선은 저도 모르게 대지를 향한다.

어떻게 그렇게 되었는지 그도 알 수 없었다. 갑자기 무엇인가가 그를 붙잡아 그녀의 발치에 내던진 것 같았다. 그는 울며 그녀의 무릎을 감싸 안았다. 처음 그녀는 몹시 놀라 얼굴이 창백해졌다. 그녀는 벌떡 일어나 떨면서 그를 쳐다보았다. 그러나 곧바로 그녀는 모든 것을 이해했다. 그녀의 눈이 무한한 행복으로 빛났다. 그가 그녀를 끝없이 사랑함은 의심할 여지가 없다는 것을, 그리고 마침내 때가 왔다는 것을 깨달았다…

그들은 말하고 싶었지만, 할 수가 없었다. 그들 눈에 눈물이 글썽했다. 두 사람 다 창백하고 야위어 있었다. 그러나 그들의 병색 어린 얼굴은 새로운 미래의 새벽빛, 새로운 삶으로의 완전한 소생의 빛으로 밝아졌다. 그들은 사랑으로 다시 태어났다. 그들은 서로의 마음을 향해 무한한 생명의 원천적 힘을 내보내고 있었다.

「에필로그」, 2.

소냐의 헌신적인 사랑은 죽은 어머니와 원초적 어머니 대지를 소환한다. 그녀가 그를 안았듯, 대지가 그를 받아들인다. 봄날의 대지는 그의 죄를 거두어들이고 소생의 힘을 내어준다. 그는 소녀를 통해, 소녀와 함께, 사랑의 힘으로 새롭게 태어난다. 침묵의 힘으로, 소녀와 대지가 가르치는 것은 삶과 사랑의 소중함이다.

대지와 바다와 하늘과 인간

4. 조르바, 대지의 영혼과 자유의 춤

카잔차키스, 『그리스인 조르바』

카잔차키스 Nikos Kazantzakis (1883~1957)
철학적인 시인, 작가, 정치가. 고국 그리스의 상황에 따라 이념적 투쟁을 지속했다.
그의 묘비명이 그의 삶과 정신을 요약한다.
"나는 아무것도 바라지 않는다. 아무것도 두려워하지 않는다. 나는 자유다."
─『그리스인 조르바』(1946)

『그리스인 조르바』는 "내 영혼에 아주 깊은 흔적을 남긴" 초인적 인물에 대한 기록이다. "조르바는 나에게 삶을 사랑하고 죽음을 두려워하지 않는 법을 가르쳤다." 탄광 사업을 위해 크레타로 가는 길에 '나'는 조르바를 만나 즉석에서 그에게 작업 관리를 맡긴다. 그들은 한 집에서 생활한다. 예순다섯 살 노동자와 서른다섯 지식인, 두 사람은 저녁이면 함께 먹고 마시고 삶을 얘기한다. 삶을 나누지만, 둘은 전혀 다른 세계에 산다. '나'는 부처를 연구하고 글을 쓰는 "책벌레", 그는 풍랑 이는 세상을 떠돌며 온몸으로 삶을 누리는 "신드바드"다. 그런 그를 나는 부러워한다.

조르바는 자유인이다. 그는 그렇게 자신을 소개한다. 자신은 "인간"이고, 그래서 "자유"라고 못박는다. 그는 원초적 자연의 힘을 간직한 인간이다. 그는 "대지로부터 아직 탯줄이 잘리지 않은, 다듬어지지 않은, 순수하고 위대한 영혼"이다(I). 그는 삶을 사랑한다. "예술, 사랑, 아름다움, 순수, 열정"… 삶의 모든 것이 그의 몸속에 살아 있다. 그는 바람처럼 새처럼 춤추고 노래한다. 그의 산투리 연주는 하늘과 대지와 바다와 공명한다.

나도 자유를 사랑한다. 그러나 나에게 그것은 추상명사에 불과하다. "사람을 잡아먹는 '영원'이라는 단어"처럼 위험하기까지 하다. "'사랑', '희망', '조국', '신' 같은 말들"도 마찬가지다. 모두 혼을 빨아들이는 빈 관념, 검은 "우물"이다(XV). 우물 속에서 "음울한 목소리"가 들린다. 바로 마음속 악마다. "그 무시무시한 내면의 악마를 내쫓기" 위해서 나는 단테의 『신곡』이나 부처의 가르침에 매달린다. 존재의 무게를 벗기 위해 음식이나 사랑 같은 욕망을 멀리한다. "그런 육체의 쾌락을 나는 여러 해 동안 경멸해왔다"(III). 그러나 부처의 무념도 결국 신의 관념처럼 헛된 것임을 안다. 조르바의 신념은 정반대다. 그는 금욕이 아니라 탐욕을 통해 욕망을 벗어난다. ─ "그게 인간이 자신을 자유롭게 하는 방법이오. 수도승이 아니라 난봉꾼이 되어야 자유로워진다는 말이오. 한 배 반쯤 악마가 되지 않고서야, 어떻게 악마한테서 벗어날 수 있겠소?"(XVII) ─ 그는 이것저것 겪고, "털어내" 버리면서, "단순해져" 간다. ─ "나는 그렇게 나 자신을 풀어주고, 그렇게 사람이 되어 갑니다"(XX).

조르바에게도 무거운 과거가 있다. 두어 번 결혼도 했고, 결혼한 딸도 있다. 세 살밖에 안 돼 죽은 아들도 있었다. 그는 머무르지 않았다. 어디로든 어디서든 떠났다. 사랑하는 여자를 만나고 버리고 버림받고 다시 사랑을 찾았다. 그에게도 사랑은 영원한 신비다. 여자는 "이해할 수 없는" 문제, "끝이 없는 주제"다(VII). 알 수 없는 사랑 앞에서 그는 주저하지 않는다. 남자로서 마땅히 해야 할 일처럼, "허약한 존재"인 여자에 대한 의무처럼, 사랑을 한다. 사랑은 먹고 마시는 행위처럼 "끝없이 계속되는 이야기"다(VI). 조르바는 "무언가 갈망하는 것이 있으면, 그것을 먹고 또 먹고 질리도록 먹어서" 그 갈망을 없앤다(XVII). 그렇게 그는 끝도 없이 먹고 마시고 사랑한다. 크레타에서도 그는 사랑을 한다. 무작정 그에게 빠져드는 마담 오르탕스와 질리도록 사랑을 한다. 수많은 남자를 배처럼 떠나보낸 그녀는 여전히 사랑에 목을 맨다. 그녀는 그가 영영 닻을 내리기를 기다리고, 그는 실컷 사랑하고 또 떠날 날을 꿈꾼다.

나는 여자를 피한다. 사랑을 두려워한다. 사랑의 무거움을 안다. 육체적 유혹을 마다하고 영혼의 평화에 전념한다. 마음의 시선으로 순수한 사랑의 정수를 찾는다. 대지와 바다, 자연 속에서 여성의 정기를 느낀다. 구름 덮인 산등성이에 "비스듬한 여인의 얼굴이 감춰진" 것을 보기도 하고(VIII), "오렌지 나무들 너머, 바다가 여인처럼 탄식하는 소리"를 밤새 듣기도 한다(XIV). 때로 대지를 향해 소리 없이 외치기도 한다. "오 대지여! 나는 그대의 마지막 자손, 그대의 젖을 붙들고 빨아 마시니, 이대로 놓아주지 않으리라"(XV). 조르바가 비웃는다. 여자는 피와 살이다. 안고 보듬어줄 생명이지 경외할 관념이 아니다. 두려울수록 품어야 한다고, 실컷 먹고 마시고 사랑하라고 되뇐다. 어느 날 문득 나는, 마법에 이끌리듯, 유혹을 느끼면서도 피해만 왔던 과부 수르멜리나를 찾아간다.

"여인과 와인 듬뿍, 바다와 일 듬뿍!" — 나는 자신도 모르게 조르바의 말을 계속 읊조리며 걷고 있었다. "여인 듬뿍, 와인 듬뿍, 바다 듬뿍, 일 듬뿍. 일 최대한, 와인 최대한, 섹스 최대한. 신도, 악마도, 두려워하지 않을 것. — 그것이 젊음과 힘이다." 나는 스스로 용기를 북돋듯이 그렇게 혼잣말을 반복하며 걸어갔다.

갑자기, 나는 걸음을 멈췄다. 마치 목적지에 도착이라도 한 듯이. 어디인가? 둘러보았다. 과부의 과수밭이었다. 갈대와 선인장 울타리 뒤에서 흥얼거리는 여인의 부드러운 노랫소리가 들려왔다. 나는 앞뒤를 살폈다. 아무도 없었다. 나는 갈대를 가르며 다가갔다. 오렌지 나무 아래 어깨가 드러나는 검은색 옷을 입은 여인이 있었다. 그녀는 꽃가지를 꺾으며 노래 부르고 있었다. 어스름한 빛 속에 하얗게 반쯤 드러난 그녀의 젖가슴이 보였다.

[…]

그녀는 천천히, 조심스럽게, 소리를 내지 않고 걸어 나왔다. 목을 뻗으며, 더 잘 보려고 눈을 가늘게 뜨고 응시하더니, 한 걸음 더 다가와서 머리를 내밀고 가만히 살폈다. 갑자기 그녀의 얼굴이 환해졌다. 그녀는 혀끝을 내밀어 입술을 핥았다.

XXI.

두 사람은 하룻밤을 함께한다. 다음 날 아침, 나를 보고 조르바가 환하게 웃는다. 나를 축복한다. 간밤에 맛보았던 기쁨이 대낮에도 여전히 몸속에 흐른다. "지난밤, 나는 처음으로 분명히, 영혼 역시 살이라는 것을 확인했다." 나는 햇빛 가득한 바다에서 헤엄치며 몸의 물살을 즐긴다. 햇빛 속에서 가만히 바다를 바라본다. "차가운 초록빛 바닷물을 떠다니는 듯한 깊은 육체적 쾌감"이 지속된다. 나는 부처를 벗어던진다.

나는 벌떡 일어났다. 집으로 가서, 부처 원고를 꺼내 펼쳤다. 마침내 결론부였다. 부처는 꽃피는 나무 아래 누운 채, 손을 들어, 그의 몸을 구성하고 있는 다섯 가지 ─ 흙, 물, 불, 공기, 정신 ─ 원소에게 흩어지라고 명령했다. 그 고뇌의 표상은 이제 내게 필요가 없었다. 나는 그것을 넘어섰다. 부처에 대한 복무는 끝났다. 나 역시 손을 들어, 내 안의 부처에게 흩어지라고 명령했다.

XXI.

바로 그날, 부활절 축일에, 과부가 죽는다. 그녀를 욕망하고 원망하다 자살한 청년의 아버지에게 잔혹하게 살해당한다. 마을 사람 모두가 공조한다. 나는 막아서지도 못하고 무력하게 바라만 본다. 조르바의 힘으로도 막아내지 못한다. 조르바는 마을을, 사람을, 신을 저주한다. 마음은 이미 먼바다를 떠간다.

어느새 나는 죽은 여인을 다시 관념화한다. 공포와 충격을 감당할수 없다. 나는 눈을 감고 "현실을 변조"한다. "현실에서 피와 살과 뼈를 제거하여, 현실을 추상 개념으로 환원"한다(XXII). 여인은 "기억속, 신성한 부동의 상징 속으로" 들어간다. 살의 향기가 사라진다. 조르바가 침묵으로 꾸짖는다. 그는 죽음의 슬픔과 고통을 그대로 받아들인다. 분노로 터질 것 같은 가슴을 진정시키려 밤새 산을 오르내린다. 마을 일꾼들을 거칠게 다루며 고된 작업에 몰두한다. 며칠간 먹지도 마시지도 못한다. 그리고 고통 속에 침잠한다. 나는 "조르바의 고통을 부러워"한다. 그는 "진정한 남자"다. "슬플 때는 굵은 눈물을 흘리며 진심으로 울고, 크게 기쁠 때는 기쁨을 여과 없이 표출하는, 따듯한 피와 단단한 뼈를 가진 사람"이다.

조르바의 여인 마담 오르탕스도 죽는다. 오래 누워 앓고 있는 그녀를 보고서, 조르바는 말한다. "별일 아니다. 죽어가는 거다." 그녀는 죽고 싶지 않다고 절규하다가, 십자가에 입을 맞추고 눈을 감는다.

사랑으로 고통으로 가득한 그녀의 온 삶이 지속된 시간은 — 오 신이여! 그런가? 아닌가? — 겨우 일 초나 됐을까.

XXIII.

조르바는 정성스럽게 장사를 지내고 죽은 여인을 마음에 묻는다. 그녀가 기르던 앵무새를 그녀의 영혼인 양 데려간다.

사랑하는 태양이여, 너는 왜 그리 서둘러 사라지는가?

삶은 한순간이다. 죽음은 말할 것도 없다. 두려운 것은 죽음이 아니다. 늙음이다. 늙음은 시간을 탄다. 늙어가는 것을 조르바는 "치욕"이라 생각한다(XIII). 그는 늙은 태를 벗기 위해 뭐든지 다 한다. 뛰고 춤춘다. 먹고 마시고 사랑하고 춤춘다. 삶의 춤, 자유의 춤을 통해 그는 시간의 굴레를 벗어난다.

두 여인이 죽고, 사업도 하루아침에 폭죽 터지듯 망해 버린 날, 두 남자는 바닷가에서 마음껏 먹고 마신다. 해가 기울고 밤의 정기가 피어오른다. "세상은 가벼워지고, 바다는 웃고, 대지는 뱃마루처럼 흔들리고 있었다." 날아다니는 새를 보며 나는 조르바에게 춤을 가르쳐달라고 청한다. 둘은 함께 춤을 춘다. "내 무거운 발에 날개가 돋는 것 같았다." 조르바의 춤이 이어진다.

그가 높이 뛰어오르자 그의 손과 발은 날개로 변했다. 땅에서 수직으로 뛰어오르는 그의 모습을 바라보며, 하늘과 바다를 배경으로 대항하듯 솟아오르는 늙은 대천사를, 자유의 투사를 상상했다. 그만큼 그의 춤은 도발과 완강함, 반항심으로 가득했다. 그의 외침이 느껴지는 듯했다. "전지전능한 신이여, 나한테 뭘 할 수 있소? 아무것도 못 해요, 죽이는 것밖에. 어디 날 죽여보시오, 눈도 꿈벅 안 할 테니. 나는 불만이 있으면 목소리를 내고,

하고 싶은 말이 있으면 다 했소. 무엇보다 춤을 출 수 있었으니, 더 이상 신이 필요 없어요."

XXV.

*

하루는 조르바가 사흘 예정으로 떠났다가 돌아오지 않는다. 열이틀이 더 지나서야 돌아온다. 그사이 편지는 한 통 보내온다. 어린 여자를 만나 사랑에 빠져 있다고, 여자가 그에게 꼭 달라붙어 있다고 지연의 이유를 밝힌다. 장문의 편지 끝에 그는 장난기 어린 말투로 묻는다. "잘 들어봐요. 나는 인간이 자유롭기를 바라는 존재라고 믿어요. 여자들은 자유를 바라지 않아요. 그럼 여자들은 인간인가요?" 설마 자유를 바라지 않을까. 수십 년 전이라 그런 말을 할 수 있었을까. 조르바만큼, 그 이상으로, 전혀 다른 방식으로, 여자를 존중하는 돈키호테의 생각은 다르다. 수백 년 전 생각이다.

돈키호테와 아름다운 여인들, 연인들

세르반테스, 『돈키호테』

세르반테스 Miguel de Cervantes (1547-1616)

파란 많은 삶을 산 스페인 작가.

오랫동안 군인 생활을 했고 전투에서 크게 다치기도 했다.

해적에게 잡혀 5년간 억류되었다가 고향에 돌아와 생계를 위해 글을 썼다.

세금 징수관으로 일하다 비리 혐의로 감옥형을 받고 수감 중 『돈키호테』를 구상했고

말년에 수도회로 들어가 작품을 썼다.

—『돈키호테』 (1605, 1615)

『돈키호테』도 사랑 이야기다. 『돈키호테』는 명예와 사랑에 기반한 기사도 문학을 풍자한다. 풍자하면서 그 허구성을 수용한다. 돈키호테의 기개를 지탱하는 것은 가상의 공주에 대한 사랑이다. 그는 "가장 용감한 기사"이자 "가장 순수한 연인"이다(서문). 세상을 바로잡으려 창을 들고 풍차와 거인들을 향해 돌진하는 돈키호테 뒤편으로 온갖 사랑의 이야기들이 펼쳐진다. "본 줄거리 못지않게 재미있고 기발하고 그럴듯한"(IV, 28) 그 일화들은 별 맥락 없이 삽입되기도 하고, 이야기의 흐름과 얽히기도 한다. 거의 모두 힘겨운 사랑의 이야기다. 가장 큰 줄기는 엇갈린 남녀 두 쌍의 이야기다. 너무나 아름다운 — "하늘" 같이 아름다운 — 여자 루스신다와 훌륭한 가문의 남자 카르데니오, 그리고 또 너무나 아름다운 여자 도로테아와 더 훌륭한 가문의 남자 돈 페르난도가 그들이다. 돈 페르난도는 잠시 사랑했던 도로테아를 버리고 친구 카르데니오의 연인 루스신다를 가로챈다. 절망으로 미친 카르데니오는 산속으로 숨어들고, 버려진 도로테아도 같은 산에 숨어 산다. 두 사람은 산속에서 고행하는 돈키호테를 구하러 가던 신부와 이발사와 산초 판사와 만나 사연을 나누고 그들과 합류한다. 돈키호테는 현실과 상상의 딜레마에 빠져 산속에 칩거 중이다. "사랑에 사로잡혀 스스로 혹독한 고행에 들어간"(IV, 29) 돈키호테를 그들 모두가 합심해 구해낸다. 그것은 두 쌍의 얽힌 사랑을 풀어내는 과정이기도 하다. 돈키호테를 고향으로 데려가는 와중에 네 명의 연인은 서로의 짝을 되찾는다. 카르데니오는 루스신다를 되찾아 광기에서 벗어나고, 돈 페르난도도 "음탕한 욕망"을 씻고 도로테아를 맞아들인다. "이 땅의 모든 불운이 종결되는 천국" 같은 순간이다(IV, 36). 세상을 구하려던 돈키호테가 사랑으로 구원받는 순간이기도 하다. 그는 현실에서 아무것도 구하지 못한다. 그의 공적은 자신도 모르게 뒤틀린 사랑을 풀어낸 일이다.

두 쌍의 연인이 해후하는 그 객주에 — 돈키호테는 성이라고 생각하는 그곳에 — 또 다른 사연을 가진 연인들이 모여든다. "도로테아나 루스신다의 얼굴에 비할 만큼 아름다운" 무어 여인 소라이다는 개종후 기독교의 땅을 찾아왔고, 그녀를 수행하는 루이 페레스 대위는 오랫동안 포로로 잡혀 있다가 고국으로 돌아온 참이다. 대위는 객주에서 동생을 만나 가족의 소식을 듣고, 마침내 고향땅에서 소라이다와 결혼하여 정착할 수 있게 된다(IV, 42). 대위 동생의 딸인 클라라는 "도로테아와 루스신다와 소라이다를 보지 않았다면" 모두 깜짝 놀랄 만큼 "아주 아름답고 아주 우아한" 열다섯 소녀다. 노새 모는 차림으로 노래를 부르며 알게 모르게 그녀를 따라온 또래 소년은 지체 높은 집안의 아들 돈 루이스다. 그 두 어린 연인도 그곳에서 미래를 기약할 수 있게 된다(IV, 45). 연인들의 결합은 돈키호테의 헛된 모험에 대한 보상이다.

『돈키호테』의 여자들은 아름답다. "너무나" 아름답다. 말이 모자란다. 왜 그토록 아름다워야 할까. "아름다움은 마음을 사로잡고 선의를 획득하는 특권이자 매력이다"(IV, 37). 돈키호테가 수호하는 것은 바로 그 "위대한 보물인 아름다움"이다. 세상의 모든 악은 힘으로 물리칠 수 없지만, 세상 모두 아름다움에는 굴복한다. 인간이 받드는 세상의 가치는 불확실하다. 선과 악, 이성과 광기의 경계도 불분명하다. 사랑의 아름다움만은 변함없다. 현실과 상상을 구별하지 못하는 돈키호테도 사랑에 있어서는 한결같다. 그는 오로지 둘시네아 공주만 섬긴다. "위대한 아름다움"을 지닌 성주의 딸이 — 사실은 객주의 못난 하녀다 — 그의 품에 안겨도 — 사실은 어둠 속에서 다른 남자에게 가는 그녀를 착각에 빠진 그가 억지로 붙잡았다 — 그는 배반하지 않는다. 그는 "숨겨진 마음속 유일한 귀부인"만을 원한다(III, 16). 그는 대국의 공주로 분장하고 구원을 청하는 도로테아의 가장된 결혼 제안도 거절한다(IV, 31). 그가 마음을 바친 둘시네아는 "비할 데 없는" 여인으로 "모든 아름다움의 극치"다(IV, 43).

"아름다운 것은 다 사랑스럽다." 아름다운 사랑은 부조리한 세상을 치유하고 상처받은 영혼을 구원한다. 모든 영혼을 구원하는 것은 아니다. 사랑은 죽음 같은 고통을 안기기도 한다. 『돈키호테』에는 슬픈 사랑의 이야기도 하나 있다. 목동 그리소스토모의 이야기다. 모든 목동들처럼 그는 아름다운 여자 목동 마르셀라를 사랑한다. 그녀는 친절하고 다정하지만 사랑의 손길에는 결코 응하지 않는다. "그녀의 냉담과 무정은 그들을 절망의 끝으로 내몬다." 가장 깊은 절망에 빠진 그리소스토모는 사랑으로 인해 죽는다. 그의 무덤 앞에서 목동들은 그녀를 원망한다. 그들 앞 바위 위에 그녀가 나타난다. "명성을 능가하는 그녀의 아름다움"을 모두 넋을 잃고 바라본다. 죽은 목동의 친구가 그녀에게 묻는다. 독사와 같은 "그대의 잔인함이 삶을 앗아간 불쌍한 자"의 최후를 구경하러 왔는가. 그녀는 답한다. 길게 자세히 설명한다. 요지는 명료하다.

나는 모든 사람이 자신의 괴로움과 그리소스토모의 죽음을 내 탓으로 돌리는 것이 얼마나 부당한지 이해시키려고 왔습니다. […] 여러분이 말하듯이, 하늘이 나를 너무 아름답게 만들어서, 나의 아름다움이, 어쩔 수 없이, 여러분이 나를 사랑하도록 만듭니다. 여러분이 내게 보여주는 사랑에 대해서, 여러분이 말하며 바라기를, 나도 사랑할 의무가 있다고 합니다. 나는, 신이 내게 부여한 자연적 이해력으로. 아름다운 것은 다 사랑스럽다는 것을 알고 있습니다. 그러나 사랑받는다고 해서, 아름다움 때문에 사랑받는 것이 사랑하는 누군가를 사랑해야 한다는 것은 납득할 수 없습니다. […] 더욱이 내가 지닌 아름다움을 내가 선택한 것이 아님을 잊지 말기 바랍니다. 나는, 그냥 이렇게, 하늘의 은총으로 만들어졌지 내가 간청하거나 선택한 것이 아닙니다. 독사가 독을 가지고 있어서 그 독으로 사람을 죽인다고 해도 자연이 준 것이니 죄를 지었다고 할 수 없듯이, 나 역시 아름답다고 해서 비난받을 수 없습니다. 정숙한 여자에게 있어서 아름다움은 멀리 있는 불이나 예리한 칼과 같아서, 가까이 오지 않는 사람은 태우거나 베지 않습니다. […] 나는 자유롭게 태어났고, 자유롭게 살기 위해 초원의 고독을 택했습니다. […] 나는 멀리 있는 불이며 멀리 놓인 칼입니다. 시선으로 반한 사람들에게 나는 말로 잘못을 일렀습니다. 욕망이 희망으로 지속된다면, 나는 그리소스토모든 다른 누구에게든 어떤 희망도 주지 않았으니, 그를 죽인 것이 나의 잔인함이라기보다 그의 고집이라고 할 수밖에 없습니다.

알아듣기 쉬운 얘기다. 작가의 표현대로 "분명한 선언"이다. 그런데 왜 알아듣지 못할까. 마르셀라의 말대로 고집 때문이다. 눈먼 욕망이 집착으로 이어진다. 그녀의 언명에도 불구하고, "그녀의 아름다운 눈에서 나오는 광선의 강력한 화살에 꽂힌" 몇몇은 산속으로 돌아가는 그녀를 따라가려 한다. 돈키호테가 나선다. 칼을 들고 막아선다. "신분과 조건을 막론하고, 어느 누구도 감히 아름다운 마르셀라를 뒤쫓지 마라." 그가 지키는 것은 순결한 영혼의 아름다움이다.

몰이해와 집착이 죽음을 부른다. 자유의 갈망은 사랑의 욕망만큼 강하다. 욕망의 화신 카르멘도 같은 말을 한다. "보헤미안으로 태어나 보헤미안으로 죽을 것이다"(『카르멘』). 자유분방한 여성이든 순수한 영혼이든, 욕망의 굴레로 옭아맬 수 없다. 독사, 칼 같은 치명적 여성의 이미지는 사랑에 눈먼 남성의 덮어씌우기다. 냉혹, 잔인, 냉정, 매정, 비정, 무정… 모두 응답 없는 상대에 대한 야속한 마음의 수식어다. 무정한 여성은 시대를 관통하는 원형적 여성상이다. 그것은 역사와 함께 신화가 된다. 신화는 성스러운 빛을 띠기도 한다. 바로 "영원한 여성성"(Ewig-Weibliche)의 신비다. 파우스트 박사가 구원의 빛으로 여기는 그 이미지의 뿌리는 욕망의 대상에 대한 무지다. 세잔의 그림 〈영원한 여성성〉(L'Eternel féminin, 1877)은 그것을 잘 보여준다. 벌거벗고 있는 여성은 모두에게 노출되어 있지만 누구에게도 영 이해되지 않는 대상이다. 몰이해로 인한 영원한 탐구 모델, 그것이 영원한 여성성의 신비다. 그 빛나는 이미지는 일방적인 남성의 욕망과 무지의 결정체다.

마르셀라의 이야기는 죽음과 사랑의 뿌리 깊은 등식에 한 줄기 빛을 던진다. 사랑을 죽음과 묶는 것은 욕망의 과잉이다. "욕망은 희망으로 지속된다." 욕망이 커지면 결핍감은 더 커진다. 홀로 커가는 욕망은 텅 빈 죽음의 공간을 확장한다. 죽음이 무엇인가. 단절이다. 관계와 흐름의 단절, 지속의 중단, 공허, 침묵이다. 애타게 사랑하는 사람이 말 없는 대상 앞에서 느끼는 감정이 그것이다. 사랑으로 삶의 열망이 가장 강렬한 순간에 맞이하는 깊은 침묵. 보상 없는 욕망은 그 어둠에 매몰된다. 삶과 성의 충동인 에로스가 스스로 확장한 공간 속에서 자아의 지속 의지는 소멸한다. 가장 큰 사랑의 감정 속에서 그리소스토모는 그렇게 죽는다.

돈키호테의 사랑은 그런 위험이 없다. 그의 사랑은 다른 연인들의 사랑과 다르다. 그의 사랑은 허위를 바탕으로 한다. "아름다움의 극치"이자 "최상의 우아함"을 지닌 귀부인 둘시네아 델 토보소는 사실 이웃 마을에 사는 알돈사 로렌소다. 그녀는 남자처럼 힘세고 "가슴에 털이 있는" 시골 처자다(III, 25). 그런 '사실'들은 그의 사랑을 오염시키지 않는다. 그의 '사실'은 상상이다. 그는 응답이나 보상을 필요로 하지 않는다. 그는 스스로 웅하고 답한다. 보상은 상상과 미래 속에 영원히 존속한다. 그래서 그는, 늙고 "슬픈 몰골"이지만, 시대를 통틀어 가장 강한 기사다.

세실리오 플라, 〈여자 목동 마르셀라〉, 1905

폴 세잔, 〈영원한 여성성〉, 1877

에로티시즘에 접근하는 유일한 방법은
전율이다.
바타유, 『에로스의 눈물』

사랑이 힘든 것은
공범 없이는 할 수 없는 범죄이기 때문이다.
보들레르, 『내면 일기』

3

사랑의 죄악

랭보, 베를렌, 그리고 일곱 가지 죄

랭보, 『지옥에서 보낸 한 철』, 『일류미네이션』
베를렌, 「사랑의 죄악」

랭보 Arthur Rimbaud (1854~1891)

20세까지 약 5년간의 글쓰기로 세계 문학사에 큰 발자취를 남긴 시인.
사춘기의 반항심을 폭발적으로 표현한 뒤, 문학과 유럽을 버리고
태양의 나라로 떠난 자유로운 영혼.
—『지옥에서 보낸 한 철』(1873) —『일류미네이션』(1895)

베를렌 Paul Verlaine (1844~1896)

이른 나이에 재능 있는 시인으로 등단했다. 특유의 서정미와 음악성이 풍부한 시를 남겼다.
섬세한 시심과 달리 빈번한 감정의 격발로 불안정한 삶을 살았다.
—「사랑의 죄악」(1884)

1871년 9월, 프랑스 샤를르빌. 한 소년이 파리행 기차에 오른다. 나이 열일곱, 몰래 집을 떠나는 길이다. 일찍부터 아버지가 없던 집, 메마르고 엄한 어머니가 있는 집이다. 그는 이미 서너 번 가출했다가 돌아오곤 했다. 이번은 다르다. 아주 떠날 참이다. 공부는 끝났고, 인내도 다했다. 그를 부르는 사람도 있다. 그의 눈은 결의로 가득하다. 푸른 눈동자에 바람이 이는 듯한 눈빛의 소년, 훗날 세상을 흔들 천재 시인 랭보다.

오라, 고귀한 영혼이여, 보고 싶다. 기다린다.

랭보의 편지와 시를 읽은 베를렌의 답장이다. 랭보보다 열 살 많은 그는 이미 두 권의 멋진 시집을 낸 시인이다. 두 시인의 만남은 그렇게 시작되었다.

1871년, 프랑스는 프로이센과 전쟁 중이었다. 파리는 혁명과 진압으로 소란스러웠다. 염세적 세계관이 지배하던 시기, 시인들은 "초록색 요정"이라 불리는 압생트를 마시며 몽환과 퇴폐에 빠져들었다. 랭보가 파리 문단에 등장한 시기의 풍경이다.

압생트, 너를 숭배한다, 참으로!
너를 마실 때면,
싱싱한 나무숲의 영혼을 들이마시는 듯,
초록빛 아름다운 계절이 펼쳐진다!

너의 신선한 향기는 나를 뒤흔들고,

너의 오팔 빛 보석 속에

그 옛날 살았던 하늘이,

문이라도 열린 듯 보인다.

Absinthe, je t'adore, certes!

Il me semble, quand je te bois,

Humer l'âme des jeunes bois,

Pendant la belle saison verte!

Ton frais parfum me déconcerte.

Et dans ton opale je vois

Des cieux habités autrefois,

Comme par une porte ouverte.

Raoul Ponchon, *L'Absinthe.*

1872년 9월, 런던. 두 사람은 궁핍한 생활 속에서 시를 쓴다. 많은 것을 공유한다. 많은 것을 얻고 많은 것을 잃는다. 삶의 향유보다 불안과 상실감이 커진다. 싸움이 잦아지고 결별과 재회가 반복된다.

1873년 7월, 벨기에 브뤼셀의 기차역. 떠나려는 랭보에게 베를렌이 총을 겨눈다. 베를렌은 경찰에 체포된다. 랭보는 떠나고 베를렌은 2년의 감옥형을 선고받는다. 랭보는 고향 농가에서 여름을 보내며 산문 시집 『지옥에서 보낸 한 철』을 탈고한다. 두 사람이 함께 나누고 찢어버린 삶의 기록이다. 랭보는 미리 작별을 고한다.

벌써 가을! — 대체 왜 영원한 태양을 아쉬워하나, 신성한 빛을 찾아가기로 작정한 터에, — 계절 따라 죽어가는 사람들에게서 멀어질 텐데.

「고별」,『지옥에서 보낸 한 철』.

랭보는 가까이 있는 것들을 하나하나 지운다. 집과 가족과 고향을 버린다. 이전에 쓴 시들을 방치하고, 새로 쓴 시들을 친구들에게 넘긴다. 문학을 버리고 유럽을 떠돈다. 많은 시간 그는 걸어 다닌다. 걸어서 국경을 넘나들고, 알프스도 넘어간다. 네덜란드 용병에 지원해서 인도양까지 바다를 떠돌기도 한다. 가끔 집에 들르지만, 곧 다시 떠난다. 어느 날 영영 유럽을 떠난다. 지중해 동쪽을 거쳐 아랍의 사막으로 사라진다.

되찾았다!
무엇을? — **영원**을.
그것은 태양과 함께
가버린 바다.

Elle est retrouvée!
Quoi? — L'Eternité.
C'est la mer allée
Avec le soleil.
L'Eternité.

베를렌은 감옥에서 기독교에 귀의한다. 출소 직후 그는 슈투트가르트에서 랭보를 한 번 만난다. 짧은 만남은 격한 논쟁만 남긴다. 이후 그는 랭보를 보지 못한다. 그는 평생 랭보를 기린다. 랭보의 시를 세상에 알린다. 그를 통해 랭보는 신화가 된다.

베를렌은 랭보의 그림자가 담긴 시들을 쓴다. 때로는 원망과 저주를, 때로는 찬양을 담는다. 대부분 그리움이다. 가장 인상적인 시는 스물다섯 개의 4행 시절로 이루어진 「사랑의 죄악」(Crimen Amoris)이다. 이 시에서 베를렌은 랭보를 타락 천사로 그린다. 이미 다른 글에서 그는 랭보를 "추방당한 천사처럼 완벽한 계란형 얼굴에, 붉고 강인한 입술은 씁쓸하게 굴곡진" 모습이라고 밝힌 적이 있다.

고대 도시 엑바타나, 비단과 금으로 빛나는 어느 궁전,

아름다운 악마들, 젊은 사탄들,

마호메트 음악을 들으며

칠죄(七罪)에 온 감각을 내맡긴다.

칠죄의 향연, 오 얼마나 아름다운가!

온갖 **욕정**이 맹렬한 불꽃으로 타오르고

식욕은, 시달리는 민첩한 시동들이 되어,

쟁반에 장밋빛 포도주를 담아 이리저리 날랐다.

결혼 축가 리듬에 맞춰 추는 춤은

아주 부드럽게 황홀해져 긴 흐느낌으로 이어지고

어우러지는 남녀들의 아름다운 목소리는
물결처럼 일렁이며 펼쳐졌다.

이들로부터 퍼져나가는 즐거움은
너무나 강렬하고 매혹적이어서
주변 들판에 장미들이 피어나고
밤은 다이아몬드를 뿌린 듯했다.

이 몹쓸 천사들 가운데 가장 아름다운 이는
화관을 쓴 열여섯 살 천사였다.
그는 목걸이와 술 장식 위로 팔짱을 낀 채,
불꽃과 눈물 가득한 눈으로 꿈을 꾼다.

그의 주변에 향연의 광란이 더해가도,
그의 형제 누이 사탄들이
비탄에 잠긴 그의 근심을 덜어주려
그를 부르고 어루만지며 달래도 소용없었다.

그는 모든 애무를 물리쳤다.
금은보석으로 타오르는 그 아름다운 이마에는
우수가 검은 나비처럼 드리워져 있었다.
오 불멸의 가혹한 절망이여!

Dans un palais, soie et or, dans Ecbatane,

De beaux démons, des Satans adolescents,

Au son d'une musique mahométane

Font litière aux Sept Péchés de leurs cinq sens.

C'est la fête aux Sept Péchés : ô qu'elle est belle !

Tous les Désirs rayonnaient en feux brutaux

Les Appétits, pages prompts que l'on harcelle,

Promenaient des vins roses dans des plateaux.

Des danses sur des rhythmes d'épithalames

Bien doucement se pâmaient en longs sanglots

Et de beaux chœurs de voix d'hommes et de femmes

Se déroulaient, palpitaient comme des flots,

Et la bonté qui s'en allait de ces choses

Était puissante et charmante tellement

Que la campagne autour se fleurit de roses

Et que la nuit paraissait en diamants.

Or le plus beau d'entre tous ces mauvais anges

Avait seize ans sous sa couronne de fleurs.

Les bras croisés sur les colliers et les franges,

Il rêve, l'œil plein de flammes et de pleurs.

En vain la fête autour se faisait plus folle,

En vain les Satans, ses frères et ses sœurs,

Pour l'arracher au souci qui le désole

L'encourageaient d'appels de bras caresseurs,

Il résistait à toutes câlineries

Et le chagrin mettait un papillon noir

À son beau front tout brûlant d'orfèvreries.

Ô l'immortel et terrible désespoir!

Crimen Amoris, Jadis et naguère.

    천사와 사탄의 향연은 병적으로 미를 탐하는 작가들의 모임을 연상시킨다. 문란한 세상의 축도이기도 하다. 현실을 벗어나는 꿈을 꾸는 곳에는 환상의 빛과 악의 그림자가 공존한다. 랭보를 연상시키는 "가장 아름다운" 천사의 모습은 역시나 흥미롭다. 그는 "불꽃과 눈물 가득한 눈으로 꿈을 꾼다". 다른 서술과 달리 현재형 시제다. 생생하게 회상하는 베를렌의 감정이 — 그의 안타까움이, "절망"까지 — 느껴진다. 1872년경에 카르자가 찍은 랭보의 사진은 베를렌의 묘사를 뒷받침한다. 먼 곳을 향한 눈길, 우수 어린 눈빛, 다가갈 수 없는 그 표정은 주위의 손길을 물리치는 천사를 닮았다.

    근심 어린 천사의 묘사가 이어진다. 베를렌의 찬미는 어느결에 비난으로 바뀐다. 천사는 광란의 향연장을 벗어나 궁전의 종탑 위에 오른다. 그는 신을 대신해서 세상을 저주하며 횃불을 던져 궁전을 불태운다. "스스로를 기만하는 교만"에 빠진 그로 인해 모든 것이 어둠 속으로 사라진다. 오직 "우리를 악으로부터 지켜줄 관용의 신"에 대한 기원만 남는다. 모순된 극적 반전이다. "추방당한 천사"에 대한 그리움과 기독교적인 회한의 갈등이 빚어낸 결과다.

"칠죄의 향연". 일곱 가지 죄악은 중세 이전부터 천년 넘게 전해져 온 관념이다. 세상의 온갖 죄를 크게 일곱 개로 분류한 것은 죄의 근원을 밝히고 학습하기 위함이다. 신의 관점에서 인간이 스스로 규정한 율법인 셈이다. 대체로 일곱 가지 대죄는 교만, 시기, 분노, 나태, 탐욕, 탐식, 정욕이다. 가장 으뜸가는 죄는 교만, 오만, 자만 혹은 자부심(orgueil, pride)이다. 교만은 모든 죄의 출발점이자 정수다. 신과 사랑의 섭리를 겸허하게 받아들이지 않는 마음은 세상의 질서를 부정하고 규칙을 파괴할 수 있기 때문이다.

"가장 아름다운" 천사가 죄악의 향연에서 벗어나 세상을 벌함으로써 짓는 죄목은 교만이다. "사랑의 죄악"에서 "사랑"은 신의 것이자 인간의 것이다. 신의 "사랑"을 부정한 인간의 "새로운 사랑"을 암시한다.

랭보는, 적어도 문학 속에서, 새로운 빛과 생명과 사랑을 찾았다. 마지막 시집 『일류미네이션』의 마지막 시 「정령」은 그의 시적 추구를 찬연하게 보여준다. 정령, 영, 수호신, 화신, 천재(성) 등을 의미하는 원제(Génie)는 자아의 — "타자"로서의 — 신화(神化)를 암시한다. — 그는 말했다. "나는 타자다"(Je est un autre). 그의 메타 자아는 초월적이다. — 정령은 "새로운 사랑"을 발현하고 세상의 "해방"을 선포한다.

그는 애정이며 현재다 […] 그는 애정이며 미래, 힘이며 사랑이다 […]

[…]

그는 가버리지 않을 것이고, 어느 하늘에서 다시 내려오지 않을 것이고, 여자들의 분노와 남자들의 즐거움과 이 모든 죄의 사함을 행하지 않을 것이다. 왜냐하면 그가 있음으로, 그가 사랑받음으로, 그것은 이루어졌으니까.

[…]

오, 영혼의 풍요와 우주의 광대함!

그의 육체! 꿈꾸어온 해방, 새로운 폭력과 교차된 은총의 파괴!

그의 시선, 그의 시선! 그로 인해 면제되는 모든 옛 굴종들과 징벌들.

그의 빛! 더 강렬한 음악 속에서 울리며 변화하는 모든 고통들의 사면.

[…]

오, 그와 우리! 사라진 자비심보다 더 너그러운 자부심.

오, 세계여! ― 그리고 새로운 불행들의 맑은 노래!

Il est l'affection et le présent […] Il est l'affection et l'avenir, la force et l'amour […]

[…]

Il ne s'en ira pas, il ne redescendra pas d'un ciel, il n'accomplira pas la rédemption des colères de femmes et des gaîtés des hommes et de tout ce péché : car c'est fait, lui étant, et étant aimé.

[…]

Ô fécondité de l'esprit et immensité de l'univers!

Son corps! Le dégagement rêvé, le brisement de la grâce croisée de violence nouvelle!

Sa vue, sa vue! tous les agenouillages anciens et les peines *relevés* à sa suite.

Son jour! l'abolition de toutes souffrances sonores et mouvantes dans la musique plus intense.

[…]

Ô Lui et nous! l'orgueil plus bienveillant que les charités perdues.

Ô monde! — et le chant clair des malheurs nouveaux!

상상이든 현실이든, 랭보의 죄목은 교만 혹은 자부심이다. 신성을 내세웠으니 그보다 더한 죄도 없다. 또 다른 죄목은 나태다. 부여받은 재능을 저버리고 권태와 허무에 빠졌으니 그 역시 죄악이다. 어쩌면 탈선으로 이어진 분노와 욕정의 죄도 추가될 수 있겠다. — 그런데, 신과 세상을 믿지 않는 사람에게 "교만"과 "나태"는 무슨 죄이며, 누구에 대한 죄일까?

에티엔 카르자가 찍은 17세 랭보의 사진 복사본, 1872, 프랑스 국립도서관

팡텡-라투르, 〈식탁 모서리〉, 1872, 오르세 미술관
시인들의 모임을 그린 유화로 가장 왼쪽이 베를렌, 그 옆이 랭보다.

아벨라르와 엘로이즈, 거세된 사랑

아벨라르, 엘로이즈, 『편지』

아벨라르 Pierre Abélard (1079-1142)

엘로이즈 Héloïse d'Argenteuil (1100-1164)

학식과 논리력으로 명성이 높았던 중세 신학자 아벨라르는 파리 대성당에서 강의하던 시절,
재능과 미모가 뛰어난 처녀 엘로이즈를 만나 사랑에 빠진다.
몇 년에 걸친 사랑의 파란 끝에 영영 헤어져 각자 수도의 길을 간다.
오랜 세월이 지난 후, 아벨라르가 쓴 「나의 불행한 이야기」를 엘로이즈가 읽게 되고,
이후 두 사람 사이에 오간 편지가 현재까지 전해진다.

비용 François Villon (1431-1463)
—「옛 귀부인들을 위한 발라드」(1461)

12세기 초, 중세 프랑스, 기독교의 위세가 드높던 시절. 사랑과 결혼은 하찮은 것, 신앙과 명예만이 고귀한 것으로 여겨지던 때였다. "현자는 결혼하지 않는다." 현자 중의 현자 아벨라르는 당시 파리 대성당의 교수였다. 그는 신학과 논리학 강론으로 명성을 떨쳤다. "이 세상의 유일한 철학자"로 자처하던 그가 어느 날 엘로이즈를 만난다. 그녀의 나이 열일곱쯤, 그는 그녀보다 스무 살 더 많았다. 그는 그녀의 미모와 지성에 마음을 뺏긴다. 훗날 그는 어느 (가상의) 친구에게 보내는 편지에서 고백한다.

파리에 엘로이즈라는 처녀가 있었네. [⋯] 그녀는 육체적으로 괜찮았고, 지식의 폭은 아주 탁월했다네. 학식의 우월성은 여성에게 아주 드문 것이라서, 그녀의 매력을 돋보이게 했지. 그래서 그녀는 온 나라에 이름이 알려졌지. 온갖 매력으로 감싸인 그녀를 보고, 나는 그녀와 관계 맺을 생각을 했고. 아주 쉽게 그럴 수 있으리라 자신했네. 나는 그만큼 명성이 있었고, 우아한 정기와 매력을 지니고 있어서, 나의 사랑으로 영광스럽게 할 여인이 누구든, 거절을 두려워할 이유가 없었으니까. 또한 그 처녀가 교육을 받았고 교육을 좋아하는 만큼 나의 욕망에 굴복하리라는 것을 확신했네. 가까이 지내지 못하더라도, 서신을 통해서 서로에게 현존할 수 있겠지. 펜은 입보다 대담하니까. 그렇게 감미로운 담화가 지속될 수 있으리라 생각했네.
「나의 불행한 이야기」.

엘로이즈의 삼촌이자 후견인은 아벨라르의 "고결한 명성"을 믿고 그에게 전적으로 그녀의 교육을 맡긴다. 아벨라르의 확신대로 그녀는 사랑의 영광을 받아들인다. 그의 예상보다 더 밀접하게 두 사람은 소통한다. 교육을 빌미로 한방에 앉아 학문과 사랑을 나누고 서로의 육체와 영혼을 공유한다. 둘 다 사랑의 경험이 없었던 만큼 열정은 걷잡을 수 없이 타오른다.

책은 펼쳐져 있었지만, 수업에서 철학보다는 사랑의 이야기가 더 많았고, 실명보다 입맞춤이 더 많았네. 내 손길은 우리의 책보다 그녀의 가슴으로 더 자주 갔고, 우리의 눈은 책을 읽기보다 서로를 사랑으로 바라보기 바빴네. […] 열렬하게 우리는 사랑의 모든 단계를 가로질렀지. 열정이 정교하게 상상할 수 있는 모든 것을 우리는 남김없이 맛보았네. 그 기쁨이 새로울수록 우리는 더 열광적으로 지속했지. 우리는 지칠 줄 모르고 빠져들었네.

사랑은 한순간에 불태운다. 육체를, 정신을, 명예를. 애정은 분별을 넘어선다. 고결했던 신학자와 순결했던 규수는 욕정에 빠져 경각심을 잃는다. 그들의 관계는 차츰 세상에 알려진다. 사람들이 그들을 갈라놓는다. "그러나 육신의 분리는 마음의 결속을 강화할 뿐이었다." 아벨라르는 아기를 가진 엘로이즈를 몰래 고향으로 데려간다. 그녀가 아들을 낳은 후, 그는 그녀의 삼촌을 찾아가 속죄하고 비밀을 조건으로 그녀와 결혼한다. 그의 명예가 손상되지 않도록 하기 위한 조건이었다. 그녀도 그 때문에 결혼을 극구 반대하지만 결국 그의 뜻을 따른다. 그녀는 다가올 불행을 예감한다. "우리 둘 다 파멸할 것이고, 우리의 사랑만큼 큰 슬픔이 닥칠 것입니다." 마지못해 결혼을 승낙한 삼촌의 앙심은 사그라지지 않는다. 그는 사람들을 시켜 아벨라르를 거세한다. 그는 수도사가 되고 그녀는 수녀가 된다. 더 이상 보이지 않는 그를 그녀는 무한히 사랑한다.

아벨라르가 자신의 불행을 이야기하는 편지를 쓴 것은 사건이 있은 지 십칠 년 정도 지난 시점이다. 그 편지는 "우연히" 엘로이즈의 손에 들어간다. 온갖 감정이 그녀를 뒤흔든다. 그의 마음에 응하고 그의 뜻대로 결혼하고 그의 지시로 수녀원으로 들어간 그녀. 온 마음과 몸을 바친 사랑을 이제 와서 죄와 불명예로 돌리고 불행한 사건을 정당한 심판이라 여기는 그의 글을 보고, 그녀는 절망한다.

죄지은 내 신체의 부분을 처단한 신의 심판은 얼마나 정당했던가.

그녀는 편지를 쓴다. 불행을 위로하는 마음과 위로를 구하는 마음이 교차한다. 여전히 애정이 넘치지만, 격정과 원망을 숨기지 못한다.

가슴을 에는 나의 애통함은 더 강한 위안을 요구합니다. 다른 사람이 아니라, 그저 당신, 내 고통의 유일한 주체인 당신만이 위안자가 될 수 있습니다. 내 슬픔의 유일한 대상인 당신만이 내게 기쁨을 되돌려주거나 약간의 위로를 줄 수 있습니다. 이 절박한 의무는 당신만의 것입니다. 나는 당신의 모든 의사를 맹목적으로 수행해왔기 때문입니다. 당신에게는 아무 저항도 못 하면서, 나는 용감하게도, 말 한마디에, 나 자신을 버렸습니다. […] 당신의 명령에 따라, 나는 다른 옷을 입고, 다른 마음을 먹었습니다. 당신이 내 몸과 내 마음의 유일한 주인이라는 것을 당신에게 보여주기 위해서였습니다.

[…]

하나만 말해주세요, 하실 수 있다면, 당신 혼자 결정한 나의 은거 이후, 왜 나를 버려뒀는지, 나를 잊었는지, 왜 내가 당신 말을 듣고 용기를 담금질하거나, 당신 글을 읽고 당신의 부재를 달랠 수 있게 하지 않았는지요. 말해주세요, 다시 한번 말하지만, 하실 수 있다면, 아니면 내가, 내가 생각하는 것을, 그리고 사람들 입에 오르내리는 것을 말할까요. 당신이 내게 애착한 것은 애정보다 욕정 때문이고, 그것은 사랑이라기보다 관능의 열정이었지요. 바로 그래서 당신의 욕망이 꺼지자, 고취된 모든 감정의 표현도 한꺼번에 사라져버린 건가요. 이 가정은, 내 사랑이여, 나의 것이 아니라 여러 사람의 것입니다. 개인적 의견이 아니라 보편적 생각이고, 특별한 감정이 아니라 모두의 생각입니다.

[…]

아! 기억해보세요, 제발, 내가 한 일을, 그리고 당신이 내게 해야 할 의무를 생각해보세요. 내가 당신과 육체의 기쁨을 맛보던 동안에는, 내가 좇던 것이 사랑의 목소리인지 쾌락의 목소리인지 알 수 없었을 수도 있겠지요. 이제는 내가, 애초부터, 어떤 감정을 따랐는지 알 수 있지요. 당신의 뜻에 응하기 위해, 나는 모든 기쁨을 스스로 금하기에 이르렀습니다. 나 자신에게 남겨진 것은 아무것도 없고, 그저 온전히 당신의 것이 되는 권리밖에 없습니다.

「엘로이즈가 아벨라르에게 보낸 첫 번째 편지」.

아벨라르가 답한다. 그의 답은 담담하다. 냉담하기까지 하다. 여자로서, 수녀로서, 해야 할 속죄와 감사의 기도에 대해 설교한다. 그리고 특별히 "너무나 큰 시련을 겪고 있는" 자신을 위해 기도해 달라고 부탁한다.

편지가 오간다. 엘로이즈는 반항한다. 운명을 탓하고 신을 원망하며 되묻는다. 아벨라르의 지독한 불행이 "정당한 심판"이라면, 그녀는 "그토록 큰 죄의 원인"이란 말인가. 그의 몸에 가해진 "단 한 번의 상해가 욕망의 자극을 가라앉히고 영혼의 모든 상처를 치유"했다는 것이 사실인가. 반대로 그녀는 "기쁨에 타오르던 젊음의 불꽃"의 환상에서 아직도 벗어날 수 없는데, 기도가 무슨 소용인가. 기도와 배려는 오히려 그가 그녀를 위해 해야 한다. 왜냐하면 그녀의 영혼은 여전히 사랑의 "착란"에 사로잡혀 있으니까. "나의 정욕은 더 이상 당신에게서 구제책을 찾을 수 없으니까."

아벨라르의 답은 여전히 이성적이다. 그는 그녀의 비난과 원망을 조목조목 반박하고, 준엄하게 타이른다. 원망을 거두고, 회개하고 찬양하라. "당신의 몸과 마음을 쇠진시키는 그 쓰라린 감정들, 위험한 감정들"을 잊어라. "이성의 목소리"를 따르라. 신의 심판은 "정당하고 유익"했다. "우리의 음란함", "예전 우리의 타락한 행위와 수치스러운 난잡함"을 처벌한 신의 자비를 감사하라. "그처럼 큰 죄들을 범함에 있어 하나의 상처, 한순간의 고통으로 충분하다고 생각하는가." 아벨라르의 훈계는 끝이 없다. 여심을 아는지 모르는지, 무심하기 그지없다. 그는 자신의 "신체에 가해진 징벌"의 정당함을 되뇌며 그녀에게 말한다.

나는 주님께 감사하오, 당신에게 벌을 면제해주고 영광의 길을 마련해주셨으니.

편지를 읽는 엘로이즈의 마음이 어땠을까. 삶을 바쳐 그를 사랑했는데 그 사랑이 애욕과 죄악일 뿐이라니. 그를 위해 버린 귀한 삶이 그저 타락한 것, 수치스러운 것이었다니. 겨우 알게 된 삶의 "모든 기쁨"을 포기하고 슬픔과 고통 속에 잠겨 사는데 그것이 영광의 길이라니. 그녀가 수녀원에 숨어들고 결국 수녀가 된 것은 신을 위해서가 아니라 오로지 그녀의 "모든 것"인 그를 위해서였다. 그녀에게 신은 "잔혹"할 뿐이다. "무자비한 자비"의 신, "불운을 주는 행운"의 신.

매정한 아벨라르. 그가 입은 것은 은총일까, 위선의 옷일까. 참혹한 사건을 찬양으로 돌리는 것이 그렇게 쉬웠을까. 그러나 그에게 신앙 외에 다른 방도가 있었을까. 그는 말한다. "나는 육체의 훼손보다 명예의 오점이 더 한탄스럽다." 몸보다 이름이 중요하다는 말은 논리적 수사에 지나지 않는다. 신체의 손상으로 더 이상 사랑의 기쁨은 있을 수 없다. 욕망의 고통만 있을 뿐이다. 육체의 나눔 없는 사랑은 기껏해야 찬미 혹은 수양이다. 그것은 신성한 믿음보다 못하다. 욕망과 죄의식까지 동반하니 더 말할 것도 없다. 이제 "신앙에 대한 애착"밖에 길이 없다. 아벨라르는 스스로의 삶을 죄악으로 규정한다. 죄악이 설정되어야 구원의 길이 열린다.

그녀가 말하는 "구제책"을 줄 수는 없지만, 그는 그녀에게 구원을 전한다. 기도문과 교도의 편지를 보낸다. 그는 죽을 때까지 잊지 않고 그녀와 그녀의 수도원을 돌본다. 첫 편지를 보낼 때까지 그가 오랫동안 침묵했던 것이 그녀의 "지혜로움을 언제나 절대적으로 믿었기" 때문이라는 그의 말은 분명 진실일 것이다. 어떻게 잊을 수 있을까.

지혜로운 엘로이즈는 결국 그의 마음을 이해한다. 어쩌면 원망과 비난의 편지를 보내기 전에 이미 다 알았을 것이다. 이후 그녀는 표현을 자제한다. "넘치는 마음"을 누른다. 마음을 옮기는 말을 억제하지 못할 때는 "손이 글 쓰는 것을 금하리라" 다짐한다. 편지는 계속 오간다. 사랑과 원망의 어조는 사라지고 기도하는 마음만 나누어진다.

편지 교환이 시작된 지 십여 년 후 아벨라르는 세상을 떠난다. 그의 시신은 엘로이즈에게 인도되어 그녀의 손으로 묻힌다. 그녀는 이십여 년 후 그의 곁에 묻힌다. 그들은 수백 년 후 파리 페르 라셰즈 공동묘지로 함께 이장된다. 그들의 묘지에는 두 개의 석상이 기도하는 모습으로 나란히 누워 있다. 두 연인이 사랑을 나눈 시간은 채 일 년이 되지 않는다. 질식한 두 영혼의 사랑 이야기는 천년을 떠돈다.

아주 지혜로운 엘로이즈는 어디에 있나?

그녀로 인해 거세되고 수도사가 된

생드니 수도원의 피에르 아벨라르,

그는 사랑으로 인해 손상을 겪어야 했다.

[…]

그 옛날 내리던 눈은 어디에 있는가?

Où est la très savante Héloïse

Pour qui fut émasculé puis se fit moine

Pierre Abélard à Saint-Denis ?

C'est pour son amour qu'il souffrit cette mutilation.

[···]

Mais où sont les neiges d'antan?

François Villon, *Ballade des dames du temps jadis.*

장검과 단검

발자크, 『사라진느』

발자크 Honoré de Balzac (1799–1850)
—『사라진느』(1830)

『사라진느』(Sarrasine)는 이야기 속의 이야기다. 속 이야기는 액자 속 그림처럼 색채가 풍부하다. 명암도 뚜렷하다. 줄거리는 단순하다. 사라진느는 스물두 살의 프랑스 조각가다. 그는 재능을 꽃피우기 위해 이탈리아 로마로 유학을 떠난다. 미켈란젤로의 나라에서 뛰어난 예술품들을 보며 "그의 열렬한 상상력은 불타오른다". 어느 날 저녁 그는 오페라 공연에 갔다가 프리마돈나 잠비넬라(Zambinella)의 매력에 사로잡힌다. 그녀는 그가 찾던 "이상적인 아름다움의 완성" 그 자체였다. "그것은 여인 이상이었다, 걸작이었다!" 그는 피그말리온의 조각상이 환생이라도 한 듯한 그녀에게 온 마음을 쏟는다. 당장 무대에 뛰어올라 납치라도 하고 싶을 정도로 "광기" 어린 욕망을 느낀다. "그녀에게 사랑받거나, 아니면 죽거나다." 그는 칸막이 좌석 정기권을 구입해 매일 오페라를 보러 간다. 작업실에서는 그녀의 조각상을 빚는다. 그녀와 배우들도 열광적인 시선으로 바라보는 그의 존재를 눈치챈다. 그는 그들의 밤 연회에 초대된다. 누군가 추기경 치코냐라(Cicognara)가 그녀의 후원자라며 위험을 경고한다. 그는 아랑곳하지 않는다. 배우들의 연회에서 그는 그녀에게 찬사를 보내며 유혹한다. 그녀는 그의 유혹에 응할 듯 말 듯 모호한 태도를 보인다. 과도하게 연약하고 예민한 그녀, 그를 내치지도 받아들이지도 않고, 짓궂게 그를 건드리면서 또 저지하는 그녀의 태도는 그의 욕망을 더욱 자극한다. 그는 격렬해진다. 그가 덤벼들자 그녀는 지니고 있던 단검을 꺼내 든다. 단검을 지닌 여자… 그녀는 그를 사랑할 수 없다고, 사랑할 마음이 없다고, 아예 "마음이 없다"고 말하지만, 그는 귀 기울이지 않는다. 두 사람은 숲속을 걸으며 이야기를 나누기도 하지만 어긋난 대화만 이어진다. 갑자기 뱀이 나타나 그녀가 놀라자 그가 짓밟아 죽이는 장면도 있다. 무슨 의미일까? 그가 다가갈수록 그녀는 물러선다. 결국 그는 그녀를 납치하기로 마음먹는다. 그는 모든 준비를 마치고, 대사관에 초대받아 노래하고 있는 그녀에게로 간다. 남장하고 칼을 찬 모습의 잠비넬라를 보며 그는 옆에 있는 귀족에게 묻는다. 그녀가 저런 차림으로 노래하는 것은 여기 있는 추기경들, 주교들과 신부들을 고려해서겠지요? — 그녀! 그녀가 누구요? — 잠비넬라 말입니다. — 잠비넬라? 당신 어디서 왔소? 로마의 극장 무대에 언제 여자가 오른 적이 있소? 교황의 나라에서 어떤 종류의 인간들이 여자 역할을 하는지 모르오? — 잠비넬라는 거세된 남자 가수다. 카스트라토. 사라진느의 시선이 불을 뿜는다. 그 시선에 그녀가 주저앉는다. 치코나라 추기경이 멀리서 시선의 주인공을 알아낸다. 사라진느는 노래를 마치고 나오는 그녀를 기다렸다가 입을 막고 마차에 실어 그의 작업실로 데려온다. 이제 이야기의 마지막 장면이다. 글에 많은 말없음표, 줄임표, 생략이 나타난다. 화려하고 거침없는 필치가 잠깐씩 머뭇거리는 곳에 침묵의 부피가, 의미의 울림이 생겨난다.

잠비넬라는 사라진느에게 납치되어, 곧 어둡고 빈 작업실로 옮겨졌다. 그 남자 가수는 초주검이 되어, 의자에 가만히 앉은 채로, 고개를 들어 여자의 조각상을 바라볼 엄두도 못 내고 있었다. 그 조각상에서 그는 자신의 모습을 알아보았다. 그는 한마디 말도 못 하고, 턱을 떠는 소리만 내고 있었다. 사라진느는 큰 걸음으로 서성거렸다. 갑자기 그는 잠비넬라 앞에 멈춰섰다.

- 진실을 말해봐.

그는 잠기고 쉰 목소리로 물었다.

- 너 여자지? 치코냐라 추기경이…

잠비넬라는 무릎을 꿇고, 대답 대신 고개를 숙였다.

- 아! 너는 여자야.

예술가가 미친 듯 소리쳤다.

- 왜냐하면 아무리…

그는 말을 잇지 못했다.

- 아니야.

그는 다시 말했다.

- 이렇게 비열할 수는 없으니까.

줄임표가 많아지기 전에 미리 말을 푸는 것이 낫겠다. 물론 작가가 말할 수 없는 것을 누구도 다 말할 수는 없다. 에두르는 수밖에 없다. 생략된 말은 무엇일까. 이야기의 열쇠어, 남자다. 치코냐라 추기경이 (남자를)… 남자가 남자를… 남자 가톨릭 성직자가 남자를… 두 번째 줄임표로 넘어가는 것이 좋겠다. 아무리 (남자라도) 혹은 (아무래도) (남자라면)… 원문인 프랑스어에는 없고 우리말에는 있는 조사를 신경 써야 빈 문장이 채워진다. 체언만 생각하면 그리 어렵지 않다. 이제, 사라진느는 무슨 말을 더 할 수 있을까. 무엇을 할 수 있을까. 이 남자에게… 말문이 막힌 그에게 그 남자가 소리친다.

- 아! 날 죽이지 마세요!

잠비넬라가 눈물을 쏟으며 소리쳤다.

- 그저 장난치려는 내 동료들의 기분을 맞추느라 당신을 속이는 데 동조했을 뿐이에요.

- 장난!

지옥의 섬광이 번뜩이는 목소리로 조각가가 대꾸했다.

- 장난, 장난! 네가 감히 남자의 정열을 가지고 놀았다고, 네가?

- 오! 제발!

잠비넬라가 답했다.

다시 남자다. 남자의 열정. "남자가 사랑할 때…" 옛 노래가 흐른다. 남자는 온 마음을 바친다고 비장하게 외쳐 부르는 목소리. 사라진느는 비장하다. 비장하게 다그친다. 네가? 감히 장난을 친 잠비넬라는 가련하기 그지없다. 살려달라고 눈물로 애원한다. "눈물을 쏟으며"의 원어 그대로의 표현은 "눈물로 녹아내리며(fondant en larme)"다. 상상력의 세계에서 물은 여성적인 실체다. 바슐라르의 해석이다. 사라진느의 비장한 목소리가 그 여성성을 부정한다. 네가? 여자도 아닌 네가? 여자도 남자도 아닌 네가? 사라진느의 외침이 잠비넬라의 존재를 ― 뱀을 짓밟듯 ― 모멸한다.

- 너를 죽여야겠지만!

격렬한 동작으로 칼을 뽑아 들고 사라진느가 소리쳤다. 그렇지만, 그는 차가운 경멸조로 말을 이었다.

- 이 칼날로 너의 존재를 쑤셔댄다고 해서, 내 감정의 불을 끄고, 복수심

을 만족시킬 수 있겠는가? 너는 아무것도 아니다. 남자나 여자라면, 너를 죽이겠지만! 그렇지만…

칼에 관한 표현이 강하다. "쑤시다"로 번역한 단어(fouiller)의 뜻은 파다, 파고들다, 헤집다, 뒤지다 등이다. 그저 "너"가 아니라 "너의 존재"라는 표현도 예사롭지 않아 눈길을 끈다. 칼로 찌르는 것이 불붙은 감정의 만족과 무슨 관계가 있을까? 칼과 남성의 등식은 분명하다. 개별적인 남성 고유의 칼이다. 칼이 찌르는 대상을 구별하는 것만 봐도 그렇다. "남자나 여자라면" 찌르겠지만… 남성이 여성을, 남성이 남성도, 찌를 수 있지만, "아무것"도 아닌 무성은 찌를 수 없다…

사라진느는 혐오의 몸짓으로 어쩔 수 없이 고개를 돌리다가, 조각상을 바라보았다.

– 저것이 환상이라니!

그는 소리쳤다.

그러더니 잠비넬라에게로 몸을 돌렸다.

– 여자의 마음은 나에게 안식처요, 모국이었다. 너를 닮은 여동생들이라도 있는가? 없지. 그럼 죽어라! 아니, 넌 살아야 해. 너의 목숨을 살려두는 것이 죽음보다도 못한 것에 너를 바치는 것 아니겠는가? 내가 안타까워하는 것은 내 피도, 내 삶도 아니다. 바로 미래와 내 마음의 운명이다. 너의 나약한 손이 내 행복을 뒤집어버렸다. 너로 인해 빛이 바랜 여자들에 대한 어떤 희망을 너로부터 앗아낼 수 있을까? 너는 나를 너에게까지 깎아내렸다. 사랑하는 것, 사랑받는 것은! 이제부터 나에게는, 너에게 그렇듯, 의미

가 없는 말이다. 실제 여자를 보면서도 나는 끊임없이 저 상상의 여자를 생각할 것이다.

그는 절망의 몸짓으로 조각상을 가리켰다.

– 나는 항상 기억 속에서 하늘을 떠도는 하르피아가 날아들어 내 모든 남성적 감정에 제 발톱을 박고, 다른 모든 여자들에게 불완전의 낙인을 찍는 것을 보게 될 것이다! 괴물! 아무것에도 삶을 줄 수 없는 네가, 내게서 모든 여자들의 대지를 앗아가 버렸다.

"너를 닮은 여동생들이라도"? 없다면 "죽어라"? 작가의 유머가 스며든 걸까. 사라진느의 애처로움일까. "깎아내렸다"로 번역된 단어는 깎다, 삼키다, 타락시키다 등의 의미를 내포한다. 너는 나를 깎았다, 너는 나를 삼켰다, 어느 것이든 거세의 의미를 담으려 다소 생경한 표현을 쓴 듯하다. 사랑하고 사랑받는 능동 수동의 표현도 남성과 여성의 대비 혹은 조합을 환기한다. 주고받는 사랑은 이제, "너"에게나 "나"에게나, "의미가 없는 말"이다. 고유한 생식 기능을 상실한 인간, 삶도 사랑도 주지도 받지도 못하는 대상을 사랑한 주체도 사랑의 고유 기능을 박탈당했다. 거세된 자가 거세하는 자가 되는 역설이다. 여자도 남자도 아닌 "괴물"을 "이상적인 아름다움"으로 인식한 이상, 세상 여자들의 아름다움은 모두 불완전한 것일 수밖에 없다. 신화에 나오는 괴물 새, 여자의 얼굴에 날카로운 발톱을 가진 하르피아는 강력한 거세의 공포를 형상화한다.

영화 〈파리넬리〉(Farinelli)의 주제곡(OST) 〈울게 하소서〉(Lascia ch'io pianga)를 들어본 적 있는가. 노래의 비장한 아름다움은 전율을 일으킨다. 그 완벽한 아름다움이 남성 카운터테너와 여성 소프라노의 컴퓨터 합성이라는 것을 알면 소름이 돋는다. 무의식에 새겨진 거세의 두려움일까.

고유의 성, 존재의 정체성을 앗긴 사라진느. 이제, 그도 운다. 혼자, 눈물을 흘린다. 불덩이 같은 눈물이다.

사라진느는 겁에 질린 가수의 정면에 주저앉았다. 두 줄기 굵은 눈물이 그의 마른 눈으로부터 솟아나, 남자의 뺨을 타고 흘러내려 바닥에 떨어졌다. 두 줄기 분노의 눈물, 쓰라린 눈물, 불타는 눈물이었다.

– 이제 사랑은 없다! 나는 모든 즐거움, 모든 인간의 감정에 무감각한 죽은 몸이다.

그렇게 말하고서 그는 망치를 집어 조각상을 향해 던졌다. 너무 세차게 던져서 그것을 맞추지 못했지만, 그는 그 광기의 기념물을 파괴한 줄 알았다. 그러더니 그는 칼을 다시 잡고 휘두르며 가수를 죽이려 했다. 잠비넬라는 날카로운 비명을 질렀다.

"남자의 뺨"이라고 번역된 부분의 정확한 원문은 다소 생리적 표현인 "그의 수컷의(mâles) 뺨"이다. 작가는 거듭 성적 문맥을 일깨운다. 두 줄기 굵은 눈물, 뜨겁게 솟는 눈물은 남성의 사출이다. "수컷" 사라진느는 혼자 자신을 위로한다. 상당히 물질적인 의미다. 분노와 자위와 욕구불만과 수치의 눈물. 눈물을 흘리고, 다시 칼을 잡고 휘두르지만, 그는 상대를 찌르지 못한다. 잠비넬라의 날카로운 외침 때문에⋯ "날카로운"의 원어 동사형(percer)은 뚫다, 찌르다 등의 의미를 나타낸다. 여리지만, 잠비넬라도 칼이 있다는 뜻이다.

그 순간 세 명의 남자가 들어왔고, 갑자기 조각가는 세 개의 비수에 찔려 쓰러졌다.
    - 치코냐라 추기경이 보냈다.
    그들 중 하나가 말했다.
    - 기독교인다운 선행이군.
    프랑스인이 숨을 거두며 답했다.

긴 칼을 휘두르기만 하던 사라진느는 비수에 쓰러진다. 추기경이 대신 보낸 것은 단검이다. 푹 찌를 수 있는 긴 칼이 아니다. 기능이 퇴화된 칼, 성직자의 칼의 갈음이다. 사라진느의 마지막 말은 프랑스인답게 뉘앙스가 풍부하다. 기독교인답지 않은 악행이다… 또는 자비로운 기독교인답게 죽여줘서 고맙다… 또는 기독교 성직자로서 할 짓인가, 사람 죽이는 것이… 또는 남성을 찌르는 것이… 말이 침묵하면 침묵이 말을 한다.

나비의 꿈과 주홍빛 삶, 엠마와 안나와 헤스터

플로베르, 『마담 보바리』
톨스토이, 『안나 카레니나』
호손, 『주홍 글자』

플로베르 Gustave Flaubert (1821–1880)
— 『마담 보바리』 (1857)

톨스토이 Lev Tolstoy (1828–1910)
개별 인간의 욕망과 갈등에서 사회의 구조적 모순과 역사의 변화에 이르는
거대한 주제를 다룬 러시아 문학의 거장. 귀족 지주 집안 출신으로
농민 교육에 관심을 두고, 제도와 종교 개혁을 꿈꾼 사상가.
— 『안나 카레니나』 (1878)

호손 Nathaniel Hawthone (1804–1864)
19세기 미국 청교도 사회의 억압적 분위기를 바탕으로
종교와 죄, 욕망과 도덕에 대한 성찰을 신비한 필치로 담아낸 작가.
— 『주홍 글자』 (1850)

엠마는 예쁜 눈에 꿈이 많은 시골 처녀다. 그녀는 열세 살부터 여러 해 수녀원에서 살았다. 그곳에서 그녀는 감상적인 책과 음악을 즐겼다. 세상과 동떨어진 꿈의 세계는 마냥 커갔다. 그녀는 "꽃 때문에 교회를 사랑했고, 연애 가사 때문에 음악을, 열정의 자극 때문에 문학을 사랑했다"(『마담 보바리』, I, 6). 집으로 돌아온 그녀는 나이 많은 의사 샤를 보바리와 결혼한다. 무엇보다 농촌을 벗어나고 싶었다. 그러나 결혼은 권태였다. 샤를의 둔감하고 진부한 습성은 그녀의 환멸을 부추긴다. 낭만적인 꿈을 버리지 못한 그녀는 쉽게 타락해간다. 남편을 멸시하고 사치를 일삼고 유혹에 몸을 맡긴다. 그녀는 오래지 않아 빚과 절망에 빠진다. 버림받은 그녀의 곁에는 아무것도 모르는 남편뿐. 그녀는 독을 먹고 침대에 눕는다. 긴 죽음이 시작된다. 음독 사실을 알게 된 샤를은 기겁한다.

넋을 잃고, 중얼거리며, 넘어질 듯, 샤를은 방을 맴돌았다. 가구에 부딪히고, 머리를 쥐어뜯기도 했다. […] 그러더니 다시 그녀 곁으로 다가가, 바닥에 털썩 주저앉아서, 그녀의 침대맡에 머리를 기댄 채로 흐느꼈다.

– 울지 말아요!

그녀가 말했다.

– 좀 있으면 내가 더 괴롭힐 일 없을 테니까!

– 왜? 누가 이렇게 만들었소?

그녀가 대답했다.

– 그래야만 했어요, 내 친구.

– 당신은 행복하지 않았소? 내 잘못이오? 그래도 난 한다고 했는데.

- 그래요… 맞아요… 당신은 좋은 사람이에요!

그리고 그녀는 손을 그의 머리로 가져가, 천천히 쓰다듬었다. 그 감각의 부드러움이 그의 슬픔을 더 무겁게 했다. 그는 절망으로 온 존재가 무너지는 것을 느꼈다. 그녀가 그 어느 때보다 그에게 사랑을 내보이는 바로 이때, 그녀를 잃어야만 한다는 생각 때문이었다. 그런데도 그는 아무것도 할 수 없었다. 어찌할지 몰랐고, 엄두도 나지 않았다. 즉각적인 해결책의 급박함이 그를 완전히 뒤집어놓았다.

이제 끝났다, 그녀는 생각했다. 온갖 배반도, 비천함도, 그녀를 괴롭히던 수많은 탐욕도 다 끝났다. 그녀는 아무도 미워하지 않았다, 지금은. 황혼 같은 혼돈이 그녀의 머릿속으로 몰려들었고, 대지의 모든 소리들 가운데 엠마에게 들리는 것은 이제 그 가련한 사람의 간헐적인 탄식뿐이었다. 부드럽고 어렴풋한 그 소리는 마치 멀어져 가는 교향곡의 마지막 메아리 같았다.

Et elle lui passait la main dans les cheveux, lentement. La douceur de cette sensation surchargeait sa tristesse ; il sentait tout son être s'écrouler de désespoir à l'idée qu'il fallait la perdre, quand, au contraire, elle avouait pour lui plus d'amour que jamais ; et il ne pouvait rien ; il ne savait pas, il n'osait, l'urgence d'une résolution immédiate achevait de le bouleverser.

Elle en avait fini, songeait-elle, avec toutes les trahisons, les bassesses et les innombrables convoitises qui la torturaient. Elle ne haïssait personne, maintenant ; une confusion de crépuscule s'abattait en sa pensée, et de tous les bruits de la terre, Emma n'entendait plus que l'intermittente lamentation de ce pauvre coeur, douce et indistincte, comme le dernier écho d'une symphonie qui s'éloigne.

III, 8.

가장 비참한 순간, 문체의 아름다움이 빛을 발한다. 슬픔과 부드러움의 교착적 감각, 애착과 상실의 복합적 감정, 그리고 혼미한 체념의 심정을 묘사하는 대목은 시적이다. 원어로 인용된 두 문단에서, 단어들의 배열, 같은 음의 반복과 변화, 그리고 의미를 지탱하는 운율 구성은 감탄스럽다. 말들이 샤를의 복받치는 감정을 달래고, 엠마의 희미한 정신을 반향한다. 말들의 울림이 곧 "교향곡"의 화음이다.

삶과 죽음의 메아리는 지속된다. 음독 후 죽음에 이르는 시간은 길다. 서술과 묘사가 이어진다. 엠마는 토하고 신음한다. 숨을 되찾아 욕하고 울부짖고 애원하다 스러진다. 신부의 성사를 받고는 "꿈에서 깨어나는 사람처럼" 주위를 둘러보고, 거울을 보고 눈물을 흘리고 한숨을 쉬기도 한다. 그리고 다시 경련과 발작을 일으킨다. 불구의 영혼을 상징하는 거지의 환영에 벌떡 일어나 웃어대다가 마침내 눈을 감는다. 죽음의 세밀한 묘사는 전편에 흐르던 삶의 권태, 꿈과 욕망을 낱낱이 지운다.

"교향곡의 마지막 메아리"가 들리는 순간, 엠마는 아이를 찾는다. 그러나 스스로 돌보지 못했던 딸의 모습은 "불륜과 불행의 기억"만을 불러일으킨다. 그녀는 고개를 돌린다. 아이는 창백한 엄마가 무서워 발버둥친다. 아이와 그녀 사이는 이미 차단되었다. 그녀에게 아이는 생명의 빛이 아니다. 희미한 죽음의 거울이다.

죄와 죽음을 표상하는 아이의 존재는 『안나 카레니나』에도 나타난다.

안나는 여덟 살 아들의 엄마, 나이 많은 관료의 아내다. 검은 벨벳 드레스가 잘 어울리는 그녀는 "밝은 눈빛과 희미한 미소"에 생기가 넘치는 여인이다. 그녀의 활기는 젊은 백작 브론스키에게 이끌리면서 변질된다. "그녀의 눈과 미소에서 환하게 빛나던 열기"는 사라진다(I, 33). 그것은 브론스키를 볼 때만 "기쁨의 빛"으로 되살아난다. "흥분과 죄악의 기쁨"은 커간다. 안나가 "불가능하고, 끔찍하고, 그래서 더 황홀한 행복의 꿈이었던 그것"을 브론스키와 몸으로 나눈 후 기쁨은 혐오와 뒤섞인다. "그 순간 그녀가 느낀 수치와 환희와 공포는 말로 표현할 수 없는 것이었다"(II, 11). 훗날 낳게 될 아이는 그 혼동된 느낌의 결정체다. 출산의 시간은 생명의 잉태가 아니라 죽음의 전조다. 분만 직후 안나는 거의 죽어간다. 소식을 듣고 마지못해 남편이 달려온다. 그녀는 열에 들뜬 상태로, 남편이 왔다는 산파의 말을 믿지 못한다.

— 아, 말도 안 되는 소리!

그녀는 남편을 보지 못한 채 말을 이었다.

— 딸을 데려와요, 내 아기를! 그이는 아직 안 왔어. 당신은 그이가 날 용서하지 않을 거라고 말하지만, 그건 그이를 몰라서 하는 말이에요. 아무도 그이를 몰라요. 나만 알아요. 그래서 더 힘들었지만. […]

갑자기 그녀는 몸을 움츠리고 입을 다물었다. 그러고는 마치 맞기라도 할까 무서워서, 자신을 보호하려는 듯, 두 손으로 얼굴을 가렸다. 그녀는 남편을 알아보았다.

— 아니, 아니야.

그녀가 말했다.

- 난 그가 두렵지 않아. 두려운 건 죽음이야. 알렉세이, 이리 와요. 어서요. 내겐 시간이 없어요. 살 시간이 얼마 남지 않았어요. 곧 열이 나기 시작하면, 나는 아무것도 이해하지 못할 거에요. 지금은 이해해요, 다 이해해요. 다 알아요.

알렉세이 알렉산드로비치의 주름진 얼굴에 고통스러운 표정이 역력했다. 그는 그녀의 손을 잡고 무언가 말하려 했지만, 말이 나오지 않았다. 그의 아랫입술이 떨렸다. 그는 여전히 자신의 감정과 싸우며, 간간이 그녀를 흘깃 쳐다볼 뿐이었다. 그가 그녀를 쳐다볼 때마다, 이제껏 본 적이 없는 열렬하고 애정 넘치는 눈으로 그녀가 그를 응시하고 있는 것이 보였다.

- 잠깐 기다려요, 당신은 몰라요··· 잠깐만 있어 봐요, 그대로!

그녀는 생각을 가다듬으려는 듯 말을 멈췄다.

- 그래요.

그녀가 말하기 시작했다.

- 네, 그래, 그래요. 내가 말하고 싶은 건 이거에요. 나를 보고 놀라지 말아요. 나는 여전히 그대로에요··· [···] 난 이제 죽어가요, 내가 죽을 거라는 걸 난 알아요. [···] 내가 원하는 건 하나뿐이에요. 나를 용서해줘요. 깨끗이 용서해줘요! [···] 아니, 당신은 날 용서하지 못할 거에요! 그런 일은 용서받을 수 없다는 걸 나도 알아요! 아니, 아니, 가요, 당신은 너무 좋은 사람이에요!

그녀는 뜨거운 한 손으로 그의 손을 붙잡고, 다른 손으로는 그를 밀쳤다.

알렉세이 알렉산드로비치의 심적 동요는 점점 커져서, 이제 그는 자신과 싸우기를 그만둬야 할 지경에 이르렀다. 한순간 그는. 스스로 심적 동요라고 여겼던 것이, 이제까지 몰랐던 새로운 행복을 한꺼번에 안겨주는 더

없이 기쁜 정신적 상태라는 것을 느꼈다. […] 그는 무릎을 꿇고, 머리를 그녀의 팔에 맡긴 채, 옷소매를 통해 느껴지는 불타는 열에 감싸여, 어린아이처럼 흐느꼈다. 그녀는 그의 민머리를 안고 그에게로 몸을 붙이며, 도도하게 눈을 치켜떴다.

　　IV, 17.

이럴 수밖에 없을까. 뉘우치는 아내를 보면서 상반된 감정의 복받침에 어쩔 줄 모르는 남편. 죄를 짓고 죽어가는 여자보다 더 초라하게 남자는 무너진다. 알렉세이도 그렇고 샤를도 그렇다. 샤를은 사실을 몰랐고, 알렉세이는 너무나 잘 알았지만, 둘의 행동은 똑같다. 죽어가는 아내 앞에 무릎을 꿇고, 애정 어린 손길을 받으며, 기쁨과 슬픔의 혼동 속에서, 아이처럼 흐느낀다. 죽음의 두려움은 살아남는 사람에게 더 크게 더 막막하게 다가오기 때문일까.

안나는 죽지 않는다. 절명의 고비에서 되살아난다. 알렉세이도 용서를 거두어들인다. 용서는 연민으로 인한 "실수"였을 뿐이다. "죽음의 임박이 불러일으킨 부드러움"과 함께 안나의 죄의식도 지워진다. 삶과 사랑에 대한 열망은 더 강해진다. 안나도 브론스키처럼 생각한다. "사랑 없이는, 행복도 불행도 없다 — 삶 자체가 없다"(II, 21). 그러나 어느 순간, 자유로운 사랑이라고 생각했던 정열도 "올가미"가 된다. 사랑하는 사람의 아름다움은 달라지고, 신비로움도 사라진다. 열정이 있던 곳에 분노가 자리 잡고, 사랑은 "이겨야 할 투쟁"이 된다. 그리고 죽음만이 구원인 시간이 온다(VII, 23-26). 안나는 브론스키와 처음 만났던 역에서 달려오는 기차 아래로 몸을 던진다. 사랑스럽고 우아했던 여자의 "비루하고 저열한" 죽음이다(VIII, 4).

안나가 죽음의 고통 속에 낳은 딸아이의 이름 역시 안나다. 아이는 지워지지 않는 불륜과 번뇌의 작은 자화상이다. "그녀가 아무리 노력해도 그 아이를 사랑할 수 없었던" 까닭이다(VI, 32).

『주홍 글자』에 나오는 아이의 표상은 강렬하다. 아이의 상징성은 곳곳에 명시되어 있다. 헤스터가 남몰래 낳은 아이 펄은 "악마의 자식, 죄악의 상징이자 산물"이다(VI). 헤스터는 옷가슴에 붉은 천에 금실로 수놓은 주홍 글자(A)를 달고 있다. 간음(Adultery)의 징표다. 그래도 그녀는 "완벽한 우아함"을 간직하고 있다. 그 모순된 모습은 펄에게로 옮아간다. 펄은 "타고난 우아함"에 "변화무쌍한 마력"까지 지녔다. 펄의 눈길은 "너무나 총명하지만, 불가해하고, 너무나 심술궂고, 때로 너무나 악의적이지만, 대체로 야생적 활기가 넘친다". 때로 아기 악마처럼 "격렬한 성미"와 "발작적인 변덕"을 내보이는 딸을 보며 헤스터는 섬뜩함에 몸을 떤다(VI). 펄은 "살아 숨 쉬는 주홍 글자"다(VII).

헤스터보다 더 고통스러운 사람은 젊은 목사 딤스데일이다. 펄의 숨겨진 아빠인 그는 7년째 고뇌와 자학과 고행으로 메말라간다. 모두의 존경을 받지만, 그의 가슴에는 주홍 글자가 새겨져 있다. 그것은 그를 "비밀리에 불태운다". 그 불에 소진된 목사는 마침내 스스로 처형대에 오른다. 그는 "높고, 근엄하고, 당당한" 목소리로 온 세상에 죄를 고백한다(XXIII).

"보시오, 헤스터가 달고 있는 주홍 글자를! 여러분은 모두 저것을 보고 몸서리를 쳤습니다. 그녀의 발길이 닿는 곳마다, ─ 너무나 비참하게 짐을 진 그녀가 안식을 찾으러 가는 곳마다, ─ 주홍 글자는 그녀 주위로 경악과 지독한 혐오의 끔찍한 빛을 발했습니다. 그러나 여러분은 여기 이렇게 서 있는 이 사람의 죄와 오명의 낙인을 보고는 몸서리를 치지 않았습니다! […] 신비스러운 공포가 가득한 헤스터의 주홍 글자는, 이 남자가 가슴에 품고 있는 것의 그림자에 지나지 않으며, 이 남자의 이 붉은 오명조차도 가슴 깊은 곳을 불태운 징표에 지나지 않습니다! 여기 죄인을 벌하는 주의 심판을 의심하는 사람이 있습니까? 보시오! 이 끔찍한 심판의 증거를 보시오!"

그는 발작적인 몸짓으로 목사복의 가슴팍 띠를 떼어냈다. 그러자 징표가 드러났다! […] 목사는, 격심한 통증의 위기를 이겨낸 사람처럼, 승리감으로 붉게 물든 얼굴로 서 있었다. 그러다 처형대 바닥에 쓰러졌다!

목사는 펄과 헤스터를 바라보며 죽는다. 그의 죽음은 펄을 정화한다. 펄은 눈물과 함께 악마의 저주를 벗는다. 헤스터에 대한 "고뇌의 전령" 역할도 끝이 난다. 펄은 커서 "어머니를 배려하는 마음이 가득한" 어여쁜 딸이 되고, "결혼해서 행복하게" 산다고 전해진다(XXIV).

엠마 보바리의 딸 베르트의 운명은 다르다. 샤를이 비탄에 빠져 초라하게 죽은 뒤, 베르트는 가난한 친척에게 보내져 어린 나이에 공장에서 일하게 된다.

엠마가 정념의 나들이를 시작한 것은 베르트를 출산한 직후였다. 유모에게 맡긴 아기를 보러 가던 엠마는 젊은 청년 레옹을 만나 동행한다. 시골 마을의 권태에 빠져 있던 두 사람은 풋풋한 감정이 ─"새로운 감미로움"이 — 피어나는 것을 느낀다. 금지된 곳을 향한 첫 발걸음이다(II, 3).

권태는 낭만적이고 퇴폐적인 꿈의 디딤돌이다. 엠마가 레옹과 미묘한 감정 놀이를 한 것도 일상의 권태 때문이었다. "결과 없는 사랑에 지친" 레옹이 파리로 떠나게 된 것도 같은 이유에서였다. 그는 마을과 마을 사람들이 "지긋지긋해져" 더는 참을 수 없게 되었다. "똑같은 삶이 야기하는 압박감"은 엠마에게도 마찬가지였다. "권태에서 비롯된 온갖 반감"으로 인해 그녀는 샤를을 혐오하고 딸아이까지 싫어한다. "애가 어쩜 이렇게 못생겼을까!"(II, 6) 레옹이 떠난 후, 그녀가 로돌프의 유혹에 쉽사리 손을 내민 것도 권태의 늪에서 벗어나기 위한 몸부림이었다. 그녀의 사치와 탐욕까지도 권태의 심연에서 자라난 분노와 증오의 표출이었다.

상징적 묘사를 즐기지 않는 플로베르이지만, 『마담 보바리』에는 누구나 알 수 있는 상징적 이미지가 있다. 나비다. 나비의 이미지는 네 번쯤 의미 있게 나타난다. 첫 번째는 결혼 직후 결혼을 후회하는 대목에서다. 샤를의 무미건조함과 일상의 단조로움은 엠마의 마음을 바깥으로 내몬다. 그녀의 생각은, "그레이하운드 강아지가 들판을 맴돌기도 하고, 노랑나비를 쫓아가며 짖기도 하는 것처럼, 무작정 떠돌다가" 하나의 탄식으로 맺힌다. "맙소사! 내가 왜 결혼을 했을까?" 노랑나비는 어렴풋한 권태와 꿈의 날갯짓이다. 노란빛 속에 환상과 환멸이 아른거린다. 두 번째는 I부 끝에 나오는 검은 나비다. 무도회에 다녀온 후 엠마는 도회지에 대한 선망과 시골 생활의 권태로 병에 걸린다. "신경증"이다. 샤를은 엠마를 위해 어려움을 무릅쓰고 큰 마을로 이사하기로 한다. 짐을 챙기다 엠마는 빛바랜 결혼 꽃다발을 발견한다.

하루는 그녀가 이사를 준비하느라 서랍 정리를 하다가 무엇인가에 손가락을 찔렸다. 결혼 꽃다발 철사였다. 오렌지 꽃봉오리는 먼지로 노래지고, 은색 테를 두른 비단 리본은 가장자리가 해져 있었다. 그녀는 그것을 불 속에 던졌다. 그것은 마른 짚보다 빨리 탔다. 그러다 재 위에 붉은 덤불 모양을 이루더니, 서서히 사그라졌다. 그것이 타는 것을 그녀는 지켜보고 있었다. 마분지로 된 작은 열매들은 터지고, 놋쇠 줄은 꼬부라지고, 장식끈은 녹아내렸다. 종이 꽃잎들은 오그라들어, 불판을 따라 검은 나비들처럼 흔들흔들 떠오르더니, 마침내 굴뚝으로 날아가 버렸다.

삼월에, 토트를 떠날 때, 보바리 부인은 임신 중이었다.

검은 나비처럼 태워져 날아간 꽃다발. 사라진 것은 결혼에의 믿음이고, 남은 것은 환멸이다. 세 번째 나비는 정반대로 하얀색이다. 의미는 더 강렬하다. 하얀 나비는 로돌프가 엠마를 유혹할 때 나타난다. 마을의 큰 행사가 열린 날, 군중에서 떨어진 곳, 아무도 없는 면사무소 이층 회의실에서, 로돌프는 작업을 시작한다. 그가 그녀의 손을 움켜잡고 사랑을 속삭일 때다. 그 손이 "사로잡힌 멧비둘기처럼 바르르 떠는" 순간, 창밖 광장에 "시골 여인들이 쓴 큰 헝겊 모자가 바람에 날려, 파닥거리는 하얀 나비들의 날개처럼" 보인다. 무심한 듯, 새로운 환상의 시작을 알리는 신호다(II, 8). 하얀 나비떼는 엠마가 로돌프에게 버림받고 나서 한참 후에 다시 나타난다. 실연 후 오랫동안 병을 앓은 엠마는 루앙의 극장에서 우연히 레옹을 다시 만난다. 삼 년 만에 만난 두 사람은 곧 못다 나눈 열정에 빠져든다. 바로 다음 날 대성당 앞에서 둘은 마차를 탄다. 밀폐된 마차는 쉼 없이 달리고, 대담한 대낮의 정사는 한없이 이어진다.

단 한 번, 한낮에, 들판 한가운데, 마차의 낡은 은색 램프에 태양이 더없이 강렬하게 내리쬘 때, 장갑을 벗은 손 하나가 노란색 천으로 된 작은 커튼 아래로 나와서 찢어진 종이 조각들을 내던졌고, 그것들은 바람에 흩날려, 마치 하얀 나비들처럼, 멀리 클로버꽃이 온통 빨갛게 핀 들판으로 흩어져 내렸다.

그러다, 여섯 시쯤, 보부아진 구역의 한 골목길에 마차가 멈춰서고, 한 여인이 내리더니 얼굴을 베일로 가린 채 뒤도 돌아보지 않고 걸어갔다.

III.1.

종이는 전날 밤 엠마가 마음을 다잡고 약속을 취소하려고 쓴 편지였다. 미친 듯이 달리는 마차와 함께 그녀의 삶은 궤도를 벗어났고, 찢어진 종이 조각들과 함께 그녀의 정체성은 파괴되었다. 하얗게 흩어지는 나비떼는 존재의 소멸을 암시한다. 훗날 더 깊은 절망에 빠져 독을 먹고 자살하기 이전에 엠마의 삶은 이미 소실되었다.

한낱 나비의 꿈. 노랗게 피어나고 검붉게 타오르다 재가 되어 하얗게 사라져가는 것은 단지 정념의 이야기가 아니다. 모든 꿈과 사랑과 삶의 이야기다.

영원한 젊음의 유혹

와일드, 『도리언 그레이의 초상』

와일드 Oscar Wilde **(1854-1900)**

아일랜드 시인, 소설가, 극작가.

탐미적 예술관과 특유의 상상력으로 많은 문제작을 발표했으며

재치 있는 역설적 언어 표현에 뛰어났다.

동성애 혐의로 2년을 감옥에서 보낸 직후 고국을 떠나

파리에서 죽음을 맞이했다.

—『도리언 그레이의 초상』(1890)

젊음! 젊음! 젊음이 없다면 이 세상은 아무 의미가 없다.

『도리언 그레이의 초상』, II.

젊음은 삶의 정수(精髓)다. 지속되지는 않는다. 지나 보면 한순간이다. 시간은 덧없이 흐른다. 영원할 수 있다면! 영원히 젊게 살 수 있다면! 삶은 주름과 굴곡을 피할 수 없으니 영원히 젊을 수 있다면… 젊음을 위해서라면 악마에게 영혼도 내줄 텐데… 파우스트 박사의 환상이자 도리언 그레이의 욕망이다. 죽음을 앞둔 나이에 파우스트는 다시 젊어지기를 원하고, 꽃다운 도리언은 젊음이 유지되기를 바란다. 도리언은 거울처럼 닮은 자신의 초상화를 보며 "죽지 않는 아름다움"을 소망한다.

얼마나 슬픈 일인가! 나는 늙어가고, 추해지고, 끔찍하게 될 것이다. 그러나 이 그림은 언제나 젊음을 유지하겠지. 그림은 유월의 이 특별한 날로부터 더 늙어가지 않을 것이다. 만일 그 반대라면! 언제나 젊은 것이 바로 나이고, 그림이 대신 늙어간다면! 그렇게만 된다면, ― 된다면 ― 뭐든지 줄 수 있을 텐데! 그래, 이 세상에서 내가 주지 못할 것은 아무것도 없지! 그렇게만 된다면 내 영혼도 내주겠어!

『도리언 그레이의 초상』, II.

그의 바람은 이루어진다. 십 년, 이십 년이 되도록 그는 늙지 않는다. 순결하고 열정적인 젊음, 백합과 장미 같은 그의 아름다움은 시간이 흘러도 변하지 않는다.

온 세상을 얻더라도 제 영혼을 잃는다면 무슨 소용인가.

「마태복음」, 16:26.

영원한 젊음으로 무엇을 할까. 파우스트가 원한 것은 삶과 앎의 완성이다. 도리언이 원하는 것은 오직 쾌락이다. 삶과 문학, 예술이든 취미든, 감각적 즐거움만이 목적이다. 파우스트는 궁극을 추구하며 온 세상을 헤매고, 도리언은 쾌감과 죄악의 늪으로 빠져든다. 그래도 둘 다 첫 번째 욕망은 사랑이다. 둘 다 여자를 희생시킨다. 파우스트가 유혹한 시골 처녀 그레트헨은 온갖 불행을 겪은 끝에 감옥에 갇혀 죽고, 도리언에게 버림받은 가난한 소녀 시빌은 스스로 죽는다.

열일곱 살 시빌은 하류 극장의 여배우다. 그녀는 초라한 무대에서 여러 역을 맡아 연기한다. 어떤 날은 줄리엣이 되었다가 로잘린드가 되었다가 또 어떤 날은 베아트리체나 코딜리어나 오필리아 역할도 하며 연극에 푹 빠져 산다. 도리언은 매일같이 그녀를 보러 간다. 아름다운 도리언의 눈에도 그녀는 너무나 아름답다. "꽃 같은 얼굴"에 "열정이 넘치는 보랏빛 우물 같은 눈, 장미 꽃잎 같은 입술"의 그녀는 "눈물이 앞을 가려 바라볼 수 없을" 만큼 아름답다. 그녀도 그를 사랑한다. "숭배"한다. 그는 그녀의 "멋진 왕자, 훌륭한 연인, 우아함의 신"이다. 두 사람은 약혼한다. 사랑에 빠져 삶의 환희에 활짝 열린 그녀는 곧 연극에 대한 열정을 잃는다. ―"사랑은 예술보다 경이로운 것이니까."― 차가워진 그녀의 연기에 도리언은 실망한다. 그녀를 "천부적인 예술가"라고 찬미했던 그의 실망은 분노가 된다. 사랑의 "장밋빛 환희"도, 시빌의 "신성한" 아름다움도 다 사라진다. 그는 그녀를 모멸한다.

내가 너를 사랑한 것은 네가 뛰어났고, 재능과 지성도 있고, 위대한 시인들의 꿈을 이해하고 예술의 그림자에 형태와 실체를 부여했기 때문이야. 너는 그 모든 것을 날려버렸어. 너는 천박하고 멍청해. 아! 내가 너를 사랑했다니 미쳤지! 내가 바보였어! 넌 이제 내게 아무것도 아니야. […] 너는 내 인생 최고의 로맨스를 망쳐버렸어. 너는 사랑이 뭔지도 몰라. 사랑이 너의 예술을 훼손한다니! 예술이 없으면, 넌 아무것도 아니야.

VII.

그는 매달리는 그녀를 뿌리치고 떠난다. 그날 밤 그녀는 자살한다. 이틀 뒤 그녀의 죽음을 두고 도리언은 차갑게 말한다. "그것은 이 시대 최고의 로맨틱한 비극 중 하나"라고, 그녀는 줄리엣처럼 "예술의 영역으로 들어간 것"이라고.

오 젊음이여, 젊음, 그대는 결코 기쁨의 순수한 절도를 지키지 못하는가.
『파우스트』, II.

비극이 있기 전, 도리언은 "본성이 순박하고 아름다운" 청년이었다. 그의 얼굴은 "온통 젊음의 솔직함과 열정적 순수함"으로 가득했다. 시빌의 죽음과 함께 그는 변한다. 그는 가책보다는 "무의식적 이기주의", 회한보다는 묘한 허영심, 슬픔보다는 "그리스 비극의 지독한 아름다움"을 누린다. 그의 맑고 푸른 눈에 사악한 빛이 스며든다. 그의 얼굴은 변함이 없다. 거울에 비친 그의 모습은 그대로다. 변한 것은 초상화의 이미지다. 그림 속 얼굴의 고운 입술 선이 어느새 "사악한 잔혹함"으로 일그러져 있다.

방문 손잡이를 돌리던 그의 시선이 베질 홀워드가 그려준 초상화에 가 닿았다. 그는 깜짝 놀란 듯 뒤로 물러섰다. […] 마침내 그는 되돌아와서, 그림으로 다가가, 자세히 살펴보았다. 크림색 비단 블라인드를 겨우 뚫고 들어온 아주 희미한 빛에 비친 그 얼굴은 조금 변한 듯했다. 표정이 달라 보였다. 입술에 그 어떤 잔혹함이 배어 있는 것 같았다. 확실히 이상했다.

그는 몸을 돌려 창가로 가서 블라인드를 걷어 올렸다. […] 따갑게 꽂히는 햇살에 입 주위의 잔혹한 선들이 선명하게 드러났다. 그것은 어떤 끔찍한 짓을 하고 나서 거울을 들여다볼 때처럼 뚜렷했다.

그는 흠칫 놀라서, 상아 큐피드 상으로 테두리를 만든 타원형 거울을 탁자에서 집어들고, […] 서둘러 매끄러운 거울 표면 속을 들여다보았다. 그의 붉은 입술을 뒤트는 그런 선 같은 것은 없었다.

VII.

그림은 영혼을 반영하는 마법의 거울이다. 도리언과 그의 초상화 사이에는 "무서운 공감"이 형성된다. 그는 비밀스럽게 악을 행하고 초상화는 그의 악행을 흡수한다. 그림 속 얼굴은 나날이 추악하게 일그러져도, 그의 젊음과 아름다움은 영원히 시들지 않는다. 이제 그는 그림에 모든 것을 전가하고 아무런 거리낌 없이 사악한 쾌락 속으로 — "영원한 젊음, 무한한 정열, 교묘하고 은밀한 즐거움, 격렬한 환희와 더 격렬한 죄악" 속으로 — 빠져든다.

도리언은 영혼의 부패를 표상하는 자신의 초상화를 아무도 모르게 숨기고 세상의 모든 아름다운 것들로 시선을 돌린다. 그는 감각적이고 관능적인 삶과 미적 쾌감을 자극하는 예술에 몰입한다. 향수, 보석, 자수, 의상 등 장식 예술과 기묘한 음악, 미술, 문학에 빠져 산다. 그는 "삶 그 자체가 으뜸가는, 가장 위대한 예술"이고, 예술은 삶을 완성하는 수단이라고 믿는다. 그러나 완성도 영원도 아름다움도 환상일 뿐이다. 문학과 예술이 인간을 파괴할 수도 있는 이유다. 도리언에게 예술과 보물, 장식들은 "때로 그가 견디기에는 너무나 커 보이는 공포에서 벗어나기" 위한 "망각의 수단"일 뿐이다. 밀실에 감춰둔 어두운 영혼의 이미지는 결코 벗어날 수 없는 실재다. 젊고 아름다운 그가 퇴폐와 권태의 늪에서 헤어나지 못하는 사이, 그림 속의 그는 사악하게 늙어간다. 어느 날 그는 초상화를 그려준 화가에게 말한다. "그림이 나를 파괴했다"(XIII). 그리고 그를 칼로 찔러 죽인다. 도리언은 자신의 아름다움을 불멸로 만든 예술가를 잔혹하게 살해한다.

결국 그의 칼은 예술을 향한다. 그는 그림을 파괴한다. 그러나 비명을 지르며 쓰러지는 것은 그 자신이다. 환상의 대가는 죽음이다. 가슴에 칼이 꽂힌 채 온통 주름진 얼굴에 혐오스럽게 늙은 모습으로 숨을 거둔 그의 앞에, 그의 초상화는 "경이롭도록 빛나는 젊음과 아름다움"을 간직한 예술로 살아남는다. 무엇이 더 헛된 것일까. 예술

의 영원함을 믿는 것일까. "가장 위대한 예술"인 삶의 예술적 가치를
믿는 것일까.

님펫과 불멸의 원숭이

나보코프,『롤리타』

나보코프 Vladimir Nabokov (1899-1977)

시인, 소설가, 교수, 곤충학자.
페테르부르크에서 독일로 망명한 뒤 캠브리지에서 문학을 공부하고, 러시아어로 글을 썼다.
미국으로 건너간 뒤 영어로 작품을 쓰며 문학을 강의하다가,
스위스로 이주하여 연구와 저술 활동을 계속했다.
—『롤리타』(1955)

『롤리타』. 거북한 책. 불쾌한 이야기. 열두 살 의붓딸을 사랑한 중년 남자 험버트. 강렬한 악의 향기와 책략. 작가의 글쓰기는 그만큼 더 유혹적이다. 첫 구절부터 글은 포도송이처럼 톡톡 터진다.

롤리타, 내 삶의 빛, 내 두덩의 불꽃. 나의 죄악, 나의 영혼. 롤-리-타, 혀 끝이 입천장을 세 번 딛고 내려오다, 셋에, 이빨을 톡 친다. 롤, 리, 타.

그녀는 로, 그냥 로, 아침에는, 양말을 한 짝 신고 서 있는 사 피트 십 인치 아이였다. 느슨한 바지를 입으면 롤라였다. 학교에서는 돌리. 서류상으로는 돌로레스였다. 그러나 내 품에서는 언제나 롤리타였다.

그녀 이전에 누가 있었던가? 그래, 사실 있었다. 실제로, 어느 여름날, 애초에 어떤 여자아이를 내가 사랑하지 않았다면 롤리타는 있지도 않았을 것이다. 어느 바닷가 공국. 오 언제였나? 내 나이가 대략 롤리타가 태어나기 전 햇수만큼 되던 여름날이었다. 살인자는 늘 얽힌 산문체를 입에 달고 다닌다.

I, 1.

벌레가 과일 파먹듯 병적 시선이 대상 이미지를 갉는다. 롤-리-타. 퇴행적 감각이 되찾은 구강기의 기쁨일까. 자폐적 옹알이와 영악한 글쓰기가 뒤엉킨다. 작가의 "얽힌"(fancy) 문체는 복잡하고 멋지고, 교묘하고 시적이다. 시적 관능을 즐기는 범죄자. 그의 글은 배심원인 독자를 포섭한다.

"어느 바닷가 공국". 에드거 앨런 포의 시 「애너벨 리」가 소환된다. "어느 바닷가 왕국"에 살았던 아름다운 소녀 애너벨 리. "사랑보다 더

한 사랑으로 사랑"받은 그녀를 질투한 천사들이 목숨을 앗아간다. "그러나 우리의 사랑은 더 강했다." 애너벨은 사랑하는 시인의 영혼 속에 영원히 살아남는다. 험버트의 어릴 적 죽은 사랑도 그의 마음속에 살아 있다. 그가 사랑한 롤리타의 전신도 애너벨이다. 그녀의 이름과 이미지는 그의 어두운 영혼 속에서 여전히 맑게 울린다. 열두어 살 무렵 만난 소년과 소녀는 사랑에 빠진다. "즉시 우리는 미친 듯이, 서투르게, 부끄럼 없이, 괴로울 만큼 서로에게 빠져들었다"(I, 3). 서로의 영혼과 육체를 소유하려는 광적인 욕망은 제한된 환경과 미숙한 행위 탓에 고통스럽게 커져 간다. 몇 달 후 애너벨은 병으로 죽는다. 좌절한 소년은 "회고적 상상력"에서 벗어나지 못한다. 그는 오랫동안 "애너벨 단계"에 머문다. "결국, 이십사 년이 지나서, 그녀가 다른 사람의 모습으로 나타남으로써 나는 그녀의 마법에서 벗어났다"(I, 4).

롤리타와의 첫 만남, 그녀의 "발견"은 그만큼 충격적이다.

똑같은 아이였다. — 똑같이 여리고, 꿀 빛이 감도는 어깨, 똑같이 비단처럼 부드럽게 드러나 보이는 등, 똑같은 밤색 머릿결이었다. 가슴에 두른 검은 물방울무늬 스카프가 늙어가는 원숭이 같은 나의 눈을 가렸지만, 내 어린 기억의 시선이, 영원히 잊을 수 없는 그 어느 날 내가 애무했던 소녀의 젖가슴을 바라보는 것을 막지는 못했다. […]

그 섬광, 그 전율, 그 열렬한 인식의 충격을 적절한 강도로 표현하는 것은 너무 어렵다. 무릎을 굽히는 그 아이 (근엄한 선글라스 너머로 눈을 깜빡이던 그녀 — 나의 모든 아픔을 치료해줄 어린 의사 선생) 위로 내 시선이 미끄러지고 햇살이 번쩍이던 순간, 성인으로 (영화에 나오는 키 크고 멋지고 매끈하게 잘생긴 남자로) 위장한 내가 그녀 곁을 지나가는 동안, 진공 같은 내 영혼은 빛나는 그녀의 아름다움을 하나하나 다 빨아들이려고 애썼고, 그 하나하나를 죽은 내 신부의 모습으로 매겼다. 잠시 후, 물론, 그녀, 이 새로운 소녀, 이 롤리타, 나의 롤리타는 그녀의 원형을 완전히 가려버렸다.

　I, 10.

햇살처럼 빛나는 롤리타는 어두운 애너벨의 그림자를 지운다. 늙은 소년의 마음속에 광적인 욕정이 되살아난다. 에드거 포의 애너벨은 사랑의 실상이지만 나보코프-험버트의 애너벨은 허상이다. 그럴듯한 정신분석적 변명이다. "원형"이 "완전히" 사라진 후, 스스럼없는 애욕의 묘사가 이어진다. 신사로 "위장한" 늙은 원숭이의 시선은 음험하고 끈끈하다.

　내 사랑, 내 연인이 잠시 내 곁에 섰다 — […] 단번에 내 남성을 일으키는 강렬한 향내 — […] 저기 나의 미녀가 배를 깔고 누워서, 나에게, 시각이 트인 내 혈관 속 크게 뜬 천 개의 눈에게, 살짝 올라간 어깻죽지와, 등뼈의 곡선을 따라 피어나는 살빛, 검은 옷에 감싸인 탄탄하고 작은 엉덩이의 봉긋한 곡선, 그리고 여학생다운 넓적다리의 해안선을 보여준다. […]
　[…] 그녀의 머리는 적갈색이고, 그녀의 입술은 핥아먹은 빨간 사탕처럼 빨갛고, 아랫입술은 예쁘게 도톰하다 — 오, 내가 여성 작가라면 환한 불빛에서 그녀가 벌거벗고 자세를 취하게 했을 텐데! 그러나 나는 그저 멀쑥하고, 허우대 크고, 가슴털 많은 험버트 험버트일 뿐, 굵고 검은 눈썹에, 말투

는 기묘하고, 느릿한 소년 미소 뒤에 괴물 썩어가는 불결한 냄새로 가득하다. 그녀도 여성 소설에 나오는 연약한 아이가 아니다. 나를 미치게 하는 것은 이 님펫의 — 아마 모든 님펫이 그렇겠지만 — 이중적인 면이다. 나의 롤리타에게는 감미롭고 몽환적인 유아성과 기괴한 천박함 같은 것이 섞여 있다. 광고와 잡지 사진에 실린 들창코 아이의 귀여움도 있고, 고향의 (으깨진 데이지꽃 냄새와 땀 냄새가 나는) 사춘기 하녀의 희미한 핑크빛도 있다. 그리고 어린아이처럼 치장한 시골 사창가의 아주 어린 창녀 같은 면도 있다.

    I, 11.

열두어 살 아이를 어린 요정 "님펫"이라 부르며 스스로 욕정을 일구는 "천 개의 눈"을 가진 "괴물". "님펫" 혹은 "미녀"와 "괴물". 결국, 미녀와 야수의 이야기다. 금지된 것에 대한 욕망. 욕망하는 대상은 닿을 수 없는 거리에 있다. 닿지 못하는 욕망은 점점 더 커지고 대상은 그만큼 더 아름다워진다. 해소되지 않는 욕망은 초라해지고 추해지고 거칠어진다. 야수는 거친 욕망의 형상화다. 욕망의 메커니즘이 낳은 신화는 반복된다. 그리스 신화에서부터 동화, 소설, 현대 영화에 이르기까지 신화는 재현된다. 미녀와 야수, 에스메랄다와 콰지모도, 제물로 바쳐진 가냘픈 앤과 거대한 유인원 킹콩 등 변형은 끝이 없다. 빨간 모자 소녀와 늑대 이야기도 같은 계통이고, 왕자가 미녀 역할을 하는 인어공주 이야기도 그렇고, 아궁이 재를 뒤집어쓰고 살다가 화려하게 변신하는 신데렐라 이야기도 같은 신화의 아름다운 변형이다. 거칠어지기보다 초라해진 개구리 왕자 이야기, 거칢의 정도가 극단적인 푸른 수염 이야기도 마찬가지다. 새처럼 자유로운 카르멘을 쫓다 점차 야성적인 도둑이 되는 호세의 이야기도 같은 신화에 속한다. "오, 나의 카르멘, 나의 귀여운 카르멘"— 험버트가 노래한다(I, 13). 험버트는 신사 분장을 한 개구리 왕자이고, 키 작은 킹콩이고, 소심한 푸른 수염이고, — 결국에는 살인을 저지르게 될 호세다.

> 남자다운 외모에도 불구하고, 나는 끔찍이도 소심하다. 낭만적인 내 영혼은 아주 외설스럽고 불편한 것과 맞다뜨리면 진땀을 흘리며 몹시 떤다. 저 음란한 바다 괴물들. "자 어서 해! 어서!"
>
> I, 11.

마음속 괴물들의 부추김에도 불구하고, 험버트는 거칠게 덤비지 않는다. "소심한" 험버트는 괴물 역할을 혼자 떠맡지도 않는다. 그는 소심한 만큼 교활하다. 그가 탐색하는 "미녀"는 그저 아름답지만은 않다. "어린 창녀"처럼 상스럽고 선정적이다. 험버트는 롤리타에게 작은 괴물의 탈을 씌운다. "님펫"은 예쁜 요물의 다른 말이다.

험버트의 시선과 행위는 이중적이고 일방적이다. 그는 낭만적이지도 소심하지도 않다. 그는 롤리타 가까이 머물기 위해 그녀의 어머니 샬로트 헤이즈 집에 하숙하고, "오직 그녀의 아이(로, 롤라, 롤리타)를 내 맘대로 하기 위해"(I, 17) 그녀와 결혼하고, 샬로트 몰래 아이를 희롱하며 감각을 일깨우고, 샬로트가 죽기만을 기다리다 사고로 그녀가 죽자 아이를 데리고 온갖 지역을 떠돌며 호텔을 전전한다. 은밀한 룸에서 그는 "낭만"의 허울을 벗는다. "아이의 순결을 범하지 않는다는" 마음가짐도 버린다. 그는 아이를 감각의 노예로 만들고 그 자신도 아이의 노예가 된다. 둘만의 폐쇄된 공간은 "행복을 넘어선 곳"—"하늘이 지옥의 불꽃으로 붉게 물든 천국 — 그래도 여전히 천국" 같은 곳이다(II, 3). 그러나 그곳이 아무리 "다른 등급, 다른 차원의 감성"의 영역임을 내세워도 그는 안다. "나는 단지 짐승일 뿐이다"(II, 10). 그가 요물의 탈을 씌운 롤리타도 그저 좀 비딱한 아이일 뿐이다. 그의 품을 벗어난 지 삼 년 만에 다시 만난 열일곱 살 롤리타는 소박한 남편 딕 쉴러의 평범한 아내, "이전에 본 적이 없는 아주 여성스러운" 아내, 곧 아기를 낳고 "아주 좋은 엄마"가 될 여자의 모습이다(II, 29). 그래도 그는 여전히 외친다. "삶을 바꿔보자, 나의 카르멘, 어디든 우리가 절대 헤어지지 않을 곳으로 가서 살자." "카르멘, 나와 함께 가지 않겠니?" 그는 끝내 야수의 탈을 벗지 못한다.

나는 너를 사랑했다. 나는 다리가 다섯 달린 괴물이었지만, 너를 사랑했다. 나는 비열하고, 잔인하고, 사악하고, 온갖 짓을 했지만, 너를 사랑했다, 너를 사랑했다! 네 마음이 어떤지 알 것 같은 때도 있었고, 그럴 때면 내 마음은 지옥이었다. 나의 아가, 소녀 롤리타, 용감한 돌리 쉴러.

II, 32.

험버트 험버트는 중복된 이름만큼 이중적인 인물이다. 그의 다면적 성격을 분석하고 묘사하는 작가의 글쓰기는 교묘하다. 작가는 "낭만적인" 험버트와 "음험한" 험버트, "소심한 험버트"와 "지독한 험버트"를 교차시킨다. 삼중 사중의 가면 놀이가 이어진다. 자의식 가득한 험버트는 일인칭과 삼인칭으로, 화자와 행위자, 범죄자와 분석가, 피고

인과 변호인, 그리고 판사와 증인으로도 기능한다. 분신도 있다. 그에게서 롤리타를 빼앗고 마지막에 그에게 죽는 클레어 퀼티가 그의 분신이다. 두 인물 사이에 수많은 괴물의 그림자들이 어른거린다. 작가의 그림자도 있다. 퀼티와 함께 드라마 작가로 나오는 비비안 다크블룸은 블라디미르 나보코프의 철자 순서를 바꿔 만든 애너그램이다. 나보코프는 이야기의 안팎에서 분주하다. 그는 서문에서 원고를 건네받은 편집자이자 심리학자인 존 레이를 내세워 "도덕적 타라의 빛나는 표본, 흉포와 익살의 혼합물"인 험버트의 수기를 소개한다. 또 그는 후기(『롤리타』라는 제목의 책에 관하여)에서 자신의 이름으로, 험버트와 거리를 두고, "사악한 회고록"을 정당화한다. 나보코프는 작가와 화자가 혼동되는 것을 지긋지긋해하지만, 겹겹의 거미줄 속 분포된 그의 시선은 험버트의 분열된 자의식과 구별되지 않는다. 그만큼 작가의 글쓰기 몰입도가 높은 탓이다. 이야기의 끝부분에서, 험버트 (H.H.)가 자신의 분신(C.Q.)을 죽인 다음, 험버트와 나보코프의 목소리는 아예 하나가 된다.

너의 남편 딕에게 충실해라. 다른 남자들이 너를 건드리지 않도록 해라. 낯선 사람과 말하지 마라. […] 그리고 C.Q.를 동정하지 마라. 그와 H.H. 사이에서 선택해야만 했고, H.H.가 적어도 몇 달 더 살기를 원했다. 그가 후세대의 마음속에 네가 살아 있도록 해야 하니까. 내가 지금 생각하는 것은 들소들과 천사들, 지속되는 안료의 그 비밀, 예언적인 소네트들, 예술의 그 은신처 그것이다. 그것이 너와 내가 함께 나눌 수 있는 유일한 불멸이다. 나의 롤리타.

I, 36.

"나의 롤리타"는 예술이라는 "은신처" 속에서 존속한다. 나보코프도 『롤리타』를 통해서 불멸의 작가가 된다. 사드, 보들레르, 메리메, 조이스, 투르게네프 등 그가 소설 곳곳에 인용한 작가들처럼. 그들은 『롤리타』의 예술적 위상과 불멸성의 담보다. 불멸을 담보하기 위한 작가의 계략은 교묘하다. 롤리타라는 작명부터 신성모독이다. 로, 롤라, 돌리, 롤리타의 본명 돌로레스는 고통, 비애를 뜻하는 스페인어로, 성모마리아(La Virgen María de los Dolores)에서 유래된 이름이다. "불멸"의 조건은 무엇보다 독자의 — "독자! 동지!" — 상상력과 기억이다. — "제발, 독자여 […] 나를 상상해다오. 당신이 나를 상상하지 않으면 나는 존재하지 않을 것이니." — 자극적인 글쓰기는 기억을 배가한다. "젊은 짐승 예술가의 초상"이 불멸의 작품이 되기 위해서 미적 즐거움의 이름으로 희생된 것은 도덕이다.

필멸의 인간에게 도덕관념이란
치명적인 미적 감각에 지불해야 하는 의무다.
II, 31.

나보코프는 말한다. 픽션의 존재 이유는 "호기심, 애정, 다정, 황홀감"이 포함된 "미학적 지복"이다. 그의 글이 주는 황홀감은 불안감에 근거한다. 그는 사드의 후예 가운데 가장 기교가 뛰어난 작가다.

그토록 오래 내가 품었던 그 묘한 열정들, 꿈들, 눈물들,
그 절망과 애정의 표현들…
그것들은 사랑이 아니었던가?
그럼 사랑은 어디 있는가?
네르발, 「실비」

사랑의 신비는 죽음의 신비보다 크다.
와일드, 『살로메』

4

사랑의 지옥과 천국

페드라, 사랑의 원죄, 죽음 같은 사랑

라신, 『페드르』
세네카, 『페드라』
에우리피데스, 『히폴리투스』
영화 〈페드라〉

라신 Jean Racine (1639-1699)

고전 비극 최고의 미학적 완성도를 보여준 작가.
엄격한 수도원 교육을 받으며 자라났으나 문학에 심취하여 인간의 열정을 주제로 글을 썼다.
신화를 바탕으로 욕망의 노예가 되어 파멸하는 존재를 밀도 있게 그려냈다.
—『페드르』(1677)

에우리피데스 Euripides (BC484-406)

고대 그리스 비극 시인.
신화에 나오는 신들을 인간적인 모습으로 그려내어 후대에 크게 영향을 미쳤다.
—『히폴리투스』(BC428)

세네카 Seneca (BC4-65AD)

고대 로마 철학자, 정치가, 작가. 네로 황제의 스승.
많은 철학적 산문 외에, 17세기 고전주의의 모범이 되는 비극을 여러 편 남겼다.
—『페드라』(54)

영화 〈페드라〉 (1962, 줄스 다신 감독)

인류에 반하는 가장 고약한 죄가 무엇일까. 근친상간 아닐까. 그 가운데 모자의 통정은 막중하다. 인간 사회의 근본을 흔드는 죄악이기 때문이다. 모정의 갈망은 유아기의 정상적 발달 과정이지만, 지속적인 집착은 인격을 파괴하는 요인이다. 오이디푸스 콤플렉스의 양면성이다. 그 무의식적 관념을 일찍이 이야기로 만들어 놓은 것이 오이디푸스 신화다. 오이디푸스의 비극은 그만큼 본질적이다. 역으로 모정의 과잉을 변주한 페드라 이야기도 마찬가지다. 인간의 원초적 감정을 다룬 비극이다. 그만큼 강렬하다. 그 강렬함을 가장 밀도 높게 표현한 작가가 17세기 프랑스의 라신이다. 그가 쓴 『페드르』는 언어적 완성도가 빼어난 작품이다.

첫 만남의 묘사부터 간결 강렬하다. 단 한 줄의 묘사다.

그를 보았다, 얼굴을 붉혔다, 그를 바라보며 나는 창백해졌다.

Je le vis, je rougis, je pâlis à sa vue.
Phèdre, I, 3.

페드라(페드르, 파이드라, Phèdre, Phaedra)는 히폴리투스를 보는 순간 마음이 타올라 숨이 막힌다. 열정과 질식. 죽음 같은 사랑의 시작이다. 불가능한 사랑이라서 더 고통스럽다. 히폴리투스(이폴리트, Hippolyte, Hippolytus)는 남편 테세우스와 전처의 아들이다. 인간 사회는 인간이 정한 규칙에 따른다. 인위가 자연을 누른다. 양모도 친모와 격이 같다. 페드라의 사랑이 마냥 타오를 수도 없고, 그저 꺼지지도 않는 이유다.

페드라는 크레타의 공주였다. 아버지는 제우스의 아들인 미노스, 어머니는 아폴론의 딸 파시파에다. 아폴론에게 원한을 가진 아프로디테의 복수로 파시파에와 딸들은 불운에 빠진다. 파시파에는 황소에게 욕정을 품어 괴물 미노타우로스를 낳고, 그녀의 딸 아리아드네는 테세우스에게 도움을 주고는 버림받는다. 페드라가 언니를 버린 테세우스와 결혼하게 된 것도, 그리고 그의 아들에 대해 잘못된 연정을 품게 된 것도 아프로디테의 저주에서 비롯되었다.

『페드르』의 원전은 고대 그리스 작가 에우리피데스의 『히폴리투스』다. 이천백 년 앞선 기원전 5세기 작품이다. 에우리피데스는 모든 것이 신이 정한 숙명임을 강조한다. 페드라를 저주하는 아프로디테와 히폴리투스를 가호하는 아르테미스의 대립이 비극의 초점이다. 무대 배경에서부터 명시된 구도다. "트로이젠 왕궁 앞. 한쪽에는 아프로디테의 조각상이 있고, 다른 쪽에는 아르테미스의 조각상이 있다." 두 여신은 직접 무대에 등장한다. 아프로디테는 극의 시작과 함께 저주의 내막을 알려주고, 아르테미스는 마지막에 나타나 히폴리투스에게 죽음을 내린 테세우스의 잘못을 일깨운다. 저주받은 사랑에 빠진 페드라도, 사랑 자체를 경멸하는 히폴리투스도, 사랑의 신 아프로디테의 희생양이다. 두 사람 다 운명을 거역하지 못한다. 페드라는 히폴리투스에게 한마디 말도 못 하고, 히폴리투스는 테세우스에게 제대로 변명도 못 하고 죽는다. 페드라는 유모가 그녀의 정념을 히폴리투스에게 발설하기 전에 결심했던 대로 목매어 죽는다.

사랑으로 인해 이렇게 상처를 입고,

나는 어떤 행동이 최선일지 생각했다.

처음에는 침묵으로 고통을 숨겼다.

나는 누구에게도 말 한마디 하지 않았다,

혀는 믿을 수 없는 것이라서.

[…]

그리고 명예롭게 이 광기를 견디기 위해,

나 자신을 통제하고 억압했다.

결국 아무것도 소용이 없고

아프로디테의 힘은 어길 수 없어서,

나는 죽기로 다짐했다.

『히폴리투스』, v.392–402.

　라신의 『페드르』는 저주받은 사랑에 빠진 여인의 내적 갈등에 집중
한다. 아르테미스의 존재는 사라지고, 아프로디테도 페드라의 머릿속
에만 있다. 히폴리투스도 사랑을 모르는 남자가 아니다. 그의 "무정
한" 마음에도 여인이 있다. 자신만큼 순결한 아리시다. 그녀는 원수
왕가의 공주다. 두 사람은 서로를 흠모한다.

　페드라는 혼자서 신음한다. 신의 저주인지 스스로의 마음인지, 냉
정한 사람에 대한 원망인지 욕망인지 알 수 없다. 신을 탓하지만 그녀
의 열정은 신의 저주보다 깊고 강하다. 그녀는 불탄다. 타들어간다. 처
음에는 불같은 사랑을 증오로 가장해 억누른다. 억제는 병이 되어 죽
음으로 이끈다. 점점 못 견딘다. 결국 폭발한다.

세 번의 폭발이 일어난다. 첫 번째는 유모의 간청에 못 이겨 비밀을 발설하는 고백의 순간이다. 페드라는 첫 만남을 되새긴다.

나의 불행은 먼 옛날 시작되었다. 아이게우스의 아들과

혼인의 규약으로 합쳐지고 나서부터,

나의 안식, 나의 행복은 굳건해진 듯했으나,

아테네는 곧 니게 뛰어난 적을 보어주었다.

그를 보았다, 얼굴을 붉혔다, 그를 바라보며 나는 창백해졌다.

어쩔 줄 모르는 내 영혼 속에서 혼란은 커져갔다.

아무것도 보이지 않고, 아무 말도 할 수 없었다.

온몸이 얼어붙었다가 불타오르곤 했다.

나는 비너스의 무시무시한 불길을, 그 여신이

우리 혈통에 가하는 피할 수 없는 고통을 인지했다.

[…]

제단에 올라 손으로 향을 태워도 소용없었다.

입으로는 여신의 이름을 부르며 애원했지만,

속으로는 히폴리투스를 찬미했다. 끊임없이 그를 보며,

향을 피운 제단 아래 엎드려서도 나는,

감히 이름을 발설할 수 없는 그 신에게 모든 것을 바쳤다.

어디로나 그를 피해 다녔지만, 오 더없는 불행이여!

내 눈은 그의 아버지의 모습에서도 그를 찾아내곤 했다.

Mon mal vient de plus loin. À peine au fils d'Égée

Sous les lois de l'hymen je m'étais engagée,

Mon repos, mon bonheur semblait être affermi ;

Athènes me montra mon superbe ennemi :

Je le vis, je rougis, je pâlis à sa vue ;

Un trouble s'éleva dans mon âme éperdue ;

Mes yeux ne voyaient plus, je ne pouvais parler ;

Je sentis tout mon corps et transir et brûler :

Je reconnus Vénus et ses feux redoutables,

D'un sang qu'elle poursuit tourments inévitables !

[…]

En vain sur les autels ma main brûlait l'encens !

Quand ma bouche implorait le nom de la déesse,

J'adorais Hippolyte ; et, le voyant sans cesse,

Même au pied des autels que je faisais fumer,

J'offrais tout à ce dieu que je n'osais nommer.

Je l'évitais partout. Ô comble de misère !

Mes yeux le retrouvaient dans les traits de son père.

I, 3, v. 269 - 290.

그는 "뛰어난 적"이다. 그는 정복할 수 없다. 다가갈 수도 물리칠 수
도 없다. 그는 내가 숭상하는 "신"이다. 그는 신처럼 오만하고 무섭고
냉혹하다. 마음을 다 바쳐도 침묵하는 신이다. 그는 편재한다. 그가 없
는 곳에도 그가 보인다. 테세우스의 얼굴마저 그를 상기시킨다. 터부
의 절정이다. 고백 직후, 테세우스의 죽음 소식이 전해진다.

두 번째 폭발은 바로 히폴리투스 앞에서다. 무심한 그를 보며 페드라는 열정과 탄식을 토한다. 그녀는 둘 사이의 거리를 잊고, 존칭마저 거둔다. 그에게도 그녀는 테세우스를 내세워 사랑을 암시한다. 테세우스와 히폴리투스의 모습이 중첩된다.

아! 잔인한 인간, 너는 내 말을 너무 많이 듣고 말았다.

네가 잘못 알았다는 걸 일러주려고 충분히 말했건만.

그래! 이 페드라의 열광이 어떤 것인지 잘 들어보아라.

사랑한다. 내가 너를 사랑하는 이 순간, 내 눈에는

죄 없는 나를, 나 자신이 승인한다고는 생각하지 마라.

나의 이성을 어지럽히는 이 미친 사랑의 독을

나의 비겁한 자만심이 품어 키웠다고도 생각하지 마라.

신들의 복수의 불운한 대상이 된 나를,

나는 네가 싫어하는 것보다도 더 혐오한다.

신들이 그 증인이다. 저 신들은 내 뱃속에,

내 모든 피를 태워버릴 죽음의 불을 질렀다.

[…]

나는 불 속에서, 눈물 속에서, 번민하며, 말라갔다.

네 눈으로 보면 충분히 알 수 있지 않은가.

만약 네 눈이 한순간이라도 나를 바라볼 수 있다면.

내가 무슨 말을 하는 건가? 방금 내가 한 고백,

너무나 수치스러운 이 고백을, 내가 의도했다고 생각하는가?

내가 감히 배반할 수 없는 내 아이에 대한 간절함 때문에,

그 아이를 미워하지 말아 달라고 간청하러 온 것인데,

사랑으로 가득한 마음의 허약한 계획일 뿐이었다니!

아! 나는 너에 대한 이야기만 하고 말았다.

복수하라, 나의 이 가증스러운 사랑을 벌해다오.

너를 낳은 영웅의 아들답게,

너를 자극하는 이 괴물을 이 세상에서 제거하라.

테세우스의 미망인이 히폴리투스를 감히 사랑하다니!

절대, 이 끔찍한 괴물이 너로부터 달아나게 하지 마라.

내 가슴이 여기 있다. 너의 손으로 그곳을 찔러라.

죄의 대가를 치르려고 안달난 내 가슴이 이미,

너의 팔 앞으로 스스로 내미는 것이 느껴진다.

찔러라. 아니면 이것이 너의 칼을 받을 자격이 없다고 생각한다면,

너의 증오가 나에게 그토록 감미로운 형벌을 주는 것을 거절한다면,

아니면 너무나 비루한 피가 너의 손을 적시는 것이 싫다면,

너의 팔 대신 너의 칼이라도 빌려다오.

이리 다오.

Ah, cruel ! tu m'as trop entendue !

Je t'en ai dit assez pour te tirer d'erreur.

Eh bien ! connais donc Phèdre et toute sa fureur :

J'aime ! Ne pense pas qu'au moment que je t'aime,

Innocente à mes yeux, je m'approuve moi-même ;

Ni que du fol amour qui trouble ma raison

Ma lâche complaisance ait nourri le poison ;

Objet infortuné des vengeances célestes,

Je m'abhorre encor plus que tu ne me détestes.

Les dieux m'en sont témoins, ces dieux qui dans mon flanc

Ont allumé le feu fatal à tout mon sang ;

[…]

J'ai langui, j'ai séché dans les feux, dans les larmes :

Il suffit de tes yeux pour t'en persuader,

Si tes yeux un moment pouvaient me regarder…

Que dis-je? cet aveu que je te viens de faire,

Cet aveu si honteux, le crois-tu volontaire ?

Tremblante pour un fils que je n'osais trahir,

Je te venais prier de ne le point haïr :

Faibles projets d'un cœur trop plein de ce qu'il aime!

Hélas! je ne t'ai pu parler que de toi-même!

Venge-toi, punis-moi d'un odieux amour :

Digne fils du héros qui t'a donné le jour,

Délivre l'univers d'un monstre qui t'irrite.

La veuve de Thésée ose aimer Hippolyte!

Crois-moi, ce monstre affreux ne doit point t'échapper ;

Voilà mon cœur : c'est là que ta main doit frapper.

Impatient déjà d'expier son offense,

Au-devant de ton bras je le sens qui s'avance.

Frappe : ou si tu le crois indigne de tes coups,

Si ta haine m'envie un supplice si doux,

Ou si d'un sang trop vil ta main serait trempée,

Au défaut de ton bras prête-moi ton épée ;

Donne.

II, 5, v.670-711.

알알이 놀라운 표현이다. 말 한마디, 시 한 구절마다 힘이 넘친다. 운과 내용, 음과 의미의 조화는 이보다 좋을 수 없다. "순수한 자, 라신". 순수한 프랑스어, 완벽한 12음절 시행의 결정판이다. 프랑스인들이 작가를 그토록 아끼고, 작품을 해마다 무대에 올리는 이유다. 페드라의 고백은 욕정과 참회, 자괴와 도발의 긴장감으로 팽만하다. 광기 속에서도 그녀는 스스로를 명료하게 규정한다. "테세우스의 미망인이 히폴리투스를 감히 사랑하다니!" 극의 주제를 요약하는 말이다. 그녀가 히폴리투스의 팔 앞으로 대담하게 가슴을 내미는 모습은 극을 도해하는 그림이다. 그의 칼을 빼앗아 자신을 찌르려는 행위는 모든 것을 함축한다. 칼은 죽음과 사랑을 관통하는 기호다. 그래서 "그토록 감미로운 형벌"이다. 고뇌와 분노의 불길 속에서도 관능은 여전히 살아 있다. 수치 속에서도 그의 눈길을 갈구하는 그녀, 착란 속에서도 그의 손길을 탐하는 그녀는 죽음 같은 사랑의 화신이다.

라신보다 천육백 년 전에, 에우리피데스보다 오백 년 후에, 웅변가 세네카도 『페드라』를 썼다. 세네카의 글도 명문이다. 사변적이지만 섬세하고, 유려하면서도 과감한 문체다. 그는 "에트나 화산의 맹렬한 불길"처럼 솟아나는 페드라의 열정을 도도하게 묘사한다. 칼과 가슴의 비유도 있고, 절실한 유혹의 수사도 있다. 페드라의 고백은 백 개의 시행에 걸쳐 이어진다. 어머니라고 칭하는 히폴리투스에게 그녀는 한없이 몸을 낮춘다.

> 어머니라는 이름은 너무 크고 고귀하오.
> 내 마음은 그보다 겸허한 이름을 원하오.
> 나를 누이, 노예라 불러주오, 히폴리투스.
> 그래, 노예가 되겠소, 섬김을 다하겠소.
> […]
> 그대가 명한다면, 무엇이든 거부하지 않겠소.
> 불을 뚫고, 밀집한 적의 군대로 달려가,
> 주저 없이 내 가슴을 드러내고,
> 빼든 칼들을 향해 내밀겠소. 내게 주어진 권한을
> 그대가 갖고, 나를 그대의 노예로 취하시오.
> […]
> 부디 나를 그대의 가슴에 품고, 이렇게 애원하는
> 그대의 노예를 보호해주오. 이 과부를 구원해주오.
> […]
> 나를 보오, 이렇게 그대 무릎 앞에 애원하며,
> 무릎 꿇은 왕녀를. 한 점의 죄도 없이,
> 깨끗하고 순결하기만 했던 나에게,
> 그대가 단번에 변화를 안겨주었소.

그대의 발치에 무릎 꿇고 간절히 기원하는 나를 보오.

오늘 나의 불행이, 아니면 삶이, 끝날 것이오.

오, 그대를 사랑하는 이 사람을 가엾게 봐주오.

『페드라』, II, v.609-671.

사랑은 모든 것을 지배한다. 왕비를 노예로 만들고, 순결한 삶을 수치와 죽음으로 이끈다. 불행 혹은 삶의 끝을, 사랑 아니면 죽음을 원하는 페드라. 그녀는 곧 사랑도 삶도, 사랑의 대상까지도 다 잃게 된다.

히폴리투스는 그녀의 "천박한 손길에 더럽혀진" 칼을 던지고 자리를 벗어난다. 칼의 남성적 상징성은 원초적이다. 세네카의 묘사는 완곡하면서도 분명하다. 페드라가 애원하며 다가갔을 때, 히폴리투스는 말한다. "내 순결한 몸에서 그대의 불결한 손을 치우시오." 그러나 그녀는 그의 "가슴을 파고든다"(v.704-705). 그는 "칼을 뽑아 들고 벌하려" 하지만, "휘감은 그녀의 팔에 잡혀" 주춤한다. "사랑하는 그 손, 바로 그대의 손에 소멸하는" 것이 "가장 기쁜 소망"이라는 페드라의 말에 그는 칼을 내던진다. "이제, 그대의 천박한 손길에 더럽혀진, 이 내 칼은 / 더 이상 나의 겸허한 옆구리에 걸려 있을 수 없다"(v.713-714). 눈에 보이는 육체적 접촉이 다가 아니다. 연극적 표상은 더 깊은 이야기를 담고 있다. 버려진 칼은 순결한 남성성의 훼손을 의미한다. 그것은 모함의 증거가 되고, 분명한 물증으로 작용한다. 지옥에서 돌아온 테세우스 앞에서 페드라는 히폴리투스의 칼을 들고 자결하려 한다(III). 테세우스는 그 칼만 보고도 아들의 죄를 확신한다. 그는 부신 넵투누스에게 아들의 죽음을 탄원한다. 히폴리투스의 죽음 소식에 페드라가 다시 칼을 들고 나타난다(V). 그녀는 히폴리투스의 시신을 보며 기어코 그의 칼로 목숨을 끊는다. "사악한 사랑의 유일한 치유인 죽음"이 그녀를 품는다.

다시 라신의 작품. 페드라의 세 번째 폭발 장면이다. 테세우스는 누명을 쓴 히폴리투스를 저주한다. 그의 죽음을 기원하는 테세우스를 만류하려던 페드라는 그가 아리시를 사랑한다는 사실을 알게 된다. 참회하려고 마음먹었던 그녀는 새로운 고통에 신음한다. "질투의 격분"이 온몸을 사로잡는다.

> 내 마음속 채 꺼지지 않고 다시 일어나는 이 불꽃은 무엇인가?
>
> 이 무슨 날벼락인가, 오 하늘이여! 이 무슨 비통한 소식인가!
>
> […]
>
> 히폴리투스가 무정하지 않다니, 그런데도 내게는 아무 감정도 없다니!
>
> 아리시가 그의 마음을 얻었다! 아리시가 그의 믿음을 얻었다!
>
> 아! 신들이시여! 내 사랑의 소원에, 그 냉정하고 냉혹한 인간이
>
> 너무나 도도한 눈, 너무나 무서운 표정으로 무장했을 때,
>
> 나는 내 사랑에 항상 닫혀 있는 그의 마음이
>
> 모든 여성에게 똑같이 무장한 것이라 생각했다.
>
> 그런데 다른 여자가 그의 비정함을 누그러뜨렸다니,
>
> 그의 잔인한 눈에서 다른 여자가 은총을 찾았다니.
>
> […]
>
> 아! 아직 겪어보지 못한 고통이여!

또 어떤 번뇌가 나에게 남아 있는 것인가!

나를 괴롭혔던 모든 것, 나의 두려움, 나의 격정,

내 불꽃의 격분, 내 참회의 공포,

그리고 잔인한 거절의 참을 수 없는 모욕들이

지금 내가 견디는 고뇌의 작은 시험에 지나지 않았던가.

그들은 서로 사랑한다! 어떤 마력으로 그들은 내 눈을 속였을까?

어떻게 그들은 만났을까? 언제부터? 어떤 곳에서?

[…]

그들은 회한 없이 사랑하는 마음이 이끄는 대로 따랐다.

매일 떠오르는 태양이 그들에게는 밝게 맑게 빛났다!

그러나 나는, 천하의 몹쓸 가련한 인간이 되어,

태양으로부터 몸을 숨기고, 빛을 피해 달아났다.

오직 죽음만이 내가 애원할 수 있는 신이었다.

나는 마지막 숨을 내쉬게 될 순간만 기다렸다.

Quel feu mal étouffé dans mon cœur se réveille!

Quel coup de foudre, ô ciel! et quel funeste avis!

[…]

Hippolyte est sensible, et ne sent rien pour moi!

Aricie a son cœur! Aricie a sa foi!

Ah! dieux! Lorsqu'à mes vœux l'ingrat inexorable

S'armait d'un œil si fier, d'un front si redoutable,

Je pensais qu'à l'amour son cœur toujours fermé

Fût contre tout mon sexe également armé :

Une autre cependant a fléchi son audace ;

Devant ses yeux cruels une autre a trouvé grâce.

[…]

Ah ! douleur non encore éprouvée!

À quel nouveau tourment je me suis réservée!

Tout ce que j'ai souffert, mes craintes, mes transports,

La fureur de mes feux, l'horreur de mes remords,

Et d'un cruel refus l'insupportable injure,

N'était qu'un faible essai du tourment que j'endure.

Ils s'aiment! Par quel charme ont-ils trompé mes yeux?

Comment se sont-ils vus? depuis quand ? dans quels lieux?

[…]

Ils suivaient sans remords leur penchant amoureux ;

Tous les jours se levaient clairs et sereins pour eux!

Et moi, triste rebut de la nature entière,

Je me cachais au jour, je fuyais la lumière ;

La mort est le seul dieu que j'osais implorer.

J'attendais le moment où j'allais expirer.

IV, 3-4.

히폴리투스를 구하려던 페드라는 "비통한 소식"을 듣고 아무 말도 하지 않는다. 이제 그녀에게 그는 더없이 고결한 남자도 아니고 숭배하는 신도 아니다. 그저 잃어버린 대상이다. 대상의 상실은 광기를 부추긴다. 분노와 슬픔, 좌절과 혐오 등 온갖 감정이 소용돌이친다. 질투는 치명적이다. 사악한 열정에 죽어가던 페드라가 삶을 유지한 것은 대상이 있었기 때문이다. 대상의 상실은 자아의 상실로 이어진다. 질투는 존재를 침식한다. 질투는 "살을 좀먹고 조롱하는 초록색 눈의 괴물"이다(셰익스피어, 『오델로』, III, 3). 괴물 같은 사랑과 질투의 고뇌 속에서 페드라는 독을 먹고 죽는다.

20세기 중반. 라신의 작품이 발표된 지 삼백 년, 에우리피데스의 작품이 공연된 지 이천사백 년이 지난 후, 영화 〈페드라〉가 상영된다. 신화는 현실의 이야기로 탈바꿈한다. 그래도 배경은 그리스다. 테세우스를 연상시키는 선박왕 타노스가 있고, 아리시를 닮은 듯한 에르시도 있다. 히폴리투스는 알렉시스로 이름이 바뀌었다. 그는 말 대신 멋진 차를 좋아하는 유학생이다. 알렉시스와 페드라는 첫 장면부터 서로 좋아한다. 두 사람은 영국 박물관에서 만난다. 아프로디테 조각상 앞에서 그를 보는 순간 그녀는 놀라 주저앉을 만큼 그에게 빠진다. 알렉시스도 그녀에 못지않다. 어쩌면 더 적극적이다. 페드라 이야기가 오이디푸스로 변주된다. 오이디푸스 콤플렉스와 페드라 콤플렉스의 합주. 비극은 배가되고, 보기에 숨이 막힌다. 두 사람은 파리에서 사랑을 나눈다. 창밖에는 폭우가 내리고 벽난로 불이 타오르는 방에서 불 같은 사랑을 한다. 그리스에서 타노스와 함께 있는 시간은 두 사람에게 지옥이다. 알렉시스는 애정을 갈구한다. 페드라는 어쩌지 못해 애가 탄다. 반항적으로 도발하는 알렉시스를 보며 페드라는 점점 메말라간다. 사업을 위해 타노스는 알렉시스와 에르시의 결혼을 계획한다. 질투에 불타는 페드라는 죄를 고백한다. "알렉시스를 사랑한다." 타노스는 알렉시스를 후려치며 저주한다. 차를 타고 절벽 길을 질주하는 알렉시스. 바로크 음악이 울려 퍼진다. 바흐의 선율에 절규의 노래가 더해진다. 차는 절벽 아래로 떨어지고, 페드라는 독을 먹고 눈을 감는다. 비인간적인 — 어쩌면 너무나 인간적인 — 본능적인 — 두 사람의 사랑은 서로를, 모든 것을 파괴한다. 인간의 본능은 죄에 뿌리를 내리고 있다. 본성적으로, 인간은 죄가 많은 존재다.

알렉상드르 카바넬, 〈페드르〉, 1880, 파브르 미술관
고뇌로 죽어가는 페드르, 여전히 관능을 꿈꾸는 페드르. 둘로 분열된 페드르.

여인과 여신, 죽음과 환생의 노래

네르발, 『불의 딸들』, 『오렐리아』, 「엘 데스디차도」

네르발 Gérard de Nerval (1808–1855)

프랑스 낭만주의 시인.
어머니의 죽음과 실연으로 인한 우울증과 정신병을 극복하기 위해 글을 썼다.
비극적인 죽음을 맞이하기 직전에 발표한 그의 주요 작품들은
순수한 꿈과 환상의 기록으로서 이성적으로는 이해하기 어렵다.
—『불의 딸들』(1854) —『오렐리아』(1855) —「엘 데스디차도」(1854)

제라르 드 네르발의 삶을 결정지은 것은 어머니의 이른 죽음이다. 제라르가 겨우 두 살 때다. 갓난아이를 맡겨두고 군의관인 아버지를 따라갔던 어머니는 전장에서 죽는다. 그 죽음을 제라르가 접하는 것은 몇 년이 더 지나서 혼자 돌아온 아버지를 통해서였다. 그의 글은 대부분 내면의 기록이지만 어머니의 죽음에 대한 것은 별로 없다. 죽기 전, 마흔 중반의 나이에 쓴 『산책과 추억』(1854)과 『오렐리아』에 간결한 언급이 있다.

나는 어머니를 본 적이 없다. 어머니 사진들은 누군가 잃어버렸거나 가져갔다. […] 어머니는 열병으로 죽었고, 나도 그 열병에 세 번 걸렸다. […] 항상, 그 시기마다, 나의 유아기를 감싼 죽음과 비탄의 이미지들이 나의 영혼을 덮치는 것을 느꼈다. […]

일곱 살 때였다. 삼촌네 대문에서 천진하게 놀고 있는데, 장교 세 명이 집 앞에 나타났다. […] 앞서 온 장교가 나를 격하게 껴안았다. 나는 소리쳤다.

"아버지! …아파요!"

그날부터 나의 운명은 바뀌었다.

『산책과 추억』, IV.

나는 어머니를 전혀 모른다. 마치 고대 게르만 여인들처럼, 어머니는 원해서 아버지의 군대를 따라갔다. 어머니는 독일의 추운 지방에서 열병과 피로로 죽었다. 그것과 관련해서, 아버지가 나의 근본적인 관념들에 영향을 줄 수는 없었다. 내가 자라난 고장은 기이한 전설과 기묘한 미신들로 가득했다. 나의 초기 교육에 가장 큰 영향을 준 삼촌은 고대 로마와 켈트 문명에 관심이 많았다.

『오렐리아』, II, 4.

아버지의 출현은 어머니의 죽음을 상징한다. 홀연히 나타난 아버지에 대한 어린 제라르의 감정이 어땠을까. 아버지에 대한 서술은 건조하다. 회피하는 마음이 읽힌다. 원망이 없었을까. 가슴에 엉킨 것이 어떤 감정인지조차 알았을까. 커서 친구들 모두 "선한 제라르"라고 부를 그는 그런 것을 어린 마음속에 묻는다. 슬픔은 지워지지 않는다. "비탄의 이미지들"은 속에서 계속 자란다. 억눌린 감정은 관념을 왜곡한다. 사랑의 지향점을 잃고 반항의 대상을 지운 오이디푸스 콤플렉스는 이중으로 변형된다. 애증의 대상이 사라진 자리에 애도의 마음이 뿌리내린다. 자발적 죄책감과 함께. 상심한 영혼의 "숙명적 체계"는 그렇게 형성된다. 사랑하는 여인에게서 어머니상을 찾는다. 여인을 이상화한다. 현실의 여인에게서 고대 전설이나 신화 속 여신의 형상을 본다. 신성한 사랑의 대상은 터부(taboo)가 된다. 사랑에 가까워지면 주저한다. 스스로 거부하고 거부당한다. 평생 "사랑받지 못했다는 잔혹한 생각"에 사로잡힌 슬픈 영혼의 이야기는 그렇게 시작되었다.

[…] 우리는 전설의 황금잔으로 망각을 마시고, 시와 사랑에 취했다. 사랑, 아! 희미한 형태들, 장밋빛 푸른빛 색조들, 형이상학적 환영들에 대한 사랑! 가까이서 보면, 현실의 여인은 우리의 순진함을 거슬렀다. 여인은 여왕이나 여신으로 나타나야 하며, 절대 가까이 다가가서는 안 되는 것이었다.

「실비」, I. 잃어버린 밤.

네르발은 스물다섯 살 무렵 연극배우 제니 콜롱을 만난다. 그녀에게 차츰 마음과 재능과 재산을 쏟는다. 그녀를 위해서, 조부에게 상속받은 많은 돈을 들여 연극 잡지를 만들고 글을 쓴다. 결과는 파산이다. 서른 무렵 그녀에게 열정을 표하지만 응답을 얻지 못한다. 불응의 이유는 15년 후의 글 「실비」에 되새겨진다. 그녀는 다음 해 다른 사람과 결혼하고, 몇 년 뒤 과로로 죽는다. 그 사이 재정적 압박과 우울증에 시달리던 네르발은 정신발작을 겪고, 치료를 위해 여덟 달 병원에 수용된다. 그 후의 삶은 간헐적인 신경증 발작으로 점철된다. 실연과 제니의 죽음이 발병의 뇌관이었다. 작품 속 그녀는 오렐리 혹은 오렐리아라는 이름으로 환생한다. 몽환적인 산문 「실비」는 그녀의 이야기에서 시작된다. "매일 저녁 나는 구애자처럼 잘 차려입고" 객석의 어둠 속에 앉아 그녀의 출연을 보며 몽상에 잠긴다.

[…] 낯익은 모습이 환영처럼 나타나 빈 공간을 환하게 밝히고, 숨결 하나, 말 한마디로 나를 둘러싼 헛된 형상들에게 생명을 불어넣곤 했다.

나는 그녀 속에 살고 있다고 느꼈다. 그녀는 나만을 위해 살아 있었다. 그녀의 미소는 무한한 행복으로 나를 채웠고, 너무나 부드러우면서도 아주 낭랑한 목소리의 울림은 기쁨과 사랑으로 나를 전율하게 했다. 나에게는 그녀의 모든 것이 완벽했고, 그녀는 나의 모든 열정과 모든 변덕에 화답했다. 아래에서 비추는 조명을 받을 때는 태양처럼 아름다웠으며, 각광이 약해지고 위쪽 샹들리에의 불빛을 받아 더 자연스럽게 보일 때는 밤처럼 창백하게, 어둠 속에서 자신의 아름다움만으로 빛을 발했다 […]

「실비」, I.

"여신" 같은 그녀와 마음으로 감응하지만, 나는 다가가지 않는다. "일 년 전부터" 나는 바라만 본다. "그녀의 이미지를 내게 반사해주는 신비로운 거울을 흐릴까 두렵기" 때문이다. "내가 쫓는 것은 이미지일 뿐이다." 잠깐이라도 물질적으로 그녀를 소유한다는 상상은 나를 "전율하게" 한다. 그녀의 이미지는 나를 다른 곳, 다른 시간으로 이끈다. 오랫동안 잊고 있던 고향 발루아 쪽이다. 잠자리에서 나는 유년기의 추억 같은 꿈속으로 떠난다. 몽환적인 그 여행의 하이라이트는 아드리엔이다. 어릴 적 친구 실비와 함께 간 마을 축제에서 그녀를 만난다. 그 짧은 만남은 아름답고 신비롭다. "갑자기" 마주 선 두 영혼의 상징적 결혼식이 이루어진다.

나는 그 원무(圓舞) 속의 유일한 소년이었다. 나는 실비와 함께였다. 그녀는 아직 어린 이웃 마을 소녀로, 검은 눈에 얼굴 윤곽이 반듯하고, 살짝 그을린 피부에, 너무나 생기있고 너무나 싱그러웠다! …나는 그녀만을 사랑했고, 그녀만 눈에 보였다, ― 그때까지만 해도! 우리가 춤추는 원무 속에, 아드리엔이라고 불리는 크고 아름다운 금발 소녀가 있다는 것을 나는 미처 알지 못했었다. 갑자기, 춤의 규칙에 따라, 아드리엔만 나와 함께 원의 한가운데 있게 되었다. 우리의 키는 비슷했다. 소녀들은 우리에게 키스하라고 했고, 춤과 노래는 더욱더 빠르게 우리를 감돌았다. 그녀에게 키스하면서 나는 그녀의 손을 꼭 쥘 수밖에 없었다. 고리처럼 둥글게 말린 그녀의 긴 머리칼이 내 뺨을 스쳤다. 그 순간, 알 수 없는 불안이 나를 사로잡았다. ―아름다운 소녀는 춤의 행렬로 다시 들어가려면 노래를 불러야 했다. 모두 그녀 주위로 둘러앉았다. 곧, 신선하고 가슴 저미는 목소리, 그 안개

많은 고장의 소녀들이 그렇듯 약간 흐릿한 목소리로, 그녀는 우수와 사랑이 가득한 옛 연가를 불렀다. 대개의 연가처럼 사랑한 죄로 아버지에게 벌을 받아 탑에 갇힌 공주의 불행에 관한 노래였다. […]

그녀가 노래하는 사이 차츰 어둠은 큰 나무들로부터 내려앉았고, 피어나는 달빛이 어둠 속 둘러앉아 귀를 기울이는 우리와 떨어져 홀로 서 있는 그녀에게만 흘러내렸다. ─ 그녀는 조용히 노래를 마쳤고, 아무도 감히 침묵을 깨지 못했다. 잔디밭에는 여린 안개가 자욱했고, 하얀 송이들이 뾰족한 풀잎들 위로 굴러다녔다. 우리는 천국에 있는 것 같았다. ─ 나는 마침내 일어서서, 커다란 단색 도기 화분에 월계수들을 심어놓은 성채 화단으로 달려갔다. 나는 월계수 가지 두 개를 왕관처럼 엮고 리본으로 묶어서 가져왔다. 나는 그 장식을 아드리엔의 머리에 얹어주었다. 반들거리는 잎들이 그녀의 머리 위에서 희미한 달빛을 받아 반짝였다. 그녀는 성역의 변경에서 방황하는 시인에게 미소 짓는, 단테의 베아트리체를 닮아 있었다. 아드리엔은 일어섰다. 그녀는 날씬한 몸을 펴고 일어서서, 우리에게 우아하게 인사하고, 성으로 달려 들어갔다. […] 우리는 그녀를 다시 볼 수 없었다. 다음날 그녀는 기숙생으로 있는 수도원으로 다시 돌아갔기 때문이었다.

II. 아드리엔.

아드리엔은 이듬해 수녀가 되고, 우리는 그녀를 영영 다시 보지 못한다. 성스러움이 그녀의 속성이다. 그녀는 지상에 속하지 않는다. 잠깐 나타났을 뿐, 아드리엔은 천상의 여성이다. 내가 그녀와 접촉할 때 느꼈던 "알 수 없는 불안"은 그 때문이다. "천국"의 느낌도 마찬가지다. 잃어버린 낙원, 유년기의 꿈이 소환된 결과다. 수녀 아드리엔은 무의식의 거울에 나타난 죽은 어머니의 이미지다. 그 신성한 이미지를 에워싸고 보호하는 다른 이미지들이 있다. 우선 원의 이미지들이다. 모든 것이 둥글다. 원무가 그렇고, 노래하는 아드리엔 주위로 둘러앉은 형태가 그렇다. 그녀의 머리칼도 고리나 반지(anneaux) 모양으로 말렸고, 주변의 안개마저 송이송이 구른다. 공주가 갇힌 성탑도 원뿔과 원통 형태를 연상시킨다. 월계수 왕관은 정점이다. 원의 이미지들은 영혼과 영원의 세계를 상징한다. 또 다른 이미지 무리는 베일이다. 많은 것이 그녀를 덮고 있다. 눈, 얼굴, 피부까지 자세히 묘사된 실비와 달리 아드리엔은 베일에 가려 있다. 그녀는 감히 묘사될 수 없다. 아름다운 금발, 큰 키, 머리칼의 컬이 스치는 느낌이 전부다. 그녀의 존재가 부각되는 순간, 안개와 저녁 어스름이 소환된다. 목소리마저 베일에 싸인 듯(voix voilée) 흐릿하다. 어둠과 안개 속 그녀 위로 내리는 희미한 달빛도 망사처럼 그녀를 감싼다. 베일은 차단을 통해 보여준다. 금지된 것 혹은 볼 수 없는 것을. 극장의 어둠 속에서 오렐리의 빛나는 환영이 일깨운 것은 바로 모성과 죽음, 삶과 꿈, 욕망과 금기가 공존하는 신비한 영혼의 이미지다.

반쯤 꿈꾸어진 이 추억으로 이제 모든 것이 이해되었다. 극장의 여인에게 품었던 막연하고 희망 없는 사랑, 매일 저녁 공연 시간마다 나를 사로잡고, 자는 시간이 되어서야 나를 놓아주던 그 사랑의 근원은 아드리엔의 추억 속에 있었다. 그것은 희미한 달빛에 피어난 밤의 꽃, 하얀 안개에 반쯤 잠긴 초록 수풀 위로 스쳐 달아난 장밋빛 금빛 유령이었다.

III. 결심.

이후의 이야기는 유령의 흔적을 쫓아 추억과 현재, 현실과 상상, 파리와 고향을 오가는 시간여행의 기록이다. 시간의 미로 속 유일하게 믿을 수 있는 지표는 유년과 현재를 잇는 실비의 존재다. "그녀는 실존한다." 그녀는 때로 기억 속에서, 때로는 현재 시점에서, 유년기의 친구와 함께하며 그의 시간 공백 메우기를 돕는다.

시간의 회로를 돌고 돌아 마지막으로 그는 오렐리를 만난다. 그녀는 이제 이미지가 아니라 실재다. 그 현실의 여인에게 그는 굳이 환상의 여인 이야기를 한다.

나는 오렐리를 오리(Orry) 근처에 있는 성으로 데려갈 생각을 해두었었다. 내가 처음으로 아드리엔을 만난 바로 그 초원이었다. ─ 그녀는 아무런 감동도 없는 듯했다. 그래서 나는 그녀에게 모든 것을 말했다. 밤의 어둠 속에서 얼핏 보았고, 훗날 꿈꾸었고, 그리고 그녀에게서 실현된 그 사랑의 원천에 대해 그녀에게 말했다. 그녀는 내 말을 심각하게 듣더니 말했다. ─ 당신은 날 사랑하는 게 아니네요! 당신은 내가 여배우는 수녀와 같은 여자라고 말해주기를 기다리는 거지요. 당신은 드라마를 추구할 뿐이고 결말이 잡히지 않는 거군요. 가요, 이제 더는 당신을 믿지 않아요.

XIII. 오렐리.

사랑의 고백이 아니라 헛된 사랑의 자백이다. 그는 자문한다.

그토록 오래 내가 품었던 그 묘한 열정들, 꿈들, 눈물들, 그 절망과 애정의 표현들… 그것들은 사랑이 아니었던가? 그럼 사랑은 어디 있는가?

사랑은 세상 어디에도 없다. 한 여인을 보며 다른 여인을 꿈꾸고, 여인 속에서 여신을 찾고, 실재보다 허상, 육신보다 환영에 집착하는 한, 사랑은 없다.

마지막 장에서 그는 또 한 번 중첩을 시도한다. 이번에는 아드리엔과 실비다. 그는 단정한다.

황소자리 알데바란 별처럼 푸른빛과 장밋빛으로 번갈아 빛나는 그 별은 아드리엔 혹은 실비였다, — 그것은 유일한 사랑의 반반이었다. 한쪽은 숭고한 이상, 다른 쪽은 감미로운 현실이었다.

XIV. 마지막 장.

그는 이번에도 당사자에게 직접 말한다. 다만 다소 다른 방식이다. 실비는 이미 다른 남자의 여자다. 행복한 그녀를 보며, 그는 그녀가 샬로테 같고, 자신은 베르테르 같다고 생각한다. 다소 조심스럽게, 그는 실비에게 묻는다. 「실비」의 마지막 대목이다.

[…] 오렐리가 속한 극단이 다마르탱에서 공연을 하던 날, 나는 실비를 데리고 연극을 보러 갔다. 그리고 여배우가 그녀가 이미 알고 있는 어떤 사람을 닮은 것 같지 않냐고 물었다. — 대체 누구요? — 아드리엔 기억나요?

그녀는 크게 웃음을 터뜨리며 말했다. "참 별난 생각이네!" 그러고는 자신을 나무라듯 한숨지으며 다시 말했다. "가엾은 아드리엔! 그녀는 1832년쯤 성(聖) S** 수녀원에서 죽었어요."

죽음의 연도와 장소의 명시는 이례적이다. 꿈같은 이야기 끝에 잔인한 사실이 새겨진다. 상실의 재확인이다. 그는 그렇게 세 여인을 모두 잃는다. 두 번 세 번씩 잃는다. 과거에, 그리고 현재의 시간 속에서. 꿈에서, 또 현실에서. 그리고 삶과 글 속에서. 거듭되는 상실의 근원은 유년기에 품은 애도의 마음이다. 해소되지 않은 그 슬픔을 일깨운 것이 제니의 죽음이다. 그녀의 상실은 네르발의 삶에 죽음의 문을 열어 놓았다.

애도의 글쓰기는 계속된다. 「실비」의 글쓰기에는 아직 여유가 있다. 삶의 의지, 생존의 여지가 남아 있다. 끊임없이 "괴롭히는 영혼"이 있지만, 추억의 아름다움도 있다. 작가가 죽기 몇 달 전에 쓴 『오렐리아』에는 죽음이 편재한다. 추억과 현재가 교차하던 공간에 꿈과 광기가 넘쳐난다. 「실비」가 삶의 이편에 발을 딛고 쓴 것이라면, 『오렐리아』는 저 너머 죽음과 환상의 공간에서 글을 가져온다. 사랑의 본질이 환영임을 인지한 만큼 에두름이 없다. 『오렐리아』의 글쓰기는 상실의 분명한 인식에서 시작한다.

> 내가 오랫동안 사랑했던 여인, 이제 내가 오렐리아라는 이름으로 부를 여인이 내게서 사라졌다. […] 누구나 기억 속에서 가장 비통한 감정, 운명이 영혼에 찍어놓은 가장 끔찍한 충격을 찾아낼 수 있을 것이다. 그럼 결심해야 한다. 죽든가 살든가.
>
> 『오렐리아』, I, 1.

작가는 둘 중에서 선택하지 않는다. 제3의 길을 택한다. 세상에서 가장 큰 슬픔은 사랑하는 사람을 잃는 것이다. 그럼 가장 큰 기쁨은? 그 사람을 다시 찾는 것이다. 그런 사람이 아니라 바로 그 사람. 다른 사람을 같은 사람으로 믿는 것은 상실의 아픔만 더한다는 것을 「실비」의 작가는 안다. 죽지 않고 그 사람을 찾는 방법은 "혼령들의 세계"로 들어가는 것이다. 그는 그것을 믿는다. 오르페우스처럼. 그는 "제2의 삶인 꿈" 속에서, 죽음과 같은 잠 속에서, "조금씩 밝아오는 지하 세계"로 들어간다. 그곳에서 "자아는, 다른 형태로, 삶의 작업을 계속한다".

『오렐리아』의 글쓰기 주체는 이중적이다. 꿈을 꾸고, 글을 쓴다. 착란을 겪고, 환각을 전사한다. 공상 속에서, 명증을 위한 언어 작업을 한다. 현실을 보며 꿈꾸고, 꿈에서 실재를 찾는다. 꿈속의 분신은 꿈같은 현실에서도 여러 형태로 나타난다. 그것은 대상을 잃고 존재 이유를 잃은 자아의 분열이기도 하다. 어디서든, 꿈이든 실재든, 지하든 하늘이든, 내면이든 외계든, 대상을 되찾는 순간 분열된 자아는 회복될 수 있다. 유일한 구원의 길이다.

"새로운 삶"을 구하는 길은 끝없는 미로다. 곳곳이 어둡다. 태양은 없거나 흐리거나, 있어도 "검은" 빛이다. "영원한 밤" 같은 혼돈 속에서, 이야기의 시점과 배경은 "시간과 공간의 제약을 벗어나" 어느 사이, 어느 곳으로 끊임없이 바뀐다. 자아의 분열과 증식은 지속되고, 분신들과의 불화도 생긴다. 끝없는 방황과 모색에도, 대상 자체는 나타나지 않고 흔적만 여럿 있다. "오렐리아의 용모를 지닌" 유령 같은 여인도 있고(I, 2), "신의 모습으로 그려진 오렐리아의 형상"도 있다(I, 7). 그녀와 "나의 비밀 결혼식"이지만 "혼례는 다른 곳에서" "다른 사람"과 거행된다는 소문도 있다(I, 9). "밤에 너무나 고통스럽게 울리는 목소리", 꿈이 아니라 "살아 있는 사람의 목소리", 바로 "오렐리아의 목소리와 억양"도 들린다(I, 10). "오렐리아의 목소리를 상기시키는" 여인, 몸속에 "그녀의 영혼을 품고 있을지도 모르는" 여인도 보인다(II, 4). 그러나 그녀는 없다. 그녀의 무덤조차 찾지 못하고 무덤의 위치가 적힌 종이마저 파기하기로 마음먹는다(II, 2). 어느 순간 그녀의 형상이 나타나 말한다. 어느 낯선 거실에서 죽은 옛 친구와 얘기를 나누는 꿈의 기억이다.

아주 커다란 거울이 우리 뒤에 있었다. 우연히 쳐다보다가 그 속에서 A***의 모습을 본 것 같았다. 슬픔과 생각에 잠긴 듯한 모습이었다. 갑자기, 거울에서 나온 것인지, 아니면 거실을 지나다가 좀 전에 반사되었던 것인지, 그 다정하고 귀한 형상이 내 곁에 있었다. 그녀는 내게 손을 내밀고 고통스럽게 나를 바라보며 말했다. "우리는 나중에 다시 보게 될 거예요… 당신 친구 집에서." 한순간, 나는 그녀의 결혼, 우리를 갈라놓은 그 저주를 떠올렸다… 그리고 생각했다. "가능한 일인가? 그녀가 다시 내게 돌아올 것인가?" 나는 울면서 물었다. "나를 용서한 건가요?" 그러나 모든 것이 사라지고 없었다. 내가 있는 곳은 아무도 없는, 숲 한가운데, 바위들이 흩어져 있는 험한 언덕이었다.

손에 닿을 듯 가까운 접촉 같지만, 거울의 허상과 실상만큼 먼 사이다. 이름이 아니라 머리글자로만 지칭된 그녀는 이미 그녀가 아니다. 생략 기호는 정체성의 상실을 의미한다. 공허한 실체의 묵인이다. 만남의 약속도 다른 사람 집에서다. 내 집, 내 정원, 내 품이 아니다. "아무도 없는" 곳에서 나는 다시 불빛을 찾아 헤맨다. 멀리 "불 밝혀진" 혼례의 집이 보인다. 나의 결혼식인가?

나는 생각했다. "저기 사람들이 나를 기다리고 있다." 시간을 알리는 종소리가 들렸다… 나는 혼잣말했다. 너무 늦었다! 목소리들이 내게 대답했다. 그녀는 사라졌다!

깊은 밤이 나를 감싸고 있었다. 멀리 빛나는 집은 축연을 위해 불 밝혀지고 제때 도착한 하객들로 가득한 것 같았다. "그녀는 사라졌다!" 나는 소리쳤다. "그런데 왜? …이제 알겠다. — 그녀는 나를 구원하기 위해 마지막 노력을 기울였다. 용서가 여전히 가능했던 그 지고한 순간을 나는 놓쳐버렸다. 저 하늘 높은 곳에서, 그녀는 나를 위해 '신성한 남편'에게 기도했다. 그렇지만 나의 구원 자체가 뭐 중요한가? 심연이 희생물을 삼켜버렸는데! 그녀는 나에게서, 또 모두에게서 사라졌다!…" […]

신이여! 나의 신이여! 그녀를 위해서, 그녀만을 위해서! 나의 신이여, 용서하소서! 나는 무릎을 꿇고 소리쳤다.

II, 2.

"신성한 남편"(聖夫)은 신비주의적 표현으로 기독교의 신을 가리킨다. 용어 자체가 성부(聖父), 성자, 성모를 연루시킨다. 성신 대신 성모. 삼위일체의 인간적 변형이다. 그 의미가 무엇일까. 『오렐리아』의 미로 같은 이야기 속에는 아리아드네의 실 같은 씨실이 있다. 그것은 신화적 범신론에서 유일신 신앙으로의 이행이다. 사랑하는 여자의 재생(resurrection)을 추구하는 이단적 공상에서 기독교적 속죄로의 이행이

점진적으로 나타난다. "이제 알겠다"(je comprends)라고 할 때마다 회개의 각성이 표현된다. 그녀의 무덤 찾기를 포기한 이유도 같다.

"이제 알겠다." 나는 혼잣말했다. "나는 창조주보다 피조물을 더 좋아했다. 나의 사랑을 신격화하고 이교도의 의식에 따라 숭배했다. 그녀의 마지막 숨이 그리스도에게 바쳐졌는데도. 그러나 이 종교가 참된 것이라면, 아직도 신이 나를 용서해줄 수 있다. 내가 신 앞에 굴종한다면, 신이 내게 그녀를 되돌려줄 수도 있다. 아마도 그 영(靈)이 내 안으로 되돌아올 것이다!"

[…] 다시 묘지로 향하려던 순간, 나는 마음을 바꿨다. 나는 혼잣말했다. "나는 기독교도 여인의 무덤 앞에 무릎 꿇을 자격이 없다. 그토록 많은 신성모독에 또 하나를 더하지 말자!"

II, 2.

성부에의 귀의 속에는 테세우스의 전략이 숨어 있다. 여성을 신화화하는 것은 종교적 문제가 아니다. 어머니의 죽음과 함께 유아기에 뿌리내린 작가의 무의식적 기질이다. 성모는 신비화 기제의 귀중한 매개 요소다. 『오렐리아』에는 아버지를 잠깐 방문하는 대목이 두 번 나온다(II, 4, II, 5). 그때마다 성모에 대한 언급이 뒤따른다. 어린 그리스도에 대한 언급도 담긴 대목(II, 4)에서는, 아버지 집 방문 전후로 죽은 어머니 얘기("어머니는… 열병과 피로로 죽었다")와 성모 얘기("성모 마리아는 죽었다")가 있다. 무슨 의미일까. 변형된 삼위일체와 오이디푸스 삼각형의 중첩이다. 그 구도에 "희생"된 오렐리아가 합류한다.

그녀의 정체성 상실은 무한한 변모의 구실이기도 하다. 이름 없이 "사라진" 그녀는 성모와 동화한다. — 어머니의 이름(Marie-Antoinette-Marguerite) 한 부분은 성모와 같고, 또 한 부분은 제니의 본명 마그리트와 같다. — 미친 상상, 광기의 논리다. 그러나 명료한 언어 작업이 구축한 장치다. 긴 어둠 끝에 태양이 빛나기 시작한다. "영혼 속에 희망이 다시 찾아들고", "경이로운 환영"이 나타난다.

여신이 나타나 나에게 말하는 것 같았다. 나는 마리아와 같고, 그대의 어머니와 같으며, 그대가 언제나 온갖 형태로 사랑했던 여성과 같다. 그대 시련이 있을 때마다, 나는 내 얼굴을 가린 마스크를 하나하나 벗었다. 이제 곧 그대는 나의 모습 그대로를 보게 될 것이다.

II, 5.

희망의 빛은 마지막 장에서 재탄생의 예감으로 이어진다. 다면적 여신상은 나아가 "자연의 어머니", "가장 위대한 신, 망혼들의 여왕"이자 통합의 여신인 이시스(「이시스」, IV)의 이름으로 수렴된다.

차가운 물에 잠겨 있는 느낌이었다. 더 차가운 물이 이마 위로 흘러내렸다. 내 생각은 영원한 여신, 어머니이자 신성한 아내인 이시스에게로 거슬러 올라갔다. 나의 모든 갈망, 나의 모든 기도가 이 마법의 이름 속에 혼합되었다. 나는 그녀 속에서 다시 살아나는 느낌이었다. 때로 그녀는 고대의 비너스 형상으로, 때로는 기독교인들의 성모 모습으로도 나타났다.

II, 6.

물에 잠긴 모습은 태아 상태를 연상시킨다. 이마에 흐르는 물은 세례의 성수 같기도 하다. 원초적 근원인 여신의 품에서 다시 태어나는 환상은 속죄와 분열의 끝을 의미한다. 그것은 곧 자아의 회복이다. 마지막 꿈은 그 회복의 구현이다. 영혼의 구원이 이루어진다.

　이미 나의 힘은 소진되었다. 용기도 사라질 참이었다. 그때 옆문이 마침내 열리더니, 한 영혼이 나타나 말했다. "오라, 형제여!…" 왠지 모르겠지만 그의 이름이 사튀르냉이라는 생각이 들었다. 그는 그 가련한 환자의 용모를 지녔지만, 빛나는 얼굴에 총명한 모습이었다. 우리는 별빛이 환한 들판에 있었다. 우리는 그 빛의 광경을 주의 깊게 바라보았다. 전날 내가 내 동료에게 최면을 걸려고 애쓸 때 그랬듯이, 영혼이 내 이마에 손을 얹었다. 그러자 하늘에 보이는 별 하나가 커지기 시작하더니, 내 꿈의 여신이 미소 지으며 나타났다. 내가 옛날에 보았던 그대로, 인도식 옷차림이었다. 그녀는 우리 둘 사이에서 걸었다. 초원이 푸르러지고, 꽃과 잎들이 그녀의 발길 따라 땅 위로 솟아올랐다… 그녀가 내게 말했다. "그대에게 과해졌던 시련은 이제 끝이 났다."

사튀르냉(Saturnin)이라는 이름은 토성(Saturne)에서 따온 이름이다. 점성술에서 토성의 기호 아래 태어난 우울한 기질(saturnien)을 암시한다. 황금시대를 연 농경신 사투르누스도 토성과 같은 단어다. 영혼의 이름에 새로 열릴 미래에 대한 암시도 포함된 셈이다. 그 영혼은 내가 치유하려 했던 "동료"였고 이제 나를 치유해주는 "형제"다. 그의 빛나는 변모는 "지상의 속박에서 벗어난 순수한 혼", 즉 신성에 가닿을 수 있는 상태로 이행되었음을 의미한다. 그는 나와 여신을 매개하고, 여신은 그와 나 사이의 거리를 잇고 둘을 하나되게 한다.

정말 시련은 끝나고 구원은 성취된 것일까. "기억할 것들"이라고 제목 붙여진 후기에는 승리의 기쁨과 찬양의 함성("호산나")이 가득하다. 고린도전서를 딴 구절은 대표적이다. "오 죽음이여! 너의 승리가 어디 있는가? 승리자 메시아가 우리 둘 사이에서 함께 달렸거늘." 그러나 의혹도 남아 있다. 후기의 마지막 이야기는 혼수상태에 빠진 소년에 관한 것이다. 차츰 나아가던 소년은 어느 날 눈을 크게 뜨고 더 이상 감지 않는다. 그는 말을 시작하더니 나를 형제라고 부른다. 목마르다고 말하는 그에게 내가 묻는다. 왜 물을 마시지 않느냐고. 그가 대답한다. "나는 죽었기 때문이다. 나는 어느 묘지, 어느 곳에 묻혔다…" 내가 다시 묻는다. "그럼 지금 너는 어디 있다고 생각하는가?" 그가 대답한다. "연옥에서, 나는 속죄를 수행하고 있다." 2부 첫 구절이 다시 귀에 울린다.

에우리디케! 에우리디케!
두 번째 잃어버린 그대!

네르발은 『오렐리아』 1부가 발표되고 몇 주 후, 2부가 발표되기 몇 주 전, 추운 1월 새벽에 죽은 채 발견된다. 자살로 추정되는 그의 죽음이 수행의 완수인지 체념인지, 혹은 스스로 구한 구원인지 무의지의 결과인지 알 수 없다. 적어도 그의 시는 승리로 빛난다. 『공상』의 첫 시 「엘 데스디차도」는 시인의 많은 이야기를 함축하고 있다.

나는 침울한 자, — 홀로 남은, — 위로받지 못한 자,

지워진 탑의 아키텐 왕자.

나의 유일한 별은 죽었다. — 별이 박힌 나의 류트는

우수의 검은 태양을 지니고 있다.

무덤의 어둠 속에서, 나를 달래주었던 너,

내게 되돌려다오, 포실리포 언덕과 이탈리아 바다를,

비탄에 잠긴 내 마음을 그렇게 기쁘게 해주던 그 꽃을,

그리고 나뭇가지가 장미와 결합하는 포도나무 덩굴을.

나는 아모르인가 페뷔스인가? …뤼지냥인가 비롱인가?

나의 이마는 여왕의 입맞춤으로 아직도 붉다.

나는 세이렌이 헤엄치는 동굴에서 꿈꾸었다…

그리고 나는 승리자로 두 번 아케론강을 건넜다,

오르페우스의 리라로 차례차례 변주하면서,

성녀의 한숨과 요정의 외침을.

Je suis le Ténébreux, — le Veuf, — l'Inconsolé,

Le prince d'Aquitaine à la tour abolie :

Ma seule étoile est morte, — et mon luth constellé

Porte le soleil noir de la Mélancolie.

Dans la nuit du tombeau, toi qui m'as consolé,

Rends-moi le Pausilippe et la mer d'Italie,

La fleur qui plaisait tant à mon coeur désolé,

Et la treille où le pampre à la rose s'allie.

Suis-je Amour ou Phébus? ···Lusignan ou Biron?

Mon front est rouge encor du baiser de la reine ;

J'ai rêvé dans la grotte où nage la syrène···

Et j'ai deux fois vainqueur traversé l'Achéron :

Modulant tour à tour sur la lyre d'Orphée

Les soupirs de la sainte et les cris de la fée.

제목(El Desdichado)은 스페인어로 "불우한 자"라는 뜻이다. 프랑스어로는, 작가의 다른 글에 근거해서, "박탈당한 자"(deshérité)로 해석된다. 첫 구절은 그 의미를 풀어놓는다. "나는" 어둠과 상실과 비탄에 빠진 자, 영지를 잃고 떠도는 전락한 남자다. 이유는 다음 두 행에 바로 나온다. 사랑하던 유일한 사람이 죽었고, 그 별빛이 사라진 후 태양마저 어둡고, 그 별을 그리는 나의 노래, 나의 시는 우수뿐이다. 우수혹은 우울증(Mélancolie)은 사랑의 대상을 잃고 주체의 정체성을 잃고혼이 빠진 상태를 말한다. "검은 태양"은 그 정신의 늪을 반영한다. "지워진 탑"은 기원과 구원의 단절을 시사한다. 우울 혹은 멜랑콜리아는독일 화가 알브레히트 뒤러의 판화 제목이기도 하다(Melencolia I,

1514). 〈멜랑콜리아〉는 『오렐리아』에도 한마디 인용되어 있다. 오렐리아의 죽음을 예감하는 꿈에서 "남자인지 여자인지 알 수 없는" ― 자신인지 그녀의 비유인지 모를 ― 추락하는 천사를 보는 장면이다(I, 2). 뒤러의 그림 속 천사는 턱을 괴고 부릅뜬 눈으로 하늘을 쳐다본다. 하늘에는 천사 대신 마성의 표상인 박쥐가 있다. 손에 컴퍼스를 들고 도안하는 천사는 운명을 거슬러 창조의 원리를 찾는 예술가를 상징한다. 작품을 제작하던 당시 뒤러는 친구들과 어머니의 죽음을 겪었다. 원망하는 혹은 반항적인 천사의 모습은 그런 정서가 투영된 결과일 수 있다. 어쩌면 창작에의 매진이 수반하는 고뇌와 좌절의 표현일 수도 있다. 그의 분신 같은 작은 천사의 상심한 표정이 그것을 대변한다. 무기력증은 둘 앞에 웅크린 동물에 온전히 나타난다. 정신성(영성, spiritualité)과 함께 인간의 양면성을 이루는 동물성의 표현이다. 세 존재는 옷이건 가죽이건 주름으로 가득하다. 천사의 둥글고 풍성한 옷의 주름은 내면의 깊이와 곡절을 나타낸다. 그와 반대로 그들을 둘러싼 사물들은 각지고 직선적이고 표면이 매끈하다. 기하학적인 돌과 구(球), 그리고 망치, 못, 자, 톱, 대패 등의 도구를 통해서 그가 찾는 것은 삶의 진실, 세상의 비밀이다. 벽에 걸린 마방진(magic square)은 그 상징이다. 그 옆에 있는 모래시계는 유한한 삶의 조건을, 위에 있는 종은 운명의 시간을, 다른 벽면에 있는 천칭은 인간과 자연의 공통된 기준을 표상한다. 무지개와 사다리는 인간 세상과 하늘의 소통 가능성을 암시한다. 실낙원의 기억 속에서 죽음과 운명에 저항하는 시인의 마음을 이보다 더 잘 표현하는 것이 있을까.

멜랑콜리를 치유하는 길은 『오렐리아』에서 이미 보았다. "박탈당한" 것, 잃어버린 대상을 되찾고, 분열된 것을 다시 합치는 일이다. 두 번째 연은 통합의 요소들을 열거한다. 포실리포 언덕은 나폴리 해안에 있는 언덕이다. 어원은 고대 그리스어로 '슬픔이 끝나는 곳'을 의미한다. 그곳은 베르길리우스의 무덤이 있는 곳이기도 하다. 그는 단테의 『신곡』에 길잡이 시인으로 나온다. 지명만으로 베아트리체가 환기된다. 포실리포 언덕과 짝을 이루는 바다는 문학적 상상력에서 대지나 자연과 함께 곧잘 모성의 이미지와 겹쳐진다. 프랑스어로 어머니(mère)와 바다(mer)는 음까지 같다. "포실리포 언덕과 이탈리아 바다"는 그 자체로 시인과 영혼의 여성과 어머니를 한꺼번에 소환하는 셈이다. 두 번째 합할 것은 꽃(fleur)과 마음(coeur)이다. 두 단어는 운이 같다. 합은 시적 필연이다. 세 번째 쌍은 포도 나뭇가지와 장미다. 다른 두 쌍과 마찬가지로 남성형과 여성형 단어의 조합이다. 가지와 꽃이 엉키는 포도나무 덩굴의 이미지는 역동적이고 도취적이다. 보들레르의 묘사처럼 "줄기와 꽃이 희롱하는" 주신 바쿠스의 지팡이를 연상시킨다. 첫 번째 결합이 이상적 혹은 관념적이라면, 두 번째는 감각적이고, 세 번째는 관능적, 육체적이다. 즉 모든 차원의 결합이다. 이 완전한 결합의 꿈은 무덤 속, "너"를 향해 있다. 죽은 별을 대신하는 "너", 죽음과 부재의 이미지인 '그녀'는 다음 연들에서 '나'의 분열과 함께 여러 모습으로 나열된다.

통일된 자아의 회복을 위해서는 분열된 존재의 인식이 우선이다. 세 번째 연은 그런 자각에서 비롯된다. '너'에 이어 '나'의 위상이 문제다. 첫 연의 단언('나는 무엇이다')은 질문으로 바뀐다. 나는 누구인가, 누구였는가. 너에 대한 생각이 나를 존재하게 하듯, 나에 대한 나의 상상도 나를 존재하게 하는 힘이다. 나는 상상한다, 그러므로 존재한다. 상상하는 나, 상상된 나는 어디에 있는가. 어느 세계에 속하는가. 사랑의 신 아모르 혹은 에로스의 짝은 인간 프시케이고, 태양신이자 시와 음악의 신인 페뷔스 혹은 아폴론의 사랑은 요정 다프네다. 둘 다 차원이 다른 존재들의 불완전한 결합이다. 뤼지냥도 마찬가지다. 뤼지냥은 중세 전설의 인물로 토요일이면 하체가 뱀으로 변하는 물의 요정 멜뤼진(Mélusine)을 사랑했던 영주다. 중세부터 이어진 귀족 가문인 비롱(Biron)의 지시 대상은 분명하지 않다. 『산책과 추억』에 "셀레니"라는 물의 요정이 부르는 노래 중에 "앙리 4세와 가브리엘, 비롱과 마리 드 로슈"에 관한 것도 있다는 언급이 있지만 노래의 내용은 따로 없다. 「발루아 지방의 노래와 전설」에도 비롱의 민요가 언급되지만, 이야기는 따로 없다. 『산책과 추억』에는 프랑스어로 발음이 같은 영국의 귀족 시인 바이런(Byron)의 이름도 여러 차례 나온다. 희망을 잃은 사랑을 노래한 「바이런의 생각」이라는 초기 시도 있다(『보헤미아의 작은 성들』). 셰익스피어의 「사랑의 헛수고」(Lover's Labor's Lost)의 비롱(Biron, Berowne)도 있다. 그는 로잘린(Rosaline)을 보고 금지된 사랑에 빠지지만, 그들의 사랑은 기약과 함께 유예된다. 앙리 4세 시대의 역사적 인물로는, 아키텐 지방 페리고르의 귀족으로 반역을 도모한 죄로 처형된 샤를 공토 비롱 공작이 있으나 따로 알려진 사랑 이야기는 없다. 아모르와 페뷔스, 그리고 뤼지냥과의 문맥으로 보아 또 다른 형태의 불완전한 사랑을 가리키는 것으로 추정된다. 역사의 인물이든 전설의 기사든 신화의 신이든 모두 단순한 공상은 아니다. 시인의 무의식에 새겨진 기억이다. 그는 환상의 계보 속에 자신을 위치시킨다. 알렉상드르 뒤마에게 보내는 편지에 적힌 그의 서명은 가스통 페뷔스 다키텐(d'Aquitaine)이었다. 시인은 정체성의 스펙트럼 속에서, 환상의 기억 속에서 결합의 실마리를 찾는다. 영혼을 지배하는 여인 혹은 여신으로부터, 혹은 마상경기에서의 승리로 받았을 법한 "여왕의 입맞춤"의 흔적이 있고, 에로스가 사랑을 나눈 장소일 듯한 동굴, 그리고 에로스의 화살을 맞은 아폴론이 물의 요정을 찾아다니는 환상도 어른거린다. 멜뤼진과 모습이 혼동되는 세이렌도 보인다. 세이렌과의 유혹과 죽음의 유희는 또 다른 빛의 환상으로 이어진다. 두 번째 연의 무덤은 이제 붉은빛과 헤엄과 노래로써 관능이 생동하는 동굴로 변했다.

에로스와 아폴론, 그리고 "세이렌이 헤엄치는 동굴"의 환상은 새로운 신화를 잉태한다. 마지막 연에 나타나는 오르페우스, 그는 통합의 상징이다. 그는 여신과 인간 사이에서 태어난 영웅이고, 그가 사랑하는 에우리디케는 물의 요정이다. 그는 태양신의 아들 혹은 태양신으로부터 리라와 음악을 배운 제자로도 알려져 있다. 사실 지하 세계로 들어가는 오르페우스의 수행은 태양의 궤적과 같다. 저녁의 어둠 속으로 내려가고, 지하의 암흑으로부터 새벽빛과 함께 솟아나고, 곧 자신의 빛으로 새벽빛을 사라지게 하는 태양의 운행은 오르페우스 이야기의 원형이다. 오르페우스는 시인이면서 아르고 선의 원정대에 참가한 정복자이기도 하다. 그 정복자의 이미지를 시인이 구가한다. "나는 승리자로 두 번 아케론강을 건넜다." "두 번"은 무엇을 뜻할까. 단순히 죽음의 세계로 들어갈 때와 나올 때 두 번 강을 건넜다는 의미, 살아서 돌아왔다는 의미일까. 어쩌면 시인이 겪은 두 번의 위중한 정신발작을 암시하는 것일 수도 있다. 아니면 '나'의 죽음과 동일시한 '그녀'의 죽음, 그 이중의 죽음으로부터의 승리를 말하는 것일까. 또는 죽음에서 되살아나듯, 어둠의 세계로부터의 예술적 환생을 의미하는 것일 수도 있다. 두 번의 더 큰 의미는 승리의 전리품에 있다. 그것은 두 가지다. "성녀의 한숨과 요정의 외침." 성녀의 이름은 "로잘리"일 수 있다. 그 이름은 이미 2연에서 발성되었다. 그것은 "장미와 결합하는"(rose s'allie)이라는 기호 조합 속에 나타난다(Rosalie). "별"에서 "꽃"으로 치환된 '그녀'는 "입맞춤"의 붉은빛을 거쳐 "장미"를 통해 "성녀"로 완성된다. "요정의 외침"은 세이렌의 동굴에서 예고된 것이다. 승리의 진정한 의미는 "변주"를 통해 둘을 하나로 묶은 것이다. 그것은 성스러움과 욕망, 이상과 관능, 모성과 여성의 병합이고, 영과 육의 합, 즉 완전한 재생을 내포한다. 한숨이든 외침이든, 명백한 생명의 신호다.

"나는 승리자로 두 번 아케론강을 건넜다." 에우리디케를 "두 번 잃어버린" 것은 문제가 아니다. 죽음을 뛰어넘은 승리자이기 때문이다. 지옥의 강을 세 번 네 번 다시 못 건널 이유가 없다. 승리의 기록은 영원하다. 기록 속에 담긴 그녀의 숨결과 목소리는 독서로 영원히 재생된다. 텍스트는 한글이나 어떤 다른 언어로도 옮길 수 없는 놀라운 운율의 울림, 운과 이미지의 음악적 조직으로 이루어져 있다. 그 언어의 연금술이 재생의 기록을 불후의 것으로 만들어놓았다.

"엘 데스디차도"는 승리의 제명이다. 스페인어의 낯섦은 부적의 기호처럼 작용한다. 마치 어둠의 부적처럼, 악마의 문장(紋章)처럼, 불운의 기호로 불운을 막는다. 「엘 데스디차도」는 불멸의 방패이고, 영원한 생명의 빛이 담긴 오르페우스의 악기다. 태양은 매일 떠오른다. 오르페우스의 이야기는 사랑을 노래하는 모든 시인에게 이어진다.

알브레히트 뒤러, 〈멜랑콜리아 I〉, 1514

정염의 지옥과 천국의 여인

단테, 『신곡』, 『새로운 삶』

단테 Dante Alighieri (1265~1321)

이탈리아 피렌체 태생 작가, 정치가, 외교관.

정치 분쟁에 휘말려 추방당하고(1302) 이국에서 생애를 마쳤다.

유랑 생활의 시작과 함께 구상된 『신곡』은 죽음에 이르러 완성되었다.

—『신곡』(1320) —『새로운 삶』(1294)

보카치오 Giovanni Boccaccio (1313~1375)

—『데카메론』(1349~1352, 1370)

보들레르 Charles Baudelaire (1821~1867)

—「베아트리체」, 『악의 꽃』(1857)

『신곡』은 구원의 염원이 담긴 책이다. 단테는 어두운 현실에서 천국에 이르는 길을 찾는다. 그 환상의 길은 「지옥」에서 「연옥」으로, 그리고 「천국」으로 이어진다. 구원의 빛은 베아트리체로부터 온다. 그녀는 성모 마리아의 권고에 따라 천국에서 내려와 베르길리우스에게 단테를 이끌어주기를 청한다. 그녀는 연옥의 여정이 끝날 무렵에 몸소 나타나 단테를 천국으로 인도한다. 그녀는 지상의 존재와 천상의 빛을 매개한다. 그녀와의 만남이다.

그렇게 꽃들의 구름 가운데,
천사들의 손에서 떠올랐다가
안팎으로 내려앉는 꽃들 가운데,

위에는 하얀 너울에 올리브 관을 쓴
여인이 나타났다. 초록 망토 아래
생생한 불꽃색 차림이었다.

나의 영혼은, 벌써 그토록
오래전에, 그녀를 보고
놀라, 떨며, 마비되었으나,

이제는 눈으로 더 인지하지 못해도,
그녀로부터 전해지는 신비한 덕을 통해,
옛사랑의 커다란 힘을 느꼈다.

così dentro una nuvola di fiori

che da le mani angeliche saliva

e ricadeva in giù dentro e di fori,

sovra candido vel cinta d'uliva

donna m'apparve, sotto verde manto

vestita di color di fiamma viva.

E lo spirito mio, che già cotanto

tempo era stato ch'a la sua presenza

non era di stupor, tremando, affranto,

sanza de li occhi aver più conoscenza,

per occulta virtù che da lei mosse,

d'antico amor sentì la gran potenza.

Purgatorio, XXX, v. 28-39.

그녀의 "숭고한 힘" 앞에서 단테는 "옛 불꽃의 징후"를 온몸으로 느낀다. "지금 내 몸에 떨리지 않는 피는 한 방울도 없다." 그는 눈물까지 흘린다. 그녀는 말한다. "나를 잘 보세요! 나 정말 베아트리체이니!" 그러나 그는 그녀를 바라보지도 못한다.

나는 고개를 떨구고 맑은 샘을 내려다보았다.

그러나 그 속에 내가 보여, 눈길을 풀 쪽으로 돌렸다.

그만큼 부끄러움으로 이마가 무거웠다.

Li occhi mi cadder giù nel chiaro fonte ;

ma veggendomi in esso, i trassi a l'erba,

tanta vergogna mi gravò la fronte.

v.76-78.

왜일까? 왜 그토록 부끄러울까? 늘 그리던 이미지가 눈앞에 나타났는데 왜 바라보지 못할까. 숭고한 영혼 앞에서 저절로 솟는 감정일까. 무슨 부끄러움일까? 머리를 가득 채운 부끄러움은 육체의 몫이다. 피, 눈물, 부끄러움 모두 첫 만남에서 비롯된다.

영혼을 마비시킨 베아트리체와의 첫 만남은 이미 오래전 일이다. 단테가 『신곡』을 쓰기 시작한 것은 마흔 살 무렵, 「천국」을 쓴 것은 오십 대다. 그가 베아트리체를 처음 본 것은 두 사람 모두 아홉 살 때다. 그 만남의 기록은 그녀가 스물다섯의 나이로 죽은 지 몇 년 후에 완성한 『새로운 삶』에 고스란히 담겨 있다. 제목은 그녀와의 만남으로 인한 삶의 큰 변화를 의미한다.

내가 태어난 이래 벌써 아홉 번째로 저 빛의 하늘이 거의 같은 선회 지점에 되돌아왔을 때, 내 마음속 영광의 여인이 내 눈앞에 처음으로 나타났다. 그녀의 이름을 모르는 사람들은 그녀를 베아트리체(Beatrice)라 불렀다. […] 그녀는 아홉 번째 해가 막 시작되는 때 나에게 나타났고, 나는 아홉 번째 해가 끝나는 무렵에 그녀를 보았다. 그녀는 고상하면서 겸허하고 정숙한 진홍빛 옷을 입고, 어린 연령대에 잘 어울리는 허리띠로 장식한 차림으로 나타났다. 바로 그 순간, 정말로, 가장 은밀한 심실(心室)에 거주하는 생명의 정령이 너무나 강하게 떨기 시작하더니, 아주 미약한 박동 속에 질린 모습으로 나타나, 떨면서 이렇게 말했다. "나보다 강한 저 신을 보라, 그가 와서 나를 지배할 것이다." 바로 그 순간, 높은 방에 거주하며, 감각의 정령들이 인지하는 모든 것을 전달받는 활기의 정령이, 몹시 놀라워하며, 특히 시각의 정령들에게, 이렇게 말했다. "이제 너희들의 지복(beatitudo)이 나타났다." 바로 그 순간, 우리의 영양분이 흡수되는 신체 부분에 거주하는 자연의 정령이 울기 시작했고, 울면서 이렇게 말했다. "아 슬프게도, 이제부터 나는 자주 방해받을 것이다!" 그때부터 사랑의 신(Amore)은, 곧바로 그에게 결속된 나의 영혼을 지배했고, 나의 상상력이 그에게 내준 권력을 통해 나를 통제하고 내 위에 군림하기 시작했기에, 그저 그가 좋아하는 대로 완전히 따를 수밖에 없었다. 그는 자주 내게 그 어린 천사를 찾아가 보라고 명령했다. 그래서 나는 그 어린 시절에 자주 그녀를 찾아갔고, 아주 고귀하고 훌륭한 그녀의 품행을 보았기에, 그녀에 대해 시인 호메로스처럼 이렇게 확실히 말할 수 있었다. "그녀는 죽을 운명인 인간의 딸이 아니라, 신의 딸 같았다."

『새로운 삶』, II.

첫 만남의 감동을 서술하는 단테의 필치는 거의 의학적이다. 그는 스스로 온몸의 반응을 해부한다. 반응은 인간을 지배하는 세 가지 정령(精靈) 혹은 정기(精氣)를 통해 나타난다. 심장에 있는 "생명의 정령" 과 감각과 지각을 통괄하는 "활기의 정령", 그리고 "자연의 정령"은 각각 마음, 머리(뇌), 신체 기관을 표상한다. 세 정령이 떨림, 놀람, 울음 속에서 통감하는 것은 예찬과 예속, 행복과 고통의 갈등이다. 그 모든 감정의 세심한 기록에 비해 정작 그녀에 대한 묘사는 옷차림뿐이다. 신적인 아름다움이 직시와 직접적인 묘사를 불허하는 것일까. 여신 같은 그녀는 '나'의 인지 능력 밖에 있다. 그녀 혹은 그녀의 정령은 멀리서 사랑의 신과 함께 '나'를 조종한다. 여신 같은 그녀의 위상은 훗날 구원의 발판이 되지만, 현실에서 그녀는 처음부터 신성불가침이다. '나'는 "자주 그녀를 찾아갔"다고 하지만, 첫 만남 이후 9년 동안 그녀에 대한 아무런 다른 기록이 없는 이유다.

단테에게 — 이후 모두에게 그렇듯 — 베아트리체는 이상이다. 이상적 여성상, 즉 허상이다. 이름도 가명이다. "그녀의 이름을 모르는 사람들"이 붙인 별명이다. 베아트리체는 보통명사로 영감이나 행복을 주는 여자라는 뜻이다. 작가의 의도든 아니든 익명성은 그녀의 관념성을 부각한다. 그녀는 정신적 실체다. 반면 어린 단테의 반응은 생체적이다. 심신의 떨림과 충격의 파장은 두 번째 만남 직후 더 격하게 나타난다. 이상화에 대응하는 육체적 욕망의 표현이다.

수많은 날이 흘러가고, 앞서 기술한 그 고귀한 소녀의 등장 이후 9년이 완료되는 마지막 날에, 그 경탄스러운 숙녀가 내게 나타났다. 그녀는 순백색 옷을 입고, 나이가 훨씬 많은 두 귀부인 사이에서 걷고 있었다. 그녀는 길을 따라 지나가다가, 내가 몹시 두려워하며(molto pauroso) 서 있는 쪽으로 눈을 돌리더니, 오늘까지 오랜 시간 보상이 될 그 모습, 그 형언할 수 없이 친절한 태도로, 내게 아주 고결한 인사를 건넸고, 나는 온갖 더할 나위

없는 지복(beatitudine)을 바라보는 느낌이었다. 그녀의 더없이 그윽한 인사가 내게 닿은 시각은 정확히 그날 아홉 시였다. 그녀의 말이 내 귀에 와 닿은 것은 그때가 처음이어서, 더없는 감미로움에 사로잡혀, 마치 취한 듯 사람들에게서 벗어나 아무도 없는 내 방으로 급히 돌아와서, 가만히 앉아 그 지극히 친절한 여인을 생각했다.

그녀를 생각하다가 달콤한 잠에 빠져들었는데, 꿈속에 놀라운 환영이 나타났다. 내 방에 불꽃색 구름 같은 것이 보이고, 그 속에 얼핏 두려운 모습을 지닌 남자의 형상이 보였다. 그래도 아주 즐거운 듯 보여서, 신기하기도 했다. 그가 뭔가 많은 말을 했지만, 별로 알아들을 수가 없었고, 내게 들린 것 중에 이런 말이 있었다. "나는 그대의 주인이다." 그의 팔에 잠들어 있는 한 사람이 보이는 듯했는데, 살짝 진홍빛 천으로 감싸였을 뿐 나체였다. 아주 골똘히 살펴보고 나서, 나는 그 사람이 전날 공손히 인사를 건네던 그 경배의 숙녀라는 것을 알아차렸다. 그는 한 손에 뭔가 온통 불타는 것을 쥐고서, 나에게 이렇게 말하는 것 같았다. "그대의 심장을 보아라." 그리고 그는 얼마쯤 그렇게 있다가, 잠자는 그녀를 깨우는 것 같았다. 그는 온갖 재주를 다 부려 손에 들고 있는 불타는 것을 그녀에게 먹이려 했고, 그녀는 마지못해 그것을 먹었다. 그러고 나서 얼마 지나지 않아 그의 기쁨은 쓰라린 비탄으로 변했고, 그렇게 슬퍼하며 그녀를 다시 팔에 안고 그녀와 함께 하늘을 향해 올라가는 것이 보였다. 그것은 나에게 크나큰 고통을 주었으며, 그로써 나의 여린 잠이 더 지탱할 수 없어 깨졌고, 나는 깨어났다.

III.

얼마나 충격적인 꿈인가. 더없이 고결한 여인에 대한 더없이 야만적인 꿈이다. 색채의 대비가 현실과 꿈의 거리를 요약한다. 현실의 그녀 옷은 순백색(bianchissimo)이고, 꿈속 그녀의 나체를 감싼 천은 진홍빛(sanguigno, 핏빛)이다. 진홍빛은 9년 전 충격적인 첫 만남 때 그녀가 입었던 옷 색이고, 꿈속의 환영을 감싼 "불꽃색 구름"과 그가 든 "불타는" 심장과 같은 색채다. 무서운 붉은빛 꿈은 현실에서 느낀 두려움에서 비롯된다. '나'는 그녀를 보고 "몹시 두려워하며" 비켜선다. 두려움은 터부와의 접촉 때문이다. 순백의 그녀는 금기의 대상이다. 금지된 것은 욕망을 일깨운다. 꿈에서 욕망의 마성이 깨어난다. 그녀에게 나의 심장을 먹이는 환영은 "나의 영혼을 지배"하는 사랑의 신이자 바로 '나' 자신이다. 그를 보며 두려움과 즐거움을 동시에 느끼는 것은 그 때문이다. 그가 기쁨과 비탄을 차례로 느끼는 것도 사랑의 역설이다. 사랑의 신 혹은 환영은 숭배의 기쁨과 고통을 가르치고, 신성하고 속되고 악마적이기도 하고, 가학적이면서 자괴감도 전한다. 욕망의 고뇌를 단테는 시로 다스린다. 그는 "사로잡힌 영혼"을 위해 소네트를 쓰기 시작한다.『새로운 삶』의 주요 대목마다 그는 소네트를 쓰고 스스로 분석한다. 그 작업은 감정을 객관화하고 욕망을 순화한다. 그의 시는 그녀의 죽음 이후까지 이어지는 승화의 기록이다.

순수한 이상과 불같은 욕망의 갈등을 누구보다 치열하게 겪었던 시인은 단테가 죽은 지 오백 년 후에 태어난 보들레르다. 사랑의 번뇌는 시대와 무관하다. 사랑의 신 큐피드의 악마적 조종과 조소는 그의 광기를 폭발시킨다.『악의 꽃』은 그 기록이다. 광기는 시인만의 것이 아니다. 그것은 모든 인간에 내재한다. 정신의 두 가지 지향성이 광기의 드라마를 연출한다.

모든 인간에게는, 매 순간, 두 개의 동시적 청원이 있다. 하나는 신을 향한 것이고, 다른 하나는 사탄을 향한 것이다. 신(神)에의 기원 혹은 영성(靈性)은 드높이 상승하려는 욕망이고, 사탄의 기원 혹은 동물성은 하강하는 기쁨이다.

Il y a dans tout homme, à toute heure, deux postulations simultanées, l'une vers Dieu, l'autre vers Satan. L'invocation à Dieu, ou spiritualité, est un désir de monter en grade ; celle de Satan, ou animalité, est une joie de descendre.

Mon Coeur mis à nu.

보들레르의 마음은 정념의 지옥 속 "하강하는 기쁨"으로 쏠린다. 눈이 하늘을 향할수록 몸은 악마의 늪에 더 깊이 매몰된다. 지옥의 불처럼 타오르는 욕망의 시선은 베아트리체조차 음탕한 여신의 형상으로 소환한다.

[…] 나는 보았다, 그 음탕한 무리 가운데,
가물거리던 태양마저 뒤흔드는 죄악의 순간!
내 마음의 여왕이 세상 어디에도 없는 눈빛으로,
그들과 함께 나의 침울한 비탄을 비웃으며
이따금 그들에게 더러운 애무를 쏟는 것을.

Si je n'eusse pas vu parmi leur troupe obscène,

Crime qui n'a pas fait chanceler le soleil!

La reine de mon cœur au regard nonpareil,

Qui riait avec eux de ma sombre détresse

Et leur versait parfois quelque sale caresse.

La Béatrice, Les Fleurs du Mal.

단테는 다르다. 그는 모든 것을 빛으로 되돌린다. 그만큼 고통도 크다.

베아트리체의 "경이로운 아름다움"은 이 세상의 것이 아니다. 그것은 죽음 너머에 속한다. 그녀를 보며 지고한 행복과 소멸의 고통을 한꺼번에 느끼는 이유다. "그녀를 바라보는 것을 감당할 수 있는 사람은 고귀한 것이 되거나, 아니면 죽을 것이다"(XIX). 친구에게 이끌려 참석한 어느 모임에서 우연히 그녀의 존재를 감지한 단테는 다시 한번 심신의 마비를 겪는다. 그녀를 채 쳐다보기도 전이다. 그는 경련에 사로잡혀 몸을 가누지 못한다.

[…] 나는 어떤 경이로운 떨림이 왼쪽 가슴에서 시작해서, 곧 온몸으로 퍼지는 것을 느꼈다. 그 순간 나의 정령들은 그 지극히 고귀한 숙녀 가까이에서 사랑이 획득한 힘에 짓눌렸고, 살아 있는 것은 시각의 정령들뿐이었다. […] 그러다, 어느 정도 진정이 된 후, 나의 죽은 정령들이 되살아나고, 내몰렸던 것들이 제 자리를 되찾았을 때, 나는 친구에게 이렇게 말했다. "내 발이 버티고 있던 그 삶의 지대는 더 넘어가면 되돌아올 엄두를 낼 수 없는

곳이었다."

『새로운 삶』, XIV.

이 "경이로운 떨림"은 살아있는 죽음의 경험이다. 그 충격은 첫 만남의 경탄과 슬픔, 그리고 두 번째 만남의 두려움보다 더 크다. 그곳에서 벗어난 단테는 자신의 "눈물의 방"으로 돌아와 울며 부끄러워한다. 부끄러운 것은 이제 육욕의 꿈이 아니다. 지고한 아름다움을 바라보는 존재의 자괴감이다. 그는 더 이상 그녀를 직접 볼 엄두를 내지 못한다. 이후 모든 일은 생각과 상상 속에서 진행된다.

죽음과 애도의 관념은 확산된다. "새로운 변모"를 체험한 후, 그는 베아트리체 부친의 부고를 접한다. 장례식에서 그녀의 깊은 슬픔을 전해 듣고, 그는 더 깊은 슬픔에 빠진다. 그녀의 슬픔을 상상하며 그는 "그녀에 앞서 눈물 흘리다 죽을" 정도로 슬퍼한다. 그는 몸져누워 점점 더 죽음의 상념으로 빠져든다. 상상은 현실과 혼동되고 삶은 죽음과 동행한다. 환각 속에서 그는 죽음을 선고받고, 동시에 베아트리체의 죽음을 목도한다.

환상 속에서 방황이 시작될 즈음, 머리가 헝클어진 어떤 여인들의 얼굴이 나타나 내게 말했다. "그대 또한 죽을 것이다." 그리고, 그 여인들 다음으로, 보기에도 끔찍한 여러 얼굴들이 나타나 내게 말했다. "그대는 죽었다." 그렇게 나의 환상이 방황하기 시작하면서, 나는 어디인지도 모르는 먼 곳에 이르렀다. […] 그런 환상 속에서 놀라워하고, 몹시 두려워하고 있을 때, 한 친구가 내게 와서 말하는 것이 상상되었다. "그대는 아직 모르는가?

그대의 경이로운 여인이 이 세상을 떠났네." 그래서 나는 몹시 애절하게 울기 시작했다. 나는 상상 속에서만 운 것이 아니라 실제 눈물로 눈이 젖도록 울었다. 나는 하늘을 향해 바라보는 상상을 했고, 한 무리의 천사들이 저 높은 곳으로 돌아가는 것이 보이는 듯했다. 그들 앞에는 아주 하얀 작은 구름 하나가 있었다. […] 그 순간, 너무나 많은 사랑이 담긴 심장이 내게 말하는 듯했다. "우리의 여인이 죽어 누워 있는 것은 사실이다." 그길로 나는 지극히 고귀하고 복된 영혼이 머물렀던 그 육체를 보러 간 듯했다. 나의 헛된 상상력은 너무나 강력하여, 죽은 그 여인을 내게 보여주었다. 여인들이 그녀를, 그녀의 머리를, 하얀 베일로 감싸놓은 듯했다. 그녀의 얼굴빛은 너무나 겸허해 보였고, 이렇게 말하는 듯했다. "이제 평화의 시작이 보인다." 그런 상상 속에서, 그녀를 바라봄으로써 그만큼의 겸허함이 내게로 와 닿아, 나는 죽음을 부르며 말했다. "더없이 감미로운 죽음이여, 내게로 오라. 그리고 나에게 무례하지 말라. 그대 친절해야 하나니. 저러한 곳까지 가보았으니. 이제 내게로 오라. 나 그대를 몹시도 갈구하니. 그대가 보듯, 나 이미 그대의 색채를 띠고 있으니까."

단테의 사랑은 죽음이다. 그녀에게 귀속된 그의 영혼은 그녀의 죽음을 따른다. 첫눈에 앗긴 넋의 순수한 귀결이다. 죽음은 그녀와 함께할 수 있는 유일한 길이다. 죽음이 "감미로운" 것은 그 때문이다.

단테처럼 천상의 사랑이 아니더라도 사랑의 힘은 죽음보다 강하다. 사랑하는 사람을 잊기보다 차라리 죽어서라도 함께 있기를 바라는 연인의 노래는 세상 곳곳에 있다. 오십 년쯤 후에 태어난 보카치오의 범속한 이야기에도 사랑의 구원을 바라는 여인의 노래가 있다.

오 사랑하는 사람, 예전에 함께

너무나 행복했던 그대여,

이제는 저 하늘 우리를 빚은 주 앞에

가 있어도, 오! 나를 가엾게 여겨 주오,

그 누가 주위에 있어도

나 그대 잊을 수 없으니. 아무리

저 불꽃이 꺼져가도,

그대가 내게 밝힌 빛 살아 있으니,

부디 그곳으로 나를 불러주오.

O caro amante, del qual prima fui,

piú che altra contenta,

che or nel ciel se' davanti a Colui

che ne creò, deh! pietoso diventa

di me, che per altrui

te obliar non posso ; fa' ch'io senta

che quella fiamma spenta

non sia che per me t'arse,

e costá sú m'impetra la tornata.

Decarmeron, III, conclusione.

사랑의 숭고함은 끝이 없다. 단테는 죽음을 다른 차원의 삶으로 옮긴다. 『새로운 삶』이 예고하는 것은 바로 그 전환이다. 진정한 "새로운 삶"은 『신곡』에서 이루어진다. 베아트리체의 죽음에 젊은 영혼을 바친 단테는 만년에 앞서 떠나보낸 영혼의 길을 따라간다. 「지옥」에서 「연옥」으로, 이어 「천국」으로 이어지는 그 여정은 십 년이 넘게 걸린다. 「연옥」에서 베아트리체를 다시 만난 단테는 연옥의 불로 정화되어 천국에 이른다. 그녀를 통해 천국의 빛에 감화된 단테는 영혼의 자유를 얻는다. 「천국」의 끝부분에서 그는 그 기쁨을 그녀에게 전하고 그녀는 빛으로 되돌아간다. 얼마 후 단테가 세속을 벗어나 합류할 베아트리체의 마지막 모습이다.

"그대는 나를 속박에서 자유로 이끌었습니다,
저 모든 길을 통해서, 모든 방법을 통해서
그렇게 행하는 힘을 그대는 지녔습니다.

그대의 빛나는 기품을 내 안에 보존하여,
그대가 치유해준 나의 영혼이,
육신에서 풀려나 그대의 기쁨이 되게 해주오."

내가 그렇게 기원하자, 아주 멀어 보였던
그녀가 미소 지으며 나를 바라보더니,
이윽고 영원의 원천으로 돌아갔다.

《Tu m'hai di servo tratto a libertate

per tutte quelle vie, per tutt'i modi

che di ciò fare avei la potestate.

La tua magnificenza in me custodi,

sì che l'anima mia, che fatt'hai sana,

piacente a te dal corpo si disnodi》.

Così orai ; e quella, sì lontana

come parea, sorrise e riguardommi ;

poi si tornò a l'etterna fontana.

Paradiso, XXXI, v. 85 - 93.

귀스타브 도레, 〈천국을 바라보는 단테와 베아트리체〉, 1892

나는 사랑을 사랑한다. 그 감미로움과 그 잔인함을 사랑한다.
데스노스, 「아니, 사랑은 죽지 않았다」

사랑받기를 바라는가 그럼 사랑하지 마라.
아폴리네르, 「하늘은 별빛 가득」

5

시인의 사랑

죽음을 넘어선 사랑

포, 「애너벨 리」

포 Edgar Allan Poe (1809–1849)

미국 낭만주의 작가이며 시인, 소설가, 비평가.

두 살에 부모를 잃고 입양아로 살다가 대학 때 노름과 술에 빠져 평생 빚과 가난에 시달렸다.

스물여섯 살에 열세 살 소녀인 사촌 누이 버지니아와 결혼했지만

그녀는 스물넷 나이에 폐결핵으로 죽는다.

추리소설의 창시자이자 열정적인 시인이었던 포의 시와 시론은

프랑스의 대표 시인 보들레르에게 큰 영향을 미쳤다.

―「애너벨 리」(1849)

「애너벨 리」는 포의 마지막 시다. 그는 아내가 죽은 다음다음 해 이 시를 썼다. 그 자신 죽기 몇 달 전이었다. 그의 고통과 외로움은 극심했다. 그는 몇몇 알고 있던 여인들에게 구애의 손길을 뻗기도 했다. 그 여인들은 훗날 「애너벨 리」의 모델이었다고 내세운다. 미국 남부의 항구 도시 찰스턴의 전설 속 소녀(Anna Ravenel)가 소환되기도 한다. 누구든 무엇이든 작가에게 영감을 줄 수 있다. 예술은 실물에서 영혼을 찾는 작업이다. 시는 존재의 본질을 포착한다. 「애너벨 리」에 투사된 것은 시인이 오랫동안 품은 아내 버지니아의 영혼이다. 세상과 동떨어져 삶과 죽음의 고통과 사랑의 기쁨과 슬픔을 함께했던 그의 영원히 어린 신부다.

아주 아주 오래전,
　　　어느 바닷가 왕국에,
한 소녀가 살았다. 당신도 알지 모를
　　　그녀 이름은 애너벨 리. —
그 소녀가 살면서 품은 생각은
　　　내 곁에서 사랑하고 사랑받는 것뿐.

나는 아이였고 그녀도 아이였다,
　　　그 바닷가 왕국에서.
그러나 우리는 사랑보다 더한 사랑으로 사랑했다 —
　　　나와 나의 애너벨 리는 —
그 사랑을 날개 달린 하늘의 천사들이

그녀와 나에게서 탐냈다.

그 때문에, 오래전에,

    그 바닷가 왕국에,

바람이 구름으로부터 불어와, 차갑게

    나의 아름다운 애너벨 리를 식혔다.

그리고 그녀의 지체 높은 친척이 내려와

    그녀를 나로부터 멀리 데려가서,

어느 무덤에 가두었다,

    그 바닷가 왕국에.

천사들은, 하늘에서 그보다 반도 행복하지 않아서,

    그녀와 나를 질투해댔다 —

그렇다! — 그 때문에 (모든 사람이 알고 있듯이,

    그 바닷가 왕국에서는)

바람이 구름으로부터 밤을 타고 내려와,

    나의 애너벨 리를 차갑게 죽였다.

그러나 우리의 사랑은 더 강했다, 그 어떤 사랑보다 훨씬 더,

    우리보다 나이 든 그 누구보다 더 —

    우리보다 훨씬 지혜로운 많은 사람보다 더 —

저 위 하늘의 천사들도,

    저 바다 밑 악마들도,

결코 나의 영혼을 분리할 수 없다,

　　　나의 아름다운 애너벨 리의 영혼으로부터. ―

달빛은 언제나, 내게 꿈을 실어 오니까,

　　　나의 아름다운 애너벨 리의 꿈을.

떠오르는 별들도 언제나, 내게 그 밝은 눈빛을 보여주니까,

　　　나의 아름다운 애너벨 리의 눈빛을. ―

그렇게, 온밤이 흐르도록, 나는 그녀 곁에 몸을 누인다,

나의 사랑 ― 나의 사람 ― 나의 삶 나의 신부 곁에,

　　　그녀의 무덤 그곳 바닷가에 ―

　　　그녀의 묘지 그 물소리 울리는 바닷가에.

It was many and many a year ago,

　　　In a kingdom by the sea,

That a maiden there lived whom you may know

　　　By the name of Annabel Lee ; ―

And this maiden she lived with no other thought

　　　Than to love and be loved by me.

I was a child and she was a child,

　　　In this kingdom by the sea ;

But we loved with a love that was more than love ―

　　　I and my Annabel Lee ―

With a love that the winged seraphs in Heaven

    Coveted her and me.

And this was the reason that, long ago,

    In this kingdom by the sea,

A wind blew out of a cloud, chilling

    My beautiful Annabel Lee ;

So that her high-born kinsmen came

    And bore her away from me,

To shut her up in a sepulchre,

    In this kingdom by the sea.

The angels, not half so happy in Heaven,

    Went envying her and me —

Yes! — that was the reason (as all men know,

    In this kingdom by the sea)

That the wind came out of the cloud by night,

    Chilling and killing my Annabel Lee.

But our love it was stronger by far than the love

    Of those who were older than we —

    Of many far wiser than we —

And neither the angels in Heaven above,

    Nor the demons down under the sea,

Can ever dissever my soul from the soul

    Of the beautiful Annabel Lee : —

For the moon never beams, without bringing me dreams

    Of the beautiful Annabel Lee ;

And the stars never rise, but I feel the bright eyes

    Of the beautiful Annabel Lee : —

And so, all the night-tide, I lie down by the side

Of my darling — my darling — my life and my bride,

    In her sepulchre there by the sea —

    In her tomb by the sounding sea.

"아름다운 애너벨 리". 무엇보다 아름다운 것은 소녀의 이름이다. 시 속에서, 멀리서 가까이서, 들리는 그 이름만으로도 영혼의 울림이 느껴진다. 그 울림은 반복된 단어들의 반향에서 비롯된다. "아름다운 애너벨 리"는 "바닷가 왕국" 속에 — 님프 에코처럼 — 소리로 살아 있다. "애너벨"이라는 이름은 어원적으로 이미 아름답다. 라틴 어원(amabilis)의 뜻은 사랑스러움이다. 조합된 단어로 간주하면 우아함(anna)과 아름다움(bel)이라는 어원적 의미의 합이다. "아름다운 애너벨"은 그 자체로 보석 같은 언어의 결정체다.

애너벨의 존재는 시간을 벗어난다. 이야기의 배경은 "아주 아주 오래전", 시간을 매길 수 없는 곳이다. 공간도 의미가 없다. 그저 "어느" 곳, "바닷가", 모래성 같은 이름 모를 "어느 왕국"이다. 그녀에게 필요한 것은 사랑의 공간뿐이다. "사랑하고 사랑받는", 세상 밖, 둘만의 공간이다. "아이"의 상태는 시공간의 초월을 강조한다. 두 아이의 순수한 사랑은 일반적인 사랑의 한계도 넘어선다. "우리는 사랑보다 더한 사랑으로 사랑했다."

경계의 부재로 인해, 천사들이 개입한다. 하늘과 바다, 지상과 천국, 천사와 인간, 지체와 소재의 구분은 사라지고, 모든 것이 소통하고 침투한다. 천사들이 두 아이의 사랑을 시샘한다. 하늘로부터 죽음의 바람이 내려와 애너벨을 땅속으로 데려간다. 그러나 하늘과 지상, 지하의 경계가 없기에, 삶과 죽음, 삶과 꿈의 경계도 없다. 그렇게 애너벨은 여전히 생생한 빛으로, "밝은 눈빛"으로 살아 있고, 두 사람은 서로 "곁에", 영원히 함께 있다.

모든 경계가 사라진 곳에서 유일하게 작동하는 것은 언어의 테두리다. 단어와 표현들은 소리와 의미로 호응하고, 단조로운 시의 형태는 어조와 리듬의 일관성을 보장한다. 시의 통일성은 후렴처럼 반복되는 어휘들로 부각되고, 거의 규칙적인 시행의 배열은 정서적 호소력을 높인다. 그런 발라드의 특성을 통해서, 「애너벨 리」는 대중음악과 접속한다. 「애너벨 리」는 짐 리브스(Jim Reeves)의 낭송 음악(1961)에도, 존 바에즈(Joan Baez)의 애절한 음률(1967)에도, 스티비 닉스(Stevie Nicks)의 로큰롤(2011)에도 녹아든다.

「애너벨 리」의 마법적 운율을 표상하는 것은 시의 마지막 단어들이다. 시는 "물소리 울리는 바다"처럼 지속적 울림을 형상화한다. 바다(sea)의 모음(/i/)은 의미 강한 다른 주요 각운들인 그녀(Lee)와 나(me)와 우리(we)와 함께 소리의 파도를 형성한다. 그 공명 속에서 모든 단어가 그녀를 부른다. 그녀의 이름 "리"의 자음(L)은 시인이 선호하는 여성 이름의 구성 요소다. "나의 미소 짓는 신부가 된 어린 율랄리"(Eulalie, 「율랄리」), "잃어버린 울랄름"(Ulalume, 「울랄름」), "잃어버린 레노어"(Lenore, 「까마귀」), "그토록 젊어서 죽은" 레노어(「레노어」), 헬렌(Helen, 「헬렌에게」)… 이름을 구성하는 자음은 오직 엘(L)이거나 거의 엘, 그리고 엔(N)이다. 엘은 너무나 일찍 죽은 어머니의 이름(Elizabeth), 포가 스무 살 때 죽은 양모의 이름(Allen), 그리고 아내의 이름(Eliza)의 중심 글자이기도 하다. 유음 엘(L)로 구성된 이름이 덮고 있는 것은 근원적 결핍 혹은 모성적 상실 아닐까. 이름 리(Lee)의 어원에 담긴 의미들, 피난처, 보호소, 주거지(shelter)와 낮은 온도(luke-warm)는 무덤이자 모태인 어머니-대지를 환기한다. 또다시, 셰익스피어.

> 자연의 어머니인 대지는 자연의 묘지,
> 자연의 매장 묘지는 곧 자연의 모태
> 『로미오와 줄리엣』, II, 3.

애너벨 리가 무덤 속에서 여전히 살아 있는 또 다른 이유다. 그녀는 대지의 품속에, 시인이 구성한 언어의 "무덤" 속에, 그리고 시의 운율이 구성하는 바닷소리 속에 숨 쉬고 있다. 말들이 빚는 환각, 음운들이 육화하는 이미지, 그것이 「애너벨 리」의 아름다움이다. 그녀의 아름다움, 시의 아름다움이다.

파리의 오르페우스

아폴리네르, 『알코올』, 『칼리그람』
프레베르, 「축제」

아폴리네르 Guillaume Apollinare (1880-1918)

시인, 문예 비평가, 초현실주의의 선구자.
로마에서 태어나, 이탈리아 북부, 모나코, 프랑스 남부에서 유년기 청소년기를 보낸 뒤,
파리에서 문예 활동을 하며 작가, 화가들과 교우했다.
피카소의 소개로 마리 로랑생을 만났고,
1차대전 때 입대했다가 부상당하고 제대 후 독감으로 숨졌다.
"새로운 정신"을 주창하며 시와 회화에 현대적 이념과 서정을 불어넣었다.
그의 시는 음악성과 회화성이 넘친다.
— 『알코올』 (1913) — 『칼리그람』 (1918)

랭보 Arthur Rimbaud (1854-1891)

— 「별은 울었다…」 (1872)

릴케 Rainer Maria Rilke (1875-1926)

오스트리아 시인. 사랑을 하면서 시를 쓰기 시작했다. 여러 대학에서 문학과 예술을 공부했고
루 살로메와 여러 해를 함께했다. 유럽 곳곳을 다니며 예술가들과 교우하고 끊임없이 시를 썼다.
— 『첫 시집』 (1913) — 『초기 시집』 (1909) — 『새 시집』 (1907)
— 『밤에 부치는 시』 (1916) — 『두이노의 비가』 (1922)

로랑생 Marie Laurencin (1883-1956)

프랑스 화가. 입체파, 다다이즘 화가들과 교류하고 이국 회화를 접하면서 독자적 화풍을 만들어갔다.
부드럽고 청아하면서 환상적인 유채화를 많이 남겼다.

프레베르 Jacques Prévert (1900-1977)

생동감 있고 단순하면서도 아름다운 시어로 세상을 노래하고 사회를 비판한 시인, 시나리오 작가.
— 「축제」, 『광경』 (1951)

시집 『알코올』은 삶의 정취와 글의 도취로 그득하다. 이미지 하나 하나가 읽는 사람을 취하게 한다. 아폴리네르의 삶은 기화하는 알코올 같았다. 그의 혼은 사랑과 예술로 타올랐다. 알코올은 그에게 생명 수(eau-de-vie)였다.

> 너는 이 불타는 알코올을 마치 너의 삶(vie)인 듯 마신다
> 너의 삶을 너는 마치 브랜디(eau-de-vie)인 듯 마신다
>
> Et tu bois cet alcool brûlant comme ta vie
> Ta vie que tu bois comme une eau-de-vie
> *Zone*.

아폴리네르의 사랑은 결핍이다. 그 결핍은 태생적이다. 그는 "사춘기 소녀와 성인"이 "밤을 틈타 나눈 사랑"에서 태어났다. 태어나면서부터 아폴리네르는 아버지에게 버림받았다. 어머니는 마지못해 그를 키웠다. 많은 시간 그는 방치되어 자랐다. 어린 영혼은 떠돌았다.

> 네 아버지는 스핑크스였고 네 어머니는 밤이었다
>
> Ton père fut un sphinx et ta mère une nuit
> *Le Larron*.

유폐와 유랑의 기억은 마음속에 맺혀 든다. 사랑의 갈망은 "부끄러

운 병"이 된다. 그는 평생 사랑에 시달린다. 많은 여인을 사랑하고 많이 사랑받지 못한다. 그의 시는 "사랑받지 못한 남자의 노래"다. 실연의 상실감에서 피어나는 그의 노래는 눈물겹게 아름답다.

너는 고통스럽고 즐거운 여행을 했다

그러다 거짓과 시대를 깨달았다

너는 스무 살과 서른 살에 사랑을 앓았다

나는 미친 것처럼 살았고 내 시간을 잃었다

너는 도저히 네 손을 쳐다보지 못한다 매 순간 나는 흐느껴 울고 싶다

너에 대해 내가 사랑하는 여자에 대해 너를 질겁하게 한 모든 것에 대해

Tu as fait de douloureux et de joyeux voyages

Avant de t'apercevoir du mensonge et de l'âge

Tu as souffert de l'amour à vingt et à trente ans

J'ai vécu comme un fou et j'ai perdu mon temps

Tu n'oses plus regarder tes mains et à tous moments je voudrais

sangloter

Sur toi sur celle que j'aime sur tout ce qui t'a épouvanté

Zone.

둘이 나누는 사랑에 능숙하지 않은 남자는 혼자 대화한다. '너'와 '나'는 무수한 자조와 자위의 목소리다. 스무 살 때의 사랑은 애니 플레이든(Annie Playden)이다. 아폴리네르가 그녀를 만난 것은 어느 독일인 가

정에서 프랑스어 개인 교사를 할 때였다. 그녀는 영국인, 영어 교사였다. 두 사람은 라인란트에서 일 년 정도 함께 지낸다. 그는 그녀의 사랑을 얻지 못한다. 그맘때 쓰인 시 「오월」은 힘겨운 사랑의 흔적이다.

오월 예쁜 오월은 라인강에 배를 타고 흐르고
부인들은 산 위에서 바라보고 있었다
그대들은 너무나 예쁘지만 배는 멀어져 간다
누가 도대체 강변 버드나무들을 울게 만들었나

그때 꽃핀 과수원들은 뒤편에서 굳어가고 있었다
오월 버찌나무들의 떨어진 꽃잎들은
내가 그토록 사랑했던 여자의 손발톱
시든 꽃잎들은 그녀의 눈꺼풀 같다

강변 길 위에는 천천히
곰 원숭이 개가 집시들에게 이끌려
당나귀가 끄는 마차를 따라가고
라인란트 포도밭에는 군가 가락이
피리 소리를 타고 멀어지고 있었다

오월 예쁜 오월은 폐허를 장식했다
담쟁이 포도나무와 장미 나무들 덩굴로
라인강의 바람은 뒤흔든다 기슭의 버들가지들과

재잘대는 갈대들과 포도밭 벌거벗은 꽃들을

Le mai le joli mai en barque sur le Rhin

Des dames regardaient du haut de la montagne

Vous êtes si jolies mais la barque s'éloigne

Qui donc a fait pleurer les saules riverains

Or des vergers fleuris se figeaient en arrière

Les pétales tombés des cerisiers de mai

Sont les ongles de celle que j'ai tant aimée

Les pétales flétris sont comme ses paupières

Sur le chemin du bord du fleuve lentement

Un ours un singe un chien menés par des tziganes

Suivaient une roulotte traînée par un âne

Tandis que s'éloignait dans les vignes rhénanes

Sur un fifre lointain un air de régiment

Le mai le joli mai a paré les ruines

De lierre de vigne vierge et de rosiers

Le vent du Rhin secoue sur le bord les osiers

Et les roseaux jaseurs et les fleurs nues des vignes

Mai.

배를 탄 오월과 함께 모두 흘러간다. 마음이 풍경과 겹쳐지고 현재가 미래와 과거와 뒤섞인다. 오버랩 되는 사람과 사물들. 산과 강물, 아름다움과 황폐함, 꽃핀 과수원과 폐허, 꽃과 여자, 귀부인과 집시와 동물들, 한가로움과 군가, 그리고 막연한 불안… 불안감은 아름다움의 전제다. 아름다움은 소멸한다. 화원의 미래는 폐허다. 포도밭의 이미지는 도취의 환상이 아니라 환멸의 예감이다. 아폴리네르의 구애는 몇 년 더 이어지지만, 상실감이 앞선 사랑은 성취되지 않는다.

꽃이 피어나는 계절에 아폴리네르는 낙엽처럼 흩날리는 꽃잎을 본다. 풍화되는 꽃잎들. 그가 꿈꾸는 것은 몸과 마음으로 온전히 품을 수 있는 총체적 여인이다. 그러나 그의 손에 닿는 것은 단편들, 이미지의 파편들뿐이다. 모두가 그에게 결핍을 일깨운다. 마음을 쏟은 여자든 스쳐 간 여자든 마찬가지다.

나는 그녀를 로즈몽드라 이름 지었다
기억할 수 있기를 바랐던 것이
네덜란드에 꽃핀 그녀의 입술이었기에
그러고는 천천히 나는 떠났다
세계의 장미를 찾기 위해

Je la surnommai Rosemonde
Voulant pouvoir me rappeler
Sa bouche fleurie en Hollande
Puis lentement je m'allai

Pour quêter la Rose du Monde

Rosemonde.

　암스테르담에서 만난 그녀는 "어느 날 두 시간 넘게 / 내가 나의 삶을 건넨 여자"다. 이름 모를 그녀를 '나'는 "로즈몽드"라 부른다. '장미'와 '세계'의 합성어인 로즈몽드는 여성의 입술과 여체의 중심이 내포하는 환희의 세계를 암시한다. "세상의 기원", 삶과 무(無)와 무한이 맞닿은 곳이다. 로즈몽드는 무한한 장밋빛 환희의 표상이다. 그것은 근원적 결핍과 은밀한 소망이 새겨진 문장(紋章)이다.

　완전한 여체의 환상을 랭보만큼 간결하고 광대하게 표현한 시인도 없다. 그는 단 4행의 시구에 여성과의 우주적 합일을 새겨놓았다.

> 별은 울었다 장밋빛으로 너의 귀 한복판에서,
> 무한은 굴렀다 하얗게 너의 목덜미에서 허리까지,
> 바다는 구슬졌다 다갈색으로 너의 진홍빛 젖가슴에
> 그리고 **남자**는 피 흘렸다 검게 너의 지고한 배에.

> L'étoile a pleuré rose au cœur de tes oreilles,
> L'infini roulé blanc de ta nuque à tes reins,
> La mer a perlé rousse à tes mammes vermeilles
> Et l'Homme saigné noir à ton flanc souverain.

각 행의 주어는 성의 교차 반복이다. 별과 바다는 여성, 무한과 남자/인간은 남성 명사다. 6음절로 된 각 행의 전 반구는 자연과 남자의 행위, 후 반구는 행위의 바탕인 여체의 묘사다. 반구의 중심을 이루는 빛과 색은 성적 사이클을 나타낸다. 장밋빛으로 피어나 하얗게 절정에 이르고 다갈색으로 시들어지다 검은 나락으로 떨어지는 포물선이 그려진다. 눈물, 방울, 피의 이미지가 그 흐름을 구현한다. 별과 바다는 무한의 현상 혹은 표상이다. 그들과 감응하는 여자는 무한한 하늘과 바다를 배경으로 펼쳐진 그림이다. 그녀가 "지고한" 이유다. 그녀와 합쳐지는 남자, 그들과 동렬에 놓인 인간은 허무로의 추락과 동시에 무한대로 승화한다. 언어의 한계를 넘는 장미의 환상이다.

장밋빛 세계의 환상.

릴케는 어떨까, 장미의 시인 릴케는. 장미에 대한 릴케의 환상은 전혀 다르다. 그 자신이 오월의 장미다. 그는 "신화와 오월과 한바다와 하나임을 느낀다"(*Als du mich einst...*). "소녀의 영혼"도 내포한 그는 스스로가 피어나는 꽃이다. "나는 하얀 꽃으로 피어남을 느낀다"(*Ich will nicht langen...*). 그는 랭보처럼 먼눈으로 무한의 별과 바다를 찾지 않는다. 그는 "사랑하는 여인의 눈" 속에서 이미 "빛 가득한 한바다"를 본다(*Es ist ein Weltmeer...*). 그의 시선은 내면을 향한다. 그의 상상은 구심적이다. 그는 고독과 침묵에 뿌리내린다. 그의 상상력은 식물성이다. 그는 "대지의 어둠을 빨아들이고, 그리고 다시 우러러" 하늘의 별을 향한다(*Überfliessende Himmel verschwendeter Sterne*). 그는 대지의 물을 흡수하고 다시 빛나는 공기를 호흡한다. "아, 우리는 피어나는 것이 자랑스럽다"(*Die Sechste Elegie*). 그의 호흡은 "보이지 않는 시"가 되어 세상으로 퍼져나간다. 나르키소스가 오르페우스로 변모하는 순간이다. 이제 피어나는 "우리"와 함께 세계가 하나의 꽃이다.

한 송이 거대하고 경이로운 꽃처럼 찬란하다
향기 가득한 세계는,

Wie eine Riesenwunderblume prangt
voll Duft die Welt,

경이로움은 존재와 꽃과 세계의 하나됨이다. 시적 개화를 통해 안과 밖, 뿌리와 대기, 기원의 어둠과 빛나는 세계가 소통한다. 장미 속에 호수가, 그 속에 하늘이 보이는 이유다.

어디에 이런 내부에
외부가 있을까? […]
어떤 하늘이 내부에서 비칠까
이 열린 장미들의
호수 속에,

Wo ist zu diesem Innen
ein Außen? […]
Welche Himmel spiegeln sich drinnen
in dem Binnensee

dieser offenen Rosen,

Das Rosen-Innere.

겹겹의 꽃잎은 존재의 어둠과 빛, 무와 무한, 죽음과 삶의 신비를 내포한다. 그것이 "장미의 내부"의 비밀, 장미의 "순수한 모순"이다.

아폴리네르에게는 저 아름다운 환상이 없다. 광대한 환상도 없다. 그는 무한을 믿지 않는다. 장미처럼 피어나는 존재의 환상은 더욱 없다. 그는 새로운 삶을, 삶의 쇄신을 믿지 않는다. 신도 인간도 믿지 않는다. 태양조차 "목 잘린" 것일 뿐이다. 시적 상상 세계에서 태양은 오랫동안 아버지 신의 상징이었다. "마침내 너는 이 오래된 세상에 신물이 난다." 『알코올』의 서시 「지대」의 첫마디다. 더 이상 새로울 것도 없다. "유럽에서 유일하게" 여전히 "낡지 않은" 기독교의 가호 아래 "가장 현대적인 유럽인"은 교황이다. 시인은 헛된 "시대" 속 한정된 삶의 "지대"를 걸어간다. 그는 쉼 없이 흩어지는 시간을 목도한다. 다 풍화되고 다 흘러간다. 유일하게 그의 목을 죄는 사랑도 헛된 시간의 그림자다. "사랑은 시간을 사라지게 하고, 시간은 사랑을 사라지게 한다." 라틴 속담이다. 그는 사랑의 시간 속에 머물기를 바라지만 시간은 사랑을 흘려보낸다. 미라보 다리 아래 강물처럼 사랑은 흘러간다. 「미라보 다리」, 서른 살에 앓은 사랑의 기록이다.

미라보 다리 아래 센강이 흐르고
우리의 사랑도 흐른다

기억해야 하는가

기쁨은 언제나 아픔 뒤에 왔다

밤이여 오라 종이여 울려라

날들은 가고 나는 남는다

[…]

사랑은 간다 저 달리는 물처럼

사랑은 간다

삶은 얼마나 느린가

희망은 또 얼마나 격한가

밤이여 오라 종이여 울려라

날들은 가고 나는 남는다

Sous le pont Mirabeau coule la Seine

Et nos amours

Faut-il qu'il m'en souvienne

La joie venait toujours après la peine

Vienne la nuit sonne l'heure

Les jours s'en vont je demeure

[…]

L'amour s'en va comme cette eau courante

L'amour s'en va

Comme la vie est lente

Et comme l'Espérance est violente

Vienne la nuit sonne l'heure

Les jours s'en vont je demeure

대문자로 힘주어 적은 희망은 "격한" 만큼 무기력하다. 시간의 흐름이 남기는 웅어리일 뿐이다. "남는" '나'의 존재도 그렇다. 나를 남기고 떠나는 여인은 마리 로랑생이다. 그녀의 이미지는 담채화처럼 가볍다. 그녀도 아폴리네르처럼 아버지를 모르고 자랐다. 아버지의 부재가 두 사람의 무의식에 미친 영향은 달랐다. 아폴리네르는 여성에 더 몰입했고, 마리는 이성에 대한 반감을 지우지 못했다. 5년 동안 가까이 멀리 지속된 사랑이 맺어지지 못한 근본 이유다.

시 「미라보 다리」(1912)에 대응하는 마리의 그림은 〈파시 다리〉(Le Pont de Passy, 1912)다. 두 다리는 파리에 있는 자유의 여신을 사이에 두고 인접해 있다. 〈파시 다리〉는 흐르는 물 위의 그림이다. 멀리 다리가 보인다. 미라보 다리 위에서 흐르는 물을 내려다보던 남자는 〈파시 다리〉에서는 배에서 노를 잡고 서 있다. 여자는 배 옆에, 물 위에 있다. 그녀는 가라앉는 듯 떠 있다. 그녀 뒤 두 개의 삼각 형상이 그녀의 침잠을 붙든다. 솟구치는 삼각 형상은 두 사람의 삶과 예술의 상향적 갈망을 표상하는 듯하다. 반대편에 두 마리 동물이 있다. 말은 기마 자세를 한 키잡이 남자처럼 굳건하다. 다른 동물은 놀란 눈빛에, 사슴인 듯 여리고, 뒤로 기우뚱 빠져들고 있다. 그 동물의 검은 색은 여자의 옷과 같은 색이다. 남자가 잡은 두 개의 노가 각각 그 동물의 앞발과 여자의 손에 닿아 있다. 여자의 손은 그 노를 잡는 것인가, 아니면 그를 부르는 것일까. 그녀의 다른 손은 거부 혹은 떠남을 강하게 표현하고 있다. 그녀는 세이렌인가. 아니면 익사자인가. 역동적인 물살 속에 마음은 표류한다. 그러나 그녀는 오필리아가 아니다. 그녀는 다른 배로 옮겨 탄다.

마리의 〈작은 배〉(*Le Barque*, 1920)는 아폴리네르가 죽은 후에 그려진 그림이다. 배 안에 있는 것은 여자 둘이다. 두 사람은 가깝다. 함께 있는 여자는 니콜(Nicole Groult)이다. 마리는 니콜에게 보내는 편지에 그렇게 밝혔다. 마리는 아폴리네르와 멀어지던 1911년에 그녀를 만났다. 두 사람은 평생 내밀한 동반자였다. 작은 배는 검은색이다. 〈파시 다리〉에서 여성이 입었던 옷과 암컷 동물과 같은 색이다. 비스듬히 앉은 듯 누운 여자의 옷도 검푸른색이다. 그녀는 이제 자기가 있을 곳, 제자리에 안온히 있다. 눈빛의 아련함, 그 어떤 결여는 소소하다. 마리는 어쩌면 맞은 편 흰색 옷을 입은 여자일 수도 있다. 어느 쪽이 마리인지 니콜인지 중요하지 않다. 둘은 서로를 반영한다. 〈파시 다리〉에서 물로 빠져들던 동물은 여기서는 배에 오르는 모양새다. 사슴인 듯여우 같은 그 동물은 하얀색이다. 하얀 동물은 하얀 옷을 입은 여자의 분홍 장밋빛 스카프를 물려는 듯 희롱한다. 갈망의 소통 같다. 하얀색

마리 로랑생, 〈파시 다리〉, 1912

마리 로랑생, 〈작은 배〉, 1920

비둘기들이 평온함을 강조한다. 그래도 세상 저 먼 곳은 아니다. 교각의 아랫부분만 보이지만 다리는 가까이 있다. 두 개의 교각은 기마 자세를 연상시킨다. 교각 사이 아치는 배의 곡선과 대칭이다. 다리 위 보이지 않는 시선이 느껴진다. 무겁다. 남성의 시선, 사회의 시선이다. 다리를 등진 하얀 옷 여인의 눈빛과 검은 옷 여인의 눈빛은 또렷한 듯 흐린 듯 다른 듯 같다.

마리는 삶의 많은 부침을 겪고 많은 작품을 남긴 후 1956년 눈을 감는다. 그녀는 하얀 옷에 장미 한 송이를 들고, 가슴에는 아폴리네르의 사랑 편지들을 품고 누웠다. 그녀가 잠든 곳 가까이 아폴리네르는 38년째 묻힌 채 기다리고 있었다. 그는 이미 오래전 그녀에게 말했다.

여린 히드 줄기를 땄다
가을은 죽었다 기억하라
우리 다시는 땅 위에서 보지 못하리
시간의 향기 여린 히드 줄기
기억하라 너를 기다린다

J'ai cueilli ce brin de bruyère
L'automne est morte souviens-t'en
Nous ne nous verrons plus sur terre
Odeur du temps brin de bruyère
Et souviens-toi que je t'attends

L'Adieu.

여전히 아폴리네르는 파리를 떠돈다. 파리 곳곳의 구역, 거리를 혼자 걷는다. 옛것과 새것이 교차하는 세기 초의 도시, 무리 지어 살아가는 사람들, 드문드문 불행한 여자들을 신문 기사 읽듯 무심히 바라본다. 눈에 보이는 일상의 모든 것이 콜라주처럼 들어와 시의 이미지가 된다. 그 위로 무수히 지나간 시간의 이미지가 겹쳐진다. 어두운 유년기와 여러 도시를 부유하던 청년기, 그리고 잃어버린 사랑의 기억이 어둠 속 유령처럼 나타난다. 기억과 현실이 뒤섞이고 현재는 부재와 공존한다. 서시 「지대」의 풍경, 그리고 그 속에 압축된 시집 전체의 전경이다. 『알코올』의 시인은 삶보다 죽음의 기호에 더 민감하다. 그의 곁에는 죽은 사랑의 이미지가 따라다닌다.

내가 힘들어하는 사랑은 부끄러운 병이다

그리고 너를 사로잡는 이미지는 너를 불면과 고뇌 속에서 계속 살아가게 한다

언제나 너의 곁에는 그 이미지가 스쳐 지나간다

L'amour dont je souffre est une maladie honteuse

Et l'image qui te possède te fait survivre dans l'insomnie et dans l'angoisse

C'est toujours près de toi cette image qui passe

Zone.

그 이미지는 더 이상 애니도 마리도 그 누구도 아니다. 반복되어 나

타나는 그것은 사랑과 상실의 원형적 이미지다. 그의 사랑은 "아름다운 불사조처럼 저녁에 죽어도 아침이면 되살아난다"(「사랑받지 못한 남자의 노래」). 그것은 먼 기억의 어둠 속에서 숨쉬는 에우리디케의 영혼이다. 무의식 속에서 시인은 매일 밤낮으로 그녀를 찾는다.

> 태양으로 그대가 좋아하니까
>
> 그대를 이끌었다 잘 기억해보라
>
> 내 사랑하는 어둠의 아내여
>
> 그대는 내 것 아무것도 아니기에
>
> 오 나 자신을 애도하는 나의 그림자여

> Au soleil parce que tu l'aimes
>
> Je t'ai menée souviens-t'en bien
>
> Ténébreuse épouse que j'aime
>
> Tu es à moi en n'étant rien
>
> O mon ombre en deuil de moi-même

> *Réponse des cosaques zaporogues au sultan de Constantinople.*

오르페우스의 후예는 영혼 속 "아내"를 품고 산다. 새벽의 태양이 비치는 삶의 입구에서 다시 죽음의 동굴 속으로 돌아간 그녀는 영원한 "나의 그림자"다. 그 "아름다운 그림자"는 역으로 이 세상에 죽음의 빛을 던지기도 한다. 파리의 여자들은 "핏빛에 물들어" 있거나 "핏기 없는" 얼굴에 "근심"에 젖어 있다(「지대」). "여자들의 머리"가 "피 흘린

별들"처럼 보이기도 한다(「불덩이」). 기괴한 피의 비유가 아니라도 죽음의 징후는 어디나 나타난다. 라인강 마을에 사는 아이들과 늙은 여자들에게 "죽은 여자들이 이따금 다시 나타나려" 하고(「라인란트의 가을」), 늙은 여자들과 젊은 여자들이 사는 포도원 마을을 죽음의 어둠이 감싸기도 한다(「여자들」). "주위의 남자들을 모두 사랑으로 죽게 하고", 스스로 강물에 빠져 죽는 로렐라이도 있고(「로렐라이」), 죽음으로 유혹하는 세이렌의 모습은 무수히 나타난다. 아예 죽은 영혼들의 교류가 그려지기도 한다. 「죽은 사람들의 집」에서는 죽은 사람과 산 사람이 어울리고, 죽은 남자들과 죽은 여자들이 춤추고 술을 마신다. 젊은 대학생이 죽은 처녀에게 약혼을 청하고, 죽은 남자가 결혼한 여자에게 사랑을 속삭인다. 『알코올』은 오르페우스의 영혼을 가진 시인의 진혼곡이다.

여전히 아폴리네르는 파리의 거리를 걷는다. 삶은 계속되고 죽음의 노래도 이어진다.

유월 너의 태양 불붙은 리라가
나의 아픈 손가락을 불태운다
슬프고 선율 아름다운 헛소리
나는 나의 아름다운 파리를 떠돌아다닌다
이곳에서 죽을 용기는 없다

Juin ton soleil ardente lyre
Brûle mes doigts endoloris

Triste et mélodieux délire

J'erre à travers mon beau Paris

Sans avoir le coeur d'y mourir

Voie lactée ô soeur lumineuse.

    1914년 여름. 죽음의 그림자가 "아름다운 파리"와 유럽을 덮는다. 전쟁이 시작되고, 죽은 사랑에 친구의 상실이 더해진다. 새로운 애도의 노래가 시작된다. 문자와 그림이 합작한 시집 『칼리그람』의 배경이다. 많은 그림 시 가운데 이맘때 시인의 영혼을 가장 잘 표현한 것은 「칼에 찔린 비둘기와 분수」다.

    비둘기의 상징은 평화를 넘어서 성령에 닿는다. 『동물 우화 시집. 오르페우스의 행렬』(1911)의 「비둘기」에서 아폴리네르는 이미 말했다.

사랑이자 신령인 비둘기,

예수 그리스도를 낳았지,

당신처럼 나도 마리를 사랑해.

그녀와 나는 결혼해.

Colombe, l'amour et l'esprit

Qui engendrâtes Jésus-Christ,

Comme vous j'aime une Marie.

Qu'avec elle je me marie.

예수를 낳은 비둘기, 결혼, 그리고 마리(아)와 마리의 비유만으로도 은근한 신성모독이다. "칼에 찔린 비둘기"는 신랄하다. 전쟁의 방조 혹은 부재에 대한 원망 같다. 거기에 사랑에 대한 모독이 더해진다. 정작 칼 맞고 상처 입은 것은 '나'의 영혼이다. '나'는 그 아픔을 상대에게 돌린다. 원망과 자조가 뒤섞이고, 그리움은 절실해진다. "다정"하고 "정다운" 여인들의 형상이 생생하게 살아난다. 누군지 다 몰라도 이름들의 나열만으로 감미로움이 느껴진다. 미아 마레이 이에트 로리 아니 마리… 자음 /ㅁ/과 모음 /아/, /이/ 위주로 이루어진 음운은 자생적 운율을 생성한다. "아니(애니) 그리고 그대 마리". 중심은 역시 마리다. 남자들 이름의 음운 효과는 더 놀랍다. 레날 빌리 달리즈. 반복되는 자음 /ㄹ/과 모음들만 읽으면 레알 일리 알리… 일리 알리 알라… 마치 마법의 주문 같다. 말들의 환기 마법으로 추억과 우수는 울림을 더해간다. 성당에 울리는 발소리처럼, 허공에 퍼지는 분수처럼. 그림은 소리의 형상화다. 우울한 음악이 하늘과 영혼 속에 뿌려진다. 분수의 물줄기처럼 배열된 글들은 어떻게 읽어도 괜찮다. 아래로, 옆으로, 순차적으로 혹은 띄엄띄엄 읽어도 울림 가득하다. 내면의 대화 혹은 자문자답의 파장이다. 반복되는 의문은 어스름 슬픔으로 내려앉는다. 말들의 물줄기가 떨어지는 분수 바닥은 무겁고 어두운 핏빛 이미지로 가득하다. 월계수도 장미도 죽음의 상징일 뿐이다. 내려오는 것이 있으면 올라가는 것이 있다. 분수 저 위로 비둘기가 솟는다. 넋을 잃은 비둘기는 승화하는 영혼, 그리고 그것을 담은 이 그림 시다. 문학의 본질적 기능인 카타르시스를 한눈에 보여주는 놀라운 언어의 유희다.

칼에 찔린 비둘기와 분수

형 상 들

칼에 찔린 다정한 정 다운 꽃핀 입술들

미아 마레이

이에트 로리

아니 그리고 그대 마리

어디에 있나

그대들 오

젊은 여인들

그러나

가까이

분수 하나

울며 기도하는 사이

이 비둘기 황홀히 넋을 잃는다

모든 옛 추억들이 어디에 있나 레날 빌리 달리즈

오 천장으로 떠난 내 친구들 그들의 이름이 우울하게 울린다

창공을 향해 솟아오른다 마치 교회로 들어가는 발소리처럼

그리고 그대들 시선 잔잔한 물속에서 어디에 있나 군대 간 크렘니츠는

우울하게 죽어간다 아마도 그들은 벌써 죽었을까

어디에 있나 브라크와 막스 자롭은 옛 여들로 나의 영혼은 가득 차고

여명처럼 회색빛 눈을 가진 드랭은 분수는 나의 고통 위로 눈물 흘린다

북쪽으로 전쟁하러 떠난 사람들은 지금 싸우고 있다

저녁이 내린다 오 피로 물든 바다

정원에 넘치도록 피 흘리는 장밋빛 월계수 전쟁의 꽃

Douces figures poignardées Chères lèvres fleuries
MIA   MAREYE
YETTE   LORIE
ANNIE   et toi   MARIE
où   êtes-
vous   ô
jeunes   filles
MAIS
près d'un
jet d'eau qui
pleure et qui prie
cette colombe s'extasie

Tous les souvenirs de naguère
O mes amis partis en guerre   Où sont Raynal Billy Dalize
Dont les noms se mélancolisent
Jaillissent vers le firmament   Comme des pas dans une église
Et vos regards en l'eau dormant   Où est Cremnitz qui s'engagea
Meurent mélancoliquement   peut-être sont-ils morts déjà
Où sont-ils Braque et Max Jacob   De souvenirs mon âme est pleine
Derain aux yeux gris comme l'aube   le jet d'eau pleure sur ma peine

CEUX QUI SONT PARTIS A LA GUERRE AU NORD SE BATTENT MAINTENANT
Le soir tombe O sanglante mer
Jardins où saigne abondamment le laurier rose fleur guerrière

그해 여름이 끝나기 전 아폴리네르도 군에 자원한다. 입대를 기다리는 몇 달 사이 그는 루이즈(루, Louise de Coligny-Châtillon)를 만난다. 이혼한 백작 부인인 그녀는 우아하고 교양을 갖춘 숙녀이자 보헤미안처럼 자유롭고 열정적인 영혼의 소유자였다. 카르멘처럼, "반항하는 새"처럼 손에 잡히지 않던 그녀는 시인의 입대날 불같은 사랑과 함께 날아든다. 격렬한 일주일 밤을 함께 보낸 후 그녀는 다시 날아간다. 그는 타오르는 갈망과 함께 군영에 남고, 그녀는 그를 비우고 차츰 멀어져간다. 많은 사랑의 편지들이 오간다. 많은 시들이 편지글과 함께 보내진다. 몇 달 사이 시집 한 권이 만들어진다. 『내 사랑의 그림자. 루에게 보내는 시』. 관능적이고 절망적인 사랑의 기록이다.

포탄이 쏟아지는 전쟁터 한가운데, 포병 시인은 허공을 보며 여전히 사랑을 꿈꾼다. 포탄의 불꽃이 밝히는 "축제"의 몽상이다. 루에게 보낸 시들 가운데 하나인 「축제」는 전쟁 놀음과 삶, 죽음과 사랑을 한 다발로 묶는다.

강철의 불꽃놀이

참 매혹적이지 저 섬광

    불꽃 담당 병사의 기교

용기에 은총을 조금 섞는다

두 발의 시한탄

장밋빛 폭발

후크가 풀리고 두 개의 가슴이

그 끝을 오만하게 내미는 듯
그는 사랑할 줄 알았다
　　　대단한 묘비명이지

한 시인이 숲속에서
무덤덤하게 바라본다
　　　안전장치 걸린 자신의 권총을
장미들은 희망으로 죽어가고

그는 사디의 장미들을 생각한다
갑자기 그의 고개가 수그러든다
장미 하나가 그에게 되뇌는 까닭에
어떤 엉덩이의 부드러운 곡선을

대기는 끔찍한 알코올로 가득 차
반쯤 감긴 별들의 빛으로 새어 든다
포탄들이 어루만지는 부드러운
밤의 향기 속에 너는 내려놓는다
　　　장미들의 고행

Feu d'artifice en acier
Qu'il est charmant cet éclairage
　　Artifice d'artificier

Mêler quelque grâce au courage

Deux fusants
Rose éclatement
Comme deux seins que l'on dégrafe
Tendent leurs bouts insolemment
IL SUT AIMER
　　　　quelle épitaphe

Un poète dans la forêt
Regarde avec indifférence
　Son revolver au cran d'arrêt
Des roses mourir d'espérance

Il songe aux roses de Saadi
Et soudain sa tête se penche
Car une rose lui redit
La molle courbe d'une hanche

L'air est plein d'un terrible alcool
Filtré des étoiles mi-closes
Les obus caressent le mol
Parfum nocturne où tu reposes
　　Mortification des roses
Fête.

사디는 『장미의 정원』을 쓴 중세 페르시아 시인이다. 19세기의 여성 시인 데보르드-발모르가 「사디의 장미」에서 "불타는" 바다를 향해 가득히 펼쳤던 장미의 꿈. 아폴리네르도 밤하늘을 보며 같은 꿈을 꾼다. 어디나 장미의 꿈은 관능적이다. 장미(rose)의 철자를 하나 옮기면 에로스(eros)다. 에로스의 프리즘을 통해 보면 성적 상징이 두드러진다. 가슴과 엉덩이의 환상 앞에서 수그러드는 고개, 안전장치 걸린 권총의 의미도 뚜렷해지고, "고행"이나 "금욕", "굴욕"으로 번역될 수 있는 마지막 단어의 뜻도 온전히 수긍이 간다. 자조적인 묘비명은 지워지지 않는 사랑의 강박관념, 그 절망적인 결핍의 되새김이다.

새로운 세기와 함께 태어난 시인 프레베르. 청소년기에 그도 전쟁을 겪었다. 그도 힘겨운 삶의 이야기를 축제의 이미지로 옮겼다. 그의 「축제」는 열정적인 삶의 원천을 알려준다.

어머니의 드넓은 물에서
나는 겨울에 태어났다
이월의 어느 밤
그보다 몇 달 전
봄이 한창이던 때
우리 부모 사이에
불꽃놀이가 있었다
그것은 생명의 태양이었다
난 이미 그 속에 들어앉아 있었고

그들은 내 몸에 피를 쏟아넣었다
그것은 샘에서 나온 포도주였다
지하 창고의 포도주가 아니라

나도 어느 날
그들처럼 떠나리라.

Dans les grandes eaux de ma mère
je suis né en hiver
une nuit de février
Des mois avant
en plein printemps
il y a eu
un feu d'artifice entre mes parents
c'était le soleil de la vie
et moi déjà j'étais dedans
Ils m'ont versé le sang dans le corps
c'était le vin d'une source
et pas celui d'une cave

Et moi aussi un jour
Comme eux je m'en irai.
Fête.

프레베르는 사랑을 많이 받은 시인이다. 아들로, 남자로, 시인으로, 상송, 콜라주, 영화 작가로 만년까지 사랑받으며 살았다. 청소년기에 겪은 가난과 전쟁은 그에게 오히려 구애 없는 삶을 연습하는 계기였다. 그에게는 쓰라린 삶의 회한이 없다. 전쟁과 종교, 교육 등 사회 체계를 비판하면서도 여유와 유머가 넘친다. 허무와 부조리에도 불구하고 그에게 삶은 새콤한 과일처럼 구미를 당긴다. "태양은 초록빛 레몬이다"(「그대 위한 노래」). "목 잘린" 태양 아래 대지를 떠돌던 보헤미안 시인과는 전혀 다르다. "불타는 알코올"을 생명수처럼 마시던 그 시인과 달리 프레베르는 샘물 같은 포도주로 살았다.

> 나도 어느 날
> 그들처럼 떠나리라.

아폴리네르도 멀리 떠나기 전 잠시 회상한다.

> 옛날에 보헤미안 시인이 있었다
> 그는 전쟁터로 떠났다 이유는 모른다
> 사랑받기를 바라는가 그럼 사랑하지 마라
> 그는 죽으며 말했다 나의 백작부인 사랑하오
> 아주 차가운 새벽 공기를 가르며 들려오는 소리
> 포탄들이 바로 사랑인 듯 날아간다

> Il était une fois un poète en Bohême

Qui partit à la guerre on ne sait pas pourquoi

Voulez-vous être aimé n'aimez pas croyez-moi

Il mourut en disant Ma comtesse je t'aime

Et j'écoute à travers le petit jour si froid

Les obus s'envoler comme l'amour lui-même

Le ciel est etoilé.

마리 로랑생, 〈자화상〉, 1924

마리 로랑생, 〈예술가들의 그룹〉, 1908, 볼티모어 미술관
정중앙의 인물이 기욤 아폴리네르, 그 뒤에 붉은 꽃을 들고 서 있는 여인이 로랑생이다.
왼쪽 구석에 작고 왜소한 사람은 피카소이며 오른쪽 구석에 있는 여인은
피카소의 연인이자 뮤즈였던 페르낭드 올리비에다.

여성 편력과 세상 정복

괴테, 『빌헬름 마이스터의 수업 시대』, 『파우스트』

괴테 Johann Wolfgang von Goethe (1749-1832)

— 『빌헬름 마이스터의 수업시대』 (1796) — 『파우스트』 (1808, 1832)

삶의 왕관,

쉼 없는 행복,

바로 너, 사랑!

Krone des Lebens,

Glück ohne Ruh,

Liebe, bist du!

Rastlose Liebe.

평생 사랑을 했던 괴테는 그 체험을 글쓰기에 투영한다. 그의 욕망
과 상상은 인간과 시공간의 한계를 벗어난다. 다양한 여성과 남녀 관
계를 이야기하는 『빌헬름 마이스터의 수업시대』와 사랑을 좇아 차원
이 다른 세계를 넘나드는 『파우스트』는 그의 호기로운 상상력이 빚어
낸 대표 작품이다.

빌헬름의 아름다운 여자들과 미뇽

『빌헬름 마이스터의 수업시대』에는 남성이 상상하는 온갖 여성과
애정의 형태가 나타난다. 성스럽고 아름다운 영혼, 순수하거나 교태
로운 여자, 사랑을 모르는 여자, 세상을 다 아는 여자, 사회의 규범에
갇힌 여자, 굴레를 넘어서는 여자… 다채로운 상상 끝에 기형적 생명
의 형상도 나온다. 그 작은 괴물의 이름은 "예쁘다"는 뜻의 미뇽

(Mignon)이다.

빌헬름의 "수업" 목표는 인간 완성이다. 시와 연극 예술을 수단으로 인격을 수양하고 사회에 이바지하는 것이 목적이다. 그는 타고난 시적 재능으로 세상의 조화를 통찰하고, 그 지혜를 연극적 공감으로 세상에 전할 수 있다고 믿는다. 그는 "자신을 계발"하고 극단을 발전시키기 위해 힘을 쏟는다. 그러나 그의 노력은 번번이 허사가 되고 세상은 그의 바람과 다르게 굴러간다. 결국 자아 수련이 막바지에 이르렀을 때, 과거 이야기를 들려달라는 한 여인에게 그는 말한다. "나는 잘못에 잘못을 거듭하고 방황에 방황을 거듭한 것밖에 이야기할 것이 없다"(VII, 6). 게다가 "연극에 전혀 재능이 없다"는 사실마저 받아들일 수밖에 없게 된다(VII, 7). 수업의 성과는 다른 곳에 있다. 감정적 경험의 누적이다. 여성 편력은 이지적 성찰보다 더 많은 깨달음을 그에게 안겨준다. 새로운 여성의 등장은 각각의 수업 과정이다.

그를 단련시킨 첫 여인은 아름다운 연극배우 마리아네(Mariane)다. "마음이 느낄 수 있는 가장 아름다운" 첫사랑의 감정은 그녀를 더욱 아름답게 만든다. 연극에 대한 그의 열정은 찬미의 감정을 배가한다. "그의 품에 안겼을 때 그녀는 세상 누구보다 사랑스러웠다"(I, 3). 그는 몸과 마음을 바쳐 그녀를 사랑한다. 그녀도 그를 열정적으로 사랑한다. 다만 가난하고 여린 탓에 다른 남자의 은밀한 제안을 쉽게 뿌리치지 못한다. 그녀가 끝내 "신의"를 지키고 "사랑하는 단 한 사람의 여자"가 되기로 결심한 순간, 빌헬름은 다른 남자의 존재를 알고 말없이 그녀를 떠난다. 그녀는 그의 "순수한 영혼"에 큰 흔적을 남긴다. "화산의 움푹한 분화구" 같은 "고통의 심연"이다(II, 1).

그 고통은 내 삶에서 단 하루도 나를 떠나지 않고, 결국 나를 죽일 것이다. 그녀의 기억, 그 헛된 기억 또한 나와 함께 머물고, 나와 함께 살다 죽을 것이다.

II, 2.

수업은 그렇게 잘못된 이별로 시작되었다.

> 흘러라, 흘러라, 강물이여!
> 이제 다시 기쁨은 없으리.
> 그렇게 사랑의 유희도 입맞춤도
> 그렇게 신의도 사라져버렸다.

> Fließe, fließe, lieber Fluß!
> Nimmer werd'ich froh ;
> So verrauschte Scherz und Kuß
> Und die Treue so.
> *An den Mond.*

방황하는 빌헬름 앞에 나타나는 두 번째 여인은 유랑극단 배우 필리네(Philine)다. 그녀는 유쾌 발랄한 금발 여인이다. 첫눈에 빌헬름에게 꽃을 달라는 그녀는 세상을 알고 남자를 안다. 그녀는 스스럼없다.

마음 가는 대로 가고 내키는 대로 산다. 세상 어디에나 있을 듯하지만 보기 드문 유형이다. "독특한 성격"이라며 그녀를 불편해하는 빌헬름에게 그녀의 친구가 말한다. "독특한 것이 아니라, 그저 위선자가 아닐 뿐"(II, 4). 그녀는 자기 자신을 있는 그대로 드러낸다. 그녀는 "순수한 (여)성 그 자체"다. 어떤 남자에게도 잡히지 않고 누구든 잡을 생각도 없는 그녀는 순진한 빌헬름 주위에 제법 오래 머문다.

그다음 만나게 될 또 다른 연극배우 아우렐리(Aurelie)는 필리네와 상극이다. 필리네의 상스러움을 싫어하는 그녀는 총명하고 자존심이 강하다. 마음속 깊은 슬픔도 있다. 어릴 때부터 남자들의 천박함을 혐오했지만, 어쩌다 마음 없는 결혼을 하고 얼마 살다 남편을 잃는다. 남편이 병으로 죽기도 전에 멋진 귀족을 사랑하게 되지만 곧 버림받고 비련과 자학의 나날을 보낸다. 그녀는 한 남자의 사랑에서 벗어나지 못한다. 빌헬름과 마음을 터고 공감을 나누던 그녀는 어느 날 죽음을 택한다(V, 16). 그녀를 아꼈던 그의 슬픔은 크다. 훗날 그녀를 버린 남자는 그에게 이유를 말해준다. 여성성의 결핍이다.

그녀는 존경받을 만했지만, 연정을 일으키거나 받아들이지는 못했지요. 그녀는 사랑할 때도 사랑스럽지 않았어요. 그것이 여자로서는 가장 큰 불행이었을 겁니다.

　　VII, 7.

빌헬름의 마음이 향하는 곳은, 지적으로나 정서적으로, 저 높은 귀족사회다. 어느 늙은 백작의 저택에 초청받아 연극을 준비하던 그는 젊은 백작부인을 흠모하게 된다. 애련한 마리아네의 이미지도, 애교 넘치는 필리네의 모습도, "고상하고 화사한" 백작부인 앞에서는 흔적 없이 사라진다. 그녀는 "아름다움, 젊음, 우아함, 품위에다 세련된 자태"를 갖추고 어렴풋한 "수줍음"까지 간직한 여성이다(III, 1). 백작부인의 마음도 어느 결에 그에게로 쏠린다. 두 사람은 무대와 객석에서, 큰 신분 차이를 넘어, "서로 바라보는 것만으로 이루 말할 수 없는 기쁨"을 나눈다(III, 8). 어쩌다 가까이 있게 되면 그는 "백작부인을 바라볼 때마다 눈앞에 불꽃이 튀는 듯" 느낀다. 연극과 연회가 끝나가고 이별의 시간이 온다. 빌헬름은 닿지 못할 귀한 여인을 한순간 품는다. 잊지 못할 꿈 같은 순간이다.

> 그는 그녀의 손에 입맞추고 일어서려 했다. 그러나 마치 꿈속에서 아주 이상한 일로부터 더 이상한 일이 펼쳐지며 우리를 놀라게 하듯이, 그는, 어쩌다 그렇게 됐는지, 알지도 못하는 사이에, 백작부인을 품에 안고 있었고, 그녀의 입술은 그의 입술에 포개져 있었고, 주고받는 뜨거운 입맞춤은 그들에게 더없는 행복을 안겨주었다 […]
>
> III, 12.

더없이 귀한 경험을 한 빌헬름은 고귀한 여성의 전형을 글로 만난다. 「아름다운 영혼의 고백」(VI). 아우렐리를 진찰하던 의사가 전해준 어느 귀부인의 수기다. 그녀는 어려서부터 성(性)과 성(聖)의 갈등을 겪는다. 사춘기부터 성숙할 때까지 남성을 접하지만 언제나 열정보다 냉정을, 정념보다 "정숙"을, "매력보다 선(善)"을 택한다. 그녀는 "세속적인 사랑"을 벗어나 "완전한 자유"를 추구한다. 독립된 여성으로서 최선의 품성을 찾으려는 노력은 저 높은 곳을 향한다. 경건주의는 그녀의 영혼을 지키는 버팀목이 된다. 오랜 믿음의 수행 끝에 깨달음이 지속되는 "위대한 순간"이 온다. 그녀는 성스러우면서도 여성 본연의 품성을 그대로 드러낼 수 있게 된다. 스스로를 완성한 그녀는 서술한다. "나를 이끌어 언제나 올바르게 인도하는 것은 본능이다. 나는 자유롭게 내 신념을 따르며, 제한이나 회한은 별로 알지 못한다." 그 아름다운 성품은 그녀가 돌보는 죽은 동생의 아이들에게 전해진다.

빌헬름은 "마음속 타고난 애정이 언젠가 대상을 찾으리라는 은근한 희망"을 품고 있다(VII, 1). "아름다운 영혼"은 바로 그 대상의 모형이다. 빌헬름의 마음을 흔드는 고귀한 여인들은 모두 그 "아름다운 영혼"과 연관이 있다. 뜨거운 이별을 나눴던 백작부인도 그녀의 조카이고, 위급한 상황에서 은혜를 베푼 미지의 여인 나탈리(Nathalie)도 백작부인의 언니다. 나탈리와 친구 사이인 테레제(Therese)도 두 자매의 이모로부터 도움을 받았다. 세 여인은 "아름다운 영혼"을 각각 다른 방식으로 육화한다.

"눈이 수정처럼 맑은" 테레제는 진실하고 밝은 영혼의 소유자다. 농장과 과수원을 관리하는 지식과 능력을 지닌 그녀는 독립적이고 가정적이다. 그녀는 성실하고 지적이며 어린아이들의 교육에도 관심이 많다. 방황하던 빌헬름은 그녀에게 커다란 신뢰를 느낀다. 마리아네가 죽으며 남겨놓은 그의 아들 소식을 전해 들은 뒤에, 그 신뢰감은 더욱 커진다. ─ "남자란 태생적으로 이기적이라서 자기 자신 외에는 아무도 돌보지 못하는가?"(VIII, 2) ─ 자신의 무기력을 탓하며 그는 반문한다. 그녀는 얼마나 훌륭한 반려자인가. 그는 우정과 사랑을 담아 청혼의 편지를 쓴다.

테레제에게 편지를 보낸 직후 빌헬름은 운명의 여인을 만난다. 그녀는, 그가 도적떼의 습격으로 부상을 입고 의식을 거의 잃었을 때, 백마를 타고 나타나 그를 구해주고 홀연히 사라진 여인이다. 얼핏 본 그녀의 "다정하고 고상하며 평온하고 자비로운 얼굴"을 그는 잊지 못한다. 마침내 그녀를 마주한 빌헬름은 "무한한 황홀감"에 빠진다(VIII, 2). 그녀는 이모인 "아름다운 영혼"과 얼굴도 마음도 똑 닮았다. 어쩌면 더 고귀한 심성을 지녔다. 어린아이였던 나탈리를 보며 이미 이모가 "존경심"을 느꼈을 정도다. 이모와 다르게 신에 대한 믿음은 전혀 없다. 그녀의 고귀함은 인간성 그 자체다. 그러면서 성스럽다. 사랑을 해본 적이 없는지 묻는 빌헬름에게 그녀는 답한다. "한 번도 혹은 언제나!" — 한 번도 사랑한 적 없지만 늘 사랑을 행하고 있다. 그녀는 성모처럼 순결하고 위대한 사랑의 현신이다. "믿음, 사랑, 소망이라는 세가지 미덕"을 품은 그녀의 존재는 "인류의 기쁨"이다(VIII, 4, 10). 나탈리는, 필리네와 반대되는 의미로, 순수한 여성의 원형이다.

빌헬름은 혼란스럽다. 그는 나탈리와 테레제 사이에서 고민한다. 테레제 또한 마찬가지다. 그녀는 나탈리에게 여러 통의 편지로 자신의 심정을 밝히며 결혼을 다짐하지만, 의구심은 남는다. 불가능하다고 포기했던 그녀의 옛사랑이 다시 가능한 것으로 밝혀지는 순간 두 사람의 혼란은 더욱 커진다. 빌헬름은 아무런 결정도 내리지 못한다. 사실 그의 삶은 망설임의 연속이었다. 그가 예찬하는 『햄릿』의 삶처럼. 그 자신도 잘 아는 사실이다. 나탈리를 생각하며 그는 자신에게 말한다.

그래, 이제 솔직해지자. 너는 그녀를 사랑한다. 남자가 온 마음으로 사랑할 수 있다는 것이 어떤 것인지 너는 다시 체감하고 있다. 그렇게 나는 마리아네를 사랑했고, 그러면서 그녀에 대해 지독히도 헷갈려했다. 나는 필리네를 사랑하면서도 그녀를 무시해야 했다. 아우렐리를 존중했지만 사랑할 수는 없었다. 테레제를 흠모했지만, 부성애가 그녀에 대한 애정의 행태를 띤 것이었다. 그런데 지금, 인간을 행복하게 해주는 온갖 감정이 네 마음속에 가득한 지금, 너는 달아나야만 하는가! 아! 왜 이런 감정, 이런 인식에는 참을 수 없는 소유의 욕구가 뒤따르는 것일까? 그리고 왜 이런 감정, 이런 확신은, 적절한 소유가 없으면, 다른 모든 종류의 기쁨을 철저히 파괴하는 것일까?

나탈리에 대한 사랑을 확인한 지금, 주변 모두가 그의 선택에 우호적이지만, 그는 여전히 망설인다. 어쩌면 그 어느 때보다 더 막막하다. 그녀의 사랑과 그의 사랑은 차원이 다르다. 나탈리의 순결하고 아름다운 영혼은 "소유"할 수 있는 것이 아니다. 그 황홀한 사랑을 버릴 수 있는 것도 아니다. 그 외의 다른 기쁨은 있을 수 없기 때문이다. 궁극의 사랑을 앞에 두고, 귀착과 재출발 사이에서, 그는 여전히 주저한다. 이래도 저래도 후회할 것이다.

끊임없이 무언가를 찾는 것은 불안한 일이다. 그러나 찾아낸 것을 버리고 떠나야 한다는 것은 훨씬 더 불안한 일이다. 이 세상에서 이제 또 무엇을 구해야 하나? 무엇을 또 찾아다녀야 하나?

VIII, 7.

수업이 다 끝나도 이전보다 더 현명해지지 않았다는 것을 그는 안다. 판단은 여전히 미숙하다. 이성과 달리 수련되지 않는 감정 때문이다. 감정 수업은 끝이 없다. 감정 교육은 완성되지 않는다. 결국 테레제에 대한 청혼을 거둘지 말지, 그리고 나탈리 곁에 머물지 아들만 데리고 떠날지 결정하는 일조차 그는 주변 사람들에게 "온전히" 맡긴다 (VIII, 6, 10).

세상 속에 머물면, 세상은 꿈처럼 달아나고,
길을 떠나면, 운명이 갈 곳을 정한다.

Verweilst du in der Welt, sie flieht als Traum,
Du reisest, ein Geschick bestimmt den Raum ;
Dschelal-eddin Rumi spricht.

감정의 미완 상태를 한 몸에 표상하는 것이 미뇽이다. "이성은 잔인하다"라고 말하는 미뇽은 감정 덩어리다. 빌헬름이 그 "놀라운 아이"를 처음 본 것은 고향을 떠나 인생 수업을 막 시작하던 때였다. 필리네를 만난 것과 같은 날이다. 간신히 자기 이름만 답할 뿐 말도 표현도 잘 못하는 아이, 그 아이의 "신비스러움이 그의 눈과 마음을 사로잡는다". 나이는 열두셋, 발육이 멈춘 듯한 몸에, "이마에는 비밀이 감춰진" 듯하고, "아주 예쁜 코"에 "그래도 솔직하고 예쁘장한" 아이다. 그는 서커스 단장에게 학대받는 그 아이를 구해주고 딸처럼 돌본다. 아이는 이후 죽을 때까지 그를 떠나려 하지 않는다.

아시나요, 그 산과 산마루 구름다리를?

노새는 안개 속에서 제 길을 찾고,

동굴에는 오래 묵은 용이 살고,

바위가 굴러내리고 폭포가 쏟아지는,

그곳을 잘 아시나요?

그곳으로! 그곳으로

우리 길 떠나요, 오 아버지, 함께 가요!

미뇽은 "수수께끼" 같은 존재다. 『피가로의 결혼』에 등장하는 케루비노처럼 성과 나이와 신분이 모호하다. 처음 보았을 때 빌헬름은 그 아이가 소년인지 소녀인지 분별하지 못한다. 딸처럼 따르던 그 아이는 어느 사이에 다 큰 처녀처럼 그를 사랑한다. 서커스단의 천대받던 아이가 끝에는 남쪽 나라 이탈리아의 귀족 집안 태생으로 밝혀진다. 서로 깊이 사랑해서 그 아이를 낳은 부모는 뒤늦게 남매 사이라는 것을 알고 한쪽은 미치고 한쪽은 죽고 아이는 미아가 된다. "잘못된 생명체" 혹은 "천사" 같은 아이. 사랑 혹은 근친상간, 죽음과 삶, 남녀, 귀천, 미숙과 성숙… 삶의 여러 대립 항목들이 수렴된 미뇽은 빌헬름이 풀어야 할 숙제다.

미뇽은 빌헬름의 마음 빈 곳을 메운다. 그가 상심했을 때는 곁에서 춤추거나 껴안으며 위로하고, 다쳤을 때는 울며 같이 아파한다. 필리네 같은 여자가 그의 옆자리를 차지하면 소침해져 물러나고, 그가 멀리 떠날 듯하면 죽을 것처럼 힘들어한다. 미뇽은 빌헬름을 사모한다. 그를 보며 "사랑하는 사람과 하룻밤을 보내는 생각"까지 품는다. 어느

날 밤 빌헬름이 술과 잠에 취해 누군지도 모른 채 필리네와 잠자리를
함께한 다음 날 아침, 미뇽은 다른 사람이 된다. 그는 미뇽을 보고 "경
악할" 만큼 놀란다. "그녀는 하룻밤 사이 어른이 된 듯" 보였고, "눈빛
은 너무나 진지해서 마주볼 수 없을 정도"였다. 그녀는 더 이상 그를
아버지라고 부르지 않는다. "마이스터"라는 이름으로 부른다(V, 13).

> 아시나요, 레몬나무 꽃피는 나라를,
>
> 짙은 나뭇잎 사이로 금귤들이 빛나고,
>
> 푸른 하늘에서 부드러운 바람 불어오고,
>
> 도금양나무는 가만히, 월계수는 드높이 서 있는,
>
> 그 나라를 잘 아시나요?
>
> 그곳으로! 그곳으로
>
> 오 내 사랑이여, 나 그대와 함께 가고 싶어요!
>
> III, 1.

나탈리의 집에 테레제가 찾아와 빌헬름을 껴안으며 열렬히 사랑을
표현한 날, 그 자리에서 미뇽은 쓰러져 죽는다. 사인은 사랑 병이다.
사랑의 결핍을 앓던 아이가 뒤늦게 자신을 돌봐주는 사람을 만난 후
그에 대한 사랑의 과잉으로 "생명의 기름을 소진하며 불타오른" 탓이
다. "심장이 터져도 상관없어요. 이미 너무 오래 뛰었어요"(VIII, 5). 미
뇽을 맡아서 돌보던 나탈리가 이미 설명한 대로 미뇽은 "어떤 깊은 감
정 때문에 소진되어" 위태로운 상태였다. 의사가 부언한다. 그것은 "깊
은 그리움"이다. "아버지의 땅을 다시 보고 싶은 갈망"과 빌헬름에 대

한 "갈망"이 미뇽이 가진 "이 세상의 유일한 것"이며, 둘 다 "무한히 멀리" 있는 것이었다(VIII, 3).

닿을 수 없는 대상에 대한 갈망은 사랑의 동력이자 한계다. 빌헬름에 대한 미뇽의 사랑이 그렇고, 나탈리에 대한 빌헬름의 사랑이 그렇다. 그로 인해 미뇽은 죽지만, 그것을 지켜본 빌헬름은 남는다. 그는 "천상의 눈빛에 불멸의 화관을 쓰고 나타난 사랑"(VIII, 8)을 "소유"할 기회를 얻는다. 주변 사람들의 도움으로 정해진 나탈리와의 결혼 약속은 미뇽의 죽음을 승화한다. 그러나 결혼이 소유를 의미하는 것도 아니고, 결혼 계획만 있는 것도 아니다. 떠나기로 한 약속도 남아 있다. 사랑은 언제나 "모험"이고 그 모험은 끝이 없다. 빌헬름의 방황이 다시 시작되는 속편 『빌헬름 마이스터의 편력 시대』가 쓰인 이유다. 작가는 사랑의 모험을 끝낼 생각이 없다. 그의 궁극적인 모험은 『파우스트』에서 실행된다.

머리가 하얗게 되어도,
그래도 너는 사랑을 하리라.

Sind gleich die Haare weiß,
Doch wirst du lieben.

Phänomen.

『파우스트』, 상상은 하늘을 뚫고 대지를 연다

1795년 괴테는 『빌헬름 마이스터의 수업시대』을 완성하고, 일이 년 후 오래 미뤄둔 『파우스트』의 집필을 다시 시작한다. 그맘때 쓴 「헌사」를 보면, 사십 대 중후반에 이른 작가가 아스라한 젊음을 되돌아보는 심경이 읽힌다.

또다시 다가오는 너희, 흔들리는 형상들이여!

일찍이 한번 눈앞에 흐릿하게 나타났던 너희들,

이번에는 제대로 단단히 붙잡을 수 있을까?

내 마음 아직도 저 환상에 이끌리는 것일까?

[…]

너희들이 함께 몰아오는 행복한 날의 이미지들,

이어 사랑스러운 그림자들 무수히 떠오른다.

반쯤 잊어버린 옛이야기 같은,

첫사랑과 우정이 함께 다가온다.

아픔이 되살아나고 슬픔이 되풀이된다,

미로를 헤매듯 달리던 삶의 기억들.

Ihr naht euch wieder, schwankende Gestalten!

Die früh sich einst dem trüben Blick gezeigt.

Versuch' ich wohl euch diesmal fest zu halten?

Fühl' ich mein Herz noch jenem Wahn geneigt?

[…]

Ihr bringt mit euch die Bilder froher Tage,

Und manche liebe Schatten steigen auf ;

Gleich einer alten, halbverklungnen Sage,

Kommt erste Lieb' und Freundschaft mit herauf ;

Der Schmerz wird neu, es wiederholt die Klage

Des Lebens labyrinthisch irren Lauf,

Faust, v. 1-14.

흔들리며 다가오는 형상들은 이십 대에 구상했던 파우스트 초고 (Urfaust)의 인물들이다. 그들과 함께 나타나는 것은 옛 친구들과 여인들의 희미한 기억들, "그림자들"이다. 『파우스트』는 사랑하는 사람들과 함께 사라진 젊은 날에 바치는 진혼곡이다. 진혼의 방식은 파격적이다. 지난날의 환희를 덮는 고통, "아픔"과 "슬픔"에 대한 반항일까. 괴테-파우스트는 하늘을 향해 기도하지 않는다. 대지의 삶을 부정하고 악마를 소환한다. 반항의 목소리는 「서막」에 등장하는 "극작가"를 통해 들린다. 작가와 파우스트를 대변하는 그는 세상이라는 연극무대를 관장하는 "극단주"를 향해 외친다.

억누를 수 없던 그 욕구들을 돌려주시오,

그 깊은, 고통 가득한 행복을,

증오의 힘을, 사랑의 위력을,

나의 젊음을 내게 되돌려주시오!

Gieb ungebändigt jene Triebe,

Das tiefe schmerzenvolle Glück,

Des Hasses Kraft, die Macht der Liebe,

Gieb meine Jugend mir zurück!

v.194-197.

젊음을 되찾기 위해 파우스트는 악마 메피스토펠레스와 내기를 한다. 메피스토펠레스는 그를 만나기 전에 이미 창조주와 내기를 걸고 온 참이다(「천상의 서곡」). "하늘의 빛"이라는 "이성"을 따르는 것 같지만 동물처럼 비참하고 가련한 인간을 메피스토펠레스는 쉽사리 악으로 이끌 수 있다고 장담한다. 어리석은 인간의 대표자로 누구보다 잘난 파우스트가 선택된다. 파우스트는 세상의 모든 학문과 연금술, 마법까지 익힌 박사다. 허영심 가득한 그는 "하늘로부터는 가장 아름다운 별들을 구하고, 대지로부터는 온갖 최고의 쾌락을" 추구하지만, 결코 만족하지 못하는 인간이다. 모든 것을 안다고 자부하면서도 완전에 이르지 못해 "아무것도 알 수 없다는 것을 확인"한 것뿐이라고 그는 한탄한다.

메피스토펠레스를 만난 파우스트는 영혼을 걸고 내기를 한다. 목적은 충만한 삶과 앎이다. 모든 것을 알고 느끼는 만족의 순간에 이르면 그는 악마의 종이 될 것이다. 만족의 열쇠는 삶의 정수인 사랑, 수단은 젊음과 환락이다. 그는 악마에게 선언한다.

네가 행여 나를 기분 좋게 속여서

내가 나 자신에게 만족하게 된다면,

네가 나를 향락으로 기만할 수 있다면,

그것이 나의 마지막 날이 될 것이다!

Kannst du mich schmeichelnd je belügen,

Daß ich mir selbst gefallen mag,

Kannst du mich mit Genuß betrügen ;

Das sey für mich der letzte Tag!

I, v.1694-1697.

향락은 파우스트 스스로가 던지는 덫이다. 그는 "쾌락이 문제가 아니"라고 짐짓 부정한다. 삶의 완성에 필요한 것은 무엇보다 사랑이다. 사랑은 으뜸가는 마음으로, 여러 감정을 총괄하고 서로 대립하는 감정도 한데 묶는다. 사랑은 기쁨도 아픔도, "가장 고통스러운 환희, 애정 어린 증오, 힘 돋우는 울분"까지도 포함한다. 사랑은 정신과 육체를 아우르는 힘이다. "내면의 자아"를 충족시키기 위해서, "관능의 심연 속에서 불타는 욕정을 채우는" 것은, "정신의 힘으로 가장 높고 가장 깊은 것을 포착하는" 것만큼 중요하다. 파우스트는 기꺼이 악마의 유혹에 빠진다.

마녀의 약으로 삼십 년 젊어진 파우스트는 길에서 마주친 그레트헨 (Gretchen, Grete, Margarete)을 보고 한눈에 반한다. 그는 거침없이 유혹의 손을 내밀지만 그녀는 관심 없는 척 지나간다.

아 참으로, 저 아이 아름답구나!

지금까지 저런 아이는 본 적이 없다.

너무나 단정하고 정숙하고

그러면서 조금 새침하기까지 하다.

저 빨간 입술, 해맑은 뺨,

세상 다하는 날까지 잊지 못하리라!

Beym Himmel, dieses Kind ist schön!

So etwas hab'ich nie gesehn.

Sie ist so sitt- und tugendreich,

Und etwas schnippisch doch zugleich.

Der Lippe Roth, der Wange Licht,

Die Tage der Welt vergess'ich's nicht!

I, v.2609-2614.

그레트헨은 "가난한 집 아이"다. 당시의 성년 나이인 열넷 정도의 앳된 처녀다. 그녀는 어리고 순진하다. "너무나 순진해서, 아무 죄도 없는데 고해하러" 갈 정도다. 그녀는 수수하다. 파우스트는 그녀의 모습을 보고 "열광"하지만 그녀는 그저 소박한 처녀다. 마법의 약은 파우스트에게 젊음과 함께 큐피드의 혼을 불어넣어 그의 눈에는 "모든 여자가 헬레나"로 보인다. 헬레나가 전설적인 미의 전형이라면, 그레트헨은 이 세상 "모든 여자의 전형"이다. 냉정한 모습 속에 열정을 감추고, 남자의 유혹에 무심한 듯 민감한 보통 처녀다.

그날 저녁, 그레트헨은 혼자 자기 방에서 파우스트를 생각한다. 그 신사는 누구일까. 누군지 안다면 마음을 줄 텐데. 명문가 출신 귀족이 겠지. 아니면 "그렇게 대담할" 수가 없지. 그 대담한 파우스트가 집으로 찾아와 그녀를 유혹한다. 악마의 도움으로 그녀의 마음을 사로잡는다. 사랑에 눈먼 그녀도 대담해진다. 집에 있는 어머니를 그가 준 약으로 잠재우고 사랑을 나눈다. 파우스트의 욕망은 거침이 없다. 그녀를 지키려는 오빠가 막아서자 파우스트는 칼로 그를 찔러 죽인다. 파우스트는 그녀에게 "불타오르는 열정"을 쏟아내고, 그녀는 차츰 이글거리는 죄의식의 고통으로 타들어간다. 파우스트는 악마처럼 사랑한다. 아니, 악마에게는 그런 욕망이 없다. 악마적인 욕망은 인간의 것이다. 그는 사랑의 환희를 누리고 사랑하는 대상을 배려하지 않는다. "단순하고 천진난만한" 그레트헨은 자신에 대한 사려 없이 사랑을 따르다 절망의 심연으로 떨어진다.

사랑의 불길이 잦아든다. 어느 결에 파우스트는 메피스토펠레스와 먼 곳을 떠돈다. 세상의 저편 높은 산에서 모험과 마녀들의 축제를 즐긴다. 그 사이, 어머니를 영원히 잠재우고, 오빠를 잃고, 절망에 빠져 갓난아기를 물에 빠뜨려 죽인 그레트헨은 감옥에 갇힌다. 파우스트는 비참한 그녀의 환영을 보고 놀라서 뒤늦게 그녀를 구하러 감옥으로 찾아간다. 정신없이 말을 달려왔지만, 감옥에 다다르자 그는 잠시 발길을 멈춘다. "너는 그녀에게 가기를 주저한다! 너는 다시 그녀를 보는 것을 두려워한다!"(v.4409-4410) 사랑의 인력은 이미 사라졌다. 사람의 도리만 남았다.

파우스트를 보고 그녀는 놀란다. 그를 사형 집행인이라고 착각한다. 지나친 착각이 아니다. 그녀를 죽음으로 몰아넣은 것이 그니까. 죽음의 환영 앞에서 그녀는 살려달라고 애원한다.

난 아직 이렇게 젊어요, 이렇게 젊어요!

그런데도 벌써 죽어야 하나요!

나도 예뻤는데, 그것이 재앙을 불렀어요.

벗이 가까이 있었는데, 이제는 멀어졌어요.

화관은 찢어져 버렸고, 꽃들은 흩어졌어요.

그렇게 억지로 날 잡지 마세요!

날 해치지 마세요! 내가 당신에게 무슨 잘못을 했나요?

내 애원이 헛되지 않게 해주세요.

내 평생 당신을 본 적도 없잖아요!

Bin ich doch noch so jung, so jung!

Und soll schon sterben!

Schön war ich auch, und das war mein Verderben.

Nah war der Freund, nun ist er weit,

Zerrissen liegt der Kranz, die Blumen zerstreut.

Fasse mich nicht so gewaltsam an!

Schone mich! Was hab' ich dir gethan?

Laß mich nicht vergebens flehen,

Hab' ich dich doch mein' Tage nicht gesehen!

I, v. 4432 – 4440.

그저 정신이 나가서 그를 몰라보는 것이 아니다. 사랑하는 마음이 흩어졌으니 이제 모르는 사람이다. 한눈에 가까워졌듯이, 멀어지는 것도 한순간이다. 그녀는 그를 부정한다. 난 너를 모른다. 간신히 정신이 들어 그를 알아보고도 그녀는 말한다. "당신이 무서워요." 그의 사랑이 그녀에게는 재앙이었다. 그녀는 순결한 마음, 꽃 같은 생기를 잃고, 삶을 지속할 의지도 잃었다. 그녀가 그와 함께 달아나지 않는 이유다. 파우스트는 그녀를 두고 메피스토펠레스와 함께 떠난다. 악마가 가면서 툭 던진다. "벌 받는다." 그레트헨(Gretchen, Margarete)은 벌 받는다(gerichtet). 악마의 음운 놀이다. 천상의 목소리가 곧바로 그 말을 덮는다. "구원받는다." 이름에 알게 모르게 새겨진 것은 구원(gerettet)이다. 그녀가 유혹의 대상이 되기 이전에, 창조주가 메피스토펠레스와 내기를 할 때 이미 정해놓은 운명 아닐까.

어느덧 시간이 흘러가고,
아픔도 기쁨도 사라져버렸다.
느껴지는가! 너는 회복되리라.
새롭게 펼쳐지는 날을 믿어라.

Schon verloschen sind die Stunden,
Hingeschwunden Schmerz und Glück;
Fühl' es vor! Du wirst gesunden;
Traue neuem Tagesblick.
II, 1, v.4650-4653.

새로운 빛을 받으며 솟아오르는 대지의 기운과 함께 파우스트는 다시 "최고의 현존"을 향해 일어선다. 그의 욕망은 에두름이 없다. 그는 이 세상에서 — 저세상까지 포함해서 — 최고 아름다운 여인을 원한다. 그의 존재를 채울 새로운 사랑은 어머니-대지 속에 잠든 고대 신화의 여인 헬레나다. 그레트헨이 우연히 만난 — 어디서나 만날 수 있는 — 여성의 전형이라면, 헬레나는 모두가 꿈꾸는 — 어디에도 없는 — 이상형이다. 궁극의 사랑을 위해서 파우스트는 시공을 무시하고 차원을 넘나든다. 그는 메피스토펠레스의 마법을 이용해서 "공간도 없고 시간도 없는" 곳에 있는 헬레나를 찾아 이 세상에 불러들인다. 무대에 나타난 그녀의 환영을 보면서 그는 눈을 의심할 만큼 감탄한다.

아직도 내게 눈이 있는가? 마음속 깊은 곳에서부터
아름다움의 샘 가득 솟아 넘치는 저 모습이 보이는가?
무서운 나들이로부터 내가 복된 선물을 들여왔구나.
지금까지 세상은 얼마나 헛된 것, 미천한 것이었나!
[…]
바로 그대에게 내 마음의 모든 힘을,
내 열정 일체를,
연모, 사랑, 숭배, 광신을 바치리라.

Hab'ich noch Augen? Zeigt sich tief im Sinn
Der Schönheit Quelle vollen Stroms ergossen?
Mein Schreckensgang bringt seligsten Gewinn.

Wie war die Welt mir nichtig, unerschlossen!

[…]

Du bist's der ich die Regung aller Kraft,

Den Inbegriff der Leidenschaft,

Dir Neigung, Lieb', Anbetung, Wahnsinn zolle.

II, 1, v.6487–6500.

파우스트는 열광적인 시선으로 헬레나를 바라본다. 그녀가 함께 나타난 파리스를 포옹하는 장면에서는 그의 눈에 불꽃이 튄다. 그는 소유욕에 불탄다. "누구든 그녀를 알게 되면, 그녀 없이 살 수 없다." 그는 질투를 참지 못하고 금기의 대상을 향해 손을 뻗는다. 다른 차원이 겹치는 순간 그녀의 환영은 사라지고 파우스트는 혼절한다.

파우스트는 아예 어머니-대지 속 공허(Leere)의 세계로 따라 들어간다. 공허 혹은 무(Nichts)의 세계는 무한히 변화하는 세계이기도 하다. 공즉색(空卽色)의 조화일까. 파우스트와 메피스토펠레스가 원하는 대로 장소도 존재도 변모한다. 그들은 고대 그리스 신화 속으로 스며들어 숱한 옛이야기 속 인물들, 정령들을 만나고, 이곳저곳을 떠돌며 "가장 아름다운 여자"의 행적을 찾는다. 배경은 수시로 바뀌고 그들은 전략에 따라 다른 모습으로 탈바꿈한다. 페네이오스 강가로부터 에게해 연안을 거쳐, 스파르타의 궁전에서 헬레나를 찾아낸 메피스토펠레스는 이상향 아르카디아의 성채로 그녀를 데려온다. 그곳의 성주는 "경탄스러운 형체에, 고귀한 태도와 사랑스러운 풍모"를 갖춘 파우스트. 마침내 마주한 두 영혼은 단번에 합쳐진다. 그들은 모두가 보는 앞에서 둘만의 "은밀한 즐거움을 거리낌 없이" 드러낸다.

헬레나	너무나 먼 듯하면서 너무나 가까운 듯 느껴져요.
	그저 하고픈 말은 나 여기! 여기! 있다는 것뿐.
파우스트	난 숨이 막히고, 몸이 떨리고, 말이 안 나와요.
	꿈만 같소, 시간도 장소도 사라져버렸으니.
헬레나	기운이 쇠한 듯하면서 아주 새로 돋는 듯도 해요.
	낯선 당신에게 충실하게, 당신 속으로 섞여들어요.
파우스트	단 하나뿐인 운명이라고 너무 깊이 생각하지 말아요.
	한순간에 지나지 않아도, 존재는 의무입니다.

Helena	Ich fühle mich so fern und doch so nah,
	Und sage nur zu gern : da bin ich! da!
Faust	Ich athme kaum, mir zittert, stockt das Wort,
	Es ist ein Traum, verschwunden Tag und Ort.
Helena	Ich scheine mir verlebt und doch so neu,
	In dich verwebt, dem Unbekannten treu.
Faust	Durchgrüble nicht das einzigste Geschick,
	Daseyn ist Pflicht und wär's ein Augenblick.

II, 3, v.9411-9418.

두 영혼의 대화는 지극히 육체적이고 관능적이다. 둘만 알아들을 수 있는 사랑의 밀어가 어렴풋이 읽힌다. 합체의 황홀함 속에서 두 존재는 소진할 듯 생생하고 사라질 듯 넘친다.

　　둘만의 사랑놀이는 모두의 눈에서 벗어나 암벽의 동굴 속에서 이어진다. 그 "알 수 없는 깊은 곳"에서 사랑이 꽃피고 어느 사이 아이가 태어난다. 헬레나가 기쁨을 노래한다.

<blockquote>

헬레나　　사랑은, 인간다운 행복을 누리도록,

　　　　　고귀한 두 사람을 가깝게 하지만,

　　　　　신과 같은 환희를 느낄 수 있도록,

　　　　　그 둘을 귀중한 세 사람으로 만들어요.

파우스트　이로써 모든 것이 이루어졌소.

　　　　　나는 당신 것, 당신은 나의 것이오.

　　　　　이렇게 우리 결합되었으니

　　　　　이제 어떤 변화도 있어서는 안 되오!

Helena　　Liebe, menschlich zu beglücken,

　　　　　Nähert sie ein edles Zwey ;

　　　　　Doch zu göttlichem Entzücken

　　　　　Bildet sie ein köstlich Drey.

Faust　　　Alles ist sodann gefunden :

　　　　　Ich bin dein und du bist mein ;

　　　　　Und so stehen wir verbunden,

　　　　　Dürft' es doch nicht anders seyn !

v.9699-9706.

</blockquote>

파우스트의 바람과 달리 변화는 계속된다. "행복과 아름다움의 결합은 지속되지 않는다"(v.9940). 이루어진 것은 무너지고 합쳐진 것은 흩어진다. 운명은 반복된다. 기운 넘치는 아이는 금방 자라나서 호기롭게 하늘 높이 날아오르다 이카로스처럼 떨어져 죽는다. 헬레나도 아이를 따라 저승으로 내려간다. 파우스트의 품에 옷과 면사포를 남기고 어둠 속으로 사라진다. 신화 같은 사랑이 끝나고, 파우스트는 구름을 타고 이승으로 돌아온다.

최고의 사랑을 정복한 파우스트는 또 다른 성취를 꿈꾼다. 그는 말한다. 이 세상에는 "아직도 위대한 일을 할 여지가 남아 있다". 그 자신도 알고 있다. 그의 성취욕은 "풍요 속에서 결핍을 느끼는" 병이다. 그의 "병적 욕구"는 없는 일도 만들어낸다. 그는 바다에 맞서 파도를 몰아내고 없는 땅을 일궈내어 대지의 경계를 넓히고 싶어 한다. 그것은 무에서 유를 창출하는 혹은 보이지 않는 것을 보여주는 시인의 일이기도 하고, 은연히 창조주의 일을 모방하는 것이기도 하다. 그것을 위해 그는 전쟁에 가담한다. 메피스토펠레스와 함께 황제를 도와 승리를 거두고 바닷가 영토를 하사받아 개발한다. 그러나 그는 무리하게 간척사업을 진행하다 무고한 희생자들을 만들고 자괴감에 빠진다. 한밤중에 "잿빛 여인" 넷이 나타난다. '죽음'의 전신인 '결핍', '죄악', '근심', '곤궁'이다. 셋은 곧 사라지고 '근심'이 파우스트 앞에 모습을 드러낸다. 그녀는 끊임없이 갈망하고 쟁취하는 인간의 "영원한 불안의 동반자"다. 그녀는 "자유도 삶도 날마다 싸워서 얻어야 그것을 누릴 자격이 있다"는 소신을 결코 굽히지 않는 파우스트의 눈을 감긴다. 눈은 욕망의 첨병이다. 눈이 멀자 마음의 눈이 열린다. "보이는 것들의 풍성함 앞에서 온통 공허하고" 텅 빈 것 같았던 마음이 "맑은 빛"으로 채워진다. 이루지 못한 것에 대한 결핍감보다 이루어진 것에 대한 만족감, 그리고 이루어질 것에 대한 기대감이 더 커진다. 파우스트가 시간과 삶의 충만함을 깨닫는 순간이다. 새로 개척된 토지와 그 위에서 미래를 개척해나갈 사람들을 생각하며 그는 말한다.

> 나는 그러한 인간 무리를 바라보며,
> 자유로운 땅 위에 자유로운 사람들과 서 있고 싶다.
> 순간을 향해 나 이제 말해도 좋으리라.
> 멈추어라, 너 너무도 아름답구나!
> 내가 이 세상에서 보낸 날들의 흔적은
> 영원히 사라지지 않을 것이다. ─

> Solch ein Gewimmel möcht' ich sehn,
> Auf freiem Grund mit freiem Volke stehn.
> Zum Augenblicke dürft' ich sagen :
> Verweile doch, du bist so schön!
> Es kann die Spur von meinen Erdetagen
> Nicht in Aeonen untergehn. ─
> II, 5, v.11579-11584.

파우스트는 쓰러진다. "하찮고 허망한 최후의 순간"일 뿐이라고 메피스토펠레스는 비웃는다. 악마는 세상에서 보낸 날들, 지나간 시간,

삶의 "흔적"을 부정한다.

지나간 것은 전혀 없는 것과 완전히 같은 것이다!
영원히 창조한다는 것이 대체 무슨 소용인가!
창조된 것은 무(無)로 휩쓸려 가버리지 않는가!

Vorbei und reines Nichts, vollkommnes Einerlei!
Was soll uns denn das ew'ge Schaffen!
Geschaffenes zu nichts hinwegzuraffen!
v.11597-11599.

남는 것은 오직 "영원한 공허"(Ewig-Leere)뿐이다. 악마가 설파하는 삶의 공허함은 인간 파우스트도 공유하는 관념이다. 영원과 공허, 흔적과 무, 충만과 허무는 같은 것의 다른 이름이다.

구원은 사랑에 있다. 가슴 벅찬 사랑은 공허한 삶을 메운다. 잃어버린 사랑조차 삶의 흔적을 각인한다. 사랑이 "삶의 왕관"인 이유다. 사랑도 공허처럼 영원하다.

그렇게 허망한 것은,
모두 다 사라지고,
빛나라, 불변의 별
영원한 사랑의 핵심.

Daß ja das Nichtige,

Alles verflüchtige,

Glänze der Dauerstern

Ewiger Liebe Kern.

v.11862-11865.

영원히 빛나는 사랑은 악마의 영혼까지 밝힌다. 메피스토펠레스는
찬양하는 전사들을 보며 사랑에 사로잡혀 당혹해한다. "너희들 너무
나 사랑스러워 보인다!" 혼이 나간 악마의 손아귀로부터 "전능한 사
랑"이 파우스트의 영혼을 구해낸다. 구원을 이끄는 것은 먼저 구원받
은 그레트헨의 영혼이다. 그녀는 속죄하는 여인들, 마리아 막달레나,
사마리아의 여인, 이집트의 마리아 곁에서 성모에게 자비를 빈다. 성
모를 따라 여인들이 승천한다. 그레트헨을 따라 파우스트도 어머니-
대지로부터 성모의 하늘로 오른다. 잉태로부터 죽음을 거쳐 승화에
이르는 길이다.

영원한 여성성이

우리를 이끌어 올린다.

Das Ewig-Weibliche

Zieht uns hinan.

v.12110-12111.

장미의 향연

롱사르, 『사랑 시집』
페트라르카, 『칸초니에레』
예이츠, 『장미』
데스노스, 『신비한 여인에게』
뮈세, 「슬픔」
데보르드-발모르, 「사디의 장미」

롱사르 Pierre de Ronsard (1524-1585)
16세기 프랑스 궁정 시인. 근대적 서정시의 기원.
정열적인 시인으로 스무 살부터 오십까지 많은 사랑의 시를 썼다.
종교전쟁을 비판하는 담론들과 애국적인 서사시 등 다양한 작품을 남겼다.
플로베르는 "베르길리우스보다 위대하고 괴테에 필적하는" 시인이라고 평가했다.
—『사랑 시집』(1552) —『사랑 시집 속편』(1555)
—『사랑 시집 신편』(1556) —『마리의 죽음에 대하여』(1578)
—『엘렌을 위한 소네트』(1578)

페트라르카 Francesco Petrarca (1304-1374)
초기 르네상스 시기의 이탈리아 시인, 인본주의 학자.
—『칸초니에레』(1327-1368)

예이츠 William Butler Yeats (1865-1939)
신화와 전설을 서정시에 접목하고, 아일랜드 독립에 공헌한 시인, 정치인.
—『장미』(1893) —『은밀한 장미』(1897)

데스노스 Robert Desnos (1900-1945)
프랑스 초현실주의 시인. 레지스탕스로 활동하다 수용소에서 생을 마감했다.
—『신비한 여인에게』(1926)

뮈세 Alfred de Musset (1810-1857)
낭만주의 시인, 극작가. 사랑의 비애를 노래한 시가 많다.
—「슬픔」(1840)

데보르드-발모르 Marceline Desbordes-Valmore (1786-1859)
비련의 삶을 살며 감성과 색감이 강한 시를 쓴 시인, 연극배우, 오페라 가수.
—「사디의 장미」, 『미발표 시집』(1860) —「고독」, 『가련한 꽃들』(1839)

사랑하는 여인을 소유하는 것이 천국보다 낫다.

『장미 이야기』, v.1347-8.

롱사르는 장미의 시인이다. "피에르 드 롱사르"(Rosa 'Eden')라는 품종명의 장미가 있을 정도다. 장미는 정열을 상징한다. 시인은 여인에게 꽃을 바치듯 시를 쓴다. 사랑의 표현은 시의 으뜸 기능이다. 꽃처럼 피어나는 사랑, 그것이 시심(詩心)이다. 롱사르는 평생 사랑으로 살았다. 사랑이 그의 심장이었다. "그토록 사랑에 그는 쉽사리 사로잡혔다." 그가 자신의 묘비명으로 적어둔 시구다.

롱사르의 첫 번째 열정은 카상드르(Cassandre Salviati)였다. 어느 봄날이었다. 루아르강 언덕의 블루아(Blois) 성에서 열린 궁정 무도회. 그는 그곳에서 처음 그녀를 보았다. "장밋빛 얼굴"에 "눈빛 목, 우윳빛 가슴"의 그녀는 열네 살 소녀, 그는 스무 살의 삭발 성직자였다. ─ "젊은 나는 너의 빛에 눈을 잃었다." ─ 그녀는 이듬해 결혼한다. 그는 기억과 상상 속에서 사랑의 찬가를 이어간다. 두 사람의 거리만큼 시가는 애련하다. 화려하게 피어나는 만큼 지는 것이 슬픈 꽃, 장미가 그 애련함을 대표한다. 많은 프랑스인이 암송하는 「카상드르에게」는 첫 만남 몇 달 후 쓴 송가(Ode)다. 시 전체가 한 송이 장미다.

임이여, 장미를 보러 갑시다,

오늘 아침 태양을 향하여

자줏빛 옷을 펼쳤던 그 꽃,

저녁이 되어 잃어버렸는지,

그 자줏빛 옷 주름들과

그대 얼굴을 닮은 그 빛을.

아! 보시오, 잠깐 사이에.

임이여, 장미는 그 자리에 선 채로

아! 아! 제 아름다움을 떨어뜨렸소!

오, 정말 몹쓸 어머니 자연이여,

저 같은 꽃의 수명이 겨우

아침부터 저녁까지라니!

그러니, 내 말을 믿거든, 임이여,

그대 나이가 꽃을 피우며

더없이 푸르른 새로움을 이어갈 때,

꺾으시오, 그대의 젊음을 꺾으시오.

저 꽃이 그렇듯, 늙음이

그대 아름다움을 지워갈 테니.

Mignonne, allons voir si la rose

Qui ce matin avoit desclose

Sa robe de pourpre au Soleil,

A point perdu ceste vesprée

Les plis de sa robe pourprée,

Et son teint au vostre pareil.

Las ! voyez comme en peu d'espace,

Mignonne, elle a dessus la place

Las ! las ! ses beautez laissé cheoir !

Ô vrayment marastre Nature,

Puis qu'une telle fleur ne dure

Que du matin jusques au soir !

Donc, si vous me croyez, mignonne,

Tandis que vostre âge fleuronne

En sa plus verte nouveauté,

Cueillez, cueillez vostre jeunesse :

Comme à ceste fleur la vieillesse

Fera ternir vostre beauté.

Ode à Cassandre.

  장미가 표상하는 것은 젊음의 아름다움이다. 태양에 맞서는 그 아름다움은 지속되지 않는다. 멀리 영화 〈로미오와 줄리엣〉의 노래가 다시 들린다. "한 송이 장미 피어나, 어느덧 시들어간다. 그렇게 청춘도 사라진다." 꽃다운 청춘도 돌아보면 "잠깐"이다. "그러니", 젊음을 꺾으라는 얘기다. 꽃을 꺾다, 꽃을 따다, 표현이 강하다. 간절함 때문일까. 관능의 유혹과 지혜의 권유가 함께한다. 흐르는 시간을 붙들고, 덧없는 환희의 순간을 포착하고 — 사진처럼 — 간직하라는 것일까. 롱사르의 표현은 호라티우스의 명구를 소환한다. "카르페 디엠"(Carpe diem). 동사 카르페(carpe, carpo)에는 꽃을 꺾다, (벌이) 꽃을 빨다, 즐기다, 누리다 등 여러 뜻이 있다. 꽃을 꺾는 것은 곧 젊음의 향유다. 영화 〈죽은 시인의 사회〉에서 외치는 키팅(로빈 윌리엄스)의 목소리도 들린다. 카르페 디엠, 낮을 붙잡아라(Seize the day), 태양처럼 빛나는 젊음의 시간을 누려라.

두 세기 전 어느 봄날 아침, 아비뇽 성당에서, 이탈리아 시인 페트라르카도 운명적 사랑을 만난다. "천사의 형상을 한" 그녀는 열일곱 살 라우라(로르) 드 사드(Laure de Sade) 후작 부인, 성 담론의 "언어적 혁명"을 전파할 18세기 작가 사드 후작의 선조다. 그녀를 보는 순간 페트라르카는 "밝은 태양보다 훨씬 더 빛나는 아름다운 두 눈"에 정신을 잃는다. 그리스도 수난일, 성(聖)금요일이다.

> 그날, 창조주에 대한 슬픔으로
> 태양이 빛을 잃었던 날,
> 나는, 넋을 잃고, 사로잡혔다,
> 아름다운 그대 눈에, 포로가 되었다.
>
> 숨을 틈이 보이지 않았다, 불시에
> 닥친 사랑 앞에서. 그래서 나아갔다,
> 평온히, 의심 없이. 그렇게 나의 불행은
> 범속한 고통 속에서 시작되었다.
>
> 나를 찾은 사랑이 완전히 무방비로
> 열린 길로 눈을 통해 가슴까지 들어와,

눈물의 출구와 통로를 만들어 놓았다.

그러니 그다지 명예롭지 않아 보이는 것은
나를 이렇게 화살로 상처 입히고서,
그대 무장한 채 활도 안 보여준다는 것.

Era il giorno ch'al sol si scoloraro
per la pietà del suo factore i rai,
quando i' fui preso, et non me ne guardai,
ché i be' vostr'occhi, donna, mi legaro.

Tempo non mi parea da far riparo
contra colpi d'Amor : però m'andai
secur, senza sospetto ; onde i miei guai
nel commune dolor s'incominciaro.

Trovommi Amor del tutto disarmato
et aperta la via per gli occhi al core,
che di lagrime son fatti uscio et varco :

però al mio parer non li fu honore
ferir me de saetta in quello stato,
a voi armata non mostrar pur l'arco.

*Canzoniere,*3.

단순한 첫 만남의 찬가가 아니다. 그의 온 사랑이 요약된 시다. 페트라르카의 사랑은 끝없는 찬미의 고행이다. "무한한 아름다움"의 예찬에 그녀는 그저 냉담하다. 『칸초니에레』 어느 편을 보아도 마찬가지다. 그녀의 "부드럽고, 겸허하고, 천사 같은 모습" 속에 있는 것은 "냉정한 마음, 그리고 삭막하고, 잔인한 욕망"이다(265). 그 한결같은 무심함에 그녀의 실존이 의심받을 정도다. "섬세한 금발 머리, 눈(雪)처럼 온화한 낯빛, / 흑단 빛 눈썹, 별 같은 두 눈"(157)처럼 생생한 묘사도 드물게 있지만, 신원에 관한 언급은 없다. 익명성은 그러나 존중과 정중/정숙에 바탕을 둔 궁정 연애(l'amour courtois)의 관례다. 그녀의 침묵은 죽음을 환기한다. "나는 그 아름다운 두 눈의 공격이 너무나 두렵다, / 그 속에는 사랑과 나의 죽음이 담겨 있다"(39). 그를 "불태운 사랑"은 그녀가 죽기까지, "이십일 년 동안" 지속된다. 그 사랑은 그녀가 죽은 후에도 "십 년 더 눈물 속에서" 이어진다(364). 페트라르카의 순수한 — 공허한 — 사랑의 기록은 이후 여러 세기에 걸쳐 여성을 찬미하고 사랑의 아름다움과 슬픔을 노래하는 시인들의 모델이 된다. 롱사르도 그 전통에 속한다. 하지만 그는 다르다. 그는 죽도록, 죽음까지 예찬하지는 않는다. 그는 삶을 사랑한다.

롱사르는 카상드르를 처음 만났던 지방에서 다시 만난다. 결혼 후 어머니가 된 그녀와 그는 시로 교감한다. "너무나 아름다운 [그] 부인은 / 나의 시를 읽고 평가도 한다." 시를 읽는 시 속의 그 "부인"이 반드시 현실의 그녀는 아니다. 그녀는 영감의 원천이다. 일찍이 눈을 멀게 하는 빛과 함께 그의 마음속으로 들어온 카상드르는 시를 통해 이상화된다. 시의 속성이다. 시는 현실을 이상으로, 실재를 신화로 옮긴다. 그녀는 아폴론의 사랑을 받은 동명의 트로이 공주 카산드라가 되기도 하고, 아프로디테, 디오네, 테티스, 클리오, 아테나 같은 여신들로부터 온갖 덕목을 부여받기도 한다(*Quand au premier la Dame que j'adore...*). 그녀는 다나에 혹은 에우로페로 꿈꾸어지기도 한다.

얼마나 좋을까, 노란빛 화려한
황금 비 되어 방울방울 흘러내린다면,
내 사랑 카상드르의 아름다운 가슴 속으로,
그녀의 눈 속으로 잠이 스며들 때.

얼마나 좋을까, 황소로 하얗게
변하여 섬세하게 그녀를 껴안는다면,
그녀가 너무나 부드러운 풀밭을 지나며
홀로 멀리서 수천의 꽃에 넋을 잃을 때.

Je voudroi bien richement jaunissant
En pluïe d'or goute à goute descendre
Dans le beau sein de ma belle Cassandre,
Lors qu'en ses yeus le somme va glissant.

Je voudroi bien en toreau blanchissant
Me transformer pour finement la prendre,
Quand elle va par l'herbe la plus tendre
Seule a l'escart mile fleurs ravissant.

Les Amours.

때로 롱사르는 카상드르의 "가혹함"을 원망한다. "그녀는 너무나 비인간적이다." 그녀는 정숙한 부인일 뿐이다. 원망은 원하는 자의 몫이다. 홀로 넘치는 열정이 원망과 절실한 꿈을 만든다. 제우스의 꿈은 강렬하다. 하늘로부터 청동 탑에 갇힌 다나에를 향해 황금빛으로 흘러내리는 꿈은 시인이 꿀 수 있는 최상의 그림이다. 이 꿈의 완벽한 해제는 클림트의 그림 〈다나에〉다. 그 그림의 관능성은 구도에서 시작된다. 모로 기울어진 목과 웅크린 여인의 자세는 육체의 양감을 강조한다. 떠 있는 듯 가라앉을 듯한 풍만함이다. 바람에 날리듯 부풀린 천의 율동과 무늬도 육감적이다. 여인의 짙은 표정은 여린 선과 옅은 색채로 볼륨이 강조된 육체와 대비된다. 잠으로 감긴 눈과 열린 입은 황홀함에 놀란 듯 하얗게 눈뜬 가슴과 대조를 이룬다. 각진 손가락이 불쑥 놀란 가슴을 지시한다. 그 놀람은 뜬눈과 벌린 입의 이모티콘 같은 천의 무늬들과 호응한다. 그림의 역동성을 지탱하는 천의 다양한 색채는 네 모퉁이를 구성하는 갈색, 초록색과 조화를 이룬다. 그 조화는 적갈색 머리와 희노란 육체, 금빛 방울들과 머리칼의 곱슬 물결을 부각한다. 금빛과 갈색, 방울과 원과 굴곡, 그리고 바람과 물결과 흐름의 화합이 신성과 관능의 합일을 매개한다.

제우스 시인의 두 번째 꿈은 에우로페다. 제우스는 하얀 황소로 변해 에우로페를 바다 건너 크레타섬으로 실어간다. 이 주제를 다룬 그림은 많다. 리베랄레 다 베로나(Liberale da Verona, 1441-1526)의 환상 동화 같은 그림, 롱사르와 동시대 화가인 티치아노(Tiziano, 1490-1576)의 서사적이고 역동적인 그림, 다채로운 애정이 담긴 모로(Gustave Moreau, 1826-1898)의 그림들, 그리고 휴양지의 한가로움을

구스타프 클림트, 〈다나에〉, 1907

연상시키는 마티스(Matisse, 1869-1954)의 그림도 있다. 롱사르의 꿈은 굳이 해제가 필요 없다. "홀로 멀리서", 오직 둘만 따로 있는 상상은 사랑에 빠진 연인이면 한 번쯤 꾸는 꿈이다. 보이는 건 그 사람뿐, 머릿속엔 둘뿐이니까. 다 꿈일 뿐이다. 제우스가 아닌 한. 멀리 아니면 따로, 신분과 도덕의 제약에서 벗어나고 싶은 시인의 꿈은 현실에서 이루어지지 않는다. 그는 카상드르의 "차가움을 벗기지 못했다". 그녀는 "비정함을 뻐긴다". 롱사르는 떠난다. 수년 동안의 연정을 버리고, 그녀의 이미지만 가져간다, 불멸의 아름다움은 시의 기록으로 들어간다.

[…] 그녀가 계속해서 점점 더

사랑에 냉정하고, 매정하고, 가혹해지면

그만 그녀를 버려야 한다, 골머리 앓지 말고,

그처럼 어리석은 사람 달래려 애쓰지 말고.

Mais quand elle devient de pis en pis tousjours,

plus dure, et plus cruelle, et plus rude en amours,

Il la faut laisser là, sans se rompre la teste

De vouloir adoucir une si sotte beste :

Nouvelle continuation des Amours.

롱사르는 사랑을 계속한다. 많은 사랑을 한다. 마리, 쥬네브르, 이자보, 아스트레… 여러 여인이 나타난다. 두 번째 사랑 시집이 만들어진다. 카상드르도 여전히 언급되지만, 『사랑 시집 속편』의 주인공은 마리(Marie Dupin)다. 그녀는 수수한 시골 처녀다. 그녀는 "아름답고, 상냥하고, 정직하고, 겸허하고, 다정하다". 마리에 대한 롱사르의 사랑은 가볍다. 그의 시는 외로운 찬미의 굴레를 벗고 감각적인 즐거움을 노래한다. 이번에는 바로 그녀가 장미다. "감미롭고, 아름답고, 사랑스럽고 다정한 장미".

마리, 그대의 진홍빛 뺨은

오월의 장미 같고, 그대의 밤색

머릿결은 리본으로 곱슬곱슬 말려

우아하게 귀 주위를 휘돌아 내린다.

그대 어렸을 때, 친절한 꿀벌이

그대 입술에 달콤하고 향긋한 벌꿀을 배양했고.

사랑의 신은 그대의 굳은 눈에 제 표적을 남겼고,

피톤은 누구와도 다른 목소리를 그대에게 부여했다.

그대의 두 가슴은 우윳빛 봉우리처럼,

몽글하다, 마치 이른 봄에,

두 개의 봉오리가 테두리에 감싸여 몽글 오르듯.

그대 팔은 주노, 그대 가슴은 카리테스의 것,

그대 이마, 그대 손은 오로라로부터 나온 것,

그러나 그대 마음은 오만한 암사자의 것.

Marie, vous avez la joue aussi vermeille

Qu'une rose de mai, vous avez les cheveux

De couleur de châtaigne, entrefrisés de noeuds,

Gentement tortillés tout autour de l'oreille.

Quand vous étiez petite, une mignarde abeille

Dans vos lèvres forma son doux miel savoureux,

Amour laissa ses traits dans vos yeux rigoureux,

Pithon vous fit la voix à nulle autre pareille.

Vous avez les tétins comme deux monts de lait,
Qui pommellent ainsi qu'au printemps nouvelet
Pommellent deux boutons que leur châsse environne.

De Junon sont vos bras, des Grâces votre sein,
Vous avez de l'Aurore et le front, et la main,
Mais vous avez le coeur d'une fière lionne.

Continuation des Amours.

첫 두 4행 시절은 마리의 얼굴에 대한 묘사다. 장밋빛 뺨과 동글게 땋아 내린 머릿결, 그리고 둥근 귀의 서술은 세심하고 촘촘하다. 장미, 머릿결, 리본, 귀, 모든 원의 이미지에 애정이 가득 담겨 있다. 입술과 눈과 목소리의 아름다움에 신성이 깃든다. 피톤은 델포이 아폴론 신전의 여사제에게 예언의 영감을 주는 정령이다. 아폴론의 여사제는 "델포이의 꿀벌"이라고 불리기도 한다. 꿀의 달콤함은 그리스인들에게 언어의 매혹을 상징한다. 꿀 발린 말이라는 우리말 표현도 있으니 상상력이 다르지 않다. 에로스도 매혹과 교류의 신이다. 첫 시절의 장미꽃과 맴돌이 이미지들이 둘째 시절에서 에로스와 아폴론의 신화 요소들과 어우러지는 양상이다. 다음 두 3행 시절에서 시인의 시선은 얼굴에서 신체로 내려간다. 가슴에 대한 느긋한 관능적 묘사에 이어, 신체의 각 부분에 신성이 주어진다. 주노는 헤라의 로마명이고, 카리테스(그라티아이, Graces)는 미의 여신들이다. 새벽의 여신 오로라는 다시 장밋빛을 부르고, 마지막에 불쑥 등장하는 암사자는 셋째 시절의 가슴에 대한 긴 서술에 대응한다. 가벼운 사랑 노래지만 유추의 의미망은 밀도가 높다. 구체적인 아름다움에 자연과 신성을 대입했지만, 이상화 의도는 없다. 신화의 소환은 비유의 유희만을 위해서가 아니다. 지나치게 감각적인 묘사를 중화하려는 의도다.

시 외에 마리에 대한 실제 기록은 거의 없다. 얼마나 함께했고 언제 헤어졌는지 모른다. 다만 시인의 말에 따르면 그녀는 그의 두 번째 큰 사랑이었다. 그는 "처음으로 아름다운 카상드르를 사랑했고 / 두 번째로 마리도 사랑했다". 한참 세월이 흐른 어느 날 그는 마리의 죽음 소식을 듣는다. 새삼 자신의 장미("toute ma rose")를 잃어버린 슬픔이 그를 사로잡는다.

보라, 오월 가지 위에 꽃핀 장미는
아름다운 젊음으로, 갓 피어난 모습으로
하늘도 그 생생한 색채를 시샘하게 한다,
동틀 때 새벽이 눈물로 그 꽃을 적실 때,

꽃잎에 은총이 깃들면, 사랑이 내려앉아,
화원과 나무들을 향기로 감싼다.
그러나 쏟는 비 혹은 지나친 열기에 지치면,
시들어 죽으며, 꽃잎 하나하나 지고 만다.

그렇듯 갓 피어나 젊음으로 새로운

그대 아름다움을 땅과 하늘이 찬양할 때,

파르카가 그대를 죽여, 이제 그대 재가 되었다.

내 슬픔과 내 눈물을 담아 장례에 바치는

우유 가득한 이 꽃병, 꽃 가득한 이 바구니는

살아서나 죽어서나 그저 장미인 그대 육체를 위한 것.

Comme on voit sur la branche au mois de mai la rose,

En sa belle jeunesse, en sa première fleur,

Rendre le ciel jaloux de sa vive couleur,

Quand l'Aube de ses pleurs au point du jour l'arrose ;

La grâce dans sa feuille, et l'amour se repose,

Embaumant les jardins et les arbres d'odeur ;

Mais battue, ou de pluie, ou d'excessive ardeur,

Languissante elle meurt, feuille à feuille déclose.

Ainsi en ta première et jeune nouveauté,

Quand la terre et le ciel honoraient ta beauté,

La Parque t'a tuée, et cendres tu reposes.

Pour obsèques reçois mes larmes et mes pleurs,

Ce vase plein de lait, ce panier plein de fleurs,

Afin que vif et mort, ton corps ne soit que roses.

Sur la mort de Marie, Sonnet III.

시인이 애도하는 마리는 둘이다. 그가 사랑했던 마리와 왕이 사랑했던 마리. 이 시는 연인 마리(Marie de Clève)의 이른 죽음을 슬퍼한 앙리 3세의 요청으로 만들어졌다. 그녀는 앙리 3세가 왕위에 오르기 직전에 스물한 살의 나이로 죽었다. 롱사르의 연인도 젊은 나이에 죽었다. 이중의 애도에 나이 든 시인의 애통함이 더해진다. 죽음의 진술은 애절하고 가파르다. 장미는 시들어 꽃잎이 다 떨어져 죽고, 장미 같은 여인은 운명의 신 파르카(모이라)가 죽여 재로 만들었다. "내 슬픔과 내 눈물", "꽃병"과 "바구니", 모두 시 자체를 가리키는 메타포다. 가득한 꽃과 우유는 초혼과 육화의 상징이다. 빛나는 언어 속에 담긴 장미는 불멸이다.

롱사르가 엘렌(Hélène de Surgères)을 만난 것은 어느 봄날 파리의 튈르리 궁에서다. 그의 나이 마흔여덟 무렵이었다. 스물여섯 살의 그녀는 앙리 3세의 어머니 카트린 드 메디시스(Catherine de Médicis)를 수행하는 귀족 가문의 궁녀였다. 롱사르는 종교전쟁에서 약혼자를 잃은 그녀를 시로 위로하라는 왕대비의 명을 받는다. 그렇게 마지막 사랑 시집 『엘렌을 위한 소네트』가 만들어진다. 엘렌은 "미네르바"라고 불릴 만큼 지적이고 문학적 소양도 높았던 것으로 전해진다. 두 사람은 궁정이라는 한정적이고 사교적인 공간에서 교감을 나눌 시간이 많았을 것이다. 그녀를 위해 백십 편이 넘는 시를 쓰면서 그는 늦은 나이에 다시 사랑에 빠져든다. "아름다운 카상드르, 그리고 아름다운 마리에게 작별"을 새삼 고하며 그는 말한다. "이제 가을, 여전히 불행하지만, / 나는 마치 봄인 듯 천성대로 사랑으로 산다."("Adieu belle Cassandre, et vous belle Marie…") 엘렌을 위한 시들은 카상드르를 향한 애련한 시편과 다르고, 마리에 대한 감각적인 시편과도 다르다. 젊은 날 못지않은 간절함도 있지만 완숙미가 돋보인다. 시집을 대표하는, 시집의 제목 그대로 불리는 「엘렌을 위한 소네트」는 후세 시인들이 예찬하는 시다.

그대 아주 늙어졌을 때, 저녁에, 촛불을 켜고,

난롯가에 앉아, 실을 뽑아 자으며,

말하리, 내 시구를 노래하며, 감탄하면서,

내가 아름다웠을 적에 롱사르가 나를 찬미했다고.

그때, 당신의 하녀 가운데, 그 이야기를 듣고,

벌써 일에 지쳐, 반쯤 잠들어 있다가,

차츰 깨어나지 않는 이 없으리,

불멸의 찬사로 당신의 이름을 축복했던 나의 이름 소리에.

나는 땅속, 뼈 없는 유령이 되어,

도금양 나무 그늘 아래 휴식을 취하고 있으리.

그대는 난롯가에 웅크린 할머니가 되어,

나의 사랑과 그대의 오만한 경멸을 아쉬워할 것이니.

사시오, 내 말을 믿는다면, 내일까지 기다리지 말고,

오늘 당장 삶의 장미들을 꺾으시오.

Quand vous serez bien vieille, au soir, à la chandelle,

Assise auprès du feu, dévidant et filant,

Direz, chantant mes vers, en vous émerveillant :

Ronsard me célébrait du temps que j'étais belle.

Lors, vous n'aurez servante oyant telle nouvelle,

Déjà sous le labeur à demi sommeillant,

Qui au bruit de mon nom ne s'aille réveillant,

Bénissant votre nom de louange immortelle.

Je serai sous la terre et fantôme sans os :

Par les ombres myrteux je prendrai mon repos :

Vous serez au foyer une vieille accroupie,

Regrettant mon amour et votre fier dédain.

Vivez, si m'en croyez, n'attendez à demain :

Cueillez dès aujourd'hui les roses de la vie.

Sonnets pour Hélène.

도금양은 장미와 함께 사랑의 신 비너스의 꽃이다. 보티첼리의 〈비너스의 탄생〉에서 흩날리는 꽃도, 티치아노의 〈우르노스의 비너스〉에서 여신이 손에 쥔 꽃도 도금양이다. 월계수처럼 영광을 상징하는 꽃이기도 하다. 미래에, 영광 속에 묻힌 시인과 늙어 초라해진 엘렌의 대비가 시의 구도다. 시간을 에두르는 어법은 완곡하지만, 결어는 강하다. "사시오." 사랑 없이 사는 것은 사는 것이 아니니까. "삶의 장미들", 사랑의 기쁨들을 지금 당장 누리라는 말이다. 다시 카르페 디엠. 스무 살부터 외쳤던 모토가 반복된다. 더 절실하다. 카르페 디엠은 노년의 지혜 혹은 잔소리다. 젊은 날에는 그것을 생각할 틈도 없다. 그저 누리고 있으므로. 안타까움은 늙어가는 사람의 몫이다. 젊어서부터 그것을 실감한다면, 너무 일찍 철들거나, 아니면 아예 철이 들지 않을 수도 있다. 엘렌과의 시간의 거리를 의식하는 롱사르의 어조는 어렴풋한 협박조다. 아름답고 오만한 그녀에게 노화와 회한의 미래를 일깨운다. 빛나는 젊음 앞에서 그가 할 수 있는 유혹의 방법은 그것뿐이다.

> 도리 없이 우리의 아름다움은 달아난다. 꽃을 뽑아라,
> 뽑지 않으면, 꽃은 저절로, 겸연쩍게, 떨어지리라.
> 오비디우스, 『사랑의 기술』, III, 1.

예이츠도 롱사르처럼 힘든 사랑을 한 시인이다. 『엘렌을 위한 소네트』가 발표된 지 삼백 년이 지난 시점이다. 그는 롱사르의 소네트와 구상이 유사한 시를 발표한다.

그대 늙어 회색빛 머리에 잠에 겨워서,

난롯가에 앉아 고개를 꾸벅일 때, 이 책을 펼쳐놓고,

천천히 읽으며, 꿈꾸어보라, 예전 그대 눈에 깃들었던

그 부드러운 빛, 그리고 그 깊은 그림자를.

얼마나 많은 사람이 그대의 밝고 우아한 순간들을 사랑했던가,

그리고 거짓 혹은 참된 사랑으로 그대의 아름다움을 사랑했던가.

그러나 한 사람만은 그대가 품은 순례자의 영혼을 사랑했고,

그리고 변해가는 그대 얼굴의 슬픔들을 사랑했다.

그러고서 뜨거운 난로 망 옆에서 몸을 구부리며,

속삭여보라, 약간은 슬프게, 어쩌다 **사랑**이 달아나서

저 산들 저 너머로 차츰 멀어지더니

별 무리 속으로 얼굴을 감춰버렸다고.

When you are old and grey and full of sleep,

And nodding by the fire, take down this book,

And slowly read, and dream of the soft look

Your eyes had once, and of their shadows deep ;

How many loved your moments of glad grace,

And loved your beauty with love false or true,

But one man loved the pilgrim soul in you,

And loved the sorrows of your changing face ;

And bending down beside the glowing bars,

Murmur, a little sadly, how Love fled

And paced upon the mountains overhead

And hid his face amid a crowd of stars.

The Rose.

　롱사르에게 경의(hommage)를 표하는 듯 첫 문구가 같다. 현재와 미래, 아름다운 젊음과 초라한 노년의 모습, 사랑의 현존과 소실 등 대조적 구도도 같다. 글의 구성 요소도 유사하다. 늙음, 잠, 난롯불, 시구 암송 등의 이미지와 찬미, 회상, 회한, 영광, 사라짐 등의 문맥도 비슷하다. 난롯가에 웅크린 여인의 모습은 아예 같다. "오만한" 현재의 자세에 대한 보복성 풍자다. 영광 속에 사라지는 시인의 모습은 같은 듯 다르다. 롱사르는 땅속에 누워 있고, 예이츠는 산 너머 높은 하늘로 날아간다. 사랑하는 사람과의 나이 차이가 다르니 어쩔 수 없다. 엘렌이 늙었으니 롱사르는 죽어야 한다. 예이츠가 찬미하는 모드 곤(Maud Gonne)은 그와 한 살 차이다. 그가 그녀를 떠나 별처럼 빛나는 시인이 될 수는 있겠지만, 먼저 죽는다고 으름장 놓을 수는 없다. 롱사르의 거리는 시간적, 운명적이고, 예이츠의 거리는 공간적, 관념적이다. 무엇보다 다른 것은 두 시인의 기질이다. 그늘진 땅 밑에 형체도 없이 잠들어 있는 롱사르의 이미지는 익살스럽다. 힘겨운 사랑 속에서도 그는 무겁지 않다. 그는 감각적이다. 현재에 집중한다. "지금 당장"이 절대의 시간이다. 예이츠의 사랑은 무겁다. 그는 강박에서 벗어나지 못한다. 그는 모드 곤에게 19년 동안 네 번 이상의 청혼을 한다. 다 거절당한다. 그동안 그녀는 다른 남자와 사귀고 아이도 낳고 또 다른 남자와 결혼도 하고 이혼도 한다. 예이츠의 사랑에 그녀는 매정하다. "돌로 된 심장"을 가진 여자다(「첫사랑」). 그녀의 차가움은 전쟁의 여신, "그 꼿꼿하고 오만한 머리의 아테나"와도 비견된다(「아름답고 고결한 것들」). 쟁취할 수도 벗어날 수도 없는 그 위압적 아름다움 앞에서 시인은 신비적, 초월적 상상력에 기댄다. 그가 그녀와 함께 신비주의자들의 모임인 황금여명회(Hermetic Order of the Golden Dawn)에 가입한 것도 우연이 아니다.

그녀의 고결함은 세상에서 가장 아름다운 여인의 신화를 부른다. 그리스의 헬레네다. 트로이의 파멸을 가져온 치명적 아름다움이다.

아름다움이 꿈처럼 지나간다고 누가 꿈꾸었는가?
그 붉은 입술들을 위해서, 그들의 애절한 자부심과 함께,
그 어떤 새로운 기적도 일어나지 않으리라는 애절함과 함께,
트로이는 드높은 한 줄기 장례의 빛 속에 사라져갔고,
우쉬나의 아이들은 죽었다.

Who dreamed that beauty passes like a dream?
For these red lips, with all their mournful pride,
Mournful that no new wonder may betide,
Troy passed away in one high funeral gleam,
And Usna's children died.

The Rose of the world, The Rose.

바탕 이야기는 둘이다. 헬레네의 그리스 신화와 "슬픔의 데어드라"("Deirdre of the Sorrows")라는 아일랜드 전설이다. 빼어난 아름다움으로 인해, 데어드라도 헬레네처럼 전쟁과 파멸을 부른다. 데어드라는 옛 아일랜드인 얼스터(Ulster)의 왕(Conchobar)과 결혼하게 되어 있었으나, 우쉬나(Usna, Uisneach)의 아들이자 왕의 조카인 니샤(Naoise)와 — 트리스탄과 이졸데처럼 — 사랑에 빠져 달아난다. 왕의 모략으로 두 사람은 잡히고 니샤는 형제들과 함께 죽임을 당한다. 그 과정에서 왕에게 배신을 당하고 아들까지 잃게 된 선왕(Fergus)은 적국과 연합하여 얼스터와 전쟁을 벌인다. 데어드라는 왕과 결혼하지만 결국 죽음을 택한다. 시의 바탕 이야기는 강렬한 이미지 하나로 요약된다. "붉은 입술들". 피의 욕망, 열정과 죽음을 부르는 아름다움. 더없이 경이로운 그 아름다움을 위해서, 그 절대적 아름다움 때문에, 모든 것은 희생된다. "그들의 애절한 자부심"은 "붉은 입술들"의 어쩔 수 없는 운명과 그것을 지키려던 트로이와 우쉬나의 아들들의 명예를 동시에 가리킨다. 모든 것이 사라져도 아름다움은 남는다. 기록으로 새겨진 헬레네, 데어드라는 불멸의 이미지다. 모드 곤도 그렇다. "불멸의 장미". 예이츠의 꿈이다. 그는 그 "붉은 장미, 오만한 장미, 슬픈 장미"와의 합일을 꿈꾼다. 그는 남성을 상징하는 십자가와 "영원한 아름다움"의 상징인 장미의 결합을 노래한다. "가까이 오라, 가까이 오라, 가까이 오라"(「시간의 십자가 위 장미에게」). 헛된 꿈이다. 그의 장미는 "아득하고, 아주 은밀하고, 범접할 수 없다"(「은밀한 장미」).

롱사르도 엘렌을 그리스의 헬레네와 비유한다. 이름까지 같으니 당연하다. 헬레네의 신화는 『엘렌을 위한 소네트』의 구성 요소다. 신화적 상상력은 엘렌에의 찬미를 고양한다. 단지 매번 확인되는 것은 대상과의 거리다.

호메로스가 수도 없이 노래했던 이름이여,
그저 내 온몸의 피를 사로잡는 그대.
오 아름다운 백조가 낳은 아름다운 얼굴이여

내 생각들의 끝이자 중심인 그대!
그대를 사랑하기에 인간인 나는 부족하네.
여신에게 합당한 존재는 신이기에.

Nom tant de fois par Homère chanté,
Seul tout le sang vous m'avez enchanté.
Ô beau visage engendré d'un beau Cygne,

De mes pensers la fin et le milieu !
Pour vous aimer mortel je ne suis digne :
À la Déesse il appartient un Dieu.
Sonnets pour Hélène.

백조로 변한 제우스와 레다 사이에서 태어난 헬레네. 그 여신과 같

은 엘렌을, 신이 아니기에, 곧 죽을 인간이기에, 그는 단념한다. 육칠
년 동안 이어온 사랑의 기록은 바로 출판으로 넘어간다. 시집의 출판
과 함께 엘렌은, 헬레네처럼, 이야기 속으로, 역사 속으로 들어간다.
그가 이미 얘기했듯이 그녀의 이름은 "불멸의" 것이 된다.

그대는 내 시 속에서 불멸의 명성을 얻으리.
Vous aurez en mes vers un immortel renom.

죽은 지 오랜 시간이 지난 후 나는 그대를 되살아나게 하리라.
Long temps après la mort je vous ferai revivre.

Sonnets pour Hélène.

사랑하는 여인에게 언어의 꽃을 바치며 "불멸의 명성"을 약속하는
시인들은 어느 시대에나 있다. 외로운 사랑일 경우가 많다. 20세기와
함께 태어난 데스노스가 그렇다. 그의 사랑은 외로움을 넘어 죽음에
닿아 있다. 최면상태에서 무의식의 꿈을 언어의 차원으로 옮기는 "자
동기술법"(automatisme)을 시연한 그는 초현실주의의 총아였다. 사랑
에서는 달랐다. 그는 뮤직홀 가수인 이본(Yvonne George)을 홀로 열렬
히 사랑했다. 그녀는 "몽파르나스의 뮤즈"였다. 불행한 사랑으로부터
불멸의 서정시 일곱 편이 나온다. 시집 『신비한 여인에게』의 탄생이다.
데스노스의 사랑은 분열의 고통이다. 그는 현실과 몽상의 경계에
서 있다. 욕망의 대상도 둘로 거듭 나뉜다. 현실로부터 복제, 분리된
이미지는 꿈에서 증식된다. 그것은 낮에도 밤에도 곁에 있다. 어둠 속

에도 보이는 그것은 "아마도 내가 모르는, 반대로 내가 아는 그대", 혹은 "현실에서도 꿈에서도 늘 붙잡을 수 없는 그대"다(「잠의 공간들」). 분열된 이미지는 몽상의 거울 속에서 무수히 되살아난다.

오 사랑의 고통들이여, 까다로운 천사들이여, 이제 나는 너희들을 내 사랑과 혼동되는 내 사랑의 이미지 그 자체로 상상한다…

오 사랑의 고통들이여, 내가 창조하고 옷 입히는 너희들은 내가 그 옷차림밖에 모르는 내 사랑, 그리고 그 눈들, 그 목소리, 그 얼굴, 그 두 손, 그 머리칼, 그 이빨들, 그 눈들과 혼동된다…

Ô douleurs de l'amour, anges exigeants, voilà que je vous imagine à l'image même de mon amour que je confonds avec lui…

Ô douleurs de l'amour, vous que je crée et habille, vous vous confondez avec mon amour dont je ne connais que les vêtements et aussi les yeux, la voix, le visage, les mains, les cheveux, les dents, les yeux…

O douleurs de l'amour!

이미지의 속성은 실물을 대신하는 데 있다. 실물과의 거리가 멀수록 이미지의 힘은 커진다. "내 사랑과 혼동되는 내 사랑의 이미지"는 실재하는 "내 사랑" 그녀를, 그녀의 눈, 목소리, 얼굴, 손 등을 대체한다. 그 생생한 육체의 이미지들은 "내" 고통의 산물, 상상의 창조물이다. "사랑의 고통"이 깊을수록 뚜렷해지는 "내 사랑"의 이미지들, 눈앞에 보이는 "너희들"은 "나"를 상상 속으로 이끈다. "감정의 저울"의 균형추는 점점 현실에서 상상으로 기울어진다. 더 이상 어느 것이 허상인지, 어느 쪽이 실재인지, 누가 환영이고 그림자인지 분간하기 어려워진다. 『신비한 여인에게』 가운데 가장 유명한 시 「내가 너무나 너를 꿈꾸었기에」는 그 "신비한" 몰입 과정의 기록이다.

내가 너무나 너를 꿈꾸었기에 너는 너의 실재성을 잃는다.

아직도 그 살아있는 육체에 가닿아 그 입술에서 내게 익숙한 그 목소리의 탄생에 입맞출 시간이 있을까?

너무나 너를 꿈꾸었기에 너의 그림자를 껴안으며 내 가슴 위에서 교차되는 것에 익숙해진 내 팔이 네 육체의 윤곽에 맞춰 굽혀지지 않을지도 모른다, 아마도.

그리고, 여러 날 여러 해 전부터 나를 사로잡고 지배하는 그것의 실재적 외양 앞에서 내가 그림자가 될지도 모른다, 어쩌면.

오 감정의 저울이여.

너무나 너를 꿈꾸었기에 어쩌면 이제 더 이상 깨어날 때가 아니다. 나는 서서 잠잔다, 삶과 사랑의 모든 외양에 몸을 노출한 채, 그래서 너, 오늘날 내게 있어 유일하게 중요한 너의 이마와 입술보다, 먼저 다가온 누군가의 입술과 이마와 더 접촉하게 될지도 모른다.

너무나 너를 꿈꾸었기에, 너의 유령과 함께 너무나 걷고, 너무나 말하고, 너무나 잠잤기에 이제 내게 남은 것은 아마도, 그래도 남은 것은, 유령 중의 유령이 되어, 너의 삶의 해시계 위로 쾌활하게 산책하고 계속 산책할 그 그림자보다 백배 더한 그림자가 되는 것뿐이다.

J'ai tant rêvé de toi que tu perds ta réalité.

Est-il encore temps d'atteindre ce corps vivant et de baiser sur cette bouche la naissance de la voix qui m'est chère ?

J'ai tant rêvé de toi que mes bras habitués en étreignant ton ombre à se croiser sur ma poitrine ne se plieraient pas au contour de ton corps, peut-être.

Et que, devant l'apparence réelle de ce qui me hante et me gouverne depuis des jours et des années je deviendrais une ombre sans doute,

Ô balances sentimentales.

J'ai tant rêvé de toi qu'il n'est plus temps sans doute que je m'éveille. Je dors debout, le corps exposé à toutes les apparences de la vie et de l'amour et toi, la seule qui compte aujourd'hui pour moi, je pourrais moins toucher ton front et tes lèvres que les premières lèvres et le premier front venu.

J'ai tant rêvé de toi, tant marché, parlé, couché avec ton fantôme qu'il ne me reste plus peut-être, et pourtant, qu'à être fantôme parmi les fantômes et plus ombre cent fois que l'ombre qui se promène et se promènera allègrement sur le cadran solaire de ta vie.

"너무나" 많은 꿈은 현실을 지운다. 꿈의 대상인 그녀는 점점 사라진다. 그 자리를 대신하는 것은 그녀의 꿈의 이미지, "너의 그림자"다. "너의 실재성"은 "너"의 이미지로 옮아간다. 이제 "실재적 외양"을 갖춘 것은 "너의 그림자"다. 그 그림자는 나를 지배하고 나의 실재성마저 위협한다. — "그림자"(ombre)는 어둠, 음영, 투영, 환영, 유령 등의 의미를 내포한다. — 나는 그림자의 실감에 사로잡혀 있다. "감정의 저울"이 놓인 곳은 현실과 꿈, 삶과 죽음, 존재와 비존재의 경계점이다. 한 발 넘어서면 균형은 기울어진다. "아마도", "어쩌면"의 반복은 경계에 선 (비)존재의 두려움 혹은 다짐이다. "이제 더 이상 깨어날" 수 없을지도 모른다. 되돌아가지 않는다. "너무나" 많은 꿈 끝에 나는 경계를 넘어간다. 너의 그림자를 따라 나도 그림자가 되는 것이 유일한 합일 가능성인지 모른다. 마지막 부분은 놀라운 반전이다. "삶의 해시계 위", 태양 아래 유유히 "산책"하는 그 그림자는 바로 내가 유령 중의 유령이 되어, 더없이 짙은 그림자가 되어, 빛으로 던져 올린 너의 그림자다. 누구의 오랜 꿈이던가. 바로 오르페우스의 꿈이다. 저 "햇빛 밝은 삶"(ta vie ensoleillée)의 이미지는 시인들의 무의식 속에 잠들어 있는 유리디스(에우리디케)의 환생이다. 꿈의 어둠 속으로 들어가 삶의 빛을 이끌어내는 시인은 죽음의 어둠 속으로 들어가 유령이 된 사랑의 빛을 되살리려는 오르페우스의 원형적 꿈을 반복한다.

데스노스-오르페우스의 승리일까. 그녀의 그림자는 그녀와 합류하지만, 나는 "그 그림자보다 백배 더한 그림자"가 되어 영원히 잠의 어둠 속에 갇힌다. 오르페우스 꿈의 전복이다. 이래도 저래도 둘의 합은 꿈이다. 삶에서도, 꿈의 끝에서도 "내 사랑"은 붙잡을 수 없다.

롱사르라면 이쯤에서 물러났다. 그의 사랑에는 시작이 있고 끝이 있다. 그는 사랑을 끝맺을 줄 안다. 『엘렌을 위한 소네트』의 마지막 시편들에서 그는 "패배"를 받아들이며 작별을 고한다. "안녕, 잔인한 여인이여, 안녕. 내가 그대를 힘들게 했으니, / 아무런 보답 없이 너무나 사랑을 노래한 탓에"(Adieu, cruelle, adieu…). "나는 전쟁에서 달아난다.

나는 전투에서 패했다. / 나는 사랑에 맞서다 힘과 이성을 잃었다"(*Je m'enfuis du combat...*). 그러나 작별이 사랑의 "고통"을 줄여주지는 않는다. 사랑은 이미 "혈관 속에 흐르는 독"이니까. "왜냐하면 사랑과 죽음은 같은 것일 뿐이니까"(*Je chantais ces sonnets...*). 사랑은 무적이니까. 사랑이 천성인 탓에 사랑의 끝은 삶의 끝을 의미하니까.

꿈이 천성인 데스노스가 답한다. "아니, 사랑은 죽지 않았다"…

아니, 사랑은 죽지 않았다, 그것은 이 마음, 이 두 눈 속, 그리고 사랑의 장례식이 시작됨을 공표한 이 입술 속에 있다.

들어보라, 생생한 것과 색채들과 매력 같은 것들은 이제 지겹다.

나는 사랑을 사랑한다, 그 감미로움과 그 잔인함을 사랑한다.

내 사랑은 단 하나의 이름, 단 하나의 형태밖에 없다.

모든 것은 지나간다. 입술들이 이 입술에 달라붙을 것이다.

내 사랑은 하나의 이름, 하나의 형태밖에 없다.

그러다 어느 날 기억이 나면,

오 내 사랑의 형태이자 이름인 너,

어느 날 바다 위에서 […]

어느 봄날 아침 […]

어느 비 오는 날,

새벽에 잠들기 전에,

너 스스로 말하라, 친숙한 너의 유령에게 명하나니, 나 홀로 더없이 너를 사랑했다고, 그리고 네가 그것을 알지 못한 것이 애석하다고.

스스로 말하라, 지나고 후회해서는 안 된다는 것을. 롱사르가 나보다 먼

저 그리고 보들레르가 가장 순수한 사랑을 경멸했던 늙은 여자들과 죽은 여자들의 회한을 노래했다는 것을.

너는, 죽어도

너는 아름답고 여전히 탐스러울 것이다.

나는 이미 죽어 있을 것이다, 네 불멸의 육체 속에, 생명과 영원의 영속적인 경이로움 가운데 언제까지나 존재하는 네 놀라운 이미지 속에 온전히 품긴 채로, 그러나 내가 살아 있다면

네 목소리와 네 억양, 네 시선과 네 빛,

네 냄새와 네 머리칼의 냄새와 다른 많은 것들이 여전히 내 속에 살게 될 것이다,

롱사르도 보들레르도 아닌 나,

나 로베르 데스노스, 너를 알고 사랑했기에,

그들만큼 가치 있는 나.

나 로베르 데스노스, 너를 사랑하기에

이 하찮은 대지에서 나의 기억에 그 외 다른 어떤 명성은 덧붙이길 바라지 않기에.

Non, l'amour n'est pas mort en ce cœur et ces yeux et cette bouche qui proclamait ses funérailles commencées.

Écoutez, j'en ai assez du pittoresque et des couleurs et du charme.

J'aime l'amour, sa tendresse et sa cruauté.

Mon amour n'a qu'un seul nom, qu'une seule forme.

Tout passe. Des bouches se collent à cette bouche.

Mon amour n'a qu'un nom, qu'une seule forme.

Et si quelque jour tu t'en souviens

Ô toi, forme et nom de mon amour,

Un jour sur la mer [⋯]

Un matin de printemps [⋯]

Un jour de pluie,

À l'aube avant de te coucher,

Dis-toi, je l'ordonne à ton fantôme familier, que je fus seul à t'aimer davantage et qu'il est dommage que tu ne l'aies pas connu.

Dis-toi qu'il ne faut pas regretter les choses : Ronsard avant moi et Baudelaire ont chanté le regret des vieilles et des mortes qui méprisèrent le plus pur amour.

Toi quand tu seras morte

Tu seras belle et toujours désirable.

Je serai mort déjà, enclos tout entier en ton corps immortel, en ton image étonnante présente à jamais parmi les merveilles perpétuelles de la vie et de l'éternité, mais si je vis

Ta voix et son accent, ton regard et ses rayons,

L'odeur de toi et celle de tes cheveux et beaucoup d'autres choses encore vivront en moi,

Et moi qui ne suis ni Ronsard ni Baudelaire,

Moi qui suis Robert Desnos et qui pour t'avoir connue et aimée,

Les vaux bien ;

Moi qui suis Robert Desnos, pour t'aimer

Et qui ne veux pas attacher d'autre réputation à ma mémoire sur la terre méprisable.

어투는 시를 벗어나 설명적이고 선언적인 산문체다. 게다가 명령조다. ― 시적 묘사, 채색, 찬미는 "이제 지겹다". ― 역설적으로 더 강조되는 것은 시의 존재다. "나"의 시로 인해 "너"는 죽어서까지 아름다운 이미지로 영원히 살아남을 것이다. 그로 인해 "나"도 "너"의 이미지 속에 죽은 듯 살아 있을 것이다. 롱사르와 보들레르, 그리고 그들의 여인들이 그렇듯이. ― 진실이다. 독자가 증인이다. ― 사랑하는 여인의 미래를 롱사르는 "난롯가에 웅크린 할머니"로 그렸고(「엘렌을 위한 소네트」), 보들레르는 "끔찍한 부패물"로 묘사하며 협박했다(「시체」). 그들을 내세운 뒤, 데스노스는 한 발짝 당겨 선다. "너는, 죽어도" 아름다울 것이다. 그의 "입술"이 다시 사랑의 죽음을 "공표"하기 전에 그는 한 번 더 충만한 사랑의 삶을 환기한다. "그러나 내가 살아 있다면", 삶을 함께할 수 있다면…… 그 어떤 미래보다, 불멸보다 가치 있는 것은 현재의 "순수한 사랑"이기 때문이다. 그 외 모든 것은 부질없는 세상의 풍문일 뿐이다. 오르페우스처럼 아무리 세상이 끝나도록 기억되더라도 당장 사랑하는 사람을 잃고 대지를 떠돌아다녀야 한다면 다 무슨 소용인가. 롱사르처럼 데스노스가 권하는 것도 오늘의 장미, 오월의 장미다. 엘렌처럼 이본도 그 꽃을 취하지 않는다. 그녀는 "후회"할 시간도 없이 일찍 삶을 마감한다. 시집이 발간되고 몇 년이 되지 않아 그녀는 "하찮은 대지"를 떠난다.

데스노스는 그녀가 죽은 후에도 그녀를 사모한다. 그리고 삶을 계속한다. 사랑도 계속한다. 죽을 수 없어서. 삶은 사랑이라서. "장미 (Rose)는 삶이다"(*Rrose Sélavy*). 그가 하듯 철자를 바꿔쓰면 에로스 (Eros)가 삶이다. "단 하나의 이름, 단 하나의 형태밖에" 없다던 그의 사랑은 다른 곳에서 또 찾아진다. 이본이 죽은 다음 해, 그는 유키 ("Youki", Lucie Badaud)와 함께하는 삶을 시작한다. "순수한 사랑"의 꿈은 계속된다. 단 하나의 사랑은 다른 이름, 다른 형태로 지속된다. 나치 독일 점령하에 저항군 활동을 하다가 수용소에 갇히고 전쟁이 끝날 무렵 이국에서 불행하게 죽기까지.

데스노스보다 한 세대 앞섰던 시인 발레리가 다른 곳에서, 전혀 다른 언어로 사랑의 역설을 설명한다.

다른 존재를 있는 그대로 사랑한다는 것은 실제로 있을 수 없다. 우리는 변형을 원한다. 우리가 사랑하는 것은 단지 유령일 뿐이니까. 실재하는 것을 욕망할 수는 없다. 실재하니까.

『있는 그대로』(Tel quel).

사랑은 욕망하고, 욕망은 실재를 변형한다. 꿈이 가장 완벽한 사랑의 행위인 이유다. 사랑이 원하는 것은 실재가 아니라 이미지다. 사랑하는 대상은 부재한다. 어쩌면, 데스노스는 완전한 사랑을 했다.

19세기 초 프랑스. 혁명적인 시대의 전환과 함께, 불안과 염세관이 시대의 징후가 된 시기. "세기병"(mal du siècle)이 젊은 세대에 만연하던 때, 정서의 해방을 기치로 낭만주의가 자리 잡는다. 당시 새로운 시대를 대표하는 한 천재 시인이 있었다. 그는 열아홉 살에 시집을 발표했다. 푸슈킨도 경의를 표한 그 시집으로 그는 재능을 널리 알렸다. "낭만주의의 무서운 아이"로 불렸던 그는 롱사르의 첫사랑 카상드르의 먼 후손인 뮈세다. 그는 일찍부터 활발한 문학 활동과 "방탕한 댄디" 생활을 시작했다. 무서운 것을 모르던 그는 스물세 살에 소설가 상드(Sand)를 만나 불같은 사랑을 한다. 행복보다는 고통이 많은 사랑이었다. 화합의 시간은 채 몇 달뿐이었고, 뒤틀림은 여러 해 지속되었다. 광기 어린 사랑 끝에 뮈세는 많은 것을 잃었다. 롱사르는 엘렌과 작별하면서 "힘과 이성을 잃었다"고 했지만, 노년의 지혜가 그를 회복시켰다. 뮈세는 그렇지 않았다. 그는 상드와의 결별 후에도 오랫동안 그녀에 대한 원망과 회한을 드러낸다. 그가 상드를 향해 쓴 산문, 시, 편지들은 무수히 남아 있다. 그의 방탕한 사교 생활은 지속되지만, 그의 묘비 뒷면에 새겨진 시구처럼 그의 "심장은 영원히 부서진" 채였다(「기억하라」, 1850). 쇼팽이 상드의 모성적 사랑 안에서 평온히 야상곡을 쓰던 시기에, 뮈세는 밤의 시 연작을 발표하며 술과 우울과 어둠의 늪으로 빠져들었다. 왕성했던 저작도 서른 이후에는 현저히 줄어든다. 서른 살에 쓴 시 「슬픔」은 그의 상실감을 그대로 보여준다.

나는 내 힘과 내 삶을 잃었다,

내 친구들과 내 쾌활함도 잃었다.

나는 자부심까지 잃어,

내 천재성에 대한 믿음도 사라졌다.

내가 **진리**를 알았을 때,

그녀가 친구라고 생각했다.

그녀를 깨닫고 감지했을 때,

나는 이미 환멸을 느꼈다.

그렇지만 그녀는 영원하다,

그래서 그녀를 모르고 산 사람들은

이 세상에서 안 것이라곤 없다.

신이 이르니, 그에게 응답해야 한다.

이 세상 나에게 남은 유일한 선행은

이따금 눈물을 흘렸음이다.

J'ai perdu ma force et ma vie,

Et mes amis et ma gaieté ;

J'ai perdu jusqu'à la fierté

Qui faisait croire à mon génie.

Quand j'ai connu la Vérité,

J'ai cru que c'était une amie ;

Quand je l'ai comprise et sentie,

J'en étais déjà dégoûté.

Et pourtant elle est éternelle,

Et ceux qui se sont passés d'elle

Ici-bas ont tout ignoré.

Dieu parle, il faut qu'on lui réponde.

Le seul bien qui me reste au monde

Est d'avoir quelquefois pleuré.

Tristesse, 1840.

　진리(la Vérité)는 여성형이다. 여성으로 쉽게 의인화한다. 대문자가 그것을 뒷받침한다. 여성 친구, 연인(amie)은 사랑을 연상시킨다. 진리는 곧 사랑이다. 사랑으로 모든 것을 잃었지만 그래도 사랑은 삶의 진리다. 사랑 없이 사는 것은 세상을 살지 않는 것과 같다. 신이 부여한 재능(don, gift)은 사라졌지만, 눈물은 시가 되어 남았다. 뮈세의 시는 눈물의 결정체다.

　롱사르도 슬픔을 시에 새긴다. 어찌 꽃만 노래할 수 있을까. 슬픔은 사랑의 조건이다. 때로 슬픔의 노래는 유일한 삶의 방법이다. 달리 어쩔 수 없어서, 슬픔을 노래하지 않으면 "죽을 테니까".

　이제는 슬픔만을 노래하고 싶다,

　어찌 달리 노래할 수 없을 테니까.

　내 연인에게서 떨어져 있기에,

　달리 노래하려다 죽을 테니까

그러니 죽지 않기 위해 노래해야 한다,
이 애절한 우수를 슬픈 가락에 담아서,
멀리 떠나간 내 연인을 향해서,
내 가슴에서 심장을 앗아간 그녀를 위해서.

Je ne veux plus que chanter de tristesse,
Car autrement chanter je ne pourrois,
Veu que je suis absent de ma maistresse :
Si je chantois autrement, je mourrois.

Pour ne mourir il faut donc que je chante
En chants piteux ma plaintive langueur,
Pour le départ de ma maistresse absente,
Qui de mon sein me desroba le coeur.

Nouvelle Continuation des Amours.

심장을 부수고 앗아가는 여인들… 모두 말한다. 롱사르도, 뮈세도, 데스노스도, 예이츠도, 페트라르카도, 모두 수도 없이 외친다. 여인들은 잔인하다고. 보마르셰가 대꾸한다. "여인들은 잔인하다고 불리는 것을 무척 좋아한다"(『세비야의 이발사』, IV, 5). 세 쌍의 결혼식을 성사시킨 피가로 작가의 말이다.

여성 시인도 사랑의 꽃을 바쳤을까. 여성형 꽃의 헌사는 어떤 형태일까. 뮈세와 같은 시기를 살았던 데보르드-발모르도 장미의 시인이다. 그녀도 깊은 사랑의 고통을 겪었다. 원래는 연극배우이자 오페라가수였다. 〈세비야의 이발사〉의 로지나 역도 맡았다. 사랑의 시련과 결혼의 환멸, 아이들의 죽음과 고뇌, 그리고 비밀스러운 정염이 그녀를 시의 세계로 이끌었다. 그녀에게 사랑은 "놀라움과 두려움을 부과하는, 어둡고도 빛나는 수수께끼" 같은 것이었다. 글쓰기는 그 신비의 해답을 찾는 일이었다. 그만큼 그녀 시에는 죽음과 고독의 애가도 많고, 또 그만큼 화려한 열정의 찬가도 많다. 그녀의 장미는 한두 송이가 아니고 가슴 한가득이다.

오늘 아침 그대에게 장미꽃을 가져다주고 싶었는데,
묶어 맨 내 허리띠에 너무 많이 담아서
꼭 조인 매듭이 그 꽃들을 지탱할 수 없었다.

매듭은 터져 버렸고, 날아간 장미들은
바람을 타고, 바다로 모두 사라져갔다.
그 꽃들은 물을 따라가 다시 돌아오지 않았다.

물결은 장미들로 붉어져 마치 불타는 듯 보였다.
오늘 저녁, 내 옷은 그 꽃들의 향기 가득하니…
그대 내게서 장미 향기 그윽한 추억을 들이쉴 수 있으리.

J'ai voulu ce matin te rapporter des roses ;

Mais j'en avais tant pris dans mes ceintures closes

Que les nœuds trop serrés n'ont pu les contenir.

Les nœuds ont éclaté. Les roses envolées

Dans le vent, à la mer s'en sont toutes allées.

Elles ont suivi l'eau pour ne plus revenir ;

La vague en a paru rouge et comme enflammée.

Ce soir, ma robe encore en est tout embaumée···

Respires-en sur moi l'odorant souvenir.

Les Roses de Saadi.

붉은 꽃의 향기와 색채가 이보다 더할 수 없다. 바다와 하늘이 온통 장밋빛이다. 장미와 살의 향기가 허공에 떠돌고, 사랑의 공간은 안팎으로 활짝 열려 있다. 데보르드-발모르의 상상력은 순수하고 무람없다. 그녀는 장미꽃 이미지 하나로 우주를 불태운다. 오늘의 장미를 가슴 가득 들이쉬는 그녀에게 미래에의 믿음이 필요할까. 사랑의 환상이 사라지면 죽음 같은 고독, "혼자 건너야 할 심연"밖에 보이지 않을 때(「고독」), 미래는, 불멸은 더더욱, 헛된 관념일 뿐이다.

롱사르도 데스노스도 불멸을 그리 믿지는 못했다. 온 마음으로 노래하는 사랑이 당장 눈앞에서 사라지면 죽을 만큼 슬픈 그들이니까.

고독의 어둠 속에서 롱사르도 데스노스처럼 헛것을 꿈꾼다.

이 긴 겨울밤들, 한가로운 달은

수레 끌 듯 너무나 느리게 둘러 돌아가고,

수탉은 너무나 느지막이 해를 알리고,

근심 어린 마음에 하룻밤은 일 년과 같아라.

나는 권태로 죽었으리라, 희미한 너의 형상이 없었으면,

그 허상이 다가와 내 사랑을 덜어주고,

온전히 알몸으로, 내 품에 머무르며,

거짓된 기쁨으로 감미롭게 나를 후리지 않았다면.

실제의 너는 냉정하고, 잔인함을 자랑삼지만,

너의 허상과는 더없이 친밀하게 몸을 나눈다.

나는 너의 죽음 곁에 잠들고, 그 곁에 몸을 넌다.

내가 무엇을 하든 거절이 없다. 선한 꿈은 이렇듯

헛것으로 내 사랑의 근심을 속여 넘긴다.

사랑에 스스로 속는 것은 나쁜 것이 아니리라.

Ces longues nuits d'hiver, où la Lune ocieuse

Tourne si lentement son char tout à l'entour,

Où le Coq si tardif nous annonce le jour,

Où la nuit semble un an à l'âme soucieuse :

Je fusse mort d'ennui sans ta forme douteuse,
Qui vient par une feinte alléger mon amour,
Et faisant, toute nue, entre mes bras séjour,
Me pipe doucement d'une joie menteuse.

Vraie tu es farouche, et fière en cruauté :
De toi fausse on jouit en toute privauté.
Près ton mort je m'endors, près de lui je repose :

Rien ne m'est refusé. Le bon sommeil ainsi
Abuse par le faux mon amoureux souci.
S'abuser en amour n'est pas mauvaise chose.

    허상과의 생생한 꿈의 유희가 놀랍다. "희미한 너의 형상", "너의 죽음"은 데스노스의 "너의 그림자", "너의 이미지"와 동의어다. 한가로운 앞뒤 설명을 빼고 가운데 두 연만 읽으면 마치 초현실주의 시 같다. 사백 년을 뛰어넘는 유사성이다. 늘 같은 사랑의 상상력, 그 충만함과 그 헛됨 때문이 아닐까. — "나는 사랑을 사랑한다. 그 감미로움과 그 잔인함을 사랑한다." — 충만함의 환상, 헛것의 충만함. 기만은 사랑의 속성이다. 사랑하는 사람은 스스로를 속이고, 실상보다 허상과 더 가깝고, 실재보다 이미지를 더 사랑한다. 소유하지 못한 사랑은 모두가 허상이다. 소유한 사랑조차도 허상 아닐까. 소유가 가능하기나 할까.

한 선비가 기녀를 사랑하게 되었다. 그녀가 말했다. "당신이 내 집 정원, 내 방 창문 아래, 간이의자에 앉아 나를 기다리며 백 일 밤을 보내면, 그럼 나는 당신 것이 되겠어요." 그러나 구십구 일째 되던 날 밤, 선비는 일어나, 의자를 팔에 끼고 가버렸다.

바르트, 『사랑의 단상』, "기다림".

영화 〈시네마 천국〉에서는 선비 대신 병사가 서서 기다리는 것으로 각색된 이야기다. 왜 하루를 앞두고 떠난 것일까. 하루만 더 있으면 그녀가 내 것, 내 사람이 될 텐데. 첫눈에 반해도 가슴이 벅차 세상 다른 것이 보이지 않는다는데, 구십구 일 동안 그녀를 기다리며 그녀 생각만 했으니 얼마나 사랑이 충만했을까. 그 충만함은 그러나 머릿속 이미지의 것이다. 하룻밤이 지나 실재의 그녀가 다가오면 허상의 충만함은 사라진다. 실상과 허상, 어느 쪽이 사랑의 진실일까.

꽃다운 롱사르의 여인들도 다 허상일 뿐인가. 남는 것은 언제나 장미, 늘 다시 피고 지는 장미꽃이다.

임이여, 장미를 보러 갑시다,
오늘 아침 태양을 향하여
자줏빛 옷을 펼쳤던 그 꽃,
저녁이 되어 잃어버렸는지,
그 자줏빛 옷 주름들과

그대 얼굴을 닮은 그 빛을.

Mignonne, allons voir si la rose

Qui ce matin avoit desclose

Sa robe de pourpre au Soleil,

A point perdu ceste vesprée

Les plis de sa robe pourprée,

Et son teint au vostre pareil.

Tel fut Ronſard, autheur de ceſt ouurage,
Tel fut ſon œil, ſa bouche & ſon viſage,
Portrait au vif de deux crayons diuers:
Jcy le Corps, & l'Eſprit en ſes vers.
A. au. 1585.

L'Art la Nature exprimant
En ce pourtrait me fait belle
Mais ſi ne ſuis-ie point telle
Qu'aux eſcrits de mon amant.

『사랑 시집』에 수록된 롱사르와 카상드르의 초상, 1552, 프랑스 국립도서관

다시, 장미 이야기

그리고 바로 떠오르는 생각은

그대의 사랑이 너무나 멀리 있다는 것.

그대 말하리라. "신이여, 불행하게도 나는

내 마음이 있는 곳으로 가지 못합니다!

왜 마음만 보내는 것인가요?

생각만 하고 아무것도 볼 수는 없나요?

내 발길이라도 뒤따라 보내,

내 마음을 호위하고 싶어도,

내 눈이 내 마음과 함께하지 못하면

아무것도 보고 예찬할 수 없습니다.

여기 멈춰 서 있어야 하나요?

아니, 내 발길이 가고 싶은 곳은

아주 고귀한 은신처,

내 마음이 애절하게 소망하는 그곳.

내 욕망이 너무 빨리 달릴 때면,

그것을 잘 붙잡아 늦출 수 있지만,

내 마음이 내 생각에서

너무 멀면, 갈피를 잡을 수 없습니다.

이제 갑니다. 내 마음을 따라갑니다,

만족을 느끼려면 결단코

무엇이든 눈앞에 두고 보아야만 합니다."

그리고 그대는 길을 떠나리라.

그러나 그렇게 가다 보면

종종 계획대로 되지는 않으리라.

그렇게 가다 되돌아오고

슬피 생각에 잠겨 어쩌지도 못하고,

매 순간 길을 잃고,

찾는 것을 보지 못하리라.

그래서 다시 더 불행해져서

또 자신을 탓할 때

한숨, 격정, 전율이

가시보다 더한 아픔을 주리라.

그 누가 모를까, 다 그렇다는 것을,

충실하고 진실한 연인은.

그대 마음은 만족하지 못하리니,

그대 다시 마음을 다잡고

뜻밖의 행운이라도 기대하며

커다란 위안을 찾아 나서리라.

그렇게 노력하면 어느 날

그대 소원대로 볼 수 있으리니,

주의를 기울여 바라보면

눈으로 취하여 도취될 수 있으리라.

그대 마음속 커다란 기쁨을 느끼며

아름다움을 보게 되리라.

그러나 자신의 귀부인을 바라만 보아도

마음은 불꽃이 일고 타오르려니,

그렇게, 계속 바라보면서,

그대 그 뜨거운 불꽃을 치솟게 하리라.

사랑의 대상을 바라보면 볼수록

마음은 더 열렬히 불타오른다,

무엇보다 마음이 불꽃을 일으켜

사람들을 사랑하게 만드는 것이니까.

모든 연인은 무릇

그 불꽃 따라 움직이고 타오른다.

불꽃이 가까이 있다고 느낄수록,

연인은 더 가까이 다가간다.

그러나 불꽃은 바로 사랑하는 여인,

연인이 몹시 갈망하며 찬미하는 여인이니,

그 불꽃이 그렇게 연인을 태워버리리.

연인은 더 가까이 꼭 붙어서

찬미하는 아름다운 사람 곁에서

점점 더 많이 사랑하고 싶어 하지만,

현자와 광인, 누구나 말하듯,

불이 가까울수록, 화상도 커진다.

Après, droit est qu'il te souvienne

Que ta mie est moult trop lointaine.

Lors diras : 《Dieu, que suis mauvais

Quand là, où mon coeur est, ne vais !

Mon coeur seul pourquoi j'y envoie ?

Faut−il qu'y pensant rien n'en voie ?

Quand j'y veux après envoyer

Mes pieds, pour mon coeur convoyer,

Si mes yeux mon coeur ne convoient

Rien je ne prise ce qu'ils voient.

Ici doivent−ils s'arrêter ?

Nenni, mais veulent visiter

Le moult précieux sanctuaire

Qu'à si grand deuil mon coeur espère.

Quand si vite court mon désir,

Je me puis bien pour lent tenir ;

Quand mon coeur est de ma pensée

Si loin, je la tiens insensée.

Or j'irai ; mon coeur je suivrai

Et jamais aise ne serai

Devant qu'aucune chose en voie !》

Lors tu te mettras en la voie ;

Mais tu marcheras de tel train

Qu'échouera souvent ton dessein,

Et tu reviendras en arrière

Pensif et morne sans plus faire,

Et seront perdus tous tes pas,

Ce que tu cherches ne verras.

Lors reseras en grand' misère

Et derechef de te méfaire

Soupirs, élancements, frissons

Qui piquent plus que hérissons.

Qui ne le sait, qu'il en réfère

A l'amant loyal et sincère.

Ton coeur ne pourras contenter,

Mais tu voudras encor tenter

Si tu verrais par aventure

Ce dont seras en si grand cure ;

Et si tu fais tant que la voir

Puisses un jour à ton vouloir,

Moult attentif tu voudras être

A tes yeux en saoûler et paître.

Grand' joie en ton coeur sentiras

De la beauté que tu verras ;

Mais rien qu'à regarder sa dame

Le coeur et pétille et s'enflamme,

Et là, toujours la regardant,

Aviveras le feu ardent.

Qui plus l'objet aimé regarde,

Plus allume son coeur et l'arde,

Car c'est lui qui fait enflammer

Le feu qui les gens fait aimer.

Chacun amant suit par coutume

Le feu qui l'art et le consume ;

Quand le feu de plus près il sent,

Plus il va de lui s'approchant.

Or le feu, c'est sa douce amie

Qu'il admire en si grande envie

Et qui le fait ainsi rôtir ;

Car plus près il se veut tenir

Près de la belle qu'il adore,

Et plus il veut aimer encore.

Or sages et fous, chacun dit :

Plus près le feu, plus il nous cuit.

Le Roman de la Rose, v.2389-2452.

작가 작품 목록 (작가 출생 연도순)

호메로스 Homeros (BC 8세기) —『오디세이아』

헤시오도스 Hesiodos (BC 8-7세기) —『신통기. 신들의 탄생』

에우리피데스 Euripides (BC484-406) —『히폴리투스』

플라톤 Platon (BC428-347) —『향연』

아리스토텔레스 Aristoteles (BC384-322) —『영혼론』

오비디우스 Ovidius (BC43 - 17AD) —『변신』

세네카 Seneca (BC4-65AD) —『페드라』

아벨라르 Pierre Abélard (1079-1142)

엘로이즈 Héloïse d'Argenteuil (1100-1164)

작가 미상 —『트리스탄과 이졸데』(12세기)

로리스 Guillaume de Lorris (1200-1238) —『장미 이야기』

단테 Dante Alighieri (1265-1321) —『새로운 삶』,『신곡』

페트라르카 Francesco Petrarca (1304-1374) —『칸초니에레』

보카치오 Giovanni Boccaccio (1313-1375) —『데카메론』

비용 François Villon (1431-1463) —「옛 귀부인들을 위한 발라드」

롱사르 Pierre de Ronsard (1524-1585) —『사랑 시집』,『사랑 시집 속편』,『사랑 시집 신편』,
　　『마리의 죽음에 대하여』,『엘렌을 위한 소네트』

세르반테스 Miguel de Cervantes (1547-1616) —『돈키호테』

셰익스피어 William Shakespeare (1564-1616) —『로미오와 줄리엣』,『햄릿』

밀턴 John Milton (1608-1674) —『실낙원』

몰리에르 Molière (1622-1673) —『여성 교육』

라신 Jean Racine (1639-1699) —『페드르』

프레보 Abbé Prévost (1697-1763) —『마농 레스코』

보마르셰 Pierre Beaumarchais (1732-1799) —『세비야(세빌리아)의 이발사』,『피가로의 결혼』

괴테 Johann Wolfgang von Goethe (1749-1832) —『젊은 베르테르의 슬픔』,『빌헬름 마이스터의
　　수업시대』,『파우스트』

워즈워스 William Wordsworth (1770-1850) —「송가 - 불멸의 암시」

스탕달 Stendhal (1783-1842) —『적과 흑』

데보르드-발모르 Marceline Desbordes-Valmore (1786-1859) —「사디의 장미」,「고독」

발자크 Honoré de Balzac (1799-1850) —『골짜기의 백합』,『사라진느』

위고 Victor Hugo (1802-1885) —『노트르담 드 파리』

메리메 Prosper Mérimée (1803-1870) —『카르멘』

호손 Nathaniel Hawthone (1804-1864) —『주홍 글자』

네르발 Gérard de Nerval (1808-1855) —『불의 딸들』,『오렐리아』,「엘 데스디차도」

포 Edgar Allan Poe (1809-1849) —「애너벨 리」

뮈세 Alfred de Musset (1810-1857) —「슬픔」

보들레르 Charles Baudelaire (1821-1867) —『악의 꽃』

도스토옙스키 Fyodor Dostoevsky (1821-1881) —『죄와 벌』,『백치』

플로베르 Gustave Flaubert (1821-1880) —『마담 보바리』,『감정 교육』

뒤마 피스 Alexandre Dumas fils (1824-1895) —『동백꽃 부인』

톨스토이 Lev Tolstoy (1828-1910) —『안나 카레니나』

베를렌 Paul Verlaine (1844-1896) —「사랑의 죄악」

니체 Friedrich Nietzsche (1844-1900) —『비극의 탄생』

와일드 Oscar Wilde (1854-1900) —『도리언 그레이의 초상』

랭보 Arthur Rimbaud (1854-1891) —「오필리아」,「별은 울었다…」,「영원」,
  『지옥에서 보낸 한 철』,『일류미네이션』

예이츠 William Butler Yeats (1865-1939) —『장미』,「은밀한 장미」

지드 André Gide (1869-1951) —『좁은 문』

프루스트 Marcel Proust (1871-1922) —『잃어버린 시간을 찾아서』

발레리 Paul Valéry (1871-1945) —「젊은 파르카」

릴케 Rainer Maria Rilke (1875-1926) —『첫 시집』,『초기 시집』,『새 시집』,『두이노의 비가』

헤세 Hermann Hesse (1877-1962) —『데미안』

아폴리네르 Guillaume Apollinaire (1880-1918) —『알코올』,『칼리그람』

조이스 James Joyce (1882-1941) —『젊은 예술가의 초상』,『율리시스』

카잔차키스 Nikos Kazantzakis (1883-1957) ―『그리스인 조르바』

바슐라르 Gaston Bachelard (1884-1962) ―『물과 꿈』

로렌스 David Herbert Lawrence (1885-1930) ―『채털리 부인의 연인』

엘뤼아르 Paul Eluard (1895-1952) ―「사랑하는 여인」

피츠제럴드 Francis Scott Fitzgerald (1896-1940) ―『위대한 개츠비』

바타유 Georges Bataille (1897-1962) ―『에로스의 눈물』

레마르크 Erich Remarque (1898-1970) ―『개선문』,『사랑할 때와 죽을 때』

나보코프 Vladimir Nabokov (1899-1977) ―『롤리타』

헤밍웨이 Ernest Hemingway (1899-1961) ―『무기여 잘 있거라』,『누구를 위하여 종은 울리나』

프레베르 Jacques Prévert (1900-1977) ―「축제」

데스노스 Robert Desnos (1900-1945) ―『신비한 여인에게』

카뮈 Albert Camus (1913-1960) ―『이방인』

뒤라스 Marguerite Duras (1914-1996) ―『연인』

바르트 Roland Barthes (1915-1980) ―『사랑의 단상』

― 판화 〈멜랑콜리아 I〉 (1514, 뒤러)

― 오페라 〈피가로의 결혼〉 (1786, 모차르트)

― 오페라 〈세비야의 이발사〉 (1816, 로시니)

― 그림 〈오필리아〉 (1852, 존 밀레이)

― 오페라 〈라 트라비아타〉 (1853, 베르디)

― 오페라 〈트리스탄과 이졸데〉 (1865, 바그너)

― 오페라 〈카르멘〉 (1875, 비제)

― 그림 〈영원한 여성성〉 (1877, 세잔)

― 그림 〈오필리아〉 (1903, 오딜롱 르동)

― 그림 〈다나에〉 (1907, 구스타프 클림트)

― 그림 〈파시 다리〉, 〈작은 배〉 (1912, 1920, 마리 로랑생)

― 영화 〈페드라〉 (1962, 줄스 다신 감독)

— 영화 〈로미오와 줄리엣〉 (1968, 프랑코 제피렐리 감독)

— 판화 〈오필리아의 죽음〉 (1973, 살바도르 달리)

— 영화 〈프리티 우먼〉 (1990, 게리 마샬 감독)

— 영화 〈연인〉 (1992, 장 자크 아노 감독, 시나리오)

— 영화 〈쇼생크 탈출〉 (1994, 프랭크 다라본트 감독)

— 영화 〈노틀담의 꼽추〉 (1996, 디즈니 애니메이션)

— 뮤지컬 〈노트르담 드 파리〉 (1997, 뤽 플라몽동, 리카르도 코치안테)

— 영화 〈러브 오브 시베리아〉 (1998, 니키타 미할코프 감독)

작품 출처

Homeros, *Odysseia* : https://www.gutenberg.org/files/1727/1727-h/1727-h.htm

Hesiodos, *Theogonia* : https://users.pfw.edu/flemingd/Hesiod%20Theogony.pdf

Euripides, *Hippolytus* : http://johnstoniatexts.x10host.com/euripides/hippolytushtml.html

Platon, *Symposium* : https://www.gutenberg.org/files/1600/1600-h/1600-h.htm

Aristoteles, *De Anima* : https://onemorelibrary.com/index.php/en/?option=com_djclassifieds&format=raw&view=download&task=download&fid=12633

Ovidius, *Metamorphoses*, traduction de Lafaye, Gallimard, 1992.
http://bcs.fltr.ucl.ac.be/METAM/Met00-Intro.html

Seneca, *Phaedra* : https://en.wikisource.org/wiki/Tragedies_of_Seneca_(1907)_Miller/Phaedra

Lettres d'Abélard et d'Héloïse : https://fr.m.wikisource.org/wiki/Lettres_d%E2%80%99Ab%C3%A9lard_et_d%E2%80%99H%C3%A9lo%C3%AFse/Texte_entier

Tristan et Iseut : https://fr.m.wikisource.org/wiki/Le_Roman_de_Tristan_et_Iseut

Lorris, *Le Roman de la Rose* : https://www.gutenberg.org/cache/epub/16816/pg16816-images.html

Dante, *Vita Nova, La Divina Commedia* : http://www.letteraturaitaliana.net/pdf/Volume_1/t11.pdf
https://www.gutenberg.org/files/1000/1000-h/1000-h.htm

Petrarca, *Canzoniere* : http://www.letteraturaitaliana.net/pdf/Volume_2/t319.pdf

Boccaccio, *Decameron* : http://www.letteraturaitaliana.net/pdf/Volume_2/t318.pdf
https://www.gutenberg.org/files/23700/23700-h/23700-h.htm

Villon, *Ballade des dames du temps jadis* : https://www.ebooksgratuits.com/blackmask/villon_le_grand_testament.pdf

Ronsard, *OEuvres complètes* : https://fr.wikisource.org/wiki/Auteur:Pierre_de_Ronsard

Cervantes, *Don Quixote* : https://www.gutenberg.org/cache/epub/2000/pg2000-images.html#id_1_xv

Shakespeare, *Romeo and Juliet, Hamlet* : https://folger-main-site-assets.s3.amazonaws.
    com/uploads/2022/11/romeo-and-juliet_PDF_FolgerShakespeare.pdf
    https://www.w3.org/People/maxf/XSLideMaker/hamlet.pdf
Milton, *Paradise Lost* : https://www.gutenberg.org/ebooks/26
    https://milton.host.dartmouth.edu/reading_room/pl/book_1/text.shtml
Molière, *L'Ecole des femmes* : http://www.theatre-classique.fr/pages/pdf/MOLIERE_
    ECOLEDESFEMMES.pdf
Racine, *Phèdre* : http://theatre-classique.fr/pages/pdf/RACINE_PHEDRE.pdf
Prévost, *Manon Lescault* : https://beq.ebooksgratuits.com/vents/Prevost-Lescaut.pdf
Beaumarchais, *Le Barbier de Séville, Le Mariage de Figaro* : https://fr.m.wikisource.org/
    wiki/Auteur:Pierre-Augustin_Caron_de_Beaumarchais
Goethe, *Die Leiden des jungen Werther, Wilhelm Meisters Lehrjahre, Faust* : https://
    www.gutenberg.org/ebooks/2407
    https://www.gutenberg.org/cache/epub/2335/pg2335.html
    https://de.wikisource.org/wiki/Faust_-_Der_Trag%C3%B6die_erster_Teil
    https://de.wikisource.org/wiki/Faust_-_Der_Trag%C3%B6die_zweiter_Teil
Wordsworth, *Ode : Intimations of Immortality* : https://www.poetryfoundation.org /
    poems/45536
Stendhal, *Le Rouge et le Noir* : http://beq.ebooksgratuits.com/vents/Stendhal-rouge.pdf
Desbordes-Valmore, *Les Roses de Saadi, Solitude* : https://fr.wikisource.org/wiki/Les_
    Roses_de_Saadi
    https://fr.wikisource.org/wiki/Pauvres_fleurs/Solitude
Balzac, *Le Lys dans la vallée, Sarrasine* : https://www.ebooksgratuits.com/ebooks france
    /balzac_le_lys_dans_la_vallee.pdf
    http://www.leboucher.com/pdf/balzac/b_bal_s.pdf
Hugo, *Notre Dame de Paris* : https://fr.wikisource.org/wiki/Notre-Dame_de_Paris/
    Texte_entier

Mérimée, *Carmen* : https://fr.wikisource.org/wiki/Carmen_%28M%C3%A9rim%C3%A9e%29/Texte_entier

Hawthone, *The Scarlet Letter* : https://www.gutenberg.org/files/25344/25344-h/25344-h.htm

Nerval, *Les Filles du feu, Aurélia, El Desdichado* : https://fr.wikisource.org/wiki/Auteur:G%C3%A9rard_de_Nerval

Poe, *Annabel Lee* : https://rpo.library.utoronto.ca/content/annabel-lee

Musset, *Tristesse* : https://fr.wikisource.org/wiki/Auteur:Alfred_de_Musset

Baudelaire, *Les Fleurs du mal* : https://fr.wikisource.org/wiki/Auteur:Charles_Baudelaire

Dostoevsky, *Crime and Punishment, The Idiot* : https://linguabooster.com/ru/en/book/crime-and-punishment#download

https://www.gutenberg.org/cache/epub/2554/pg2554-images.html

https://linguabooster.com/en/ru/book/idiot#download

https://www.gutenberg.org/files/2638/2638-h/2638-h.htm

Flaubert, *Madame Bovary, L'Education sentimentale* : https://fr.m.wikisource.org/wiki/Auteur:Gustave_Flaubert

Dumas fils, *La Dame aux camélias* : https://fr.m.wikisource.org/wiki/La_Dame_aux_cam%C3%A9lias

Tolstoy, *Anna Karenina* : https://linguabooster.com/en/ru/book/anna-karenina#download

https://www.gutenberg.org/cache/epub/1399/pg1399-images.html

Verlaine, *Crimen Amoris* : https://fr.wikisource.org/wiki/Jadis_et_nagu%C3%A8re_(1902)

Nietzsche, *The Birth of Tragedy* : http://www.russoeconomics.altervista.org/Nietzsche.pdf

Wilde, *The Picture of Dorian Gray* : https://www.gutenberg.org/files/174/174-h/174-h.htm

Rimbaud, *Poésies, Une Saison en enfer, Illuminations* : https://fr.wikisource.org/wiki/

Auteur:Arthur_Rimbaud

Yeats, *The Rose, The Secret Rose* : https://www.gutenberg.org/files/49608/49608-h/ 49608-h.htm

Gide, *La Porte étroite* : https://fr.wikisource.org/wiki/La_Porte_%C3%A9troite

Proust, *A la recherche du temps perdu* : https://unepagedeproust.org/
https://fr.wikisource.org/wiki/%C3%80_la_recherche_du_temps_perdu

Valéry, *La jeune Parque* : https://fr.wikisource.org/wiki/La_Jeune_Parque

Rilke, *Erste Gedichte, Die frühen Gedichte, Neue Gedichte, Duineser Elegien* : http://www.
gedichte.eu/71/rilke/rainer-maria-rilke.php
https://www.projekt-gutenberg.org/info/texte/allworka.html#Rilke

Hesse, *Demian* : https://www.gutenberg.org/files/41907/41907-h/41907-h.htm

Apollinaire, *Alcools, Calligrammes* :
https://www.speakerty.com/wp-content/uploads/2020/07/apollinaire-guillaume-alcools.pdf
https://obvil.sorbonne-universite.fr/corpus/apollinaire/apollinaire_calligrammes
https://fr.m.wikisource.org/wiki/Auteur:Guillaume_Apollinaire

Joyce, *A Portrait of the Artist as a Young Man, Ulysses* : https://www.gutenberg.org/ files/4217/4217-h/4217-h.htm
https://www.gutenberg.org/files/4300/4300-h/4300-h.htm

Kazantzakis, *Zorba The Greek*, translated by Peter Bien, Simon and Schuster eBook, 2012 : https://archive.org/stream/NikosKazantzakisZorbaTheGreek/Nikos-Kazantzakis-Zorba-the-Greek_djvu.txt

Bachelard, *L'Eau et les Rêves*, José Corti, 1942.

Lawrence, *Lady Chatterley's Lover* : http://gutenberg.net.au/ebooks01/0100181h.html

Eluard, *L'Amoureuse* : https://www.poetica.fr/poeme-858/paul-eluard-amoureuse/

Fitzgerald, *The Great Gatsby* : https://docs.google.com/viewer?a=v&pid=sites&srcid= bWVVubG9hdGhlcnRvbmhzLmNvbXxtYxtcnMtYmVyZ2hvdXNlLWVuZ2xpc2xt

MjAxM3xneDo0MjM5ZDNlNjFlNjExM2Ey

Bataille, *Les Larmes d'Eros*, 10/18, 2020.

Remarque, *Arc de Triomphe*, Kiepenheuer & Witsch eBook, 2017 : https://archive.
org/stream/in.ernet.dli.2015.207528/2015.207528.Arch-Of_djvu.txt

Zeit zu leben und Zeit zu sterben. Kiepenheuer & Witsch eBook. 2018.

A Time to Love and a Time to Die, translated by Lindley, Random House eBook,
2014.

Nabokov, *Lolita* : https://archive.org/details/lolitavladimirnabokov_202004

Hemingway, *For Whom the Bell Tolls, A Farewell to Arms* : https://content.ikon.mn/
banners/2015/4/9/1468/Hemingwey-for-whom-the-bell-24grammata.
compdf.pdf

https://ia601509.us.archive.org/25/items/in.ernet.dli.2015.209262/2015.
209262.A-.pdf

Prévert, *Fête, Spectacle*, Gallimard, 1951.

Desnos, *A la mystérieuse* : https://ebooks-bnr.com/ebooks/pdf4/desnos_corps_et_biens.
pdf

Camus, *L'Etranger*, Gallimard, 1957.

Duras, *L'Amant*, Minuit, 1984.

Barthes, *Fragments d'un discours amoureux, Seuil*, 1977.

LIBRETTO

- *Le Nozze di Figaro* : http://www.murashev.com/opera/Le_nozze_di_Figaro_libretto_
English_Italian

- *Il Barbiere di Siviglia* : http://www.murashev.com/opera/Il_barbiere_di_Siviglia_
libretto_Italian_English

- *La Traviata* : https://www.murashev.com/opera/La_traviata_libretto_Italian_English

- *Tristan und Isolde* : http://www.murashev.com/opera/Tristan_und_Isolde_libretto_

English_German

- *Carmen* : http://www.murashev.com/opera/Carmen_libretto_French_English
- *Notre Dame de Paris*, Pomme Music DVD, 1999.

사랑의 향연
세상의 문학

초판 1쇄 발행 2023년 12월 25일

지은이 김종호

펴낸이 임지이
편집 임지이 디자인 신병근 선주리 마케팅 김옥재

펴낸곳 ㈜엘도브
출판등록 2023년 6월 28일 제2023-000074호
주소 경기도 파주시 아동로7 4층 다40호
이메일 ailesdaube@gmail.com

ISBN 979-11-984277-0-0 (03600)

ⓒ 김종호
ⓒ Salvador Dalí, Fundació Gala-Salvador Dalí, SACK, 2023
이 서적 내에 사용된 일부 작품은 SACK를 통해 VEGAP과 저작권 계약을 맺은 것입니다.
저작권법에 의하여 한국 내에서 보호를 받는 저작물이므로 무단 전재 및 복제를 금합니다.

· 책값은 뒤표지에 표시되어 있습니다.
· 이 책의 내용을 재사용하려면 반드시 저작권자와 ㈜엘도브의 동의를 얻어야 합니다.
· 잘못된 책은 구입하신 서점에서 바꾸어 드립니다.